CB036280

Machado de Assis em 1904, ano do lançamento de Esaú e Jacó.

Esaú e Jacó

Clássicos Ateliê

Coordenação

José de Paula Ramos Jr.

Machado de Assis

Esaú e Jacó

Apresentação
Paulo Franchetti

Estabelecimento de Texto e Notas
José de Paula Ramos Jr.

Ilustrações
Mariana Coan

Ateliê Editorial

Dados Internacionais de Catalogação na Publicação (CIP)
(Câmara Brasileira do Livro, SP, Brasil)

Assis, Machado de, 1839-1908
Esaú e Jacó / Machado de Assis; apresentação
Paulo Franchetti; ilustração Mariana Coan; estabelecimento
de texto e notas José de Paula Ramos Jr. – 1. ed. – Cotia, SP:
Ateliê Editorial, 2020. – (Coleção Clássicos Ateliê)

Bibliografia
ISBN 978-65-5580-000-5

1. Romance brasileiro I. Franchetti, Paulo.
II. Coan, Mariana. III. Ramos Junior, José de Paula.
IV. Título V. Série.

20-36210 CDD-B869.3

Índices para catálogo sistemático:
1. Romances: Literatura brasileira B869.3

Maria Alice Ferreira – Bibliotecária – CRB-8/7964

ATELIÊ EDITORIAL
Estrada da Aldeia de Carapicuíba, 897
06709-300 – Granja Viana – Cotia – SP
Tel.: (11) 4702-5915
www.atelie.com.br | contato@atelie.com.br
facebook.com/atelieeditorial | blog.atelie.com.br
instagram.com/atelie_editorial

Printed in Brazil 2020
Foi feito o depósito legal

Sumário

Esaú e Jacó

A Edição Ateliê de *Esaú e Jacó*

JOSÉ DE PAULA RAMOS JR.[1]

Obter segunda edição no mesmo ano do lançamento da primeira é façanha rara para uma obra literária do século XXI, que se aproxima de sua segunda década. Surpreendente é que isso tenha ocorrido com um romance brasileiro, em 1904. Tal feito se deve ao romance *Esaú e Jacó*, o penúltimo de Machado de Assis. Nesse ano, a editora H. Garnier deu a público duas edições de *Esaú e Jacó*.

Examinadas e comparadas de perto, nota-se que a segunda edição da obra vem a ser, na verdade, uma reimpressão da edição príncipe. Foram utilizadas as mesmas matrizes tipográficas para as duas "edições" de 1904. Evidentemente, há algumas diferenças, que distinguem tais "edições". Por exemplo, a folha de rosto ou frontispício. Em uma delas se estampa "2ª edição". No entanto, percebe-se que o formato do livro (o seu *design*) é o mesmo nas duas edições de 1904, assim como a paginação é a mesma, bem como a família tipográfica, o tamanho e o espaçamento dos caracteres, os erros etc.

O texto da segunda edição (H. Garnier, 1904) serviu de base para esta que se apresenta ao leitor e se oferece como fidedigna. Para isso, além da edição príncipe, o texto de base foi também cotejado com o estabelecido e anotado por

1. Doutor em Literatura Brasileira pela FFLCH-USP. Professor do Departamento de Jornalismo e Editoração da Escola de Comunicações e Artes da Universidade de São Paulo. Autor de *Leituras de Macunaíma: Primeira Onda (1928-1936)*, São Paulo, Edusp/Fapesp, 2012.

Adriano da Gama Kury (Livraria Garnier/Fundação Casa de Rui Barbosa, 1988), o preparado por J. Galante de Sousa (Nova Aguilar, 1977) e o texto da edição crítica, elaborada pela Comissão Machado de Assis (2ª. ed., Editora Civilização Brasileira/Instituto Nacional do Livro, 1977).

Para esta edição, o texto foi modernizado segundo o Acordo Ortográfico de 1990. Além disso, foram adotados os seguintes critérios editoriais:

Mantiveram-se as formas "dous", para o numeral, e "cousa", para o substantivo, pois permanecem dicionarizadas e são sempre utilizadas assim no texto, em vez de "dois" e "coisa", atualmente mais usadas.

A grafia "porquê" usada como expressão interrogativa posicionada no final de orações, seguidas por um sinal de pontuação (vírgula, interrogação, ponto final etc.) foi substituída pela forma "por quê".

A apresentação material do discurso citado foi graficamente normalizada: o travessão introduz a fala das personagens, principalmente quando há interlocução, e assinala a passagem do discurso direto de uma personagem para a elocução do narrador.

Locativos são usados em caixa-baixa (rua, travessa, largo, morro, praia etc.), exceto quando deixam de ser meros locativos para se integrarem à designação, com valor de nome próprio, casos em que são grafados em caixa-alta e baixa: Rua do Ouvidor; Travessa de São Francisco; Largo da Lapa; Morro do Castelo; Praia de Botafogo etc.

Caixa-alta inicial para os vocábulos "Sol" e "Lua", sempre que se referirem aos respectivos corpos celestes.

Desdobramento de abreviaturas: S. José/São José; V. Ex./Vossa Excelência; Sr./senhor; D./dona. A abreviatura "D.", intitulativa, poderá, conforme o contexto, ser desdobrada para “dom”, em caixa-baixa, ou “Dom”, em caixa-alta e baixa, quando se integrarem ao nome próprio como se fizesse parte dele. Por exemplo: Dom Pedro II.

Palavras estrangeiras, grafadas em itálico no texto de base, são substituídas por vocábulos portugueses já dicionarizados, em caracteres redondos: *club*/clube; *coupé*/cupê; *lords*/ lordes; *restaurant*/restaurante; *leader*/líder.

Correção de erros: concurrência/concorrência; razia/Trazia; os destino/os destinos; gueres/queres; degradado/degredado; ábuas novas/tábuas novas; ele je não está/ele já não está; Peidro/Pedro; deiexaria/deixaria; vá, o mas ambos/vá, mas ambos; parentes amigos/parentes e amigos; joven/jovem; orta do terceiro reinado/porta do terceiro reinado; não deixavam bascar nada/não deixavam buscar nada; as mariposas e as ratos/as mariposas e os ratos; da um velho café/ de um velho café; constituição. melhor/constituição, melhor; Uma vitória da Santos/Uma vitória de Santos; baixo-relevos/ baixos-relevos; vagorosamente/vagarosamente; ouvir uma voz de fora ou de alto/ouvir uma voz de fora ou do alto; Não volta/Na volta; aqueles bons judeus, que a gente queimou mais tarde, e agora empresta [...]/aqueles bons judeus, que a gente queimou mais tarde, e agora emprestam [...] etc.

Preserva-se a pontuação autoral, mas com intervenções discretas, especialmente no regime de vírgulas, que passa a observar o atual critério sintático quando necessário.

Palavras, expressões ou frases em língua estrangeira são traduzidas em notas de rodapé. Além dessas, notas lexicais (para termos menos comuns), geográficas, históricas, mitológicas, referências bíblicas, literárias, artísticas e culturais têm o intuito de informar, sobretudo, o leitor em formação.

Machado de Assis, *Esaú e Jacó* e o Realismo

PAULO FRANCHETTI

Esaú e Jacó foi publicado em 1904. É o oitavo romance do autor, tendo sido precedido por *Dom Casmurro* (1899) e sucedido por *Memorial de Aires* (1908) que encerra o ciclo romanesco.

Como se sabe, a crítica tem usualmente reconhecido a existência de duas "fases" na obra de Machado, sendo o ponto de virada o romance *Memórias Póstumas de Brás Cubas*, publicado em 1880 em jornal e em 1881 em volume. *Esaú e Jacó*, assim, pertence à segunda fase.

Parte dos autores que se dedicaram a especular sobre os motivos do que se entende como uma espécie de metamorfose do Machado romântico no Machado realista radicou-os na doença que teria acometido o autor no ano seguinte ao do lançamento de *Iaiá Garcia*. As mais conhecidas explicações para a nova forma e a nova disposição espiritual provêm de Mário de Alencar e, por meio de Nestor Vítor, do próprio Machado.

Nestor Vítor refere, num artigo de 1929, que, indagando do romancista a razão da mudança da atitude de espírito a partir de *Memórias Póstumas*, teria ouvido como resposta: "Não sei… Daí talvez viesse do seguinte: *Brás Cubas* não foi escrito, foi ditado por mim. Foi ditado porque eu estava então quase cego. Atacara-me uma moléstia dos olhos que só depois de muito tratamento se foi"[1]. Essa explicação teve al-

1. Cf. *Obra Crítica de Nestor Vítor*, Rio de Janeiro, Fundação Casa de Rui Barbosa, 1979, vol. III, p. 308.

guma sobrevida, embora seja evidente, como já notou Eugênio Gomes, que *Memórias Póstumas de Brás Cubas* é o mais "escrito" dos romances de Machado, no qual inclusive a tipografia é produtora de sentido[2].

Mário de Alencar, por sua vez, segundo relata Alfredo Pujol, assim interpretava a passagem de uma a outra "fase":

> Dois fatores novos atuavam-lhe no espírito: o aparecimento, ou agravação, do mal físico incurável e o êxito do naturalismo de Zola e seus discípulos; o mal físico toldou de pessimismo a sua visão da natureza; o naturalismo influiu, por efeito de reação, sobre o seu processo estético[3].

A percepção de Mário de Alencar parece apontar para o lado certo, ao frisar a reação ao Naturalismo. De fato, a evolução literária de Machado se processa não só à margem, mas contra os pressupostos do Realismo. Como observou Roberto Schwarz:

> [...] a militância antirrealista de Machado [é um eco] da doutrinação da *Revue des Deux Mondes*, para a qual Realismo, democracia, plebe, materialismo, gíria, sujeira e socialismo eram parte de um mesmo e detestável contínuo. [...] A norma é antimoderna em toda a linha. A recusa da matéria baixa leva à procura do assunto elevado, quer dizer, expurgado das finalidades práticas da vida contemporânea[4].

2. Eugênio Gomes, *Aspectos do Romance Brasileiro*, Salvador, Livraria Progresso Editora, 1958, p. 85.

3. Alfredo Pujol, *Machado de Assis*, 2ª ed., Rio de Janeiro, José Olympio, 1934, p. 100.

4. Roberto Schwarz, *Ao Vencedor, as Batatas*, São Paulo, Duas Cidades, 1977, p. 65.

Essa descrição, embora aplicada especificamente aos primeiros romances, permite sem dúvida compreender melhor o que virá na sequência da famosa recusa aos primeiros romances de Eça de Queirós, que ele julgava "um fiel e aspérrimo discípulo do realismo propagado pelo autor do *Assomoir*"[5].

Lendo os documentos de época e a longa polêmica que se desenvolveu na sequência da crítica a *O Primo Basílio*, parece de fato razoável supor que a crise que Machado viveu em 1878/1879 e que interessa à posteridade é a que nasce de um impasse propriamente literário, que poderia resumir-se nesta pergunta: como abandonar a linha romântica desenhada de *Ressurreição* (1872) até *Iaiá Garcia* sem adotar a forma e o estilo do romance realista?

A resposta imediata de Machado parece ter sido pôr em prática o que reclamava no final da resenha de *O Primo Basílio*: voltou ele mesmo a beber as águas de Garrett e Herculano, além de Camilo (e até águas situadas mais acima na corrente do tempo, como as de Sterne e De Maistre), para dar a volta em que ficaria assente a sua marca, com *Memórias Póstumas de Brás Cubas*.

Tal movimento não escaparia a seu mais feroz crítico, Sílvio Romero, que, referindo-se a *Memórias Póstumas*, acusava no seu autor "uma combinação do classicismo e do romantismo" e o via, no final das contas, como o símbolo do "romantismo velho, caquético, opilado, sem ideias, sem vistas"[6]. O traço singular desse romance, lido por Romero

5. Machado de Assis, *Obra Completa*, Rio de Janeiro, Nova Aguilar, 2004, vol. III, p. 903.

6. Sílvio Romero, *O Naturalismo em Literatura*, São Paulo, Tipografia da Província de São Paulo, 1882, *apud* Ubiratan Machado (org.), *Machado de Assis – Roteiro da Consagração*, Rio de Janeiro, Eduerj, 2003, p. 146.

em clave exclusivamente negativa, ocuparia a crítica posterior, até ser consagrado como a novidade da fatura machadiana, cuja genealogia foi recentemente traçada por Sérgio Paulo Rouanet[7]. A filiação à "forma shandiana", entendida como hipertrofia da subjetividade, digressividade, subjetivação do tempo e do espaço e combinação de riso e melancolia, permite compreender o momento da virada machadiana, embora o desenvolvimento posterior da obra já não possa descrever-se tão proveitosamente por meio dessa vinculação.

De qualquer forma, parece possível entender que o recuo estratégico de Machado face ao triunfo do Realismo vai originar – mesmo nas obras subsequentes, em que o conceito de "forma shandiana" não tem o mesmo rendimento – uma consistente recusa crítica dos métodos de construção do texto realista e de seus pressupostos, que serão, entretanto, retomados (métodos e pressupostos) direta ou indiretamente ao longo da obra posterior, como motivo de paródia, de sátira e mesmo de emulação.

Vejamos, então, de que maneira se poderia articular a relação entre Machado de Assis e o Realismo.

Primeira Aproximação

O Realismo-Naturalismo no Brasil: um Problema Historiográfico

Uma questão de relevo para o estudo da obra de Machado de Assis é a conceituação de Realismo/Naturalismo que

7. Sérgio Paulo Rouanet, *Riso e Melancolia – A Forma Shandiana em Sterne, Diderot, Xavier de Maistre, Almeida Garrett e Machado de Assis*, São Paulo, Companhia das Letras, 2007.

se fixou nas principais correntes da historiografia literária. Melhor dizendo, os conceitos de Realismo e de Naturalismo, pois a centralidade da obra de Machado de Assis produz uma particularidade nos relatos históricos do período.

É consenso da historiografia brasileira do século XX que Machado de Assis seja o nosso maior prosador realista. Ao mesmo tempo, essa definição entra em conflito com a militância crítica antirrealista de Machado.

Uma primeira forma de evitar esse conflito foi preceder à redefinição da postura antirrealista de Machado nos anos de 1870 e 1880, reconstruindo, para uso interno, uma oposição Realismo/Naturalismo, na qual Machado ocuparia o primeiro polo.

A segunda forma de resolver o impasse foi mais radical: consistiu na simples retirada de Machado de Assis da sequência cronológica da narração histórica. É o que se passa com José Veríssimo, que faz do capítulo sobre Machado o último do seu livro – depois do Naturalismo e do Parnasianismo –, procedimento que não terá tido pouco peso no tom algo melancólico que domina uma história que tem assim o seu fim, ou pelo menos o seu ápice, antes do tempo em que se dá a narração[8]. E é também o caso de Nelson Werneck Sodré, que trata de Machado na penúltima seção do seu alentado volume: um capítulo intitulado "Interpretações do Brasil", no qual a obra de Machado é apresentada e avaliada, depois do Naturalismo e do Parnasianismo, juntamente com as obras de Joaquim Nabuco, Lima Barreto e Euclides da Cunha[9].

8. José Veríssimo, *História da Literatura Brasileira. De Bento Teixeira (1601) a Machado de Assis (1908)*, 4ª ed., Brasília, Ed. da UnB, 1981.

9. Nelson Werneck Sodré, *História da Literatura Brasileira – seus Fundamentos Econômicos*, 6ª ed., Rio de Janeiro, Civilização Brasileira, 1976.

Mesmo para os que situam Machado na sequência narrativa, tratando de sua obra no capítulo do Realismo, o enquadramento não é pacífico. Por exemplo, Alfredo Bosi, que o estuda logo na abertura do capítulo sobre o Realismo, lista, como nomes estrangeiros exemplares do período, Flaubert, Maupassant, Verga, Thackeray, os Goncourt e Zola; já os brasileiros que com Machado dividem o capítulo são, por ordem de entrada – que não é a ordem cronológica, mas a que permite a transição do mais alto para o mais baixo e do geral para o particular –, Raul Pompeia, Aluísio Azevedo, Inglês de Sousa, Adolfo Caminha, Manuel de Oliveira Paiva. Nesse quadro, o realismo de Machado, cujos livros de cabeceira eram, segundo o historiador, os moralistas franceses e ingleses, e que obteve, com *Quincas Borba* (1892) e *Dom Casmurro*, "um relevo na história do romance à altura de seus mestres europeus", é menos uma questão de método e estilo do que de "profundidade" e de "universalidade"[10].

Alfredo Bosi, como seus antecessores, dá um lugar de destaque, na definição do realismo de Machado, para a crítica que o romancista fez dos romances de Eça de Queirós, em 1878, afirmando que ali o escritor brasileiro exibia "critérios seguros para a apreciação da coerência moral de personagens que ele ainda não soubera plasmar" – mas que em breve construiria, a partir de *Memórias Póstumas*[11]. E para maior parte dos estudiosos, essa crítica a Eça constitui a pedra de toque para distinguir, em várias histórias literárias brasileiras, o Realismo do Naturalismo – ficando essa primeira palavra, entretanto, por conta da divisão usual da obra de Machado em duas fases (uma romântica e outra realista), descolada tanto do Romantismo quanto do Naturalismo.

10. Alfredo Bosi, *História Concisa da Literatura Brasileira*, 32ª ed., São Paulo, Cultrix, 1994, pp. 181-183.

11. *Idem*, p. 177.

Por conta disso, tudo se passa, em alguns autores, como se a oposição Machado/Eça pudesse ser desdobrada diretamente na oposição Realismo/Naturalismo. E é tão forte a identificação do Naturalismo com o autor português que o mais conhecido estudo sobre o tema, *O Naturalismo no Brasil*, de Nelson Werneck Sodré, dedica 157 de suas 248 páginas a Eça de Queirós (e a aspectos do Naturalismo português). E a estrutura mesma do livro é significativa. São cinco capítulos e uma conclusão: "Origens do Naturalismo"; "O Naturalismo em Portugal"; "Eça de Queirós"; "Eça e o Naturalismo Brasileiro"; "O Naturalismo no Brasil"[12]. Esse grande relevo a Eça procede do fato de que Sodré atribui ao Naturalismo brasileiro duas vertentes derivadas de duas fontes: "a original e francesa e a queirosiana e portuguesa, aquela mais próxima da ortodoxia, esta mais distanciada. Importantes ambas"[13].

Por conta do lugar, do papel e das características da obra de Machado de Assis, a posição predominante, no que diz respeito à periodização literária brasileira, talvez seja a expressa por Antonio Candido e José Aderaldo Castelo:

> No entanto, não cabe falar de Naturalismo, como bloco unido, para caracterizar a nossa ficção daquele tempo; mais própria seria a designação Realismo, entendendo-se com isso não o aparecimento, mas o desenvolvimento das tendências de observação da realidade, que em nossa literatura se vinham manifestando de maneira cada vez mais acentuada desde o começo da ficção romântica[14].

12. Nelson Werneck Sodré, *O Naturalismo no Brasil,* Rio de Janeiro, Civilização Brasileira, 1965.

13. *Idem*, p. 126.

14. Antonio Candido e J. Aderaldo Castello, *Presença da Literatura Brasileira*, 5ª ed. São Paulo, Difusão Europeia do Livro, 1974, vol. II, p. 95.

Essas considerações históricas sobre a classificação da obra de Machado não são de interesse meramente acadêmico. Na verdade, elas permitem identificar questões interessantes não só para a recepção e interpretação de sua obra, mas também para a melhor compreensão da moderna tradição historiográfica brasileira.

Machado Crítico: Realismo, Romantismo e Parnasianismo

Outro aspecto a considerar, quando se trata de situar Machado no seu tempo, é sua atividade como crítico, porque ela é muito relevante no que toca aos rumos do Realismo no Brasil, especialmente no que diz respeito à substituição da denominação "realista", para qualificar a poesia no último quartel do século XIX, pela denominação "parnasiana"[15]. Denominação, aliás, na qual muitos enquadram sua obra poética (dividida, como a romanesca, em duas fases: a romântica e a parnasiana).

Como registrou Manuel Bandeira, quando eclodiu a Guerra do Parnaso, em 1878, "não se falava de Parnasianismo: falava-se sempre e muito era de 'Realismo', 'Nova Ideia', 'ciência', 'poesia social' "[16]. O termo "parnasianismo" só aparecerá em 1886. Para o poeta e para quase toda a crítica que se lhe seguiu, a Guerra do Parnaso terminou por ser apenas um

15. Sobre essa questão, ver Paulo Franchetti, "*O Primo Basílio* e a Batalha do Realismo no Brasil", *Estudos de Literatura Brasileira e Portuguesa*, Cotia, Ateliê Editorial, 2007.

16. "Nova Ideia" é, evidentemente, uma retomada da denominação Ideia Nova – que designava o movimento coimbrão, liderado por Antero de Quental e Teófilo Braga – com a participação de Oliveira Martins e Eça de Queirós, entre outros –, que se desdobraria nas Conferências Democráticas e inauguraria o Realismo em Portugal.

momento de passagem para o Parnasianismo: "nesse longo evolver da Ideia Nova para as formas parnasianas o primeiro marco importante foi, como já dissemos, as *Fanfarras* de Teófilo Dias"[17].

Ora, a leitura dos textos do período permite ver que o artífice principal desse "evolver" de uma coisa para outra foi Machado de Assis. De fato, ao longo do texto "A Nova Geração" (1879) o autor de *Helena* insistiria, pelo menos uma dúzia de vezes, na "incorreção" dos versos realistas, preocupando-se em apontar, nos novos que não eram "realistas", os ecos, as influências nocivas menos diretas.

Foi o que fez ao examinar o primeiro livro de Alberto de Oliveira, as *Canções Românticas*.

Machado muito claramente o distingue dos realistas, mas é ao perceber o que julga uma influência do método de composição realista que escreve a frase na qual comparece a famosa definição do realismo como a "estética do inventário". A partir da crítica de Machado, Alberto completará a sua evolução para a forma correta, reforçando os traços de bom gosto que o autor de *Helena* nele descobrira. Evolução que, segundo o próprio Machado, já estará quase terminada em 1884. É o que diz no seu prefácio a *Meridionais*, rememorando a crítica de 1879: "os versos do nosso poeta são trabalhados com perfeição"[18].

O que fica do livro de Alberto de Oliveira, que depois será uma das balizas do Parnasianismo triunfante, é, para Machado, a medida justa, o equilíbrio entre a espontaneidade e o lavor formal: "a troco de umas partes laboriosas, acabadas demais, ficam as que o foram a ponto, e fica principalmen-

17. Manuel Bandeira, *Antologia dos Poetas Brasileiros – Poesia da Fase Parnasiana*, Rio de Janeiro, Nova Fronteira, 1996, p. 7. [1ª ed., 1938].

18. *Obra Completa*, vol. III, pp. 919-920.

te o costume, o respeito da arte, o culto do estilo". E é assim que o autor de *Memórias Póstumas* conclui a sua apreciação:

> Se alguma vez, e rara, a ação descrita parecer que desmente da estrita verdade, ou não trouxer toda a nitidez precisa, podeis descontar essa lacuna na impressão geral do livro, que ainda vos fica muito: – fica-vos um largo saldo de artista e de poeta, – poeta e artista dos melhores da atual geração.

É na mesma direção que ia já o seu prefácio ao livro de Francisco de Castro, datado de 4 de agosto de 1878, ainda no rescaldo da polêmica sobre *O Primo Basílio*. Registra aí Machado que a nova geração "hesita entre o ideal de ontem e uma nova aspiração".

A recomendação de Machado, aqui, é a mesma que fizera a Eça de Queirós: evitar a quebra de continuidade, retomar a linha sadia dos clássicos da língua, ameaçada pela artificialidade e pela moda naturalista:

> Citei dois mestres [Basílio da Gama e Gonçalves Dias]; poderia citar mais de um talento original e cedo extinto, a fim de lembrar à recente geração, que qualquer que seja o caminho da nova poesia, convém não perder de vista o que há de essencial e eterno nessa expressão da alma humana[19].

É também a direção seguida em 1882, no prefácio às *Sinfonias*, de Raimundo Correia, no qual valoriza os "Perfis Românticos" e condena a parte do livro que é "militante", na qual o autor exibe "opiniões radicais" e se mostra "republi-

19. *Obra Completa*, pp. 913-914.

cano e revolucionário", terminando por valorizar a forma esmerada e a emoção lírica.

Esse conjunto de textos de Machado, especialmente o ensaio de 1879 sobre "a nova geração", será a base mais comum de elaboração dos padrões de gosto e de valor que orientarão a historiografia literária subsequente e da canonização da trindade parnasiana formada por Alberto de Oliveira, Raimundo Correia e Olavo Bilac.

O Parnasianismo, substituindo-se à conotação sempre escandalosa que a palavra "realismo" terá no final do século XIX, se deixará descrever como poesia pautada pelo bom senso e pelo bom gosto, caracterizada pela perfeição rígida da forma e obcecada pela correção linguística de sabor didático e ostensivamente arcaizante, bem como pela intenção edificante. Do antigo apelo "realista" pouco restará, exceto os quadros erotizados da obra de Bilac.

É claro que há vários fatores concorrentes nessa singular inflexão da poesia brasileira na virada do século XIX para o XX, que inclusive contribuiu para reduzir a uma sombra as tendências de origem simbolista. Mas sejam quais forem esses fatores, fica evidente, lendo os documentos de época, que o principal é a influência de Machado, seja como crítico e poeta, seja como presidente vitalício da Academia Brasileira de Letras.

Machado e o Realismo – Segunda Aproximação

O Recuo Tático: o Nome Ausente

Em 1886, Eça de Queirós publicou um prefácio ao livro *Azulejos*, de Bernardo Pinheiro Correia de Melo, Conde de

Arnoso[20]. O texto abre com a oposição entre dois momentos na história da leitura: de um lado, fica o Antigo Regime, durante o qual os leitores eram poucos e um autor como Voltaire podia contentar-se com cem deles; de outro, o final do século XIX, no qual Zola é publicado em sete línguas e uma publicação periódica alcança tiragem de oitocentos mil exemplares.

A partir desse contraste, Eça começa a discorrer sobre as formas de relação textual entre o autor e os seus leitores: "O Escritor, há cem anos – diz Eça – dirigia-se particularmente a uma pessoa de saber e de gosto". No desenho dessa pessoa, Eça reforça, sobretudo, uma situação de classe: é alguém que tem "ócios luxuosos", erudição literária, e que exerce a leitura num ambiente propício à interiorização e à meditação longa e silenciosa:

> Esta expressão, "a Leitura", há cem anos, sugeria logo a imagem de uma livraria silenciosa, com bustos de Platão e de Sêneca, uma ampla poltrona almofadada, uma janela aberta sobre os aromas de um jardim: e neste retiro austero de paz estudiosa, um homem fino, erudito, saboreando linha a linha *o seu livro*, num recolhimento quase amoroso[21].

É desse perfil de leitor e dessa situação rica e cerimoniosa de leitura que Eça faz derivar as atitudes que reconhece no autor que a ele se dirigia. Em primeiro lugar, estabelece uma relação de igualdade entre ambos os polos da produção literária, que nomeia com maiúsculas, como personagens alegóricas:

20. Eça de Queirós, "Prefácio aos *Azulejos* do Conde de Arnoso", *Obra Completa*, org. Beatriz Berrini, Rio de Janeiro, Nova Aguilar, 2000, vol. III, pp. 1791-1803.

21. *Obra Completa*, vol. III, p. 1791.

> [...] o Leitor de então, o "amigo Leitor", pertencia sempre aos altos corpos do Estado: o alfabeto ainda se não tinha democratizado. [...] Ora, quando este leitor, douto, agudo, amável, bem empoado, íntimo das idades clássicas, recebia o Escritor na sua solidão letrada – o Escritor necessitava apresentar-se com reverência, e *modestement courbé*, como recomenda Beaumarchais. É um homem culto que vai à casa de outro homem culto – e esse encontro está regulado por uma etiqueta tradicional e graciosa[22].

Ao descrever essa etiqueta – isto é, os protocolos de relação entre o autor e o seu leitor –, Eça se concentra nos paratextos, que são a sua manifestação mais evidente. Do seu ponto de vista, a função da apresentação social era cumprida pelo "Prefácio", no qual o autor, "diante do Leitor acolhedor e risonho, falava com prolixidade de si, das suas intenções, da sua obra, da sua saúde; dizia-lhe doçuras, chamava-lhe *pio, perspicaz, benévolo*". Depois da apresentação propriamente dita, vinha outra parte, que era uma preparação cerimoniosa e algo ritual, na qual se fixavam os limites e as expectativas dos gêneros tradicionais:

> [...] se o livro era de versos, o Poeta, tendo o Leitor ao seu lado, balançava o incensador e fazia uma invocação aos Deuses como nos degraus de um santuário: se era Tratado de Moral ou História, havia no limiar do capítulo 1, para que o Escritor e o leitor repousassem, um pórtico de Considerações Gerais, dispostas com simetria à maneira de colunas de puro mármore, onde se enrolavam, em festões, flores de linguagem, viçosas ou meio murchas[23].

22. *Idem*, pp. 1791-1792.
23. *Idem*, p. 1792.

Descrevendo a função das partes do livro, Eça obtém, pela escolha das imagens, um quadro bastante convincente da literatura clássica, ressaltando os atributos de leveza, simetria, polidez convencional e racionalidade que desde o Romantismo são usualmente reconhecidos como característicos da literatura europeia setecentista.

O processo da leitura do *Ancien Régime* é uma atividade compartilhada por *gentlemen*, e um dos aspectos que Eça mais acentua, ao construir a imagem do jardim das musas, é a demora, a ausência de pressa de chegar ao final do trajeto. Trata-se de um passeio acompanhado, em que a erudição, a língua literária e a própria elaboração conceitual são ao mesmo tempo a renovação de um acordo de classe e peças de um cenário decorativo em que se dão o encontro e a conversa íntima, pessoalizada, entre dois sujeitos sociais que compartilham dos mesmos valores e se regem pelas mesmas convenções.

Esse quadro idílico, tingido de ironia simpática, se interromperia brutalmente no final do século XVIII. A nova sociedade burguesa, resultante da Revolução, produz um mundo diferente, o mundo que Eça reconhece como o seu, o da modernidade:

> Depois, numa manhã de julho, tomou-se a Bastilha. Tudo se revolveu: e mil novidades violentas surgiram, alterando a configuração moral da Terra. Veio a Democracia: fez-se a iluminação a gás: assomou a instrução gratuita e obrigatória, instalaram-se as máquinas Marinoni que imprimem cem mil jornais por hora: vieram os *Clubs*, o Romantismo, a Política, a Liberdade e a Fototipia[24].

Nesse quadro novo, em que a leitura se multiplica e anonimiza e os espaços de convivência social deixam de ser as

24. *Idem, ibidem.*

casas e os salões aristocráticos, Eça situa o desaparecimento do "indivíduo" e sua substituição pelas grandes massas. Do ponto de vista das figuras do jogo literário, esse é um momento muito especial, pois é aquele em que desaparece o leitor culto, erudito, que exige do autor o tipo de apresentação e de registro cerimonioso há pouco descrito:

> Foi então que sumiu o Leitor, o antigo Leitor, discípulo e confidente, [...] o Leitor amigo, com quem se conversava deliciosamente em longos, loquazes *Proêmios*: e em lugar dele o homem de letras viu diante de si a turba que se chama o *Público*, que lê alto e à pressa no rumor das ruas[25].

Entre o leitor e o público traça-se, assim, uma oposição perfeita, que inclui desde a forma até o lugar da leitura, passando, é claro, pelo nível cultural e pelo tempo disponível para a atividade.

Ao público anônimo não se pode dirigir alguém da mesma forma que ao leitor erudito, diz Eça. E esse é um ponto importante da sua forma de pensar, pois no seu texto é o leitor/público que pauta as atitudes e os procedimentos literários. Ao produtor do texto literário se reserva apenas o estatuto dependente das necessidades dos destinatários disponíveis ou hegemônicos das obras literárias:

> As maneiras do escritor para com estes cem mil cidadãos que estendiam tumultuosamente a mão para o livro – não podiam ser seletas e polidas, como as que tinha para com o Leitor clássico que lhe abria, sorrindo e já atento, a porta da sua intimidade erudita[26].

25. *Idem*, pp. 1792-1793.
26. *Idem*, p. 1793.

Nessa passagem, merece especial destaque a palavra "atento", pois é ela que responderá por um dos focos de oposição mais significativos entre o Leitor e o Público, nesse texto. Se o Leitor podia apreciar o manejo da convenção (o ajardinamento, o adorno sábio das figuras de linguagem e o vicejar frondoso do pensamento ao longo das aleias das frases), o Público tumultuoso, desatento, exige um texto que o impressione não pela ordem, racionalidade ou erudição, mas de modo "natural", isto é, pouco intelectualizado:

> Agora, finda a obra, o Escritor, ainda suado e com o jaquetão de trabalho, atira-a para a rua brutalmente. A obra já não é a sábia composição, feita pelos ditames das Artes Poéticas, para ser agasalhada e encadernada por Mecenas. Ideia ou Imagem, deve ser coisa viva – e como tal se arremessa ao redemoinho da Vida, para ir rolar com ela, sob o pleno sol[27].

Nesse período, com a alteração gráfica do nome do Escritor, que ganha o estatuto maiúsculo que era o do Autor, completa-se a transformação do antigo no moderno, por meio da simetria Autor : Leitor :: Escritor : Público. Da mesma forma que o Leitor se transforma em público anônimo, o Autor, perdendo a sua condição de homem culto de posses ou sustentado por um Mecenas, passa a ser representado como um operário, que ganha o pão com o seu suor, isto é, como o mero produtor de uma mercadoria, concebida para satisfazer o gosto difuso e rebaixado dos fregueses.

Dessa transformação, segundo Eça, o resultado mais impressionante é a eliminação da particularidade da situação individual, nas duas pontas da obra literária. Mas é impor-

27. *Idem, ibidem.*

tante registrar: a estrutura do raciocínio privilegia, na transformação, o polo do consumo, e não o da produção. Assim, o produtor é um espelho ou uma função do consumidor: é a despersonalização deste que produz a perda da individualidade daquele. E essa postulação de que a modernidade suprime a individualidade me parece uma das formulações mais relevantes de todo o texto:

> O historiador, o romancista, que hoje interrompesse o correr das suas deduções, para dar um jeito aos punhos de rendas e dizer: "Nota tu, leitor amigo...", seria considerado um intolerável caturra das idades caducas. O Leitor deixou de ser uma pessoa a quem se fala isoladamente e com o tricórnio na mão; e o Escritor tornou-se tão impessoal como ele. Não são individualidades cultas comunicando: são duas substâncias difusas que se penetram, como a luz quando atravessa o ar[28].

Ou seja, a despersonalização das relações e o anseio de obter a ilusão de naturalidade – a "coisa viva" a que aspiraria a arte contemporânea – teriam imediatas consequências formais, que Eça destaca como características da modernidade. Deixando o livro de ser a representação de uma conversa a dois, deixa de fazer sentido o narrador pessoalizado, que se dirige diretamente ao leitor; em lugar dele vai impor-se o narrador distanciado, que não só não interfere na narrativa, mas que sequer é representado. O efeito de realidade é obtido pela sucessão das "deduções", pela construção ampla do quadro explicativo. O que é o mesmo que dizer que, para o novo padrão estético, já não se trata de compor uma situação individual, vazada numa linguagem pessoalizada, mas de es-

28. *Idem, ibidem.*

boçar quadros amplos, em que as leis gerais se demonstrem em casos particulares. Mesmo sem querer atribuir peso excessivo ao termo utilizado por Eça, tratar-se-ia realmente de uma oposição entre procedimentos indutivo e dedutivo de obter o particular verossímil.

Nesse quadro simétrico, entretanto, alguma coisa ficou de fora, um pedaço da história parece ter sido sacrificado (ou, pelo menos, excluído como não representativo) para que as oposições entre o antes e o depois da Bastilha permitissem opor com clareza o Autor ao Escritor e o Leitor ao Público, bem como pôr de um lado da linha do tempo o psicologismo setecentista, as digressões à maneira de Sterne, a oratória, o trabalho sobre os lugares-comuns e, do outro lado, a apresentação objetiva, impessoal e corrida da escrita naturalista. Essa alguma coisa que ficou de fora são os "discípulos do Idealismo", que só comparecem na seção seguinte do texto de Eça, fora do quadro da transformação do Leitor em Público, mas duramente determinados por essa mesma transformação.

> Depois, erguendo bem alto as capas dos seus livros, onde escreveram em grossas letras este letreiro – *romance realista* – parece dizerem ao público, com um sorriso triste na face mascarada: – Olhem também para nós, leiam-nos também a nós. Acreditem que também somos muitíssimo grosseiros, e que também somos muitíssimo sujos![29]

Ou seja, os românticos se teriam visto obrigados, para disputar o público (e a palavra, aqui, não é neutra), a incorporar a forma e os temas naturalistas.

A caricatura, em Portugal, tem endereço certo. De fato, quando lembramos que Camilo Castelo Branco publicara

29. *Idem*, p. 1797.

em 1879 o seu *Eusébio Macário*, que é uma paródia de romance realista; que, logo a seguir, em 1880, dera a público *A Corja*; e que, por fim, no mesmo ano dos *Azulejos*, lançara os *Vulcões de Lama* – todos, por escárnio ou bom sentido de propaganda, apresentados como "realistas" – é impossível não o reconhecer como alvo do sarcasmo. Mas não seria o texto de Eça também uma referência indireta a Machado de Assis? Um analista distanciado não poderia ver, tanto na caracterização do diálogo com o leitor como coisa velha, quanto na inclusão de temas e maneiras naturalistas, uma referência mais ou menos clara à produção de um dos mais respeitados e conhecidos escritores brasileiros do tempo?[30]

Deixemos, porém, de lado momentaneamente a questão do antagonista desse texto, pois vale a pena pensar, por meio dele, uma questão mais ampla: a do sentido da utilização, na época da velocidade e do anonimato, dos procedimentos literários típicos do século XVIII.

Indo logo ao ponto, após esse largo preâmbulo, a questão que parece interessante discutir aqui é por que Camilo Castelo Branco, como Machado de Assis depois dele, utiliza ainda os procedimentos que Eça, coerentemente com o seu tempo, qualifica como ultrapassados e infuncionais? E – o mais importante – qual o efeito de sentido que eles produzem em cada um deles?

É possível que uma resposta possa provir da análise das condições de produção, circulação e consumo da literatura no Brasil e em Portugal. A homologia das situações poderia fornecer algumas razões para a analogia dos procedimentos, pois se trata de dois países periféricos, com alto índice de analfabetismo e, por-

30. A adoção de temas e procedimentos naturalistas por Machado, logo após a crítica ao realismo de Eça, como veremos adiante, não passou despercebida à crítica de Eugênio Gomes.

tanto, número reduzido de leitores. Ao mesmo tempo, há diferenças significativas entre o contexto e a época em que Machado e Camilo se formaram como escritores e produziram suas principais obras, o que permite supor que será necessariamente diferente, em cada caso, o sentido de procedimentos análogos.

Do ponto de vista da leitura de Camilo por Machado, é notável que não haja referência relevante ao autor português na obra do brasileiro. Salvo erro, seu nome aparece apenas três vezes, e sem grande destaque, na pena de Machado: um resumo elogioso de uma peça de teatro, em 13 de abril de 1860; o anúncio de um romance a ser publicado na revista *O Futuro*, em 15 de janeiro de 1863, e, por fim, de modo incidental, num texto sobre galicismos[31].

Camilo, entretanto, além de ser presença ineludível no romance e na crítica em língua portuguesa na época, mantinha inclusive laços com a família de Machado, pois era bastante ligado ao irmão de sua mulher, D. Carolina. Entre outros testemunhos, destaca-se o preâmbulo de *Coração, Cabeça e Estômago*, no qual o romancista simula um diálogo com Faustino Xavier de Novais, que viria a residir no Brasil.

Machado era também admirador de António Feliciano de Castilho, sobre o qual escreveu, quando da morte do poeta português, um elogio algo destemperado, que dá a medida do seu apreço pela velha escola romântica[32].

31. A relação precisa das menções de Machado a Camilo encontra-se num artigo de Arnaldo Saraiva ("Camilo e Machado: Encontros e Desencontros"), no qual ele também registra a estranha ausência mútua de referência nas obras de ambos, sugerindo que, da parte de Machado, essa obliteração do nome podia dar-se para não ressaltar "as várias e nítidas dívidas ao autor do *Amor de Perdição*".

32. "O Visconde de Castilho", texto publicado na *Semana Ilustrada*, em 4 de julho de 1875.

Ora, conhecendo a ligação de Castilho e Camilo e projetando a valorização de Machado contra o pano de fundo da polêmica sobre a Ideia Nova e seu rebatimento no Brasil, é notável que Machado não tenha dedicado ao autor de *Amor de Perdição* uma crônica sequer, nem mesmo por ocasião do seu suicídio. É de estranhar ainda que Machado tivesse referido Garrett, no prólogo de *Brás Cubas*, mas não Camilo, cuja forma digressiva é notável e cujo torneio frasal tem tanto a ver com o escritor brasileiro.

Para só referir alguns pontos, considere-se esta passagem de Alfredo Bosi, na qual o crítico situa a novidade do estilo machadiano:

> É possível rastrear, a partir das *Memórias Póstumas*, um processo de inversão parodística dos códigos tradicionais que o Romantismo fizera circular durante quase um século. Quem diz de uma paixão de adolescente que "durou 15 meses e 11 contos de réis"; ou do espanto de um injustiçado que "caiu das nuvens", convindo em que é sempre melhor cair delas que de um terceiro andar; ou ainda, da fatuidade que "é a transpiração luminosa do mérito", está na verdade operando, no coração de uma linguagem feita de lugares-comuns, uma ruptura extremamente fecunda, pois, roída a casca dos hábitos expressivos, o que sobrevém é uma nova forma de dizer a relação com o outro e consigo mesmo[33].

Comparem-se agora esses exemplos com os seguintes, extraídos de "O Filho Natural", que integra as *Novelas do Minho*, publicadas em 1877: "em redor daqueles paços senhoriais pesava um silêncio triste e torvo"; "citaristas das cruzadas que morriam ... entre duas rimas e três cutiladas"; "como lhe faltasse a respiração e a gramática, o procurador tomou fôlego"; "eram as cinco joias do Porto em delicade-

33. Alfredo Bosi, *História Concisa...*, p. 181.

za de espírito e de cintura"; "a patrulha vem chegando com a Moral e com a baioneta"...[34] E ainda: "um terceiro andar – altura onde os suspiros exalados desde a rua chegam em temperatura honesta"; "saiu eleito... por novecentos mil-réis, trinta e nove cabritos, e 2 ½ pipas de vinho verde". E no próprio romance que dedica ao cunhado de Machado, de 1862, encontram-se exemplos semelhantes: de uma senhora pouco culta e inteligente, diz o narrador, logo na primeira página, que "não tinha caligrafia, nem ideias"; logo adiante, o dote de outra senhora, que era constituído principalmente por burros de aluguel, é denominado "dote quadrúpede"; de uma terceira dama, que bebia, diz o narrador que seria para amar-se, se fosse possível imaginar que tivesse "dentro do seio tanto coração como vinho de Setúbal"; de um amante grosseiro, diz que conduzia uma francesa com "doces repelões"; e já mais para o final do texto, deparamo-nos com veterinários qualificados de "Hipócrates bovinos"[35].

No que diz respeito à forma digressiva e ao tratamento shandiano da novela, os exemplos são incontáveis[36].

34. *O Filho Natural*, em *Obras Completas*, Porto, Lello & Irmão Editores, 1988, vol. VIII. Os trechos citados neste parágrafo se encontram, respectivamente, nas páginas 182, 184, 230, 185 e 188.

35. Sobre essa proximidade de Machado e Camilo ver Paulo Franchetti, "A Novela Camiliana", *Estudos de Literatura Brasileira e Portuguesa*, Cotia, Ateliê Editorial, 2007. Um desenvolvimento dessa sugestão encontra-se na dissertação de mestrado de Geraldo da Aparecida Ferreira, Memórias Póstumas de Brás Cubas e Coração, Cabeça e Estômago – *Machado de Assis e Camilo Castelo Branco, Leitores e Críticos do Romantismo*, São Paulo, FFLCH/USP, 2007 – o texto está disponível em: http.//www.teses.usp.br/teses/disponiveis/8/8156/tde-25022008-104648/publico/DISSERTACAO_GERALDO_APARECIDA_FERREIRA.pdf.

36. Alguns deles estão disponíveis em Paulo Franchetti, "A Novela Camiliana", em Camilo Castelo Branco, *Coração, Cabeça e Estômago*, São Paulo, Martins Fontes, 2003.

De modo que uma questão que ainda está por estudar é: no momento em que Machado, ante a pressão do Realismo triunfante, decide pelo salto para trás, para a recuperação dos procedimentos setecentistas já muito aproveitados por Garrett e por Camilo – para não falar de Alexandre Herculano, em cuja obra o diálogo com o leitor e a digressividade desempenham papel não desprezível –, qual a relação entre a adoção desses procedimentos e a configuração dos públicos disponíveis? É esse o título preciso, mas sem desenvolvimento no corpo do trabalho, da dissertação há pouco referida, e que merece desenvolvimento, pois a oscilação entre aliciamento e extrema agressividade dos narradores e figuras autorais camilianos e machadianos não chegou ali, dados os limites da natureza do trabalho, a ser analisada.

Outra questão ainda por ser investigada é o papel de Camilo Castelo Branco na constituição do estilo e da forma do romance machadiano da chamada segunda fase. A presença do escritor português já foi assinalada pela crítica, embora nunca tenha sido objeto de estudo mais aprofundado[37]. O

37. No geral, as aproximações são superficiais, e a partir de características isoladas, como nesta passagem de Alcides Maya: "Mas a nossa raça (de temperamento coletivo assimilado e selecionado pelas correntes espirituais latinas, – religião, direito, língua e estética), a nossa raça também cultiva o *humour*, conforme as notas *taineanas* e as outras destacadas nas linhas anteriores. /Demonstram-no duas obras, que honrariam qualquer literatura. /Uma é a de Camilo Castelo Branco, panfletário artista de gênio, admirável criador de almas, escritor de múltiplos e poderosos recursos humorísticos no folhetim, no conto e no romance. Outra, a de Machado de Assis, pela filosofia, pelo estilo, pela técnica dos seus livros, pela visão tragicômica do mundo, pelo agror da crítica humana, pelo incisivo do escárnio indireto, pelo talento no exibir a sandice, pelo poder de irrisão e pela tristeza oculta no ataque" (Alcides Maya, *Machado de Assis, Algumas Notas sobre o Humour*, 3ª ed., Santa Maria/Porto Alegre, UFSM/Movimento, 2007, p. 23).

autor que mais destacou o assunto foi Josué Montello, que referiu não só o aproveitamento da ideia do emplastro anti-melancolia, que migrou de *Coração, Cabeça e Estômago* para as *Memórias Póstumas*, mas ainda afirmou a existência, sem as identificar, porém, das

> [...] marcas da presença de Camilo na obra de Machado de Assis [...] em grande número, dispersas em romances e em contos, com a evidência da consanguinidade literária, ou então transfiguradas pela capacidade de assimilação machadiana[38].

A Constituição do Narrador Antirrealista

A inclusão de Camilo Castelo Branco como baliza para pensar os rumos da obra de Machado de Assis após o embate com o Realismo não se deve processar, está claro, no mero registro da influência ou, para usar um termo menos complicado, da apropriação. O que se afigura importante é refletir sobre o sentido estratégico do abandono da narração objetiva e a adoção de uma perspectiva então aparentemente "ultrapassada", qual seja a centrada num "eu", que escreve em primeira pessoa. E, em consequência, tentar entender por que procedimentos similares puderam ser avaliados de forma oposta: num caso, como índice de persistência passadista e romântica; noutro, de realismo e, mais ainda, de modernidade.

Um parêntese: embora não valha a pena desenvolver aqui a reflexão, é importante notar que nenhum problema formal se resolve com a descrição do narrador machadiano como narrador em primeira pessoa. No seu caso, essa denomina-

38. Josué Montello, *Estampas Literárias*, Rio de Janeiro, Organização Simões, 1956, p. 77.

ção indica apenas um narrador pessoalizado e interferente na narrativa, por meio da reflexão sobre os acontecimentos e, principalmente, sobre a atividade de escrever, mas que tanto pode ter uma percepção dos fatos limitada à perspectiva clássica da primeira pessoa (é o caso de Brás Cubas, Bento Santiago e Aires, no *Memorial*), quanto pode ter uma percepção "onisciente", isto é, não conformada pela verossimilhança do discurso limitado pela perspectiva de um "eu" (é o caso do narrador de *Quincas Borba* e de *Esaú e Jacó*).

A questão do narrador, sob qualquer perspectiva que seja abordada, é central na ficção machadiana. Para os objetivos desta apresentação, porém, especial atenção vai merecer o segundo tipo de narrador relacionado acima: aquele que, não obstante se apresentar como um "eu", não tem a sua perspectiva limitada pela verossimilhança de tal situação. E é esse justamente o ponto em que o narrador dos grandes romances machadianos parece apresentar mais semelhanças com o narrador camiliano.

Para os estudiosos da obra de Machado, esse narrador desde logo se revelou problemático. Augusto Meyer, por exemplo, entende que a excessiva "interferência do autor no entrecho" – mesmo nas narrativas em que ela parece menos justificável – é responsável por uma "nota monocórdia" na ficção do autor:

> Este vezo de meter o nariz no entrecho, para comentário oportuno ou inoportuno, leva-o a descaídas de mau gosto e casos há em que o aparte do autor é simplesmente descabido, pois vem acompanhado de uma citação erudita ou literária demasiado ostentosa para a modéstia do acidente, mesmo quando a intenção tenha sido mais ou menos irônica[39].

39. Augusto Meyer, *Textos Críticos*, org. João Alexandre Barbosa, São Paulo/Brasília, Perspectiva/INL, 1986, p. 330.

E ainda:

> [...] é um eu que abusa do direito de ser autor e de estar em toda parte, virando telhados e invadindo alcovas, espiando impunemente pelo buraco da fechadura[40].

Talvez nenhuma outra formulação dê conta do que há de mais específico na ficção madura de Machado de Assis do que esse abuso do "direito de ser autor".

Uma tendência importante da crítica moderna dedicou-se a motivar esse "meter o nariz no entrecho", quando a narração evoca o discurso autobiográfico. Em *Memórias Póstumas de Brás Cubas* e *Dom Casmurro*, essa característica do narrador – o narrador volúvel, para usar a expressão consagrada por Roberto Schwarz – foi interpretada como representação da desfaçatez de classe ou mecanismo de cooptação do leitor[41].

Merece, entretanto, maior atenção a figura do narrador problemático de *Quincas Borba* e, principalmente, o de *Esaú e Jacó*. Problemático num sentido propriamente textual, já apontado acima; mas ainda mais problemático em *Esaú e Jacó*, cujo texto é atribuído, em nota introdutória, ao conselheiro Aires, que é, ao mesmo tempo, personagem (e que, como tal, deveria, em princípio, ter visão limitada dos acontecimentos em que se envolve) do mesmo romance. O conflito entre as duas perspectivas atribuídas à mesma personagem, embora em tempos diferentes (o da vivência, referida no memorial, e o da narração, que lhe é posterior), revelou-se incômodo, a ponto de Alexandre Eulálio escrever:

40. *Idem*, p. 331.

41. Ver, a propósito, os trabalhos de John Gledson e de Roberto Schwarz, referidos ao longo desta apresentação.

Aires funciona assim como uma das consciências do *Esaú e Jacó*. [...] A este respeito se deve dizer que a advertência inicial do volume, atribuindo de modo fictício ao nosso conselheiro a autoria do romance, não merece a atenção que lhe tem sido atribuída. Tal apostila é apenas um jogo arbitrário, bem ao gosto de Machado; *se não existisse (como outra não existe no QB) jamais passaria pela cabeça de alguém atinar com tal autoria,* completamente exterior ao sentido do livro, e em franca contradição com algumas passagens fundamentais do mesmo – como, por exemplo, a teoria das vantagens da colaboração entre autor e personagem, do capítulo x[42].

Dentre os estudiosos modernos, Abel Barros Baptista foi quem mais se dedicou à discussão das figuras autorais dos últimos romances de Machado. Nos textos de Baptista, especialmente nos capítulos que consagra às notas editoriais de *Esaú e Jacó* e do *Memorial* – que são, aliás, contraditórias quanto à natureza do texto e à autoria da narrativa do primeiro desses romances –, encontra-se bem balizado o problema; e a eles em breve retornaremos[43].

Mas, diferente do que ocorre com os textos de Baptista, nos quais a questão do suposto autor é praticamente o ponto único do interesse, resulta mais interessante trabalhar aqui – neste texto de apresentação geral – de forma mais analítica, avaliando a constituição do autor e a atuação do narrador no entrecho, de modo a configurar o que parece uma figura de autor suposto e de narrador que se aproxima da que encon-

42. Alexandre Eulálio, *Escritos*, Campinas/São Paulo, Editora da Unicamp/Editora da Unesp, 1992, p. 359 (grifo meu).

43. Abel Barros Baptista, *A Formação do Nome – Duas Interrogações sobre Machado de Assis*, Campinas, Editora da Unicamp, 2003, e *Autobibliografias – Solicitação do Livro na Ficção de Machado de Assis*, Campinas, Editora da Unicamp, 2003.

tramos em uma obra como *Coração, Cabeça e Estômago* – ou *O que Fazem Mulheres?* – mais até do que das fontes setecentistas a que a crítica habitualmente filia Machado.

De modo geral, pode-se dizer que a questão mais relevante como entrada no texto machadiano remete a um texto de Antonio Candido, de 1968, "Esquema de Machado de Assis", no qual se lê esta passagem:

> Num momento em que Flaubert sistematizara a teoria do "romance que narra a si próprio", apagando o narrador atrás da objetividade da narrativa; num momento em que Zola preconizava o inventário maciço da realidade, observada nos menores detalhes, ele cultivou livremente o elíptico, incompleto, o fragmentário, intervindo na narrativa com bisbilhotice saborosa, lembrando ao leitor que atrás dela estava a sua voz convencional. Curiosamente, esse arcaísmo parece bruscamente moderno, depois das tendências de vanguarda do nosso século, que também procuram sugerir o todo pelo fragmento, a estrutura pela elipse, a emoção pela ironia e a grandeza pela banalidade[44].

Machado e o Realismo – Terceira Aproximação

Realismo como Sátira (Memórias Póstumas de Brás Cubas)

Do ponto de vista do embate com o Realismo e suas doutrinas de base, *Memórias Póstumas* avulta, com a sátira do Humanitismo.

Entretanto, no comentário desse romance interessam mais a esta apresentação as incorporações mais sutis dos te-

44. Antonio Candido, *Vários Escritos*, São Paulo, Duas Cidades, 1970, p. 22.

mas e modos realistas, cuja presença foi desde logo notada por Eugênio Gomes:

> A verdade é que, com esse livro, foi Machado de Assis um dos primeiros romancistas brasileiros a mostrar a doença ou a morte física em seus aspectos mais repugnantes, sendo muito expressiva a relação de obituário de quase todas as suas personagens com as moléstias virulentas. [...] A fraseologia enfim da narrativa está inteiramente impregnada dessa atmosfera com sucessivas comparações que fariam as delícias de um naturalista preocupado em espalhar o cheiro de clínica ou de sepulcro em suas obras. [...] Mas, ainda admitida a hipótese de que Machado de Assis visava a ironizar o Realismo ou o Naturalismo, seguindo também nisto a Camilo Castelo Branco, a atração daquilo que desejava combater parece tê-lo empolgado de algum modo[45].

A que se seguem estas anotações:

> A concepção mecanicista da vida ultrapassa no romance várias situações, em que a ironia interfere de qualquer maneira, para se estadear como um pensamento irremovível no espírito do escritor.
>
> [...]
>
> A ironia e o *humour*, com que conduziu o tema, não puderam dissimular completamente o interesse do romancista por uma interpretação positivista dos fatos e da vida. De qualquer modo, rendeu um tributo ao Naturalismo que foi além talvez de suas intenções[46].

Uma possibilidade de entendimento do gosto pelo repugnante é que os elementos ostensivamente realistas presen-

45. Eugênio Gomes, *Aspectos do Romance Brasileiro*, Salvador, Livraria Progresso Editora, 1958, p. 107.

46. *Idem*, pp. 107 e 109.

tes não só em *Memórias Póstumas*, mas também em outras obras integrem um registro geral da sátira e da paródia. Mas cremos que se possa descartar, no quadro traçado a partir do prefácio de Eça de Queirós, também uma real atração ou sedução de Machado pelos temas, pelo estilo e pelos pressupostos deterministas do Realismo.

Entretanto, não constituirá objeto específico desta apresentação a análise pormenorizada desse romance ou dos dois que se seguem a ele. O foco aqui se restringe à representação do Realismo – por meio da sátira, da paródia ou da confrontação direta.

Nesse sentido, não é tão relevante a discussão das ideias de Roberto Schwarz. Para esse autor, a questão é o valor realista da obra de Machado, e sua preservação crítica, como se vê nesta passagem de um debate ocorrido em 1981:

> Existe uma coisa muito curiosa em Machado de Assis e que vai se repetir no Modernismo: uma espécie de vanguardismo que é "fácil". Em certo sentido, Machado convergiu com tudo que há de mais impressionante na literatura mundial, só que essa convergência resulta menos de um trabalho interno, sobre noções e formas, que de uma dose considerável de realismo. Trata-se de um autor cheio de recursos de vanguarda, mas cujo efeito geral é realista. Machado de Assis é um autor extraordinariamente mimético, sendo que ele usa recursos literários de uma literatura não-mimética. Isso vai acontecer com os modernistas também, e o Antonio Candido, por exemplo, observa que o primitivismo do pessoal de 22, no Brasil, parecia natural, algo que podia estar andando na rua, de modo que tinha uma dimensão realista, inesperada do ponto de vista da estética da vanguarda. É como se a relativização das ideias dominantes de uma época, no centro, tivesse peso explosivo e a relativização dessas mesmas ideias na periferia tivesse uma dimensão realista porque a sua relatividade é palpável. Daí, talvez, uma certa diferença de peso: por

mais brilhante que Machado seja, dificilmente alguém dirá que é um Baudelaire, um Nietzsche etc., embora tenha muito deles[47].

Questão que se destaca também no livro de 1990 nesta passagem, entre outras:

> [...] tratava-se de escrever um romance realista com soluções literárias antirrealistas, e de configurar o peso da realidade nacional fora do âmbito de suas explicações em voga, por meio exclusivamente do acerto da composição. [...] Ao escrever um romance "do seu tempo e do seu país" com recursos do século anterior, Machado bloqueava a fusão romântica do indivíduo no coletivo e na tendência histórica, barbaridade moderna e regressiva explicitamente visada na crítica ao Humanitismo, para o qual a dor individual não existe[48].

E importa menos porque, para ler o romance que mais nos interessa neste momento – *Esaú e Jacó* –, pequeno rendimento tem essa reivindicação de realismo a todo preço, e muito menos tem valor explicativo convincente a forma shandiana ou a "volubilidade" do narrador, reduzida a mimetização de situação de classe ou a estratégia para superar o suposto aspecto "risível e postiço" que marcava a literatura romântica, por conta da importação das formas da literatura europeia contemporânea[49].

47. Cf. Alfredo Bosi *et al.*, *Machado de Assis*, São Paulo, Ática, 1982, Coleção Escritores Brasileiros, Antologia e Estudos, vol. 1, pp. 317-318.

48. Roberto Schwarz, *Um Mestre da Periferia do Capitalismo – Machado de Assis,* São Paulo, Livraria Duas Cidades, 1990, pp. 194-195.

49. Eis uma passagem que sintetiza essa questão no que diz respeito à crítica ao que veio antes das *Memórias*, "resulta um universo literário fraturado, onde as reivindicações românticas – a mola da fábula – têm sempre algo de afetação risível, postiça e *importada*. Assim, quando o primeiro Machado recuava do terreno dito contemporâneo e praticamente excluía de seus romances o discurso das liberdades individuais e do direito à autorrea-

Tampouco parece valer a pena voltar a discutir aqui a bem conhecida tese de que os romances da fase madura de Machado conquistaram o público, em seu tempo, *apesar* do seu componente crítico corrosivo; que o autor, em certo sentido, ludibriou os seus leitores, embalando-os em referência culturais e tiradas de estilo, fazendo com que não percebessem o espelho cruel em que denunciava os seus preconceitos e limitações – um engodo que só teria sido percebido pela crítica futura, à qual Machado teria enviado mensagens crípticas e pistas sobre sua real intenção. É uma tese que pode produzir alguma verossimilhança, se exercida sobre *Dom Casmurro* ou *Memórias Póstumas de Brás Cubas*, mas que pouco ou nada rende, se o objeto for *Esaú e Jacó* ou *Memorial de Aires* – livros que tiveram repercussão crítica igual ou superior à dos anteriores[50].

O Realismo como Nostalgia e Paródia – Quincas Borba

Quincas Borba, que surge em 1891, é muito mais rico de vida e de substância humana que o romance anterior. É o mais arejado dos seus livros, e o que apresenta a melhor dramatização. A atitude sarcástica e falsa de *Brás Cubas* cede o lugar a uma severa dramaticidade, que suporta a medida do trágico

lização, discurso novo e crítico, ele estava fugindo à posição falseada em que se encontravam a ideologia liberal e as ostentações de progresso nas condições brasileiras" (Roberto Schwarz, *op. cit.*, p. 219).

50. Para a discussão das teses de Schwarz e de Gledson, que com ele compartilha o paradigma crítico, ver Abel Barros Baptista, *A Formação do Nome* e *Autobibliografias*. Ver também, Paulo Franchetti, *Dom Casmurro* (citado acima) e o artigo "No Banco dos Réus – Notas sobre a Fortuna Crítica Recente de *Dom Casmurro*", *Estudos Avançados*, vol. 23, nº 65, São Paulo, 2009.

– assim se expressava, a propósito do segundo romance da "fase madura", Barreto Filho, afirmando, embora, que o seu melhor romance era *Dom Casmurro*[51].

Creio que vale a pena refletir sobre esse julgamento, conjugando-o com esta anotação de Eugênio Gomes e Marco Aurélio de Moura Matos:

> Após a singular aventura das *Memórias Póstumas de Brás Cubas*, Machado de Assis, como romancista, estaria ante um dilema: retroceder à linha de construção romanesca sob que trabalhara outras obras, ou sobrepor-se às convenções tradicionais, prosseguindo a vertiginosa experiência inaugurada naquele livro. Não há dúvida, porém, de que o escritor já havia optado pela posição extrema, entregando-se à "forma livre", cuja maleabilidade era um incentivo às novas preferências do seu espírito, então mais inclinado que nunca para o *humour*[52].

Cremos justamente no contrário: que há dúvida. Se não houvesse, como seria possível especular sobre a existência de um dilema? Digo: se *Quincas Borba* representasse a continuação da forma livre das *Memórias Póstumas*, não havendo nenhum depoimento do autor sobre o dilema – isto é, sobre o prosseguimento da linha iniciada com *Brás Cubas* –, que motivos teriam os críticos para supô-lo?

Uma característica desse romance permite, aliás, que a questão relevante – a existência de uma opção dilemática, tal como a referem os autores acima – venha para primeiro plano e possa ser examinada de modo mais objetivo.

51. Barreto Filho, "O Romancista", em Machado de Assis, *Obra Completa*, Rio de Janeiro, Nova Aguilar, 2004, vol. 1, p. 107.

52. "Prefácio" a Machado de Assis, *Quincas Borba*, Rio de Janeiro/Brasília, Civilização Brasileira/INL, 1975, p. 15.

Trata-se do fato de que o romance foi publicado primeiro em folhetim e depois em livro. Diferentemente do que ocorreu com *Memórias Póstumas* – que é praticamente idêntico na revista e em volume –, no caso de *Quincas Borba* Machado submeteu o texto a mudanças bastante importantes.

Um rápido confronto das duas versões – a publicada em *A Estação*, entre 15 de junho de 1886 e 15 de setembro de 1891, e a publicada em livro, no final desse mesmo ano – permite concluir que o sentido geral da intervenção do autor foi o enxugamento do livro: não só a motivação das personagens deixa de ser evidente para o leitor, mas ainda – e isso é o mais curioso – uma parte significativa das digressões termina por ser suprimida. Como exemplo, bastaria constar as seguintes supressões: capítulos XVII e XIX, XXX (sobre a preguiça do leitor) e os compreendidos entre o CI e o CVI (especialmente o CII e o CV), bem como os capítulos CVIII e CIX, que, na versão em folhetins, eram um longo retardamento da ação, por meio de digressões[53].

Sobretudo, vale transcrever esta passagem, igualmente suprimida em livro, pois que essa versão realiza já muito melhor o que aqui ia registrado apenas como preceito:

> Expansivos e francos! Imaginai o avesso disso, e tereis Carlos Maria; mas é o que a preguiça do leitor lhe não consente; ela quer que se lhe ponha aqui no papel a cara do homem, toda a cara, a pessoa inteira, e não há fugir-lhe.

53. A tarefa de refletir sobre o sentido das intervenções do autor para criar a segunda versão ficou facilitada pela publicação de um ótimo conjunto de ensaios, em livro organizado por Ivo Barbieri, *Ler e Reescrever* Quincas Borba, Rio de Janeiro, Eduerj, 2003. A propósito, ver Ana Cláudia Suriani dos Santos, *Machado de Assis' Philosopher or Dog, from Serial to Book Form*, Londres, Maney Publishing, 2010; *Machado de Assis, do Folhetim ao Livro*, Sumaré, NVersos, 2015.

De mim digo que sou totalmente outro: arrenego de um autor que me diz tudo, que me não deixa colaborar no livro, com a minha própria imaginação. A melhor página não é só a que se relê, é também a que a gente completa de si para si. Três linhas de Pascal dão cinco a oito minutos de reflexão. Vede aqui, por exemplo, certa ideia que sai do papel para a cabeça, entra na cabeça e de manso acorda outra ideia, fala-lhe, a conversação das duas desperta outra, as três mais outras, e aí ficam dez ou doze, em boa, longa e familiar palestra[54].

Como observou Augusto Meyer, *Quincas Borba* surge como "o romance revirado pelo avesso, dando valor estrutural ao segundo plano do entrecho, onde cabe o sentido oculto".
Meyer via essa obra como contrária às tendências de época, ao "romance naturalista, ou realista, [no qual] imperava uma psicologia epidérmica, herdeira da 'fisiologia' balzaquiana". E completava, afirmando o lugar diferenciado do autor:

Machado substituiu o patético sentimental ou meramente dramático e o psicologismo simplista do "documento humano" e da tese sociológica pela tragédia oculta que nos revela aos poucos a análise psicológica indireta, sugerida ao leitor[55].

O caráter singular dessa obra, na sequência dos romances machadianos, foi também ressaltado por John Gledson:

Quincas Borba, claro, é um romance infinitamente mais perfeito, complexo e bem-sucedido do que *Iaiá Garcia*. E a mesma afirmação – o

54. Versão do jornal publicada em Machado de Assis, *Quincas Borba – Apêndice*, Rio de Janeiro/Brasília, Civilização Brasileira/MEC, 1976, coleção Edições Críticas de Machado de Assis, vol. 14-A, p. 31.

55. Augusto Meyer, *Textos Críticos*, org. João Alexandre Barbosa, São Paulo/Brasília, Perspectiva/INL, 1986, p. 350.

que é ainda mais interessante – pode ser feita com relação a *Brás Cubas*, pelo menos em termos da complexidade da estrutura e da trama[56].

E, como vemos no texto abaixo, o seu caráter de síntese entre as obras marcadas pelo realismo romântico da "primeira fase" não desempenhava papel de pequena monta nessa avaliação:

> Os críticos deveriam reconhecer com maior frequência que *Quincas Borba* é uma importante ruptura na ficção de Machado. Sem dúvida, era (como mostrarei) uma continuação de obras anteriores, mas era também novo, ousado – e difícil[57].

Ora, como observa Leopoldo Oliveira, o romance em folhetim parece consistir numa "volta a moldes mais tradicionais de estrutura narrativa"; já na publicação em volume, o sentido principal das alterações de Machado teria sido o de suprimir passagens que "deixavam a trama muito óbvia e explicativa e/ou revelavam facetas das personagens que deveriam apenas ser sugeridas"; ao mesmo tempo, o autor teria eliminado trechos digressivos ou melodramáticos, em benefício da brevidade e da ambiguidade[58].

De fato, se o romance pôde ser descrito tal como o foi por Barreto Filho, como fruto de um dilema, é porque na sua estrutura têm peso semelhante a "forma livre" shandiana e os procedimentos ficcionais da vulgarmente chamada "fase romântica" da ficção do autor. Ou seja, se esta apreciação estiver correta, *Quincas*

56. John Gledson, *Machado de Assis – Ficção e História*, Rio de Janeiro, Paz e Terra, 1986, p. 66.

57. *Idem*, pp. 68-69.

58. Leopoldo Oliveira, "As Metamorfoses na Estrutura Narrativa entre as Versões A e B", em Ivo Barbieri (org.), *Ler e Escrever* Quincas Borba, Rio de Janeiro, Eduerj, 2004, p. 44.

Borba se apresenta, do ponto de vista da organização da matéria ficcional, como um compromisso – se não mesmo um ensaio de continuidade – com a linha do realismo romântico, interrompida por *Memórias Póstumas*. Nesse sentido também parece ir a análise de Leopoldo O. C. de Oliveira, que, ao final de seu estudo comparativo das duas versões do romance, escreve:

> Concluindo, pode-se dizer que, com *Quincas Borba*, principalmente com *QBb* [a versão em volume], Machado de Assis encontra um meio-termo entre a forma fragmentada ao extremo [...] de *Brás Cubas* e a forma em grande parte convencional da estrutura romanesca[59].

Ainda a respeito, vale a pena reler esta passagem de John Gledson:

> Em *Quincas Borba*, juntamente com uma trama que preenche as exigências normais do realismo [...], existe outra que não preenche tais expectativas e, na verdade, no capítulo 106, nega-as agressivamente. Em nível de técnica narrativa, creio que essa adoção consciente, em todos os níveis de seus romances, de uma relação agressiva com o leitor, é a mais importante novidade de *Quincas Borba*, a verdadeira solução para o impasse ao qual o conduziu o experimento realista[60].

Nesta altura da exposição, poderia ir talvez sem dizer que as características apontadas nesse parágrafo serviriam de adequada descrição a muitas passagens da obra de Camilo Castelo Branco. Ou seja, a hipótese aqui é que aquilo que pode, se considerado isoladamente – ou apenas dentro da série "machadiana" –, aparecer como avanço ou elemento de ruptura com a tradição também

59. *Idem*, p. 57.
60. John Gledson, *Machado de Assis – Ficção e História*, pp. 112-113.

pode ser visto, enquadrado numa questão mais ampla, como parte da estratégia de recuo tático ante a pressão da moda realista.

Por outro lado, a aproximação desse romance ao Realismo, aliás, não passou despercebida, como se pode ver nesta resenha de José Anastácio:

> No *Quincas Borba* há Ohnet, há Zola, há Maupassant, há tudo isso; mas em escala reduzida e por um modo tão natural, tão filosófico, tão profundo, tão harmonioso, tão suave que encanta[61].

Aproximação esta que talvez tenha tido algum peso na boa recepção do livro pelo público, pois, como registra Hélio de Seixas Guimarães, "foi este o primeiro grande sucesso de crítica e público de Machado de Assis. O livro foi assunto de resenhas em vários jornais, inclusive fora do Rio de Janeiro"[62].

Nesse quadro, perdem relativamente interesse explicações de caráter biográfico, ainda que mediadas pela questão objetiva do sucesso e do leitor, como a que oferece Hélio de Seixas Guimarães:

> *Depois do desapontamento com a recepção do romance anterior*, Machado cria um narrador mais retraído e menos estridente na sua relação com os leitores empíricos, aprofundando a figuração do leitor no terreno ficcional por meio de um narrador dissimulado, que finge proximidade para, a certa altura, passar uma descompostura e flagrar a inépcia e a incompetência do leitor[63].

61. José Anastácio, "Quincas Borba", *O Tempo*, Rio de Janeiro, 25 de janeiro de 1982. Reproduzido em Ubiratan Machado, *Machado de Assis – Roteiro da Consagração*, Rio de Janeiro, Eduerj, p. 166.

62. Hélio de Seixas Guimarães, *Os Leitores de Machado de Assis – O Romance Machadiano e o Público de Literatura no Século* XIX, São Paulo, Edusp/Nankin, 2004, p. 210.

63. *Idem*, p. 213 (grifo meu).

Além disso, a parte final dessa descrição, embora usual no que diz respeito à relação de Machado com o leitor, não se sustenta nos fatos da recepção, como o mesmo crítico reconhece, ao preceder a anotação do grande sucesso do livro por este comentário:

> No mundo empírico, os fatos também divergiam das aparências, já que a recepção do livro tratou de desmentir as expectativas negativas em relação à interlocução expressas em *Quincas Borba*[64].

Na verdade, essa questão não devia vazar-se nesses termos, pois só o pode fazer fundada no nível literal imediato, anterior a qualquer consideração crítica. Se a encenação da expectativa negativa com relação ao leitor afastasse leitores (isto é, se não fosse recebida, desde sempre, como parte do registro farsesco ou espirituoso da forma), diminuta teria sido a aceitação, por exemplo, de muitos e muitos romances de Camilo Castelo Branco – para não referir autores do século XVIII.

Mais interessante, do nosso ponto de vista, é constatar que Guimarães, quando buscou situar adequadamente *Quincas Borba* na obra de Machado, tratou de comparar esse romance com *Iaiá Garcia*, como se aquele fosse, em certa medida, a reescrita deste, depois do exercício shandiano/camiliano de *Brás Cubas*[65].

Por fim, no que toca à junção de trama romântico-realista, narrador interferente em terceira pessoa e elementos de remissão ao livro anterior, no qual se processa a sátira do Positivismo e do darwinianismo (entre outros: a sugestão de que houve transmissão da loucura por meio do legado da herança e do cachorro e a retomada do refrão "Ao vencedor as batatas"), produzem um efeito predominantemente farsesco e paródico dos

64. *Idem, ibidem.*
65. *Idem*, pp. 203-206.

pressupostos realistas, que me parece distante do tom trágico atribuído ao romance pelos seus primeiros leitores críticos. Nesse quadro, merece atenção ainda o uso do discurso indireto livre, com o qual se completa a remissão ao realismo literário[66].

Intermezzo – Dom Casmurro

Em *Dom Casmurro* a questão do Realismo reduz-se ao mínimo. Eugênio Gomes apontou há tempos um curioso paralelo entre a obra de Machado e o romance de Zola, *Madeleine Férat*. Mas apesar de o crítico aventar a hipótese de que Machado de Assis "ainda que discretamente, deixou-se mesmo impregnar da concepção naturalista, que imprimiu um sentido ortodoxo à narrativa de Zola", a verdade é que aquela narrativa, com a tese de que a impregnação espiritual da mulher por um homem amado ausente pode produzir semelhança física entre ele e um filho dela com outro homem, tem muito pouco de ortodoxa, em termos naturalistas[67].

Mas talvez esteja aqui uma sugestão interessante para o diálogo de *Dom Casmurro*, com os pressupostos ou parâmetros naturalistas, no que toca à hereditariedade e ao determinismo.

A questão da hereditariedade é central no livro: Escobar renasce em Ezequiel. Não obstante, se a semelhança fosse prova suficiente de descendência, então Capitu seria irmã de Sancha, pois havia muita semelhança de traços entre aquela e a mãe desta. Bentinho, entretanto, não cede à dúvida. À

66. Sobre o discurso indireto livre em *Quincas Borba*, ver Ivo Barbieri, "Um Romance de Muitas Leituras", *Ler e Escrever* Quincas Borba, pp. 28 e ss.

67. Eugênio Gomes, *O Enigma de Capitu*, Rio de Janeiro, José Olympio, 1967, p. 175.

sua maneira, recompõe a sua vida num registro naturalista de determinismo implacável: desde a meninice, o desfecho da sua vida com Capitu estava previsto. Do seu ponto de vista, tanto o velho Casmurro enganado por todos, quanto a Capitu adúltera estavam dentro de si mesmos, "como a fruta dentro da casca".

Mas não há, de fato, determinismo seguro na perspectiva de Bento. Nem mesmo destino, que é o nome clássico e metafísico da determinação. A penúltima frase não ficaria incongruente se, em vez de destino, aparecesse aí a fortuna – com o significado ambivalente que tem, de sorte e de fado: "quis a fortuna que acabassem juntando-se e enganando-me".

O apego de Bento à perspectiva determinista busca o registro da tragédia, mas atinge apenas o da tragicomédia – quando não o do melodrama, como na tentativa de assassinato do filho. "Há acaso!" – essa é a afirmação sufocada, corrosiva, sob a narrativa de Bento e da qual ele busca proteger-se, por meio de uma série de subterfúgios e atitudes nobilitantes: desde as atitudes ensaiadas, como a do suicídio que não houve, até as voltas do estilo e as citações profusas.

Nesse sentido, parece razoável dizer que, em *Dom Casmurro*, Machado enterra de vez a sua preocupação de combater ou adaptar os pressupostos da literatura realista. Após a assunção farsesca da primeira pessoa em *Memórias Póstumas de Brás Cubas*, por meio de um defunto autor, e de compor um último romance de compromisso com o realismo romântico (*Quincas Borba*), em *Dom Casmurro* Machado coloca agora em cena, para nunca mais o retirar da posição de protagonista, o processo de escrita do romance, abrindo uma nova direção na sua obra romanesca[68].

68. A questão do protagonismo da escrita é o cerne do livro de Abel Barros Baptista, *Autobibliografias*, já referido. Anteriormente, já tinha vindo para

A crítica da época não foi indiferente à nova mudança de rumo. José Veríssimo expressou-se a respeito com clareza e algum pesar, destacando, à sua maneira, o caráter não realista do livro:

> *Dom Casmurro* é irmão gêmeo, posto que com grandes diferenças de feições, se não de índole, de *Brás Cubas*. Eu preferia, e comigo estão porventura os devotos do escritor, que a esse raro e distinto livro, e a *Quincas Borba*, que o seguiu, diferenciando-se por uma humanidade maior, uma realidade mais viva, sucedesse uma obra que mostrasse um novo aspecto da imaginação e do pensamento do autor. Relativamente a *Brás Cubas*, *Quincas Borba*, derivado embora da mesma inspiração, era novo; filho do mesmo sangue, tinha, entretanto, outra fisionomia e outro caráter. Sem ser uma reprodução de *Brás Cubas*, *Dom Casmurro* tem com ele mais que o ar de família dos filhos do mesmo pai, semelhanças de irmão gêmeo[69].

Além do Realismo (*Esaú e Jacó* e *Memorial de Aires*)

Esaú e Jacó

O penúltimo romance de Machado de Assis foi o que melhor recepção teve em seu próprio tempo. Nas palavras de Ubiratan Machado:

primeiro plano no livro de Affonso Romano de Sant'Ana, *Análise Estrutural de Romances Brasileiros*, Petrópolis, Vozes, 1977 (1ª ed., 1975), cujo capítulo sobre Machado (no caso, a análise de *Esaú e Jacó*) será logo mais comentado.

69. José Veríssimo, "Um Irmão de Brás Cubas", *Jornal do Comércio*, Rio de Janeiro, 19 de março de 1900. Reproduzido em Ubiratan Machado, *op. cit.*, pp. 223-224.

Em 15 de abril de 1904 era assinado um termo de contrato, mudando o título para *Esaú e Jacó*. Em agosto desse ano já estava à venda. A repercussão foi consagradora. Nenhum livro de Machado, até então, foi recebido com tantos elogios[70].

José Veríssimo, por exemplo, depois de afirmar a forte personalidade literária de Machado, escrevia:

Nesse romance principalmente ela se desenvolve em inteira posse de si própria, numa opulência de pensamentos, de ideias, de conceitos manifestamente superior à dos seus outros livros de igual gênero. A história é simples e por isso mesmo difícil de contar. Aliás, as histórias do Sr. Machado de Assis perderiam muito em ser recontadas por outros. O seu principal encanto talvez esteja no contador. Cada livro dele, de parte o estilo, traz uma novidade. A de *Esaú e Jacó* é a do assunto, que tem, do modo por que é exposto, toda a figura de um fato novo[71].

E, para referir só mais um julgamento de época, fiquemos com este, de Mário de Alencar:

De um livro de Machado de Assis não se deve dizer apenas que é bom, porque fora ser supérfluo; nem dizer que é banal ou ruim, para se não negar a luz do sol. Que hei de afirmar deste último livro, *Esaú e Jacó*? Direi que é melhor do que *Dom Casmurro*, como este é melhor do que *Quincas Borba*, e *Quincas Borba* é melhor do que *Brás Cubas*. Acrescentando que *Brás Cubas* é admirável e ótimo, terei dito de certo modo, incompletamente e por circunlóquio, a impressão que tive de *Esaú e Jacó*[72].

70. Ubiratan Machado, *op. cit.*, p. 259.

71. José Veríssimo, "Vida Literária", *Kosmos*, Rio de Janeiro, dez. 1904. Reproduzido em Ubiratan Machado, *op. cit.*, pp. 277-278.

72. Mário de Alencar, "Esaú e Jacó", *Jornal do Commercio*, Rio de Janeiro, 2 de outubro de 1904. Reproduzido em Ubiratan Machado, *op. cit.*, p. 263.

Essa apreciação, entretanto, não se manteve, ao longo do século XX. Especialmente entre os que entendiam que o principal interesse da obra de Machado de Assis era a representação da realidade social. Assim, escrevendo no começo dos anos 1970 sobre o Realismo (no sentido lukacsiano da palavra), Carlos Nelson Coutinho afirmava:

> [...] é inegável que em seus últimos romances – particularmente no *Esaú e Jacó*, onde pretende captar mais de perto as agitações republicanas dos novos tempos – o grande realista não mais alcança o mesmo nível estético e a mesma verdade histórico-humana de seus três romances anteriores[73].

A formulação permite identificar duas questões relevantes para a compreensão do livro do ponto de vista representacional. A primeira é a da intenção: Machado teria tido, com esse livro, o objetivo de retratar a sua época; a segunda é a questão do realismo, aqui formulada como ligada ao nível estético e à verdade "histórico-humana".

Seria possível aduzir ainda outros exemplos da mesma apreciação, mas o melhor é ir logo ao principal defensor da prioridade do intuito representacional na obra de Machado, John Gledson.

Como se sabe, o esforço de Gledson é proceder a uma leitura alegórica dos romances de Machado, de modo a identificar personagens, eventos e situações aí presentes com fatos, personalidades e situações políticas ou sociais. O realismo de Machado, nessa leitura, resulta um realismo enigmático, no

73. Carlos Nelson Coutinho, "O Significado de Lima Barreto na Literatura Brasileira", em Carlos Nelson Coutinho *et al.*, *Realismo e Antirrealismo na Literatura Brasileira*, Rio de Janeiro, Paz e Terra, 1974, p. 16.

sentido próprio da palavra: apenas depois de decifradas as alusões e identificados os elementos que remetem à história e à vida social brasileira o seu realismo pode ser afirmado.

Entretanto, ao se defrontar com *Esaú e Jacó*, no qual a tematização da vida política do país é sistemática a ponto de ser excessiva, eis o que escreve em dois momentos diferentes do seu ensaio:

> [...] qual é aqui o objetivo de Machado? Que condição pretendeu o autor que tivesse para o leitor esse enredo tão manifestamente absurdo e irreal? De vez em quando, temos consciência da irrealidade dos acontecimentos e até do poder do narrador de contar a história que bem entender, como acontece neste trecho muito citado que liga a infância e a juventude dos gêmeos[74].
>
> [...] Diante da linha geral da argumentação deste livro, seria de se esperar que eu defendesse uma interpretação histórica de *Esaú e Jacó*, como ocorreu com os outros romances. Embora eu realmente argumente que o material histórico do romance (que é, naturalmente, bastante considerável) não possa ser minimizado como mero cenário, é necessário ter cuidado com o papel preciso da História e da política no romance, porque existe uma considerável tentação de ser excessivamente exclusivista ao interpretar o romance nesse nível. De fato, se nos outros romances é preciso buscar e interpretar, para encontrar e entender os significados políticos e históricos do livro, aqui, os acontecimentos, símbolos, nomes alegóricos etc. que se relacionam com a política são tão numerosos a ponto de se tornarem inescapáveis[75].

A questão é delicada, porque o caminho do crítico tem de ser o inverso do que ele trilhou nos romances anteriores e,

74. John Gledson, *Machado de Assis – Ficção e História*, p. 162.
75. *Idem*, p. 168.

especialmente, ao analisar *Dom Casmurro*. Nos outros, tratava--se de caminhar do símbolo para o simbolizado, isto é, de um elemento ficcional para uma suposta referência histórica; aqui, a referência histórica é onipresente e a dificuldade é integrá--la de alguma forma na trama ficcional. Em certo sentido, para uma perspectiva como a de Gledson, apresenta-se um dilema.

A primeira alternativa seria considerar que *Esaú e Jacó* representa uma culminação do processo ficcional de Machado. Nesse caso, é preciso sair em busca de enigmas a decifrar, pois, sendo a referência à história política profusa e evidente, e sendo o enredo absurdo, a única saída seria alegorizar a alegoria.

É nessa direção que caminha, por exemplo, esta formulação:

> Os trechos são citados extensamente, por causa do número de detalhes que contêm: o leitor com certeza concordará que compõem realmente um enigma[76].

Ou esta:

> É impossível deixar de pensar em termos alegóricos, quando lemos trechos assim – simplesmente, não teriam nenhum sentido se não fizéssemos isso[77].

Ou ainda, falando do pedido de casamento de Nóbrega a Flora:

76. *Idem*, p. 179.

77. *Idem*, p. 180. No caso, trata-se de um dos momentos mais curiosos do texto, aquele no qual Gledson interpreta o caso das barbas tingidas do mendigo e do capuchinho (é o que ele refere como impossível de interpretar sem recurso à alegoria) como referências à economia cafeeira, indo ao ponto de resgatar a etimologia de capuchino em *capuccino*, ou seja, bebida feita com café, tendo por cima uma espuma branca...

O absurdo desta ideia, se considerada de um ponto de vista realista, serve para enfatizar seus significados satíricos e alegóricos, tanto no que diz respeito ao comentário de Machado sobre o encilhamento, como na estrutura mais ampla do livro[78].

Não é simples a tarefa do intérprete:

Esaú e Jacó é, às vezes, um romance muito difícil, com trechos e capítulos que parecem calculados para confundir o leitor mais determinado. Cortar o nó górdio, apontando a recusa consciente do autor a fazer o habitual jogo ficcional de contar uma história e esperar que o leitor suspenda sua descrença – é menos verdadeiro para com a experiência que tem do romance um leitor honesto, do que ir pacientemente desfazendo seus emaranhados[79].

Mas ainda mais difícil é harmonizar as teses sobre o realismo de Machado com as operações exigidas pela interpretação coerente desse romance cheio de enigmas:

[...] a argumentação, até agora, revela duas coisas, aparentemente difíceis de conciliar: um considerável interesse em questões políticas e uma correspondente sutileza em abordá-las, além de uma considerável relutância tanto em manifestar opiniões claras [...] como em renegar os dois e proclamar que "tanto monta, monta tanto", como dizem os espanhóis. Relativismo não quer dizer indiferença, mas não se sabe ao certo o que querem dizer essas engenhosas especulações[80].

A segunda alternativa seria o julgamento a que chegou Carlos Nelson Coutinho – o que está fora dos parâmetros e da

78. *Idem*, p. 197.
79. *Idem*, p. 164.
80. *Idem*, p. 174.

crença de base da crítica de Gledson. Assim, restou-lhe considerar que o romance é de fato um fracasso, em termos de realização estética e em face da obra pregressa do autor, mas que nisso mesmo reside seu caráter específico, enquanto construção alegórica – e sua possível redenção enquanto obra de arte.

Vejamos:

> Aqui, em *Esaú e Jacó*, Machado cria um enredo central em que ele próprio só acredita pela metade – jamais acreditou plenamente, claro, porque é inconcebível que o tédio e o aborrecimento que exibe para com seus próprios personagens e para com a trama, lá para o fim do romance, não tenham sido previstos[81].

E eis o julgamento sobre o sentido do livro, a partir da consideração de quem seria o seu narrador:

> Dada a natureza peculiarmente absurda do enredo em si, que comentamos acima, não será essa uma maneira de se distanciar dele tornando-o, de certa forma, ainda menos "seu" que as narrativas na primeira pessoa, como as de *Brás Cubas*, *Casa Velha*, *Dom Casmurro* e *Memorial de Aires*, que, de muitas maneiras, quando o artifício do narrador discutível é descoberto, são tão claramente escritos [*sic*] por ele? Aqui, o enredo pode ser ou não um produto do narrador, pois não podemos perceber o que há por trás dele, para elaborar possíveis alternativas (como no caso dos romances citados) nem acreditar inquestionavelmente em sua verdade. Talvez o estranho artifício empregado por Machado de ter, na verdade, dois narradores ou, de qualquer maneira, de fazer o narrador aparecer apenas como mais um personagem, comentado diretamente, como se não fosse idêntico ao narrador, represente, em última instância, as próprias dúvidas de

81. *Idem*, p. 210.

Machado sobre seu romance, dúvidas que parecem tê-lo atormentado até o fim, a julgar pela mudança de título. Dentro desse enfoque, Gomes pode ter razão em considerar o Conselheiro o *alter ego* de Machado, mas também pode ser que a identificação seja uma sentença de desespero[82].

A transcrição dessas passagens, que refletem na própria redação a dificuldade ou impossibilidade de prosseguir na linha analítica escolhida, deve bastar para que se afigure a dimensão do problema que o livro apresenta para um leitor empenhado numa leitura realista, ou mesmo numa aposta na intenção realista que presidiria a obra de Machado.

O ponto, com certo reforço polêmico, foi assim destacado por Ivan Teixeira:

> Para entender *Esaú e Jacó*, devem-se, em primeiro lugar, abandonar os princípios da verossimilhança realista. A lógica dos acontecimentos, nesse romance, não é a da realidade. Isso já aconteceu em *Brás Cubas*. Mas lá a interpretação é mais fácil, porque o fantástico é explícito e inequívoco. Em *Esaú e Jacó*, o entendimento é mais trabalhoso, porque o plano mítico se acha visceralmente misturado com o plano concreto do real[83].

Outras perspectivas de leitura têm melhor resultado: aquelas que investem mais decididamente na construção simbólica do texto, deixando à margem a questão da representação do social. Por exemplo, a que Gledson antagoniza explicitamente no seu texto: a de Affonso Romano de Sant'Ana. De fato, não podia ser diferente a reação do estudioso inglês, pois a pers-

82. *Idem, ibidem.*
83. Ivan Teixeira, *Apresentação de Machado de Assis*, 2ª ed., São Paulo, Martins Fontes, 1988, pp. 138-139.

pectiva é oposta, bem como a forma de resolver a relação entre a matéria histórica e a construção ficcional:

> [...] os suportes mítico e histórico ocorrem a despeito mesmo de serem mitos e histórias. Como a estória de Machado não visa ilustrar a História do Brasil, mas esta é que serve para ilustrar a sua estória, pode o narrador ao invés de Monarquia e República falar também de Robespierre e Luís XVI (cap. 23) que são uma dupla que mantém o mesmo regime de oposição localizável na história de qualquer país[84].

A questão tem alcance maior, pois a proposta de Sant'Ana é, na verdade, estender esse modelo de leitura a outras obras de Machado, criando assim um caminho de leitura não realista: "[...] *Esaú e Jacó* (1904) submetido a uma análise estrutural pode fornecer modelos básicos para a interpretação da obra machadiana"[85].

A análise de Sant'Ana é plena de sugestões, tanto no que diz respeito aos intertextos do romance, quanto à matéria mítica e histórica. Mas é sobretudo inovadora na medida em que afirma que "se algum realismo existe em Machado ele é sistêmico e não referencial e deve ser compreendido a partir do problema da constituição da escrita como centro de si mesma"[86]. Ou seja, as referências tanto à história quanto à mitologia e à própria literatura se organizam em esquemas de verossimilhança e propriedade que não têm como objetivo nem reproduzir, nem criar enigmas sobre a "realidade".

Daí que a interpretação geral conduza a sublinhar o aspecto lúdico do romance. Falando de Aires como personagem e

84. Affonso Romano de Sant'Ana, *Análise Estrutural de Romances Brasileiros*, 2ª ed., Petrópolis, Vozes, 1977, p. 127.

85. *Idem*, p. 116.

86. *Idem*, p. 122.

narrador, escreve o crítico que a sua forma "é natural a um diplomata ou a um narrador como Machado, interessado em desenvolver ao máximo o aspecto lúdico da contradição". E ainda:

> Mas não é só nesse sentido [da representação na narrativa] que o jogo aqui nos interessa, mas o lúdico que secunda isto tudo, quando se põe como comentador da própria partida. Assim um capítulo envia a outro através de um processo de composição que se quer autoexplicativo, como se estivesse reescrevendo constantemente a estória e retomando a narrativa num processo de canto e contracanto[87].

A conclusão de Sant'Ana, como se pode já concluir dessa passagem, é que, se há um sentido ideológico na obra de Machado, trata-se de "um afastamento ideológico por inversão", ou seja, que ela se apresente como estruturada a partir de elementos internos e não a partir de um anseio de representação verossímil da realidade social[88].

Nessa mesma linha de leitura, que abandona ou põe entre parênteses a questão da representação realista, uma das mais interessantes aproximações a *Esaú e Jacó* (e também ao *Memorial de Aires*) é de autoria de Wilson Martins. Para ir logo ao centro da sua abordagem, basta considerar a seguinte passagem:

> [...] pode-se ver em *Esaú e Jacó*, de Machado de Assis, uma parábola da condição humana depois da Queda. Resistindo a aceitar-lhe a dimensão simbólica, a crítica tem tentado reduzi-lo por todos os meios a mero romance de costumes, ainda que em forma metafórica, como deseja Helen Caldwell; acentuemos, pois, fortemente, desde o início, com Eugênio Gomes, que *Esaú e Jacó* "não é absolutamente

87. *Idem*, p. 149.
88. *Idem*, p. 150.

romance de costumes". Da mesma forma, vendo fantasiosamente na série *Brás Cubas-Quincas Borba-Dom Casmurro* um "tríptico" que não existe (seria, no máximo, um díptico, formado pelos dois primeiros), ela tem ignorado o tríptico substancial e profundo da obra machadiana, constituído por *A Mão e a Luva*, *Dom Casmurro* e *Esaú e Jacó*. São os três romances da luxúria, no sentido largo da palavra [...][89].

A análise de Wilson Martins parte do intertexto dantesco da epígrafe do romance, extraída do canto v do *Inferno*, reservado aos luxuriosos. Insistindo no nível simbólico, Martins se coloca frontalmente, a partir dele, contra alguns pontos da interpretação corrente da obra de Machado, como na passagem em que afirma que "se há romance que não exprime de forma nenhuma a 'sociedade patriarcal' é bem *Esaú e Jacó*"[90].

Não é o caso de resumir aqui a análise de Wilson Martins, mas apenas de registrar o quanto é rica de sugestões. Assim sendo, vale a pena ressaltar o investimento no nível simbólico, que lhe permite motivar de forma convincente o título que a advertência do romance dizia ser o primeiro, *ab ovo*. Para ele, a notação remete ao mito de Cástor e Pólux, irmãos de Helena. Por meio dessa aproximação, Martins desenvolve duas hipóteses de leitura, que se podem ver nesta passagem:

Em *Esaú e Jacó*, Flora é o elemento feminino da trindade, o que de novo a coloca numa posição fraternal em relação aos gêmeos; mas, assim como os impulsos homossexuais inconscientes se traduziam nestes últimos por explosões superficiais de ódio e antagonismo, ao mesmo tempo que impediam cada um deles de realmente intentar a conquista

89. Wilson Martins, *História da Inteligência Brasileira*, 2ª ed., São Paulo, T. A. Queiroz Editor, 1996, p. 256.

90. *Idem*, p. 261.

de Flora, não está excluído que ela se visse paralisada pelo mesmo tipo de interditos com relação aos dois irmãos: com efeito, o romance insinua, aqui e ali, que ela também é uma recessiva da androginia ancestral[91].

Wilson Martins, juntamente com Affonso Romano de Sant'Ana, foi quem mais fundo levou a exploração da "floresta de símbolos" machadiana, para usar a denominação baudelaireana com que Eugênio Gomes descreveu o que julga a direção da obra madura do autor:

> [...] nesse ciclo, o pensamento do romancista atravessou, com excepcional sutileza, uma "floresta de símbolos", que se acentuam com *Esaú e Jacó* de maneira significativa e excitante, tendo por centro a enigmática figura de Flora[92].

Ao mesmo Eugênio Gomes devemos ainda uma fina observação sobre o sentido de *Esaú e Jacó*, que não contradiz – antes inaugura e integra – a linha de leitura em que se situam também Martins e Sant'Ana. É esta:

> Como converter em palavras o que, quando muito, pode ser apenas intuído? Eis o problema que Machado de Assis, voltado para o subjetivismo, desde as *Memórias Póstumas*, atraiu para si, em *Esaú e Jacó*, ainda mais deliberadamente.
>
> Diz F. R. O'Neil, na sua obra *The Relation of Art and Life*, que, para exprimir e comunicar o que o uso comum da linguagem não consegue definir, o artista necessita empregar palavras em combinações e contextos inexplorados, com o descobrimento de um novo *stock* de metáforas

91. *Idem*, p. 268.
92. Eugênio Gomes, *Machado de Assis*, Rio de Janeiro, Livraria São José, 1958, p. 159.

e epítetos. Foi justamente o caminho seguido pelo romancista brasileiro, principiando por converter o próprio estilo em *une manière de voir*, integrado na linha do mais refinado processo flaubertiano. "As obras mais belas" – escreveu Flaubert – "são as que têm menos matéria", acentuando que "quanto mais se aproxima a expressão ao pensamento, quanto mais a palavra se confunde com ela e desaparece, tanto maior beleza". Era esse também o senso estético de Machado de Assis, revelado em *Esaú e Jacó* melhor do que em qualquer outra obra anterior[93].

A referência flaubertiana é à carta que ele escreveu em 16 de janeiro de 1852 a Louise Colet. Vale a pena ler o trecho todo:

> O que me parece belo, o que eu gostaria de fazer, é um livro sobre nada, um livro sem vínculo exterior, que se mantivesse por si só pela força interna do seu estilo, como a terra, sem ser sustentada, se mantém no ar, um livro que quase não teria assunto ou, pelo menos, no qual o assunto seria quase invisível, se isso é possível. As obras mais belas são aquelas em que há menos matéria; quanto mais a expressão se aproxima do pensamento, quanto mais a palavra se cola sobre ele e desaparece, maior é a beleza. Eu creio que o futuro da Arte vai nessa direção. [...] É por isso que não há temas belos ou vis e que se pode quase estabelecer como axioma, do ponto de vista da Arte pura, que não há nenhum, pois o estilo é, por si só, uma maneira absoluta de ver as coisas[94].

Essa parece, de fato, uma forma interessante de ver esse romance. Aliás, também Barreto Filho, já em 1947, apontou nessa direção, quando escreveu:

93. *Idem*, p. 156.
94. Gustave Flaubert, *Correspondance*, II, Paris, Gallimard, 1980, p. 31. A tradução é minha.

A segurança e o apuro a que chegaram a linguagem e a construção machadiana vão agora resplender num livro de 1904, *Esaú e Jacó*. É como se fosse um largo e grande exercício, esse romance de linhas severas, repousado, em que a superior maestria dispensa o tema da paixão, do excepcional, para jogar com os sentimentos regulares. [...] Ele chega finalmente ao objetivo, e se reúne à grande família dos espíritos que podem fazer alguma coisa independente da matéria pobre que manipulam, trabalhando pelo júbilo de inventar a forma e de acabá-la perfeitamente; daqueles a quem é dado chegar ao *divertimento* e estarem ainda aí construindo coisas sólidas. Essa narração é um exercício, mas como os cânones, ou as lições do *Cravo Bem Temperado*[95].

Dessa perspectiva, ressalta o interesse de considerar os elementos do romance não para estabelecer a sua relação indicial ou alegórica com a realidade política, mas para compreendê-los na concreta construção do texto, observando os vários níveis em que se articula a narrativa mítica com a realidade prosaica nacional, que lhes serve de pano de fundo – e o desenvolver-se presumível do enredo, em entrechos frequentemente tingidos de comicidade e gozo das simetrias e contrastes.

Foi-se o tempo em que o argumento de que olhar para a materialidade do texto ou para a sua forma específica de construção era cair na "armadilha" de Machado.

Ou seja, como escreveu Abel Barros Baptista, referindo-se a uma das passagens mais interessantes do livro, a que está no capítulo XIII:

95. Barreto Filho, *Introdução a Machado de Assis*, Rio de Janeiro, Agir, 1980, p. 159 (1ª ed., 1947). Também José Guilherme Merquior apreciou o livro por meio de uma analogia musical, "*Esaú e Jacó* (1904) é o romance mais 'abstrato' da tetralogia iniciada com as *Memórias Póstumas*. Como nos quartetos da velhice de Beethoven, o rigor da estrutura musical prevalece sobre os valores mais epidérmicos, sobre a melodiosidade exterior" (*De Anchieta a Euclides*, p. 182).

A figura do par de lunetas é justamente o meio alegórico de deslocar o segredo do enigma para a alegoria: apesar da insistência marcante nos motivos do mistério e do escondido, do entendimento e da decifração, sem dúvida um dos traços da singularidade de *Esaú e Jacó* na obra machadiana, o romance não desafia o leitor a encontrar uma mensagem escondida, exige-lhe que compreenda a rede de possibilidades de leitura, o jogo de hipóteses sem fundo nem fim em que se tece o segredo que ninguém verdadeiramente escondeu, e por isso penetrar "o que for menos claro ou totalmente escuro" não significa descobrir a solução do enigma, mas mostrar a clareza e a transparência do segredo pelo qual ninguém responde porque ninguém pode responder[96].

Uma maneira produtiva de ler o livro é partir do intertexto expressamente indicado pela epígrafe. No caso, a *Comédia*, de Dante Alighieri.

Da mesma forma que *Dom Casmurro* mantém intenso diálogo com a obra de Shakespeare e, em especial, com a peça *Otelo*, e que o *Memorial de Aires* tem por subtexto *Tristão e Isolda*, neste romance é a *Comédia* a base de várias passagens, dentre as quais se destaca a descrição de Flora como "uma Beatriz para dois", no capítulo CXIII.

Esse fato já foi reconhecido pela crítica, é certo[97]. O que parece ter passado despercebido até agora é um ponto que vale a pena destacar.

96. Abel Barros Baptista, *Autobibliografias*, p. 420.

97. Ver "O Testamento Estético de Machado de Assis", em Eugênio Gomes, *Machado de Assis*, Rio de Janeiro, Livraria São José, 1958. A propósito, talvez fosse o caso de registrar que Dirce Cortes Riedel, em seu *Metáfora – O Espelho de Machado de Assis* (Rio de Janeiro, Francisco Alves, 1979), nomeia "Uma Beatriz para Dois" um dos capítulos. Mas, contrariamente ao que poderia fazer esperar o título, não desenvolve o intertexto dantesco, mas dedica-se a uma análise interessante do papel do paradoxo na obra de Machado.

Trata-se de uma passagem bem conhecida, que é esta, que encerra o capítulo XVI:

> Tal foi a conclusão de Aires, segundo se lê no *Memorial*. Tal será a do leitor, se gosta de concluir. Note que aqui lhe poupei o trabalho de Aires; não o obriguei a achar por si o que, de outras vezes, é obrigado a fazer. O leitor atento, verdadeiramente ruminante, tem quatro estômagos no cérebro, e por eles faz passar e repassar os atos e os fatos, até que deduz a verdade, que estava, ou parecia estar escondida.

A crítica identifica nessa passagem uma retomada da frase de Friedrich Schlegel: "Um crítico é um leitor que rumina. Ele deve ter, pois, mais que um estômago". E por que quatro estômagos? O número poderia ser apenas fruto de exagero ou vontade de piada. Ou apenas uma referência à anatomia real dos ruminantes. Mas talvez não seja só isso.

Talvez, sem exagerar na interpretação, seja possível ver na frase mais uma alusão ao universo dantesco. Desta vez não à *Comédia*, mas à explicação de Dante sobre como seu poema devia ser lido, que é, na verdade, uma reivindicação de que ele seja lido tal como se leem as escrituras.

Para melhor esclarecer esse ponto, vejamos a carta que Dante escreveu a Can Grande de Scala, na qual se encarrega de expor a forma de leitura que considerava mais adequada ao seu poema:

> Devemos saber que esta obra não tem sentido simples, mas ao contrário pode-se chamá-la de *polissema*, isto é, que tem mais de um significado; pois o primeiro é o que se tem da própria letra, e o outro o que tira o seu sentido daquilo que se diz pela

letra. O primeiro chama-se *literal*, o segundo, *alegórico*, ou *místico*[98].

Para exemplificar esses vários sentidos, Dante a seguir procede à leitura de uma passagem bem conhecida do Antigo Testamento:

> [...] se considerarmos somente o sentido *literal*, teremos apenas o significado da saída dos filhos de Jacó do Egito, no tempo de Moisés; se o alegórico, significa-se a nossa redenção, por Cristo; se o sentido moral, a conversão da alma do luto e da miséria do pecado para o estado de graça; se o *anagógico*, a saída da alma santa desta corrupção à liberdade da glória eterna. E embora estes sentidos *místicos* sejam chamados com vários nomes, geralmente todos se podem chamar de *alegóricos*, pois são diferentes do sentido *literal* ou *histórico*. Pois *alegoria* vem do grego *alloios* que em latim significa alheio ou diverso[99].

Ora, esse modo de ler, como o próprio exemplo mostra, é adequado às escrituras, que são diretamente inspiradas por Deus. É o que se denomina "alegoria dos teólogos", pois se destina a ler não só as escrituras, mas também o "livro do mundo". Nessa perspectiva, Deus é autor de dois livros: o livro composto de palavras diretamente inspiradas por Ele – a Escritura – e o "livro do mundo", ou seja, o livro escrito por Ele com eventos que significam outros eventos ou ensinamentos transcendentes, isto é, cujo sen-

98. Dante Alighieri, "Epístola XVII, a Can Grande de Scala", em *Obras Completas*, São Paulo, Editora das Américas, s.d., vol. X, pp. 170-171. A autoria da tradução citada é do padre Vicente Pedroso.

99. *Idem, ibidem.*

tido vai além do seu significado literal de verdade histórica[100].

A ousadia de Dante é propor que o seu "poema sacro" devesse ser lido não no registro da "alegoria dos poetas" – isto é, no registro que pressupõe que o sentido literal possa ser uma invenção adequada à expressão de um conceito ou conjunto de conceitos –, mas no registro da "alegoria dos teólogos" – isto é, tomando o sentido literal como simultaneamente histórico e figurado.

Dizendo de outro modo: seu poema propõe-se não como apresentação de uma história inventada com o fim de ensinar uma verdade ou exemplificar uma doutrina, mas uma narrativa de fatos verdadeiros nos quais a doutrina se expressa por meio de eventos que figuram outros eventos, como no livro divino. E, ao fazê-lo, reivindica para o seu autor – o peregrino que testemunha os eventos nos quais se patenteia a doutrina e dos quais se desdobram os demais sentidos alegóricos – um estatuto que, embora não seja incompatível com o de poeta, é mais propriamente o de um profeta: alguém que narra uma *visão*, uma revelação que lhe foi outorgada por Deus.

Uma hipótese de leitura da passagem que refere os quatro estômagos do leitor é que, nela, o autor esteja aludindo aos quatro níveis de leitura da tradição medieval, tal como se difundiu, no século XIX, junto com o grande interesse por Dante, por meio da epístola a Can Grande. O que, dada a matéria baixa de que se ocupa, necessariamente soa rebaixado e paródico. Se não mesmo farsesco.

100. Sobre a alegoria dos teólogos e a alegoria dos poetas, ver João Adolfo Hansen, *Alegoria – Construção e Interpretação da Metáfora*, 2ª ed., Campinas/São Paulo, Editora da Unicamp/Hedra, 2006. Para melhor compreensão dos modos de leitura medievais, ver Henri de Lubac, *Exégese Médiévale, 2: Les Quatre sens de l'Écriture*, Paris, Éditions Montaigne, 1959.

Entretanto, as múltiplas camadas do simbolismo do livro não escaparam a Eugênio Gomes, que, entretanto, não as associou, nesse aspecto particular, ao intertexto dantesco. De fato, ele aventa a hipótese de fazer uma leitura em três níveis:

> Existem – ensina Gilbert Highet [*The Classical Tradition*, cap. 23, Oxford, 1949] – três principais formas pelas quais os mitos podem ser interpretados: "One is to say that they describe single *historical facts*. The second is to take them as symbols of permanent *philosophical truths*. The third is to hold that they are reflections of *natural processes*, eternally recurring"[101].

A hipótese é que a conjugação de enredo inverossímil, matéria baixa e refinado e vários níveis de construção simbólica (entre os quais o da alegoria política é apenas mais um) dá a esse romance o seu sabor tão particular. Aliás, essa questão é tematizada algumas vezes no interior da obra, especialmente nos capítulos XLV a XLVII. O movimento combinado é cômico: o XLV se intitula, remetendo à épica clássica, "Musa, Canta"; o XLVI se denomina "S. Mateus, IV, 1-10", o que remete à dramaticidade cristã, pois aí é narrada a tentação de Cristo por Satanás; entre ambos está o que se denomina justamente "Entre um Ato e Outro", no qual deparamos com esta frase: "a mesma banalidade na boca de um bom narrador faz-se rara e preciosa".

É justamente dessa proposição de uma conjugação à primeira vista incongruente entre a "matéria" e o "estilo", em que

101. "A primeira é dizer que elas descrevem fatos históricos singulares. A segunda é tomá-las como símbolos de verdades filosóficas permanentes. A terceira é sustentar que elas são reflexos de processos naturais, eternamente recorrentes" (Eugênio Gomes, *Machado de Assis*, p. 183).

este responde pelo interesse daquela, que resulta um evidente problema que o livro representa, do ponto de vista da tradição crítica, a saber, a sua posição e sentido no conjunto da obra de Machado – em termos rústicos: ápice ou ponto baixo, revelação ou decepção, coroamento ou decadência etc.

Essa, aliás, é apenas uma maneira diferente de enfrentar questões colocadas pelo texto que parecem não ser passíveis de assimilação sem grande violência por uma perspectiva marcada pela exigência de intenção realista, como é o caso da aproximação de Helen Caldwell, no seu livro *Machado de Assis – The Brazilian Master and His Novels*. De fato, a autora reconhece que:

> [...] em *Esaú e Jacó* o espaço vazio se tornou o centro do quadro como em certas pinturas antigas chinesas. Nossa imaginação deve entrar e preencher o vazio. O artista, entretanto, pintou vagamente nas margens do vazio aqueles "toques delicados de poesia" que Assis demandava da novela brasileira ideal [a referência é a uma crítica de Machado a *O Culto do Dever*, de Macedo]. Esses borrifos de fantasia irão direcionar e inspirar nossos pensamentos – ou, como Aires diz, irão dar-nos "um par de lunetas..." Por meio de um nexo elaborado de tais "toques poéticos" – isto é, alusões literárias e símbolos – Assis planejou outro de seus experimentos romanescos[102].

Mas a sua perspectiva de leitura outra vez exige não qualquer "par de lunetas", mas um que conduza de volta à questão da representação e da leitura alegórica da vida nacional:

> O experimento não consiste no jogo entre autor real, narrador ficcional, personagens autônomas e leitor, mencionado acima, embora

102. Helen Caldwell, *Machado de Assis – The Brazilian Master and His Novels*, Berkeley, University of California Press, 1970, p. 162 (tradução minha).

esse sistema vivo de relações seguramente o sustente. Não, a inovação tentada na novela *Esaú e Jacó* tem a ver com a natureza do protagonista, que apresenta muitas faces, masculinas e femininas, que permanece entretanto ele mesmo e fiel a seu destino, ou talvez se devesse dizer ela mesma e destino dela. A sociedade que teve um papel secundário em *Quincas Borba*, em *Esaú e Jacó* se tornou o principal ator desempenhando uma luta cômica com seu destino numa espécie de luta de sombras, pois o antagonista é invisível – "o tempo invisível"[103].

Mais sugestiva, porque mais liberta do pressuposto da leitura que busca a representação realista da sociedade, é a desse notável estudioso da obra de Machado que foi Eugênio Gomes:

> Em *Esaú e Jacó*, entretanto, a experiência alegórica encontrou campo absolutamente adequado, porque a alma – e não mais o corpo ou o sexo – foi convertida em centro de interesse primordial, sugerindo e inspirando correspondências nítidas, que conferem à narrativa uma como segunda dimensão, sem cujo conhecimento será impossível penetrar a mais íntima e significativa realidade do romance[104].

Direção também sugerida por José Guilherme Merquior, por meio desta afirmação, tão rica de implicações:

> Até certo ponto, Machado de Assis foi uma espécie de moralista "barroco" que adotou, em lugar da coleção de aforismos à Pascal ou La Rochefoucauld, a forma narrativa da *Divina Comédia* – uma das obras que ele mais atentamente lia e relia[105].

103. *Idem, ibidem.*
104. Eugênio Gomes, *Machado de Assis...*, p. 177.
105. José Guilherme Merquior, *De Anchieta a Euclides – Breve História da Literatura Brasileira*, Rio de Janeiro, José Olympio, 1977, p. 177.

Mesmo que não adotemos esse caminho como perspectiva exclusiva, creio que vale a sugestão. Principalmente quando combinada com esta outra, do mesmo livro, que parece apontar para o lado certo, apesar do princípio que parece equivocado – que é entender Aires como *alter ego* de Machado:

> [...] se, na visão de Dante, o espírito do homem é representado por Virgílio, que Beatriz conduz à suprema região da luz ("Claritas"), na de Machado o personagem Aires é que tem esse papel, através de um esquema alegórico que se esboça assim: Flora, a alma (Ágape); Aires, o intelecto (A Razão); a cidade – (O Mundo) com as suas paixões, o purgatório e inferno. De um modo ou de outro, chame-se Amor ou Piedade, Esperança ou Glória, Flora centraliza o transcendentalismo platônico que leva a uma visão de beatitude, tal qual Beatriz[106].

No que toca à constituição do narrador – que a nota autoral identifica como sendo o conselheiro Aires – uma perspectiva interessante é a aberta por Caldwell, no livro há pouco referido, que sugere que a construção ficcional de *Esaú e Jacó*, no que diz respeito ao algo confuso desdobramento do narrador na personagem, seja análoga à adotada por Xenofonte, na *Anábase*.

Como Aires é leitor de Xenofonte, a hipótese ganha alguma força e vale a pena tentar levá-la adiante na interpretação do sentido geral do romance – menos na direção de o afirmar como crônica histórica ou de costume, mas justamente como paródia de registro histórico; ou ainda registro de uma história sem interesse nem grandeza.

No entanto, na leitura, destacam-se as muitas passagens em que as formas de montagem do enredo ou da construção

106. *Idem*, p. 204.

literária são tematizadas, como esta, por exemplo, do capítulo LXXXIX: "se alguém quiser explicar este fenômeno pela lei da hereditariedade, supondo que ele era a forma afetiva da variação política da mãe de Flora, não achará apoio em mim, e creio que em ninguém". Ou ainda esta outra, no capítulo LXXXI, ironizando os pressupostos simbolistas (notadamente o *Traité du Verbe*, que René Ghil publicara em 1886, com prefácio de Mallarmé): a escola espiritista de Plácido se teria definido por propor "a correspondência das letras vogais com os sentidos dos homens", a que se seguiu a reação de outra escola, a dos que "pregavam que a correspondência exata não era entre as vogais e os sentidos, mas entre os sentidos e as vogais", e de que resultou a proclamação de que o homem seja "um alfabeto de sensações".

Ou seja, mesmo que invistamos na perspectiva da leitura simbólica ou alegórica, o que vem para primeiro plano, por meio do absurdo do enredo (a partir da perspectiva realista) e das intervenções do narrador, é o aspecto lúdico da construção ficcional, o gosto da construção quase geométrica da narrativa a partir de oposições e paralelismos em vários níveis, que parecem desprezar ou ao menos não fazer caso da verossimilhança.

Quanto a esse aspecto, vale lembrar esta percepção do desenho da obra machadiana, traçado por Merquior em 1977:

> O "pensamento interior e único" que o prefácio de *Esaú e Jacó* atribui à narrativa é eminentemente filosófico. Um dos títulos primitivos da obra era "Último" – e, de fato, conforme destacou E. Gomes, *Esaú e Jacó* é a chave da tetralogia romanesca inaugurada em 1880. O caráter "abstrato" e estilizado do livro resulta justamente de ser ele a sede da visão-do-mundo machadiana. O núcleo metafísico dessa visão-do-mundo é, ainda aqui, o pensamento de Schopenhauer – um Schopenhauer genialmente interpretado pela plasticidade da imagi-

nação mítica. Em *Esaú e Jacó*, o humorismo de Machado se sublima, convertendo-se no mais alado ludismo alegórico[107].

E também esta anotação de Alexandre Eulálio, em 1968:

O interesse do *Esaú e Jacó* dentro da obra de Machado de Assis é, assim, fora de qualquer dúvida, muito grande. Uma tal tentativa de escapar à repetição de si mesmo, tentando caminhos diferentes dos já realizados em obra a esse tempo já definitiva, honra sobremaneira o autor do *Dom Casmurro*. Romance que conta uma história e ao mesmo tempo desvenda, discutindo e ironizando, a convenção mesma de contar histórias. Machado de Assis realizou nesta obra de maturidade a dissecação de um gênero que o fascinava e provocava. Deste ponto de vista todos os seus romances, das *Memórias Póstumas de Brás Cubas* ao *Esaú e Jacó*, são tentativas de virar pelo avesso a ilusão ficcional cara aos realistas. Encartando-se numa tradição mais antiga, a procura de originalidade do autor não é um mero capricho mas necessidade íntima sempre e sempre mais urgente. Machado tentava superar a contradição íntima que ele viu desde logo no Realismo, e que acusou, com agressividade juvenil, na sua crítica de 1878 aos dois primeiros romances de Eça de Queirós, o *Padre Amaro* e *O Primo Basílio*. Foi isso mesmo que ele realizou corajosamente, levando às últimas consequências – neste romance de fim de vindima que é o *Esaú e Jacó* – processos por ele utilizados de modo menos radical em produções anteriores[108].

Diferentemente de Eulálio, porém, que não parecia ter especial apreço pela última obra de Machado, creio que o movimento de contínua renovação se estende até o *Memorial*, cuja novidade e interesse não são menores do que os de *Esaú e Jacó*. E diferentemente de José Guilherme Merquior, que, após uma

107. José Guilherme Merquior, *De Anchieta e Euclides...*, p. 183.
108. Alexandre Eulálio, *op. cit.*, p. 364.

análise muito produtiva de *Esaú e Jacó*, dedica apenas meia página ao *Memorial*, na qual termina por reduzir o interesse desse romance ao "primor do estilo" e à "lucidez generosa" com que Aires compôs o seu diário, parece certo que haja aí muita dubiedade de tom e grande complexidade de caracteres[109].

Memorial de Aires

Para uma parcela da crítica, o *Memorial de Aires* representou um momento de conciliação de Machado de Assis com a vida. Nesse enredo, após a morte de Carolina, envelhecido e solitário o autor, ao gume crítico e ao sabor cáustico da sua obra pregressa suceder-se-ia um texto mais distendido, com uma visão mais generosa da vida. Um livro pouco machadiano, enfim. E houve mesmo quem aventasse a suspeita – em face dessa diferença – de que a autobiografia iria além da identificação filosófica de Machado com Aires e de Carolina com D. Carmo, vislumbrando um amor de senectude por uma Fidélia de carne e osso[110]. O veio da decifração biográfica foi fértil no caso do *Memorial*. Um dos melhores exemplos talvez sejam os dois capítulos finais do livro *Machado de Assis – The Brazilian Master and His Novels*, de Helen Caldwell, que colige todos os elementos dispersos em interpretações anteriores[111].

109. José Guilherme Merquior, *De Anchieta a Euclides...*, p. 184.

110. Lúcia Miguel Pereira, *Machado de Assis (Estudo Crítico e Biográfico)*, 4ª ed., São Paulo, Gráfica Editora Brasileira, 1949. A tese é a base da aproximação da crítica. Quanto à possibilidade de uma paixão serôdia de Machado, ver p. 202, "Fidélia terá existido na vida real, sonho de velhice, penhor da rara vitalidade desse enfermo?... / A indiscrição dos originais parece dizer que sim". O comentário diz respeito à constante troca de nomes entre Carmo e Fidélia, no manuscrito.

111. Nem mesmo Wilson Martins, que realizara um estimulante comentário de *Esaú e Jacó*, teve atitude diferente com relação ao *Memorial de Aires*.

Como observa John Gledson, o romance sofreu com as ilações biográficas e terminou por ser "negligenciado como objeto de estudos" na tradição crítica, cuja apreciação termina por ser negativa:

> Embora muitos sejam corteses demais para dizer isso, pode parecer que Machado ficou sem inspiração e que, deprimido pela morte de Carolina, não era mais a mesma pessoa[112].

Entretanto, embora raras nos primeiros anos, houve outras aproximações ao romance, como esta, de Alcides Maya, de 1912:

> O verdadeiro entrecho do *Memorial* gira em torno de uma herança de duzentos contos; e a comédia chega a parecer cruel pela perfeição com que, no caso, os protagonistas simulam os sentimentos, às vezes sem que o saibam. Os sentimentos para o autor só existem pela sua expressão social ou como estampa psíquica. Ele não acredita no amor, mas crê no romanesco, e a amizade, por exemplo, apresenta-a como um cultivo delicado e inteligente do egoísmo, condição de sociabilidade[113].

Mas a atenção aos aspectos mais notáveis do livro teve de esperar até a década de 1970, quando foram publicados dois trabalhos de grande interesse.

O primeiro é o artigo que José Paulo Paes lhe dedicou em 1976, na *Revista de Cultura Vozes*, posteriormente recolhido

No capítulo "O Testamento do Conselheiro" da sua *História da Inteligência Brasileira*, praticamente nada diz sobre o romance, concentrando-se em descobrir a inspiração biográfica da personagem Tristão, bem como as motivações machadianas para a construção da figura de Aires.

112. John Gledson, *Machado de Assis – Ficção e História*, p. 217.

113. Alcides Maya, *Machado de Assis – Algumas Notas sobre o Humour*, 3ª ed., Santa Maria/Porto Alegre, UFSM/Movimento, 2007, p. 63.

em volume. Trata-se do ensaio "Um Aprendiz de Morto"[114]. Atento às várias camadas simbólicas do romance e tendo de Aires uma visão complexa (embora ainda o trate como "heterônimo" de Machado, qualifica-o também de "*voyeur* e vampiro sem compromisso"), pode-se dizer que esse breve texto assinala um momento de virada na recepção do *Memorial*, reconhecendo no livro uma complexidade estrutural e uma tessitura intertextual que o colocam no mesmo nível de interesse dos demais romances da fase madura.

O segundo é o ensaio "Uma Figura Machadiana", de Alfredo Bosi, que saiu no volume coletivo *Esboço de Figura – Homenagem a Antonio Candido*, de 1979[115]. Atento às figuras do livro, Bosi descreve o mecanismo básico de construção de sentido da narrativa, na pena de Aires: "a convivência dos opostos e a atenuação das negativas"[116]. Para Bosi, "o sumo da história é um caso de apadrinhamento, caso típico entre os laços sociais do Brasil-Império"[117]. E por meio da análise da forma do diário e dos mecanismos narrativos, bem como da consideração do foco, eis a sua conclusão sobre o escopo do livro, que tem ainda, como antagonista, a avaliação diminuída do nervo social do romance:

> [...] a obra final de Machado, sentida às vezes como o amaciamento de todos os atritos, parece, antes, desenhar em filigrana a ima-

114. José Paulo Paes, "Um Aprendiz de Morto", *Gregos & Baianos*, São Paulo, Editora Brasiliense, 1985.

115. Afonso Arinos *et al.*, *Esboço de Figura – Homenagem a Antonio Candido*, São Paulo, Duas Cidades, 1979. O ensaio foi posteriormente republicado em Alfredo Bosi, *Machado de Assis – O Enigma do Olhar*, São Paulo, Editora Ática, 2000, a partir do qual são feitas as citações.

116. *Idem*, p. 131.

117. *Idem*, p. 137.

gem de uma sociedade (ou, talvez melhor, de uma classe) que, tendo acabado de sair de seus dilemas mais espinhosos (a abolição da escravatura, a queda do Império), quer deter e adensar o seu tempo próprio, fechando-se ciosamente nas alegrias privadas, que o narrador percebe valerem mais que as públicas[118].

E ainda:

O Conselheiro, discreto, mas incisivo, dá-nos a perceber que as coisas do dinheiro estão mudando. Os negócios começam a fazer-se principalmente na cidade; Fidélia, herdeira do barão escravocrata Santa Pia, doará parte dos seus bens imóveis aos libertos, cometendo a corretores e banqueiros a tarefa da liquidação. Os interesses parecem menos pesados, mais "livres" do que no tempo em que se compravam negros para o café[119].

Um momento seguinte de reviravolta na apreciação crítica do livro é um artigo que John Gledson dedica ao romance em 1985, no qual continua o exercício de leitura a contrapelo que caracteriza a sua abordagem das obras machadianas: "The Last Betrayal of Machado de Assis: *Memorial de Aires*"[120].

O ensaio de Gledson estriba-se em três proposições: a de que é preciso desconfiar de Aires como narrador, a de que a motivação real do casamento de Tristão e Fidélia tem caráter mercenário e, finalmente, a de que "o romance mostra a verdadeira história da Abolição"[121].

118. *Idem*, p. 141.

119. *Idem*, pp. 141-142.

120. Publicado na revista *Portuguese Studies*, n. 1, 1985. Incorporado posteriormente ao volume *Machado de Assis – Ficção e História*.

121. *Idem*, pp. 223-224.

Quanto ao primeiro ponto, a tese de Gledson é que o conselheiro (usualmente tomado como bom escrutinador dos sentimentos e razões humanas) na verdade é totalmente enganado pelos fatos, que não consegue compreender. Daí decorre o resto da análise, que, nas suas palavras, "transforma o romance naquilo que são todos os romances de Machado, com maior eficácia depois de 1880 – veículos de crítica ideológica", cujo ponto seria mostrar "o condicionamento do Brasil por seu passado colonial, gerador de hábitos que se prolongaram por muito tempo depois da Independência oficial"[122]. Tristão e Fidélia representam, nesse quadro, a traição das elites. Esse é um dos elementos para montar a "alegoria realmente indispensável" para dar ao romance um sentido que Gledson julga realista.

Mas a que preço são obtidas essa alegoria e essa interpretação do romance como representação da situação colonial? Para sustentá-las, Gledson precisa imaginar um romance completamente diferente: Fidélia e Tristão se conheceram em Lisboa, quando o marido dela ainda era vivo; foram provavelmente amantes e a volta dela ao Brasil, seguida do regresso dele, foi uma combinação de ambos para garantir as aparências e poderem casar-se. Não é só isso; para Gledson, nenhuma hipótese de explicação fora do enredo é impossível: "não é preciso concluir que Tristão assassinou Eduardo, marido de Fidélia, embora isso pudesse acrescentar novas e deliciosas profundidades de maldade calculada a este 'idílio' "[123]. A base dessas ilações, que visam a garantir a leitura alegórica, são as epígrafes do livro. Mas, para lê-las da forma como as leu, Gledson teve de, pela primeira vez, duvidar até

122. *Idem*, p. 234.
123. *Idem*, p. 246.

mesmo da intenção de Machado: "a explicação do enredo está fora dessa - possível - comunidade [...], oculta dos demais personagens, do narrador, talvez até do autor"[124].

Após o notável esforço interpretativo, na direção de uma leitura realista, a conclusão é esta:

> O romance mais cortês, comedido e sóbrio de Machado é a sua obra mais implacavelmente pessimista - sua condenação final de seu tempo e um lamento pelo país em cuja existência, como nação, ele mal chegava a acreditar[125].

Ainda partindo do ponto de vista da mimese do movimento social, mas adiantando-se muito na direção do comentário da intertextualidade - especialmente o intertexto com *Tristão e Isolda*, de Wagner -, foi defendida, em 1993, a tese de livre-docência de Gilberto Pinheiro Passos, *As Sugestões do Conselheiro*. Esse trabalho, rico de referências, foi publicado em livro em 1996, e republicado por ocasião do centenário de morte de Machado de Assis[126].

Naquele mesmo ano de 1993, veio ainda a público o trabalho de Juracy Assmann, *O Circuito das Memórias*[127]. Este, embora talvez excessivamente tributário da noção de logro do leitor, procede a uma sistemática descrição dos mecanismos de produção de sentido no romance, investindo também no intertexto com a obra de Wagner - o que confirma a percepção de Raymond Sayers, que já notava, em 1983, que

124. *Idem*, p. 255.

125. *Idem, ibidem*.

126. Gilberto Pinheiro Passos, *As Sugestões do Conselheiro*, 2ª ed., São Paulo, Edusp/Nankin, 2008.

127. Juracy Saraiva Assmann, *O Circuito das Memórias*, 2ª ed., São Paulo, Edusp/Nankin, 2009.

o *Memorial* "dá a impressão de ser uma refundição em prosa do drama musical de Wagner, *Tristan und Isolde*"[128].

Não é o caso de discutir aqui a perspectiva crítica de aproximação ao texto machadiano que Abel Barros Baptista denominou "paradigma do pé atrás". Com essa expressão, designava o ensaísta português uma forma de leitura que fazia do logro do leitor um ponto central da construção narrativa machadiana. O leitor logrado, desse ponto de vista, é o que se deixa levar pela sedução das formas, pelo jogo das referências, pelo aliciamento de classe produzido pela assunção da voz narrativa por um representante das classes senhoriais. As referências à composição da trama e à escrita, as referências intertextuais, bem como a flutuação das instâncias narrativas são, se não desprezadas pela análise, ao menos instrumentalizadas a favor de uma leitura alegórica que visa a descobrir a mensagem cifrada de Machado, que teria escapado a praticamente todos os contemporâneos e agora era finalmente compreendida. E essa mensagem era não apenas a exibição da teratologia da formação nacional, mas também a sua descrença não apenas na humanidade em geral, mas – como afirmou Gledson a propósito do *Memorial* – na própria existência da nação brasileira.

Embora pudesse valer a pena contestar, na leitura do pé-atrás, o que nela é redutor e o que ela traz de violência interpretativa, parece mais produtivo apenas observar que *Esaú e Jacó* – justamente a obra em que a política e os grandes acontecimentos sociais brasileiros são explicitamente convocados como marcadores do desenvolvimento da tra-

128. Raymond Sayers, *Onze Estudos de Literatura Brasileira*, Rio de Janeiro/Brasília, Civilização Brasileira/INL, 1983, p. 151.

ma e alegorizados nas personagens principais – é, como se viu, a obra que melhor resiste a ela.

Nesse sentido, mesmo o *Memorial* – por tantos anos tido como texto apaziguado – termina por ser mais propício ao enquadramento na linha interpretativa mais comum nos estudos machadianos e ser lido como representação tensa (e sofisticada, dissimulada – para usar a palavra preferida) da realidade da vida social brasileira.

O fato de *Esaú e Jacó* oferecer tal resistência à leitura realista sem dúvida merece atenção. Assim como merece atenção o fato, já destacado, de que justamente esse romance foi um dos maiores sucessos de público e crítica, quando da sua publicação.

Dado o seu enredo esquemático e inverossímil, dada a sua construção digressiva e a ausência de tensão no desenvolvimento da narrativa, talvez seja possível compreender a sua força e persistência como sendo provenientes de outro lugar – do fato de se apresentar quase como um *divertimento* (como bem descreveu Barreto Filho), um texto despido de tragédia e de suspense, que diminui o traço de galhofa e de melancolia inaugurado com *Memórias Póstumas*, tendo como sustentação da narrativa sem entrecho relevante – "com menos matéria", para lembrar Flaubert – apenas o estilo, a liberdade de inventar e perícia de contar.

Referências Bibliográficas

ALENCAR, Mário de. "Esaú e Jacó". *Jornal do Commercio*. Rio de Janeiro, 2 de outubro de 1904. Reproduzido em MACHADO, Ubiratan. *Machado de Assis – Roteiro de Consagração*. Rio de Janeiro, Eduerj, 2003.

ALIGHIERI, Dante. "Epístola XVII, a Can Grande de Scala". Reproduzida em *Obras Completas*. São Paulo, Editora das Américas, s.d., vol. X.

Assmann, Juracy Saraiva. *O Circuito das Memórias*. 2ª ed. São Paulo, Edusp/Nankin, 2009.

Baptista, Abel Barros. *A Formação do Nome – Duas Interrogações sobre Machado de Assis*. Campinas, Editora da Unicamp, 2003.

____. *Autobibliografias – Solicitação do Livro na Ficção de Machado de Assis*. Campinas, Editora da Unicamp, 2003.

Barbieri, Ivo (org.). *Ler e Reescrever* Quincas Borba. Rio de Janeiro, Eduerj, 2003.

Bosi, Alfredo *et al. Machado de Assis*. São Paulo, Ática, 1982. Coleção Escritores Brasileiros: Antologia e Estudos 1.

______. *História Concisa da Literatura Brasileira*. 32ª ed. São Paulo, Cultrix, 1994.

Caldwell, Helen. *Machado de Assis – The Brazilian Master and His Novels*. Berkeley, University of California Press, 1970.

Candido, Antonio e Castello, J. Aderaldo. *Presença da Literatura Brasileira*. 5ª ed. São Paulo, Difusão Europeia do Livro, 1974, vol. II.

______. *Vários Escritos*. São Paulo, Duas Cidades, 1970.

Coutinho, Carlos Nelson *et al.* "O Significado de Lima Barreto na Literatura Brasileira". *Realismo e Antirrealismo na Literatura Brasileira*. Rio de Janeiro, Paz e Terra, 1974.

Eulálio, Alexandre. *Escritos*. Campinas/São Paulo, Editora da Unicamp/Editora da Unesp, 1992.

Flaubert, Gustave. *Correspondance, II*. Paris, Gallimard, 1980.

Franchetti, Paulo. "A Novela Camiliana". *Camilo Castelo Branco, Coração, Cabeça e Estômago*. São Paulo, Martins Fontes, 2003.

______. *Estudos de Literatura Brasileira e Portuguesa*. Cotia, Ateliê Editorial, 2007.

______. "No Banco dos Réus – Notas sobre a Fortuna Crítica Recente de Dom Casmurro". *Estudos Avançados*, vol. 23, nº 65. São Paulo, 2009.

Gledson, John. *Machado de Assis – Ficção e História*. Rio de Janeiro, Paz e Terra, 1986.

GOMES, Eugênio. *Aspectos do Romance Brasileiro.* Salvador, Livraria Progresso Editora, 1958.

_____. *Machado de Assis.* Rio de Janeiro, Livraria São José, 1958.

_____. *O Enigma de Capitu.* Rio de Janeiro, José Olympio, 1967.

GUIMARÃES, Hélio de Seixas. *Os Leitores de Machado de Assis – O Romance Machadiano e o Público de Literatura no Século* XIX. São Paulo, Edusp/Nankin, 2004.

HANSEN, Adolfo. *Alegoria – Construção e Interpretação da Metáfora,* 2ª ed. Campinas/São Paulo, Editora da Unicamp/Hedra, 2006.

LUBAC, Henri de. *Exégese Médiévale, 2: Les Quatre sens de l'Ecriture.* Paris, Éditions Montaigne, 1959.

MACHADO DE ASSIS. *Bons Dias!* Org., introd. e notas de John Gledson. Campinas, Editora da Unicamp, 2008.

_____. *Esaú e Jacó.* Estabelecimento do texto Comissão Machado de Assis. Rio de Janeiro, Civilização Brasileira/Instituto Nacional do Livro, 1977.

_____. *Obra Completa.* Rio de Janeiro, Nova Aguilar, 2004, 3 vols.

MACHADO, Ubiratan. *Machado de Assis – Roteiro da Consagração.* Rio de Janeiro, Eduerj, 2003.

MARTINS, Wilson. *História da Inteligência Brasileira.* 2ª ed. São Paulo, T. A. Queiroz Editor, 1996.

MAYA, Alcides. *Machado de Assis: Algumas Notas sobre o Humour.* 3ª ed. Santa Maria/Porto Alegre, UFSM/Movimento, 2007.

MERQUIOR, José Guilherme. *De Anchieta a Euclides – Breve História da Literatura Brasileira.* Rio de Janeiro, José Olympio, 1977.

MEYER, Augusto. *Textos Críticos.* Org. João Alexandre Barbosa. São Paulo/Brasília, Perspectiva/INL, 1986.

MONTELLO, Josué. *Estampas Literárias.* Rio de Janeiro, Organização Simões, 1956.

PAES, José Paulo. "Um Aprendiz de Morto". *Gregos & Baianos.* São Paulo, Brasiliense, 1985.

PASSOS, Gilberto Pinheiro. *As Sugestões do Conselheiro*. 2ª ed., São Paulo, Edusp/Nankin, 2008.

PEREIRA, Lúcia Miguel. *Machado de Assis (Estudo Crítico e Biográfico)*. 4ª ed. São Paulo, Gráfica Editora Brasileira Ltda., 1949.

PUJOL, Alfredo. *Machado de Assis*. 2ª ed. Rio de Janeiro, José Olympio, 1934.

QUEIRÓS, Eça de. "Prefácio aos *Azulejos* do Conde de Arnoso". In: *Obra Completa*. Org. Beatriz Berrini. Rio de Janeiro, Nova Aguilar, 2000, vol. III.

RIEDEL, Dirce Cortes. *Metáfora – O Espelho de Machado de Assis*. Rio de Janeiro, Francisco Alves, 1979.

ROMERO, Silvio. *O Naturalismo em Literatura*. São Paulo, Tipografia da Província de São Paulo, 1882. *Apud* MACHADO, Ubiratan (org.). *Machado de Assis – Roteiro da Consagração*. Rio de Janeiro, Eduerj, 2003.

ROUANET, Sérgio Paulo. *Riso e Melancolia – A Forma Shandiana em Sterne, Diderot, Xavier de Maistre, Almeida Garrett e Machado de Assis*. São Paulo, Companhia das Letras, 2007.

SANTOS, Ana Cláudia Suriani dos. *Machado de Assis' Philosopher or Dog: From Serial to Book Form*. London, Maney Publishing, 2010.

SARAIVA, Arnaldo. "Camilo e Machado: Encontros e Desencontros". Revista *Navegações*. vol. 2, n. 2, pp. 105-108, jul./dez. 2009.

SAYERS, Raymond. *Onze Estudos de Literatura Brasileira*. Rio de Janeiro/Brasília, Civilização Brasileira/INL, 1983.

SCHWARZ, Roberto. *Ao Vencedor, as Batatas*. São Paulo, Duas Cidades, 1977.

_____. *Um Mestre da Periferia do Capitalismo – Machado de Assis*. São Paulo, Livraria Duas Cidades, 1990.

SODRÉ, Nelson Werneck. *História da Literatura Brasileira – Seus Fundamentos Econômicos*. 6ª ed. Rio de Janeiro, Civilização Brasileira, 1976.

_____. *O Naturalismo no Brasil*. Rio de Janeiro, Civilização Brasileira, 1965.

Teixeira, Ivan. *Apresentação de Machado de Assis*. 2ª ed. São Paulo, Martins Fontes, 1988.

Veríssimo, José. "Um Irmão de Brás Cubas". *Jornal do Comércio*, Rio de Janeiro, 19 de março de 1900. Reproduzido em Machado, Ubiratan.

_____. "Vida Literária". *Kosmos*. Rio de Janeiro, dez. 1904. Reproduzido em Machado, Ubiratan.

Vítor, Nestor. *Obra Crítica de Nestor Vítor*. Rio de Janeiro, Fundação Casa de Rui Barbosa, 1979, vol. III.

MACHADO DE ASSIS

(*da Academia Brasileira*)

Esaú

e

Jacob

H. GARNIER, LIVREIRO-EDITOR

71, RUA DO OUVIDOR, 71 | 6, RUE DES SAINTS-PÈRES, 6
RIO DE JANEIRO | PARIS

—

1904

Frontispício da 1ª edição do livro Esaú e Jacó.

Advertência

Quando o conselheiro Aires faleceu, acharam-se-lhe na secretária sete cadernos manuscritos, rijamente encapados em papelão. Cada um dos primeiros seis tinha o seu número de ordem, por algarismos romanos, I, II, III, IV, V, VI, escritos a tinta encarnada. O sétimo trazia este título: *Último.*

A razão desta designação especial não se compreendeu então nem depois. Sim, era o último dos sete cadernos, com a particularidade de ser o mais grosso, mas não fazia parte do *Memorial*, diário de lembranças que o conselheiro escrevia desde muitos anos e era a matéria dos seis. Não trazia a mesma ordem de datas, com indicação da hora e do minuto, como usava neles. Era uma narrativa; e, posto figure aqui o próprio Aires, com o seu nome e título de conselho, e, por alusão, algumas aventuras, nem assim deixava de ser a narrativa estranha à matéria dos seis cadernos. *Último* por quê?

A hipótese de que o desejo do finado fosse imprimir este caderno em seguida aos outros, não é natural, salvo se queria obrigar a leitura dos seis, em que tratava de si, antes que lhe conhecessem esta outra história, escrita com um pensamento interior e único, através das páginas diversas. Nesse caso, era a vaidade do homem que falava, mas a vaidade não fazia parte dos seus defeitos. Quando fizesse; valia a pena satisfazê-la? Ele não representou papel eminente neste mundo; percorreu a carreira diplomática, e aposentou-se. Nos lazeres do ofício, escreveu o *Memorial*, que, aparado das páginas mortas ou escuras, apenas daria (e talvez dê) para matar o tempo da barca de Petrópolis.

Tal foi a razão de se publicar somente a narrativa. Quanto ao título, foram lembrados vários, em que o assunto se pudesse resumir, *Ab ovo*[1], por exemplo, apesar do latim; venceu, porém, a ideia de lhe dar estes dous nomes que o próprio Aires citou uma vez:

ESAÚ E JACÓ

1. *Ab ovo* (latim): no sentido próprio: "a partir do ovo"; no sentido figurado: "desde o início".

Dico, che quando l'anima mal nata...[1]

DANTE[2]

1. *Dico, che quando l'anima mal nata*: "Digo, quando a alma malnascida...", em tradução livre do verso 7, Canto v, *A Divina Comédia*, de Dante Alighieri.

2. *Dante Alighieri* (1265-1321): considerado o maior poeta da língua italiana e um dos maiores da literatura universal, autor da obra-prima *A Divina Comédia.*

I

Cousas Futuras!

Era a primeira vez que as duas iam ao Morro do Castelo. Começaram de subir pelo lado da Rua do Carmo. Muita gente há no Rio de Janeiro que nunca lá foi, muita haverá morrido, muita mais nascerá e morrerá sem lá pôr os pés. Nem todos podem dizer que conhecem uma cidade inteira. Um velho inglês, que aliás andara terras e terras, confiava-me há muitos anos em Londres que de Londres só conhecia bem o seu clube, e era o que lhe bastava da metrópole e do mundo.

Natividade e Perpétua conheciam outras partes, além de Botafogo, mas o Morro do Castelo, por mais que ouvissem falar dele e da cabocla que lá reinava em 1871, era-lhes tão estranho e remoto como o clube. O íngreme, o desigual, o mal calçado da ladeira mortificavam os pés às duas pobres donas. Não obstante, continuavam a subir, como se fosse penitência, devagarinho, cara no chão, véu para baixo. A manhã trazia certo movimento; mulheres, homens, crianças que desciam ou subiam, lavadeiras e soldados, algum empregado, algum lojista, algum padre, todos olhavam espantados para elas, que aliás vestiam com grande simplicidade; mas há um donaire[1] que se não perde, e não era vulgar naquelas alturas. A mesma lentidão do andar, comparada à rapidez das

1. *Donaire*: dom natural; graça; elegância.

outras pessoas, fazia desconfiar que era a primeira vez que ali iam. Uma crioula perguntou a um sargento: "Você quer ver que elas vão à cabocla?" E ambos pararam a distância, tomados daquele invencível desejo de conhecer a vida alheia, que é muita vez toda a necessidade humana.

Com efeito, as duas senhoras buscavam disfarçadamente o número da casa da cabocla, até que deram com ele. A casa era como as outras, trepada no morro. Subia-se por uma escadinha, estreita, sombria, adequada à aventura. Quiseram entrar depressa, mas esbarraram com dous sujeitos que vinham saindo, e coseram-se ao portal. Um deles perguntou-lhes familiarmente se iam consultar a adivinha.

– Perdem o seu tempo – concluiu furioso –, e hão de ouvir muito disparate…

– É mentira dele – emendou o outro rindo –; a cabocla sabe muito bem onde tem o nariz.

Hesitaram um pouco; mas, logo depois advertiram que as palavras do primeiro eram sinal certo da vidência e da franqueza da adivinha; nem todos teriam a mesma sorte alegre. A dos meninos de Natividade podia ser miserável, e então… Enquanto cogitavam passou fora um carteiro, que as fez subir mais depressa, para escapar a outros olhos. Tinham fé, mas tinham também vexame da opinião, como um devoto que se benzesse às escondidas.

Velho caboclo, pai da adivinha, conduziu as senhoras à sala. Esta era simples, as paredes nuas, nada que lembrasse mistério ou incutisse pavor, nenhum petrecho simbólico, nenhum bicho empalhado, esqueleto ou desenho de aleijões. Quando muito um registro da Conceição[2] cola-

2. *Conceição*: referência à "Nossa Senhora da Conceição", um dos epítetos de Maria, mãe de Jesus, também chamada "Imaculada", segundo dogma do catolicismo.

do à parede podia lembrar um mistério, apesar de encardido e roído, mas não metia medo. Sobre uma cadeira, uma viola.

– Minha filha já vem – disse o velho. – As senhoras como se chamam?

Natividade deu o nome de batismo somente, Maria, como um véu mais espesso que o que trazia no rosto, e recebeu um cartão, porque a consulta era só de uma, com o número 1.012. Não há que pasmar do algarismo; a freguesia era numerosa, e vinha de muitos meses. Também não há que dizer do costume, que é velho e velhíssimo. Relê Ésquilo[3], meu amigo, relê as *Eumênides*[4], lá verás a Pítia[5], chamando os que iam à consulta: "Se há aqui helenos, venham, aproximem-se, segundo o uso, *na ordem marcada pela sorte*"... A sorte outrora, a numeração agora, tudo é que a verdade se ajuste à prioridade, e ninguém perca a sua vez de audiência. Natividade guardou o bilhete, e ambas foram à janela.

A falar verdade, temiam o seu tanto, Perpétua menos que Natividade. A aventura parecia audaz, e algum perigo possível. Não ponho aqui os seus gestos; imaginai que eram inquietos e desconcertados. Nenhuma dizia nada. Natividade confessou depois que tinha um nó na garganta. Felizmente, a cabocla não se demorou muito; ao cabo de três ou quatro minutos, o pai a trouxe pela mão, erguendo a cortina do fundo.

– Entra, Bárbara.

3. *Ésquilo* (*c.* 525-*c.* 456 a.C.): um dos mais importantes dramaturgos trágicos da Antiguidade grega.

4. *Eumênides*: tragédia de Ésquilo; última peça da trilogia denominada *Oresteia*, sendo as duas outras *Agamenon* e *Coéforas*.

5. *Pítia*: também chamada "pitonisa". Na Antiguidade grega, sacerdotisa do templo do deus Apolo, com dons divinatórios.

Bárbara entrou, enquanto o pai pegou da viola e passou ao patamar de pedra, à porta da esquerda. Era uma criaturinha leve e breve, saia bordada, chinelinha no pé. Não se lhe podia negar um corpo airoso[6]. Os cabelos, apanhados no alto da cabeça por um pedaço de fita enxovalhada[7], faziam-lhe um solidéu[8] natural, cuja borla era suprida por um raminho de arruda[9]. Já vai nisto um pouco de sacerdotisa. O mistério estava nos olhos. Estes eram opacos, não sempre nem tanto que não fossem também lúcidos e agudos, e neste último estado eram igualmente compridos; tão compridos e tão agudos que entravam pela gente abaixo, revolviam o coração e tornavam cá fora, prontos para nova entrada e outro revolvimento. Não te minto dizendo que as duas sentiram tal ou qual fascinação. Bárbara interrogou-as; Natividade disse ao que vinha e entregou-lhe os retratos dos filhos e os cabelos cortados, por lhe haverem dito que bastava.

– Basta – confirmou Bárbara. – Os meninos são seus filhos?

– São.

– Cara de um é cara de outro.

– São gêmeos; nasceram há pouco mais de um ano.

– As senhoras podem sentar-se.

Natividade disse baixinho à outra que "a cabocla era simpática", não tão baixo que esta não pudesse ouvir também; e daí pode ser que ela, receosa da predição, quisesse aquilo mesmo para obter um bom destino aos filhos. A cabocla foi sentar-se à mesa redonda que estava no centro da sala, vira-

6. *Airoso*: delicado; agradável.

7. *Enxovalhada*: amarrotada; enrugada.

8. *Solidéu*: pequeno chapéu feminino, sem aba, usado no alto da cabeça.

9. *Arruda*: no imaginário popular, um ramo de arruda tem a propriedade de proteger contra o mau-olhado e os maus espíritos.

da para as duas. Pôs os cabelos e os retratos defronte de si. Olhou alternadamente para eles e para a mãe, fez algumas perguntas a esta, e ficou a mirar os retratos e os cabelos, boca aberta, sobrancelhas cerradas. Custa-me dizer que acendeu um cigarro, mas digo, porque é verdade, e o fumo concorda com o ofício. Fora, o pai roçava os dedos na viola, murmurando uma cantiga do sertão do norte:

Menina da saia branca,
Saltadeira de riacho...

Enquanto o fumo do cigarro ia subindo, a cara da adivinha mudava de expressão, radiante ou sombria, ora interrogativa, ora explicativa. Bárbara inclinava-se aos retratos, apertava uma madeixa de cabelos em cada mão, e fitava-as, e cheirava-as, e escutava-as, sem a afetação que porventura aches nesta linha. Tais gestos não se poderiam contar naturalmente. Natividade não tirava os olhos dela, como se quisesse lê-la por dentro. E não foi sem grande espanto que lhe ouviu perguntar se os meninos tinham brigado antes de nascer.

– Brigado?

– Brigado, sim, senhora.

– Antes de nascer?

– Sim, senhora, pergunto se não teriam brigado no ventre de sua mãe; não se lembra?

Natividade, que não tivera a gestação sossegada, respondeu que efetivamente sentira movimentos extraordinários, repetidos, e dores, e insônias... Mas então que era? Brigariam por quê? A cabocla não respondeu. Ergueu-se pouco depois, e andou à volta da mesa, lenta, como sonâmbula, os olhos abertos e fixos; depois entrou a dividi-los novamente entre a mãe e os retratos. Agitava-se agora mais, respirando grosso. Toda ela, cara e braços, ombros e pernas, toda era pouca para arrancar a palavra ao Destino. Enfim, parou, sentou-se exausta, até que se ergueu de salto e foi ter com as duas, tão radiante, os olhos tão vivos e cálidos[10], que a mãe ficou pendente deles, e não se pôde ter que lhe não pegasse das mãos e lhe perguntasse ansiosa:

– Então? Diga, posso ouvir tudo.

Bárbara, cheia de alma e riso, deu um respiro de gosto. A primeira palavra parece que lhe chegou à boca, mas recolheu-se ao coração, virgem dos lábios dela e de alheios ouvidos. Natividade instou pela resposta, que lhe dissesse tudo, sem falta...

– Cousas futuras! – murmurou finalmente a cabocla.

– Mas, cousas feias?

– Oh! não! não! Cousas bonitas, cousas futuras!

– Mas isso não basta: diga-me o resto. Esta senhora é minha irmã e de segredo, mas se é preciso sair, ela sai; eu fico, diga-me a mim só... Serão felizes?

– Sim.

– Serão grandes?

– Serão grandes, oh! grandes! Deus há de dar-lhes muitos benefícios. Eles hão de subir, subir, subir... Brigaram no ventre de sua mãe, que tem? Cá fora também se briga. Seus filhos serão gloriosos. É só o que lhe digo. Quanto à qualidade da glória, cousas futuras!

Lá dentro, a voz do caboclo velho ainda uma vez continuava a cantiga do sertão:

Trepa-me neste coqueiro,
Bota-me os cocos abaixo.

10. *Cálido*: sagaz; esperto; perspicaz.

E a filha, não tendo mais que dizer, ou não sabendo que explicar, dava aos quadris o gesto da toada, que o velho repetia lá dentro:

Menina da saia branca,
Saltadeira de riacho,
Trepa-me neste coqueiro,
Bota-me os cocos abaixo,
  Quebra coco, sinhá,
  Lá no cocá,
Se te dá na cabeça,
  Há de rachá;
Muito hei de me ri,
Muito hei de gostá,
Lelê, coco, naiá.

II
Melhor de Descer que de Subir

Todos os oráculos[1] têm o falar dobrado, mas entendem-se. Natividade acabou entendendo a cabocla, apesar de lhe não ouvir mais nada; bastou saber que as cousas futuras seriam bonitas, e os filhos grandes e gloriosos para ficar alegre e tirar da bolsa uma nota de cinquenta mil-réis. Era cinco vezes o preço do costume, e valia tanto ou mais que as ricas dádivas de Creso[2] à Pítia. Arrecadou os retratos e os cabelos, e as duas saíram, enquanto a cabocla ia para os fundos à espera de outros. Já havia alguns fregueses à porta, com os números de ordem, e elas desceram rapidamente, escondendo a cara.

Perpétua compartia as alegrias da irmã, as pedras também, o muro do lado do mar, as camisas penduradas às janelas, as cascas de banana no chão. Os mesmos sapatos de um *irmão das almas*, que ia a dobrar a esquina da Rua da Misericórdia para a de São José, pareciam rir de alegria, quando realmente gemiam de cansaço. Natividade estava tão fora de si que, ao ouvir-lhe pedir: "Para a missa das almas!", tirou da bolsa uma nota de dous mil-réis, nova em folha, e deitou-a à

1. *Oráculos*: profecias.

2. *Creso* (560-546 a.C.): rei da antiga Lídia (região localizada no oeste da atual Turquia), célebre por sua riqueza, ordenou a construção do Templo de Ártemis na antiga cidade de Éfeso, considerado uma das sete maravilhas do Mundo Antigo.

bacia. A irmã chamou-lhe a atenção para o engano, mas não era engano, era para as almas do purgatório.

E seguiram lépidas para o cupê[3], que as esperava no espaço que fica entre a igreja de São José e a câmara dos deputados. Não tinham querido que o carro as levasse até ao princípio da ladeira, para que o cocheiro e o lacaio não desconfiassem da consulta. Toda a gente falava então da cabocla do Castelo, era o assunto da cidade; atribuíam-lhe um poder infinito, uma série de milagres, sortes, achados, casamentos. Se as descobrissem, estavam perdidas, embora muita gente boa lá fosse. Ao vê-las dando a esmola ao irmão das almas, o lacaio trepou à almofada e o cocheiro tocou os cavalos, a carruagem veio buscá-las, e guiou para Botafogo.

3. *Cupê*: antiga carruagem fechada para dois passageiros.

III
A Esmola da Felicidade

– Deus lhe acrescente, minha senhora devota! – exclamou o irmão das almas ao ver a nota cair em cima de dous níqueis de tostão e alguns vinténs antigos. – Deus lhe dê todas as felicidades do céu e da terra, e as almas do purgatório peçam a Maria Santíssima que recomende a senhora dona a seu bendito filho!

Quando a sorte ri, toda a natureza ri também, e o coração ri como tudo o mais. Tal foi a explicação que, por outras palavras menos especulativas, deu o irmão das almas aos dous mil-réis. A suspeita de ser a nota falsa não chegou a tomar pé no cérebro dele: foi alucinação rápida. Compreendeu que as damas eram felizes, e, tendo o uso de pensar alto, disse piscando o olho, enquanto elas entravam no carro:

– Aquelas duas viram passarinho verde, com certeza.

Sem rodeios, supôs que as duas senhoras vinham de alguma aventura amorosa, e deduziu isto de três fatos, que sou obrigado a enfileirar aqui para não deixar este homem sob a suspeita de caluniador gratuito. O primeiro foi a alegria delas, o segundo o valor da esmola, o terceiro o carro que as esperava a um canto, como se elas quisessem esconder do cocheiro o ponto dos namorados. Não concluas tu que ele tivesse sido cocheiro algum dia, e andasse a conduzir moças antes de servir às almas. Também não creias que fosse outrora rico e adúltero, aberto de mãos, quando vinha de dizer adeus às suas amigas. *Ni cet excès d'honneur, ni cette indignité*[1]. Era um pobre-diabo sem mais ofício que a devoção. Demais, não teria tido tempo; contava apenas vinte e sete anos.

Cumprimentou as senhoras, quando o carro passou. Depois ficou a olhar para a nota tão fresca, tão valiosa, nota que almas nunca viram sair das mãos dele. Foi subindo a Rua de São José. Já não tinha ânimo de pedir; a nota fazia-se ouro, e a ideia de ser falsa voltou-lhe ao cérebro, e agora mais frequente, até que se lhe pegou por alguns instantes. Se fosse falsa… "Para a missa das almas!", gemeu à porta de uma quitanda, e deram-lhe um vintém, um vintém sujo e triste, ao pé da nota tão novinha que parecia sair do prelo. Seguia-se um corredor de sobrado. Entrou, subiu, pediu, deram-lhe dous vinténs, o dobro da outra moeda no valor e no azinhavre[2].

E a nota sempre limpa, uns dous mil-réis que pareciam vinte. Não, não era falsa. No corredor pegou dela, mirou-a bem; era verdadeira. De repente, ouviu abrir a cancela em cima, e uns passos rápidos. Ele, mais rápido, amarrotou a nota e meteu-a na algibeira das calças; ficaram só os vinténs azinhavrados e tristes, o óbolo da viúva. Saiu, foi à primeira oficina, à primeira loja, ao primeiro corredor, pedindo longa e lastimosamente:

– Para a missa das almas!

Na igreja, ao tirar a opa[3], depois de entregar a bacia ao sacristão, ouviu uma voz débil como de almas remotas que lhe perguntavam se os dous mil-réis… Os dous mil-réis, dizia outra voz menos débil, eram naturalmente dele, que, em pri-

1. *Ni cet excès d'honneur, ni cette indignité* (francês). Em tradução livre: "Nem esse excesso de honra, nem essa indignidade".

2. *Azinhavre*: substância esverdeada que recobre objetos de cobre ou latão expostos à umidade.

3. *Opa*: tipo de vestimenta usada por membros de irmandades religiosas católicas.

meiro lugar, também tinha alma, e, em segundo lugar, não recebera nunca tão grande esmola. Quem quer dar tanto vai à igreja ou compra uma vela, não põe assim uma nota na bacia das esmolas pequenas.

Se minto, não é de intenção. Em verdade, as palavras não saíram assim articuladas e claras, nem as débeis, nem as menos débeis; todas faziam uma zoeira aos ouvidos da consciência. Traduzi-as em língua falada, a fim de ser entendido das pessoas que me leem; não sei como se poderia transcrever para o papel um rumor surdo e outro menos surdo, um atrás de outro e todos confusos para o fim, até que o segundo ficou só: "não tirou a nota a ninguém… a dona é que a pôs na bacia por sua mão… também ele era alma…" À porta da sacristia que dava para a rua, ao deixar cair o reposteiro[4] azul-escuro debruado[5] de amarelo, não ouviu mais nada. Viu um mendigo que lhe estendia o chapéu roto e sebento; meteu vagarosamente a mão no bolso do colete, também roto, e aventou uma moedinha de cobre que deitou ao chapéu do mendigo, rápido, às escondidas, como quer o Evangelho. Eram dous vinténs; ficavam-lhe mil novecentos e noventa e oito réis. E o mendigo, como ele saísse depressa, mandou-lhe atrás estas palavras de agradecimento, parecidas com as suas:

– Deus lhe acrescente, meu senhor, e lhe dê…

4. *Reposteiro*: cortina.
5. *Debruado*: enfeitado com uma fita (debrum).

IV
A Missa do Cupê

NATIVIDADE IA PENSANDO na cabocla do Castelo, na predição da grandeza e na notícia da briga. Tornava a lembrar-se que, de fato, a gestação não fora sossegada; mas só lhe ficava a sorte da glória e da grandeza. A briga lá ia, se a houve; o futuro, sim, esse é que era o principal ou tudo. Não deu pela Praia de Santa Luzia. No Largo da Lapa interrogou a irmã sobre o que pensava da adivinha. Perpétua respondeu que bem, que acreditava, e ambas concordaram que ela parecia falar dos próprios filhos, tal era o entusiasmo. Perpétua ainda a repreendeu pelos cinquenta mil-réis dados em paga; bastavam vinte.

– Não faz mal. Cousas futuras!

– Que cousas serão?

– Não sei; futuras.

Mergulharam outra vez no silêncio. Ao entrar no Catete, Natividade recordou a manhã em que ali passou, naquele mesmo cupê, e confiou ao marido o estado de gravidez. Voltavam de uma missa de defunto, na igreja de São Domingos...

"Na igreja de São Domingos diz-se hoje uma missa por alma de João de Melo, falecido em Maricá." Tal foi o anúncio que ainda agora podes ler em algumas folhas[1] de 1869.

1. *Folhas*: jornais.

Não me ficou o dia, o mês foi agosto. O anúncio está certo, foi aquilo mesmo, sem mais nada, nem o nome da pessoa ou pessoas que mandaram dizer a missa, nem hora, nem convite. Não se disse sequer que o defunto era escrivão, ofício que só perdeu com a morte. Enfim, parece que até lhe tiraram um nome; ele era, se estou bem informado, João de Melo e Barros.

Não se sabendo quem mandava dizer a missa, ninguém lá foi. A igreja escolhida deu ainda menos relevo ao ato; não era vistosa, nem buscada, mas velhota, sem galas nem gente, metida ao canto de um pequeno largo, adequada à missa recôndita e anônima.

Às oito horas parou um cupê à porta; o lacaio desceu, abriu a portinhola, desbarretou-se[2] e perfilou-se. Saiu um senhor e deu a mão a uma senhora, a senhora saiu e tomou o braço ao senhor, atravessaram o pedacinho de largo e entraram na igreja. Na sacristia era tudo espanto. A alma que a tais sítios atraíra um carro de luxo, cavalos de raça, e duas pessoas tão finas não seria como as outras almas ali sufragadas[3]. A missa foi ouvida sem pêsames nem lágrimas. Quando acabou, o senhor foi à sacristia dar as espórtulas[4]. O sacristão, agasalhando na algibeira a nota de dez mil-réis que recebeu, achou que ela provava a sublimidade do defunto; mas que defunto era esse? O mesmo pensaria a caixa das almas, se pensasse, quando a luva da senhora deixou cair dentro uma pratinha de cinco tostões. Já então havia na igreja meia dúzia de crianças maltrapilhas, e, fora, alguma gente às portas e no largo, esperando. O senhor, chegando à porta,

2. *Desbarretou-se*: tirou o chapéu (barrete).
3. *Sufragadas*: favorecidas por rezas.
4. *Espórtulas*: donativos; esmolas.

relanceou os olhos, ainda que vagamente, e viu que era objeto de curiosidade. A senhora trazia os seus no chão. E os dous entravam no carro, com o mesmo gesto, o lacaio bateu a portinhola e partiram.

A gente local não falou de outra cousa naquele e nos dias seguintes. Sacristão e vizinhos relembravam o cupê, com orgulho. Era a missa do cupê. As outras missas vieram vindo, todas a pé, algumas de sapato roto, não raras descalças, capinhas velhas, morins[5] estragados, missas de chita, ao domingo, missas de tamancos. Tudo voltou ao costume, mas a missa do cupê viveu na memória por muitos meses. Afinal não se falou mais nela; esqueceu como um baile.

Pois o cupê era este mesmo. A missa foi mandada dizer por aquele senhor, cujo nome é Santos, e o defunto era seu parente, ainda que pobre. Também ele foi pobre; também ele nasceu em Maricá. Vindo para o Rio de Janeiro, por ocasião da *febre das ações*[6] (1855), dizem que revelou grandes qualidades para ganhar dinheiro depressa. Ganhou logo muito, e fê-lo perder a outros. Casou em 1859 com esta Natividade, que ia então nos vinte anos e não tinha dinheiro, mas era bela e amava apaixonadamente. A Fortuna os abençoou com a riqueza. Anos depois tinham eles uma casa nobre, carruagem, cavalos e relações novas e distintas. Dos dous parentes pobres de Natividade morreu o pai em 1866; restava-lhe uma irmã. Santos tinha alguns em Maricá, a quem nunca mandou dinheiro, fosse mesquinhez, fosse habilidade. Mesquinhez não creio; ele gastava largo e dava muitas esmolas. Habilidade seria; tirava-lhes o gosto de vir cá pedir-lhe mais.

5. *Morim*: tecido de algodão.

6. *Febre das ações*: crise econômica resultante de especulações financeiras no Brasil, em 1855.

Não lhe valeu isto com João de Melo, que um dia apareceu aqui, a pedir-lhe emprego. Queria ser, como ele, diretor de banco. Santos arranjou-lhe depressa um lugar de escrivão do cível em Maricá, e despachou-o com os melhores conselhos deste mundo.

João de Melo retirou-se com a escrivania[7], e dizem que uma grande paixão também. Natividade era a mais bela mulher daquele tempo. No fim, com os seus cabelos quase sexagenários, fazia crer na tradição. João de Melo ficou alucinado quando a viu; ela conheceu isso, e portou-se bem. Não lhe fechou o rosto, é verdade, e era mais bela assim que zangada; também não lhe fechou os olhos, que eram negros e cálidos. Só lhe fechou o coração, um coração que devia amar como nenhum outro, foi a conclusão de João de Melo uma noite em que a viu ir decotada a um baile. Teve ímpeto de pegar dela, descer, voar, perderem-se…

Em vez disso, uma escrivania e Maricá; era um abismo. Caiu nele; três dias depois saiu do Rio de Janeiro para não voltar. A princípio escreveu muitas cartas ao parente, com a esperança de que ela as lesse também, e compreendesse que algumas palavras eram para si. Mas Santos não lhe deu resposta, e o tempo e a ausência acabaram por fazer de João de Melo um excelente escrivão. Morreu de uma pneumonia.

Que o motivo da pratinha de Natividade deitada à caixa das almas fosse pagar a adoração do defunto não digo que sim, nem que não; faltam-me pormenores. Mas pode ser que sim, porque esta senhora era não menos grata que honesta. Quanto às larguezas do marido, não esqueças que o parente era defunto, e o defunto um parente menos.

7. *Escrivania*: profissão de escrivão.

V

Há Contradições Explicáveis

NÃO ME PEÇAS A CAUSA de tanto encolhimento no anúncio e na missa, e tanta publicidade na carruagem, lacaio e libré[1]. Há contradições explicáveis. Um bom autor, que inventasse a sua história, ou prezasse a lógica aparente dos acontecimentos, levaria o casal Santos a pé ou em caleça[2] de praça ou de aluguel; mas eu, amigo, eu sei como as cousas se passaram, e refiro-as tais quais. Quando muito, explico-as, com a condição de que tal costume não pegue. Explicações comem tempo e papel, demoram a ação e acabam por enfadar. O melhor é ler com atenção.

Quanto à contradição de que se trata aqui, é de ver que naquele recanto de um larguinho modesto, nenhum conhecido daria com eles, ao passo que eles gozariam o assombro local; tal foi a reflexão de Santos, se se pode dar semelhante nome a um movimento interior que leva a gente a fazer antes uma cousa que outra. Resta a missa; a missa em si mesma bastava que fosse sabida no céu e em Maricá. Propriamente vestiram-se para o céu. O luxo do casal temperava a pobreza da oração; era uma espécie de homenagem ao finado. Se a alma de João de Melo os visse de cima, alegrar-se-ia do apuro em que eles foram rezar por um pobre escrivão. Não sou eu que o digo; Santos é que o pensou.

1. *Libré*: farda ou uniforme usado por criados de famílias ricas.
2. *Caleça*: tipo de carruagem.

VI
Maternidade

A PRINCÍPIO, vieram calados. Quando muito, Natividade queixou-se da igreja, que lhe sujara o vestido.

– Venho cheia de pulgas – continuou ela –; por que não fomos a São Francisco de Paula ou à Glória, que estão mais perto, e são limpas?

Santos trocou as mãos à conversa, e falou das ruas mal calçadas, que faziam dar solavancos ao carro. Com certeza, quebravam-lhe as molas.

Natividade não replicou, mergulhou no silêncio, como naquele outro capítulo, vinte meses depois, quando tornava do Castelo com a irmã. Os olhos não tinham a nota de deslumbramento que trariam então; iam parados e sombrios, como de manhã e na véspera. Santos, que já reparara nisso, perguntou-lhe o que é que tinha; ela não sei se lhe respondeu de palavra; se alguma disse, foi tão breve e surda que inteiramente se perdeu. Talvez não passasse de um simples gesto de olhos, um suspiro, ou cousa assim. Fosse o que fosse, quando o cupê chegou ao meio do Catete, os dous levavam as mãos presas, e a expressão do rosto era de abençoados. Não davam sequer pela gente das ruas; não davam talvez por si mesmos.

Leitor, não é muito que percebas a causa daquela expressão e desses dedos abotoados. Já lá ficou dita atrás, quando era melhor deixar que a adivinhasses; mas provavelmente não a adivinharias, não que tenhas o entendimento curto ou escuro, mas porque o homem varia do homem, e tu talvez ficasses com igual expressão, simplesmente por saber que ias dançar sábado. Santos não dançava; preferia o voltarete[1], como distração. A causa era virtuosa, como sabes; Natividade estava grávida, acabava de o dizer ao marido.

Aos trinta anos não era cedo nem tarde; era imprevisto. Santos sentiu mais que ela o prazer da vida nova. Eis aí vinha a realidade do sonho de dez anos, uma criatura tirada da coxa de Abraão[2], como diziam aqueles bons judeus, que a gente queimou mais tarde, e agora emprestam generosamente o seu dinheiro às companhias e às nações. Levam juro por ele; mas os hebraísmos são dados de graça. Aquele é desses. Santos, que só conhecia a parte do empréstimo, sentia inconscientemente a do hebraísmo, e deleitava-se com ele. A emoção atava-lhe a língua; os olhos que estendia à esposa e a cobriam eram de patriarca; o sorriso parecia chover luz sobre a pessoa amada, abençoada e formosa entre as formosas.

Natividade não foi logo, logo, assim; a pouco e pouco é que veio sendo vencida e tinha já a expressão da esperança e da maternidade. Nos primeiros dias, os sintomas desconcertaram a nossa amiga. É duro dizê-lo, mas é verdade. Lá se iam bailes e festas, lá ia a liberdade e a folga. Natividade andava já na alta roda do tempo; acabou de entrar por ela, com tal arte que parecia haver ali nascido. Carteava-se com grandes damas, era familiar de muitas, tuteava[3] algumas. Nem

1. *Voltarete*: jogo de baralho de cartas.

2. *Abraão*: personagem bíblico; patriarca das religiões judaica, cristã e islâmica.

3. *Tutear*: tratar alguém por "tu", forma de familiaridade ou informalidade social.

tinha só esta casa de Botafogo, mas também outra em Petrópolis; nem só carro, mas também camarote no Teatro Lírico, não contando os bailes do Cassino Fluminense, os das amigas e os seus; todo o repertório, em suma, da vida elegante. Era nomeada nas gazetas, pertencia àquela dúzia de nomes planetários que figuram no meio da plebe de estrelas. O marido era capitalista e diretor de um banco.

No meio disso, a que vinha agora uma criança deformá-la por meses, obrigá-la a recolher-se, pedir-lhe as noites, adoecer dos dentes e o resto? Tal foi a primeira sensação da mãe, e o primeiro ímpeto foi esmagar o gérmen. Criou raiva ao marido. A segunda sensação foi melhor. A maternidade, chegando ao meio-dia, era como uma aurora nova e fresca. Natividade viu a figura do filho ou filha brincando na relva da chácara ou no regaço da aia, com três anos de idade, e este quadro daria aos trinta e quatro anos que teria então um aspecto de vinte e poucos...

Foi o que a reconciliou com o marido. Não exagero; também não quero mal a esta senhora. Algumas teriam medo, a maior parte amor. A conclusão é que, por uma ou por outra porta, amor ou vaidade, o que o embrião quer é entrar na vida. César ou João Fernandes, tudo é viver, assegurar a dinastia e sair do mundo o mais tarde que puder.

O casal ia calado. Ao desembocar na Praia de Botafogo, a enseada trouxe o gosto de costume. A casa descobria-se a distância, magnífica; Santos deleitou-se de a ver, mirou-se nela, cresceu com ela, subiu por ela. A estatueta de Narciso[4], no meio do jardim, sorriu à entrada deles, a areia fez-se

4. *Narciso*: personagem da mitologia grega, célebre por sua beleza e símbolo do autoadmirador, apaixonado pela própria imagem.

relva, duas andorinhas cruzaram por cima do repuxo[5], figurando no ar a alegria de ambos. A mesma cerimônia à descida. Santos ainda parou alguns instantes para ver o cupê dar a volta, sair e tornar à cocheira; depois seguiu a mulher que entrava no saguão.

5. *Repuxo*: fonte de água lançada ao ar em jato contínuo.

VII
Gestação

EM CIMA, esperava por eles Perpétua, aquela irmã de Natividade, que a acompanhou ao Castelo, e lá ficou no carro, onde as deixei para narrar os antecedentes dos meninos.

– Então? Houve muita gente?

– Não, ninguém; pulgas.

Perpétua também não entendera a escolha da igreja. Quanto à concorrência, sempre lhe pareceu que seria pouca ou nenhuma; mas o cunhado vinha entrando, e ela calou o resto. Era pessoa circunspecta, que não se perdia por um dito ou gesto descuidado. Entretanto, foi-lhe impossível calar o espanto, quando viu o cunhado entrar e dar à mulher um abraço longo e terno, abrochado por um beijo.

– Que é isso? – exclamou espantada.

Sem reparar no vexame da mulher, Santos deu um abraço à cunhada, e ia dar-lhe um beijo também, se ela não recuasse a tempo e com força.

– Mas que é isso? Você tirou a sorte grande de Espanha?

– Não, cousa melhor, gente nova.

Santos conservara alguns gestos e modos de dizer dos primeiros anos, tais que o leitor não chamará propriamente familiares; também não é preciso chamar-lhes nada. Perpétua, afeita a eles, acabou sorrindo e dando-lhe parabéns. Já então Natividade os deixara para se ir despir. Santos, meio arrependido da expansão, fez-se sério e conversou da missa e da igreja. Concordou que esta era decrépita e metida a um canto, mas alegou razões espirituais. Que a oração era sempre oração, onde quer que a alma falasse a Deus. Que a missa, a rigor, não precisava estritamente de altar; o rito e o padre bastavam ao sacrifício. Talvez essas razões não fossem propriamente dele, mas ouvidas a alguém, decoradas sem esforço e repetidas com convicção. A cunhada opinou de cabeça que sim. Depois falaram do parente morto e concordaram piamente que era um asno; não disseram este nome, mas a totalidade das apreciações vinha a dar nele, acrescentado de honesto e honestíssimo.

– Era uma pérola – concluiu Santos.

Foi a última palavra da necrologia; paz aos mortos. Dali em diante, vingou a soberania da criança que alvorecia. Não alteraram os hábitos, nos primeiros tempos, e as visitas e os bailes continuaram como dantes, até que, pouco a pouco, Natividade se fechou totalmente em casa. As amigas iam vê-la. Os amigos iam visitá-los ou jogar cartas com o marido.

Natividade queria um filho, Santos uma filha, e cada um pleiteava a sua escolha com tão boas razões, que acabavam trocando de parecer. Então ela ficava com a filha, e vestia-lhe as melhores rendas e cambraias, enquanto ele enfiava uma beca no jovem advogado, dava-lhe um lugar no parlamento, outro no ministério. Também lhe ensinava a enriquecer depressa; e ajudá-lo-ia começando por uma caderneta na Caixa Econômica, desde o dia em que nascesse até os vinte e um anos. Alguma vez, às noites, se estavam sós, Santos pegava de um lápis e desenhava a figura do filho, com bigodes, ou então riscava uma menina vaporosa.

– Deixa, Agostinho – disse-lhe a mulher uma noite –; você sempre há de ser criança.

E pouco depois, deu por si a desenhar de palavra a figura do filho ou filha, e ambos escolhiam a cor dos olhos, os cabelos, a tez, a estatura. Vês que também ela era criança. A maternidade tem dessas incoerências, a felicidade também, e por fim a esperança, que é a meninice do mundo.

A perfeição seria nascer um casal. Assim os desejos do pai e da mãe ficariam satisfeitos. Santos pensou em fazer sobre isso uma consulta espírita. Começava a ser iniciado nessa religião, e tinha a fé noviça e firme. Mas a mulher opôs-se; a consultar alguém, antes a cabocla do Castelo, a adivinha célebre do tempo, que descobria as cousas perdidas e predizia as futuras. Entretanto, recusava também, por desnecessário. A que vinha consultar sobre uma dúvida que dali a meses estaria esclarecida? Santos achou, em relação à cabocla, que seria imitar as crendices da gente reles; mas a cunhada acudiu que não, e citou um caso recente de pessoa distinta, um juiz municipal, cuja nomeação foi anunciada pela cabocla.

– Talvez o ministro da Justiça goste da cabocla – explicou Santos.

As duas riram da graça, e assim se fechou uma vez o capítulo da adivinha, para se abrir mais tarde. Por agora é deixar que o feto se desenvolva, a criança se agite e se atire, como impaciente de nascer. Em verdade, a mãe padeceu muito durante a gestação, e principalmente nas últimas semanas. Cuidava trazer um general que iniciava a campanha da vida, a não ser um casal que aprendia a desamar de véspera.

VIII

Nem Casal, Nem General

NEM CASAL, nem general. No dia sete de abril de 1870 veio à luz um par de varões tão iguais, que antes pareciam a sombra um do outro, se não era simplesmente a impressão do olho, que via dobrado.

Tudo esperavam, menos os dous gêmeos, e nem por ser o espanto grande, foi menor o amor. Entende-se isto sem ser preciso insistir, assim como se entende que a mãe desse aos dous filhos aquele pão inteiro e dividido do poeta; eu acrescento que o pai fazia a mesma cousa. Viveu os primeiros tempos a contemplar os meninos, a compará-los, a medi-los, a pesá-los. Tinham o mesmo peso e cresciam por igual medida. A mudança ia-se fazendo por um só teor. O rosto comprido, cabelos castanhos, dedos finos e tais que, cruzados os da mão direita de um com os da esquerda de outro, não se podia saber que eram de duas pessoas. Viriam a ter gênio diferente, mas por ora eram os mesmos estranhões. Começaram a sorrir no mesmo dia. O mesmo dia os viu batizar.

Antes do parto, tinham combinado em dar o nome do pai ou da mãe, segundo fosse o sexo da criança. Sendo um par de rapazes, e não havendo a forma masculina do nome materno, não quis o pai que figurasse só o dele, e meteram-se a catar outros. A mãe propunha franceses ou ingleses, conforme os romances que lia. Algumas novelas russas em moda sugeriram nomes eslavos. O pai aceitava uns e outros, mas consultava a terceiros, e não acertava com opinião definitiva. Geralmente, os consultados trariam outro nome, que não era aceito em casa. Também veio a antiga onomástica lusitana, mas sem melhor fortuna. Um dia, estando Perpétua à missa, rezou o *Credo*, advertiu nas palavras: "... os santos apóstolos São Pedro e São Paulo...", e mal pôde acabar a oração. Tinha descoberto os nomes; eram simples e gêmeos. Os pais concordaram com ela e a pendência acabou.

A alegria de Perpétua foi quase tamanha como a do pai e da mãe, se não maior. Maior não foi, nem tão profunda, mas foi grande, ainda que rápida. O achado dos nomes valia quase que pela feitura das crianças. Viúva, sem filhos, não se julgava incapaz de os ter, e era alguma cousa nomeá-los. Contava mais cinco ou seis anos que a irmã. Casara com um tenente de artilharia que morreu capitão na guerra do Paraguai[1]. Era mais baixa que alta, e era gorda, ao contrário de Natividade que, sem ser magra, não tinha as mesmas carnes, e era alta e reta. Ambas vendiam saúde.

– Pedro e Paulo – disse Perpétua à irmã e ao cunhado –, quando rezei estes dous nomes, senti uma cousa no coração...

– Você será madrinha de um – disse a irmã.

Os pequenos, que se distinguiam por uma fita de cor, passaram a receber medalhas de ouro, uma com a imagem de São Pedro, outra com a de São Paulo. A confusão não cedeu logo, mas tarde, lento e pouco, ficando tal semelhança que os advertidos se enganavam muita vez ou sempre. A mãe é que não precisou de grandes sinais externos para saber quem eram aqueles dous pedaços de si mesma. As amas,

1. *Guerra do Paraguai*: conflito travado, entre 1865 e 1870, e vencido pela Tríplice Aliança (Argentina, Uruguai e Brasil) contra o Paraguai. Estima-se em cerca de 390 mil os mortos na guerra, 300 mil deles paraguaios.

apesar de os distinguirem entre si, não deixavam de querer mal uma à outra, pelo motivo da semelhança dos "seus filhos de criação". Cada uma afirmava que o seu era mais bonito. Natividade concordava com ambas.

Pedro seria médico, Paulo advogado; tal foi a primeira escolha das profissões. Mas logo depois trocaram de carreira. Também pensaram em dar um deles à engenharia. A marinha sorria à mãe, pela distinção particular da escola. Tinha só o inconveniente da primeira viagem remota; mas Natividade pensou em meter empenhos com o ministro. Santos falava em fazer um deles banqueiro, ou ambos. Assim passavam as horas vadias. Íntimos da casa entravam nos cálculos. Houve quem os fizesse ministros, desembargadores, bispos, cardeais...

– Não peço tanto – dizia o pai.

Natividade não dizia nada ao pé de estranhos, apenas sorria, como se tratasse de folguedo de São João, um lançar de dados e ler no livro de sortes a quadra correspondente ao número. Não importa; lá dentro de si cobiçava algum brilhante destino aos filhos. Cria deveras, esperava, rezava às noites, pedia ao céu que os fizesse grandes homens.

Uma das amas, parece que a de Pedro, sabendo daquelas ânsias e conversas, perguntou a Natividade por que é que não ia consultar a cabocla do Castelo. Afirmou que ela adivinhava tudo, o que era e o que viria a ser; conhecia o número da sorte grande, não dizia qual era nem comprava bilhete para não roubar os escolhidos de Nosso Senhor. Parece que era mandada de Deus.

A outra ama confirmou as notícias e acrescentou novas. Conhecia pessoas que tinham perdido e achado joias e escravos. A polícia mesma, quando não acabava de apanhar um criminoso, ia ao Castelo falar à cabocla e descia sabendo; por isso é que não a botava para fora, como os invejosos andavam a pedir. Muita gente não embarcava sem subir primeiro ao morro. A cabocla explicava sonhos e pensamentos, curava de quebranto...

Ao jantar, Natividade repetiu ao marido a lembrança das amas. Santos encolheu os ombros. Depois examinou rindo a sabedoria da cabocla; principalmente a sorte grande era incrível que, conhecendo o número, não comprasse bilhete. Natividade achou que era o mais difícil de explicar, mas podia ser invenção do povo. – *On ne prête qu'aux riches*[2] – acrescentou rindo. O marido, que estivera na véspera com um desembargador, repetiu as palavras dele que "enquanto a polícia não pusesse cobro ao escândalo..." O desembargador não concluíra. Santos concluiu com um gesto vago.

– Mas você é espírita – ponderou a mulher.

– Perdão, não confundamos – replicou ele com gravidade.

Sim, podia consentir numa consulta espírita; já pensara nela. Algum espírito podia dizer-lhe a verdade em vez de uma adivinha de farsa... Natividade defendeu a cabocla. Pessoas da sociedade falavam dela a sério. Não queria confessar ainda que tinha fé, mas tinha. Recusando ir outrora, foi naturalmente a insuficiência do motivo que lhe deu a força negativa. Que importava saber o sexo do filho? Conhecer o destino dos dous era mais imperioso e útil. Velhas ideias que lhe incutiram em criança vinham agora emergindo do cérebro e descendo ao coração. Imaginava ir com os pequenos ao Morro do Castelo, a título de passeio... Para quê? Para confirmá-la na esperança de que seriam grandes

2. *On ne prête qu'aux riches* (francês). Em tradução livre: "Só se empresta aos ricos". A frase francesa também pode ser interpretada, em português, com o sentido de "só os ricos ficam mais ricos".

homens. Não lhe passara pela cabeça a predição contrária. Talvez a leitora, no mesmo caso, ficasse aguardando o destino; mas a leitora, além de não crer (nem todos creem), pode ser que não conte mais de vinte a vinte e dous anos de idade, e terá a paciência de esperar. Natividade, de si para si, confessava os trinta e um, e temia não ver a grandeza dos filhos. Podia ser que a visse, pois também se morre velha, e alguma vez de velhice, mas acaso teria o mesmo gosto?

Ao serão, a matéria da palestra foi a cabocla do Castelo, por iniciativa de Santos, que repetia as opiniões da véspera e do jantar. Das visitas, algumas contavam o que ouviam dela. Natividade não dormiu aquela noite sem obter do marido que a deixasse ir com a irmã à cabocla. Não se perdia nada; bastava levar os retratos dos meninos e um pouco dos cabelos. As amas não saberiam nada da aventura.

No dia aprazado meteram-se as duas no carro, entre sete e oito horas, com pretexto de passeio, e lá se foram para a Rua da Misericórdia. Sabes já que ali se apearam, entre a igreja de São José e a câmara dos deputados, e subiram aquela até à Rua do Carmo, onde esta pega com a Ladeira do Castelo. Indo a subir, hesitaram, mas a mãe era mãe, e já agora faltava pouco para ouvir o destino. Viste que subiram, que desceram, deram os dous mil-réis às almas, entraram no carro e voltaram para Botafogo.

IX
Vista de Palácio

No Catete, o cupê e uma vitória[1] cruzaram-se e pararam a um tempo. Um homem saltou da vitória e caminhou para o cupê. Era o marido de Natividade, que ia agora para o escritório, um pouco mais tarde que de costume, por haver esperado a volta da mulher. Ia pensando nela e nos negócios da praça, nos meninos e na Lei Rio Branco[2], então discutida na câmara dos deputados; o banco era credor da lavoura. Também pensava na cabocla do Castelo e no que teria dito à mulher...

Ao passar pelo palácio Nova Friburgo[3], levantou os olhos para ele com o desejo do costume, uma cobiça de possuí-lo, sem prever os altos destinos que o palácio viria a ter na República; mas quem então previa nada? Quem prevê cousa nenhuma? Para Santos a questão era só possuí-lo, dar ali grandes festas únicas, celebradas nas gazetas, narradas na ci-

1. *Vitória*: tipo de carruagem.

2. *Lei Rio Branco*: também chamada Lei do Ventre Livre, determinava que seriam livres os filhos de escravas nascidos a partir da data em que fora promulgada pela Princesa Isabel: 28 de setembro de 1871.

3. *Palácio Nova Friburgo*: construído na zona sul do Rio de Janeiro, entre 1858 e 1867, pelo Barão de Nova Friburgo, foi posteriormente denominado Palácio do Catete e tornou-se sede da Presidência da República entre 1897 e 1960. Com a transferência da capital federal para Brasília, o prédio histórico passou a abrigar o Museu da República.

dade entre amigos e inimigos, cheios de admiração, de rancor ou de inveja. Não pensava nas saudades que as matronas futuras contariam às suas netas, menos ainda nos livros de crônicas, escritos e impressos neste outro século. Santos não tinha a imaginação da posteridade. Via o presente e suas maravilhas.

Já lhe não bastava o que era. A casa de Botafogo, posto que bela, não era um palácio, e depois não estava tão exposta como aqui no Catete, passagem obrigada de toda a gente, que olharia para as grandes janelas, as grandes portas, as grandes águias no alto, de asas abertas. Quem viesse pelo lado do mar, veria as costas do palácio, os jardins e os lagos... Oh! gozo infinito! Santos imaginava os bronzes, mármores, luzes, flores, danças, carruagens, músicas, ceias... Tudo isso foi pensado depressa, porque a vitória, embora não corresse (os cavalos tinham ordem de moderar a andadura), todavia, não atrasava as rodas para que os sonhos de Santos acabassem. Assim foi que, antes de chegar à Praça da Glória, a vitória avistou o cupê da família, e as duas carruagens pararam, a curta distância uma da outra, como ficou dito.

X

O Juramento

TAMBÉM FICOU DITO que o marido saiu da vitória e caminhou para o cupê, onde a mulher e a cunhada, adivinhando que ele vinha ter com elas, sorriam de antemão.

– Não lhe digas nada – aconselhou Perpétua.

A cabeça de Santos apareceu logo, com as suíças curtas, o cabelo rente, o bigode rapado. Era homem simpático. Quieto, não ficava mal. A agitação com que chegou, parou e falou tirou-lhe a gravidade com que ia no carro, as mãos postas sobre o castão de ouro da bengala, e a bengala entre os joelhos.

– Então? então? – perguntou.

– Logo digo.

– Mas que foi?

– Logo.

– Bem ou mal? Dize só se bem.

– Bem. Cousas futuras.

– É pessoa séria?

– Séria, sim; até logo – repetiu Natividade estendendo-lhe os dedos.

Mas o marido não podia despegar-se do cupê; queria saber ali mesmo tudo, as perguntas e as respostas, a gente que lá estava à espera, e se era o mesmo destino para os dous, ou se cada um tinha o seu. Nada disso foi escrito como aqui vai, devagar, para que a ruim letra do autor não faça mal à sua prosa. Não, senhor; as palavras de Santos saíram de atropelo, umas sobre outras, embrulhadas, sem princípio ou sem fim. A bela esposa tinha já as orelhas tão afeitas ao falar do marido, mormente em lances de emoção ou curiosidade, que entendia tudo, e ia dizendo que não. A cabeça e o dedo sublinhavam a negativa. Santos não teve remédio e despediu-se.

Em caminho, advertiu que, não crendo na cabocla, era ocioso instar pela predição. Era mais; era dar razão à mulher. Prometeu não indagar nada quando voltasse. Não prometeu esquecer, e daí a teima com que pensou muitas vezes no oráculo. De resto, elas lhe diriam tudo sem que ele perguntasse nada, e esta certeza trouxe a paz do dia.

Não concluas daqui que os fregueses do banco padecessem alguma desatenção aos seus negócios. Tudo correu bem, como se ele não tivesse mulher nem filhos ou não houvesse Castelo nem cabocla. Não era só a mão que fazia o seu ofício, assinando; a boca ia falando, mandando, chamando e rindo, se era preciso. Não obstante, a ânsia existia e as figuras passavam e repassavam diante dele; no intervalo de duas letras, Santos resolvia uma cousa ou outra, se não eram ambas a um tempo. Entrando no carro, à tarde, agarrou-se inteiramente ao oráculo. Trazia as mãos sobre o castão, a bengala entre os joelhos, como de manhã, mas vinha pensando no destino dos filhos.

Quando chegou a casa, viu Natividade a contemplar os meninos, ambos nos berços, as amas ao pé, um pouco admiradas da insistência com que ela os procurava desde manhã. Não era só fitá-los, ou perder os olhos no espaço e no tempo; era beijá-los também e apertá-los ao coração. Esqueceu-me dizer que, de manhã, Perpétua mudou primeiro de roupa que a irmã e foi achá-la diante dos berços, vestida como viera do Castelo.

– Logo vi que você estava com os grandes homens – disse ela.

– Estou, mas não sei em que é que eles serão grandes.

– Seja em que for, vamos almoçar.

Ao almoço e durante o dia, falaram muita vez da cabocla e da predição. Agora, ao ver entrar o marido, Natividade leu-lhe a dissimulação nos olhos. Quis calar e esperar, mas estava tão ansiosa de lhe dizer tudo, e era tão boa, que resolveu o contrário. Unicamente não teve o tempo de cumpri-lo; antes mesmo de começar, já ele acabava de perguntar o que era. Natividade referiu a subida, a consulta, a resposta e o resto; descreveu a cabocla e o pai.

– Mas então grandes destinos!

– Cousas futuras – repetiu ela.

– Seguramente futuras. Só a pergunta da briga é que não entendo. Brigar por quê? E brigar como? E teriam deveras brigado?

Natividade recordou os seus padecimentos do tempo da gestação, confessando que não falou mais deles para o não afligir; naturalmente é o que a outra adivinhou que fosse briga.

– Mas briga por quê?

– Isso não sei, nem creio que fosse nada mau.

– Vou consultar…

– Consultar a quem?

– Uma pessoa.

– Já sei, o seu amigo Plácido.

– Se fosse só amigo não consultava, mas ele é o meu chefe e mestre, tem uma vista clara e comprida, dada pelo céu… Consulto só por hipótese, não digo os nossos nomes…

– Não! não! não!

– Só por hipótese.

– Não, Agostinho, não fale disto. Não interrogue ninguém a meu respeito, ouviu? Ande, prometa que não falará disto a ninguém, espíritas nem amigos. O melhor é calar.

Basta saber que terão sorte feliz. Grandes homens, cousas futuras… Jure, Agostinho.

– Mas você não foi em pessoa à cabocla?

– Não me conhece, nem de nome; viu-me uma vez, não me tornará a ver. Ande, jure!

– Você é esquisita. Vá lá, prometo. Que tem que falasse, assim, por acaso?

– Não quero. Jure!

– Pois isto é cousa de juramento?

– Sem isso, não confio – disse ela sorrindo.

– Juro.

– Jure por Deus Nosso Senhor!

– Juro por Deus Nosso Senhor!

XI
Um Caso Único!

Santos cria na santidade do juramento; por isso, resistiu, mas enfim cedeu e jurou. Entretanto, o pensamento não lhe saiu mais da briga uterina dos filhos. Quis esquecê-la. Jogou essa noite, como de costume; na seguinte, foi ao teatro; na outra, a uma visita; e tornou ao voltarete do costume, e a briga sempre com ele. Era um mistério. Talvez fosse um caso único... Único! Um caso único! A singularidade do caso fê-lo agarrar-se mais à ideia, ou a ideia a ele, não posso explicar melhor este fenômeno íntimo, passado lá onde não entra olho de homem, nem bastam reflexões ou conjeturas. Nem por isso durou muito tempo. No primeiro domingo, Santos pegou em si, e foi à casa do doutor Plácido, Rua do Senador Vergueiro, uma casa baixa, de três janelas, com muito terreno para o lado do mar. Creio que já não existe: datava do tempo em que a rua era o Caminho Velho, para diferençar do Caminho Novo.

Perdoa estas minúcias. A ação podia ir sem elas, mas eu quero que saibas que casa era, e que rua, e mais digo que ali havia uma espécie de clube, templo ou que quer que era espírita. Plácido fazia de sacerdote e presidente a um tempo. Era um velho de grandes barbas, olho azul e brilhante, enfiado em larga camisola de seda. Põe-lhe uma vara na mão, e fica um mágico, mas, em verdade, as barbas e a camisola não as trazia por lhe darem tal aspecto. Ao contrário de Santos, que teria trocado dez vezes a cara, se não fora a oposição da mulher, Plácido usava as barbas inteiras desde moço e a camisola há dez anos.

– Venha, venha – disse ele –, ande ajudar-me a converter o nosso amigo Aires; há meia hora que procuro incutir-lhe as verdades eternas, mas ele resiste.

– Não, não, não resisto – acudiu um homem de cerca de quarenta anos, estendendo a mão ao recém-chegado.

XII
Esse Aires

Esse Aires que aí aparece conserva ainda agora algumas das virtudes daquele tempo, e quase nenhum vício. Não atribuas tal estado a qualquer propósito. Nem creias que vai nisto um pouco de homenagem à modéstia da pessoa. Não, senhor, é verdade pura e natural efeito. Apesar dos quarenta anos, ou quarenta e dous, e talvez por isso mesmo, era um belo tipo de homem. Diplomata de carreira, chegara dias antes do Pacífico, com uma licença de seis meses.

Não me demoro em descrevê-lo. Imagina só que trazia o calo do ofício, o sorriso aprovador, a fala branda e cautelosa, o ar da ocasião, a expressão adequada, tudo tão bem distribuído que era um gosto ouvi-lo e vê-lo. Talvez a pele da cara rapada estivesse prestes a mostrar os primeiros sinais do tempo. Ainda assim o bigode, que era moço na cor e no apuro com que acabava em ponta fina e rija, daria um ar de frescura ao rosto, quando o meio século chegasse. O mesmo faria o cabelo, vagamente grisalho, apartado ao centro. No alto da cabeça havia um início de calva. Na botoeira[1] uma flor eterna.

Tempo houve – foi por ocasião da anterior licença, sendo ele apenas secretário de legação –, tempo houve em que tam-

1. *Botoeira*: pequena fenda na lapela de um casaco ou paletó, usada para se colocar uma flor.

bém ele gostou de Natividade. Não foi propriamente paixão; não era homem disso. Gostou dela, como de outras joias e raridades, mas tão depressa viu que não era aceito, trocou de conversação. Não era frouxidão ou frieza. Gostava assaz de mulheres e ainda mais se eram bonitas A questão para ele é que nem as queria à força, nem curava de as persuadir. Não era general para escala à vista, nem para assédios demorados; contentava-se de simples passeios militares – longos ou breves, conforme o tempo fosse claro ou turvo. Em suma, extremamente cordato.

Coincidência interessante: foi por esse tempo que Santos pensou em casá-lo com a cunhada, recentemente viúva. Esta parece que queria. Natividade opôs-se, nunca se soube por quê. Não eram ciúmes; invejas não creio que fossem. O simples desejo de o não ver entrar na família pela porta lateral é apenas uma figura, que vale qualquer das primeiras hipóteses negadas. O desgosto de cedê-lo a outra, ou tê-los felizes ao pé de si, não podia ser, posto que o coração seja o abismo dos abismos. Suponhamos que era com o fim de o punir por havê-la amado.

Pode ser; em todo caso, o maior obstáculo viria dele mesmo. Posto que viúvo, Aires não foi propriamente casado. Não amava o casamento. Casou por necessidade do ofício; cuidou que era melhor ser diplomata casado que solteiro, e pediu a primeira moça que lhe pareceu adequada ao seu destino. Enganou-se: a diferença de temperamento e de espírito era tal que ele, ainda vivendo com a mulher, era como se vivesse só. Não se afligiu com a perda; tinha o feitio do solteirão.

Era cordato, repito, embora esta palavra não exprima exatamente o que quero dizer. Tinha o coração disposto a aceitar tudo não por inclinação à harmonia, senão por tédio à controvérsia. Para conhecer esta aversão, bastava tê-lo visto entrar, antes, em visita ao casal Santos. Pessoas de fora e da família conversavam da cabocla do Castelo.

– Chega a propósito, conselheiro – disse Perpétua. – Que pensa o senhor da cabocla do Castelo?

Aires não pensava nada, mas percebeu que os outros pensavam alguma cousa, e fez um gesto de dous sexos. Como insistissem, não escolheu nenhuma das duas opiniões, achou outra, média, que contentou a ambos os lados, cousa rara em opiniões médias. Sabes que o destino delas é serem desdenhadas. Mas este Aires – José da Costa Marcondes Aires – tinha que nas controvérsias uma opinião dúbia ou média pode trazer a oportunidade de uma pílula, e compunha as suas de tal jeito, que o enfermo, se não sarava, não morria, e é o mais que fazem pílulas. Não lhe queiras mal por isso; a droga amarga engole-se com açúcar. Aires opinou com pausa, delicadeza, circunlóquios, limpando o monóculo ao lenço de seda, pingando as palavras graves e obscuras, fitando os olhos no ar, como quem busca uma lembrança, e achava a lembrança, e arredondava com ela o parecer. Um dos ouvintes aceitou-o logo, outro divergiu um pouco e acabou de acordo, assim terceiro, e quarto, e a sala toda.

Não cuides que não era sincero, era-o. Quando não acertava de ter a mesma opinião, e valia a pena escrever a sua, escrevia-a. Usava também guardar por escrito as descobertas, observações, reflexões, críticas e anedotas, tendo para isso uma série de cadernos, a que dava o nome de *Memorial*. Naquela noite escreveu estas linhas:

"Noite em casa da família Santos, sem voltarete. Falou-se na cabocla do Castelo. Desconfio que Natividade ou a irmã quer consultá-la; não será decerto a meu respeito.

"Natividade e um padre Guedes que lá estava, gordo e maduro, eram as únicas pessoas interessantes da noite. O resto insípido, mas insípido por necessidade, não podendo ser outra cousa mais que insípido. Quando o padre e Natividade me deixavam entregue à insipidez dos outros, eu tentava fugir-lhe pela memória, recordando sensações, revivendo quadros, viagens, pessoas. Foi assim que pensei na Capponi, a quem vi hoje pelas costas, na Rua da Quitanda. Conheci-a aqui no finado Hotel de Dom Pedro, lá vão anos. Era dançarina; eu mesmo já a tinha visto dançar em Veneza. Pobre Capponi! Andando, o pé esquerdo saía-lhe do sapato e mostrava no calcanhar da meia um buraquinho de saudade.

"Afinal tornei à eterna insipidez dos outros. Não acabo de crer como é que esta senhora, aliás tão fina, pode organizar noites como a de hoje. Não é que os outros não buscassem ser interessantes, e, se intenções valessem, nenhum livro os valeria; mas não o eram, por mais que tentassem. Enfim, lá vão; esperemos outras noites que tragam melhores sujeitos sem esforço algum. O que o berço dá só a cova o tira, diz um velho adágio nosso. Eu posso, truncando um verso ao meu Dante, escrever de tais insípidos:

Dico, che quando l'anima mal nata...

XIII
A Epígrafe

Ora, aí está justamente a epígrafe do livro, se eu lhe quisesse pôr alguma, e não me ocorresse outra. Não é somente um meio de completar as pessoas da narração com as ideias que deixarem, mas ainda um par de lunetas para que o leitor do livro penetre o que for menos claro ou totalmente escuro.

Por outro lado, há proveito em irem as pessoas da minha história colaborando nela, ajudando o autor, por uma lei de solidariedade, espécie de troca de serviços, entre o enxadrista e os seus trebelhos[1].

Se aceitas a comparação, distinguirás o rei e a dama, o bispo e o cavalo, sem que o cavalo possa fazer de torre, nem a torre de peão. Há ainda a diferença da cor, branca e preta, mas esta não tira o poder da marcha de cada peça, e afinal umas e outras podem ganhar a partida, e assim vai o mundo. Talvez conviesse pôr aqui, de quando em quando, como nas publicações do jogo, um diagrama das posições belas ou difíceis. Não havendo tabuleiro, é um grande auxílio este processo para acompanhar os lances, mas também pode ser que tenhas visão bastante para reproduzir na memória as situações diversas. Creio que sim. Fora com diagramas! Tudo irá como se realmente visses jogar a partida entre pessoa e pessoa, ou mais claramente, entre Deus e o Diabo.

1. *Trebelhos*: peças do jogo de xadrez.

❧ XIV ❧
A Lição do Discípulo

– FIQUE, FIQUE, CONSELHEIRO – disse Santos apertando a mão ao diplomata. – Aprenda as verdades eternas.

– Verdades eternas pedem horas eternas – ponderou este, consultando o relógio.

Um tal Aires não era fácil de convencer. Plácido falou-lhe de leis científicas para excluir qualquer mácula de seita, e Santos foi com ele. Toda a terminologia espírita saiu fora, e mais os casos, fenômenos, mistérios, testemunhos, atestados verbais e escritos... Santos acudiu com um exemplo: dous espíritos podiam tornar juntos a este mundo; e, se brigassem antes de nascer?

– Antes de nascer, crianças não brigam – replicou Aires, temperando o sentido afirmativo com a entonação dubitativa.

– Então nega que dous espíritos?... Essa cá me fica, conselheiro! Pois que impede que dous espíritos?...

Aires viu o abismo da controvérsia, e forrou-se à vertigem por uma concessão, dizendo:

– Esaú e Jacó[1] brigaram no seio materno, isso é verdade. Conhece-se a causa do conflito. Quanto a outros, dado que briguem também, tudo está em saber a causa do conflito, e

1. *Esaú e Jacó*: personagens bíblicas. Irmãos gêmeos, filhos de Isaque e Rebeca, disputam a primogenitura.

não a sabendo, porque a Providência a esconde da notícia humana... Se fosse uma causa espiritual, por exemplo...

– Por exemplo?

– Por exemplo, se as duas crianças quiserem ajoelhar-se ao mesmo tempo para adorar o Criador. Aí está um caso de conflito, mas de conflito espiritual, cujos processos escapam à sagacidade humana. Também poderia ser um motivo temporal. Suponhamos a necessidade de se acotovelarem para ficar melhor acomodados; é uma hipótese que a ciência aceitaria; isto é, não sei... Há ainda o caso de quererem ambos a primogenitura.

– Para quê? – perguntou Plácido.

– Conquanto este privilégio esteja hoje limitado às famílias régias, à câmara dos lordes e não sei se mais, tem todavia um valor simbólico. O simples gosto de nascer primeiro, sem outra vantagem social ou política, pode dar-se por instinto, principalmente se as crianças se destinarem a galgar os altos deste mundo.

Santos afiou o ouvido neste ponto, lembrando-se das "cousas futuras". Aires disse ainda algumas palavras bonitas, e acrescentou outras feias, admitindo que a briga podia ser prenúncio de graves conflitos na terra; mas logo temperou esse conceito com este outro:

– Não importa; não esqueçamos o que dizia um antigo, que "a guerra é a mãe de todas as cousas". Na minha opinião, Empédocles[2], referindo-se à guerra, não o fez só no sentido técnico. O amor, que é a primeira das artes da paz, pode-se dizer que é um duelo, não de morte, mas de vida – concluiu Aires sorrindo leve, como falava baixo, e despediu-se.

2. *Empédocles* (*c.* 490 a.C.-*c.* 430 a.C.): pensador grego pré-socrático a quem se atribui a formulação da teoria dos quatro elementos (fogo, ar, terra e água) como formadores da matéria cósmica. Segundo ele, amor e ódio são forças divinas responsáveis pela união ou separação dos elementos.

XV
Teste David cum Sibylla[1]

– E ENTÃO? – disse Santos. – Não é que o conselheiro, em vez de aprender, ensina-nos? Eu acho que ele deu algumas razões boas.

– Quando menos, plausíveis – completou mestre Plácido.

– Foi pena que se despedisse – continuou Santos –, mas felizmente o meu caso é com o senhor. Venho consultá-lo, e as suas luzes são as verdadeiras do mundo.

Plácido agradeceu sorrindo. Não era novo o elogio, ao contrário; mas ele estava tão acostumado a ouvi-lo que o sorriso era já agora um sestro[2]. Não podia deixar de pagar com essa moeda aos seus discípulos.

– Trata-se...

– Trata-se disto. Aquela história que eu formulei é um fato real; sucedeu com os meus filhos...

– Como?

– É o que me parece, e vim justamente para que me explique. Nunca lhe falei por temer que achasse absurdo, mas tenho pensado, e suspeito que tal briga se deu, e que é um caso extraordinário.

1. *Teste David cum Sibylla* (latim). Em tradução livre: "testemunho de Davi junto com Sibila". Davi é personagem bíblica: o primeiro rei ungido dos hebreus. Sibila é a denominação que se dava na Antiguidade greco-romana a mulheres com dons de profetizar. A frase latina sugere que a tradição judaico-cristã (interpretação com base na Bíblia) e o testemunho pagão (interpretação com base na predição da cabocla do Castelo) estariam concordes a propósito do futuro dos gêmeos.

2. *Sestro*: trejeito; cacoete.

Santos expôs então a consulta, gravemente, com um gesto particular que tinha de arregalar os olhos para arregalar a novidade. Não esqueceu nem escondeu nada; contou a própria ida da mulher ao Castelo, com desdém, é verdade, mas ponto por ponto. Plácido ouvia atento, perguntando, voltando atrás, e acabou por meditar alguns minutos. Enfim, declarou que o fenômeno, caso se houvesse dado, era raro, se não único, mas possível. Já o fato de se chamarem Pedro e Paulo indicava alguma rivalidade, porque esses dous apóstolos brigaram também.

– Perdão, mas o batismo…

– Foi posterior, sei, mas os nomes podem ter sido predestinados, tanto mais que a escolha dos nomes veio, como o senhor me disse, por inspiração à tia dos meninos.

– Justamente.

– Dona Perpétua é muito devota.

– Muito.

– Creio que os próprios espíritos de São Pedro e São Paulo houvessem escolhido aquela senhora para inspirar os nomes que estão no Credo; advirta que ela reza muitas vezes o Credo, mas foi naquela ocasião que se lembrou deles.

– Exato, exato!

O doutor foi à estante e tirou uma Bíblia, encadernada em couro, com grandes fechos de metal. Abriu a Epístola de São Paulo aos Gálatas, e leu a passagem do Capítulo II, versículo 11, em que o apóstolo conta que, indo a Antioquia, onde estava São Pedro, "resistiu-lhe na cara".

– Leia: "resisti-lhe na cara".

Santos leu e teve uma ideia. As ideias querem-se festejadas, quando são belas, e examinadas, quando novas; a dele era a um tempo nova e bela. Deslumbrado, ergueu a mão e deu uma palmada na folha, bradando:

– Sem contar que este número onze do versículo, composto de dous algarismos iguais, 1 e 1, é um número gêmeo, não lhe parece?

– Justamente. E mais: o capítulo é o segundo, isto é, dous, que é o próprio número dos irmãos gêmeos.

Mistério engendra mistério. Havia mais de um elo íntimo, substancial, escondido, que ligava tudo. Briga, Pedro e Paulo, irmãos gêmeos, números gêmeos, tudo eram águas de mistério que eles agora rasgavam, nadando e bracejando com força. Santos foi mais ao fundo; não seriam os dous meninos os próprios espíritos de São Pedro e de São Paulo, que renasciam agora, e ele, pai dos dous apóstolos?... A fé transfigura; Santos tinha um ar quase divino, trepou em si mesmo, e os olhos, ordinariamente sem expressão, pareciam entornar a chama da vida. Pai de apóstolos! E que apóstolos! Plácido esteve quase, quase a crer também, achava-se dentro de um mar torvo, soturno, onde as vozes do infinito se perdiam, mas logo lhe acudia que os espíritos de São Pedro e São Paulo tinham chegado à perfeição; não tornariam cá. Não importa; seriam outros, grandes e nobres. Os seus destinos podiam ser brilhantes; tinha razão a cabocla, sem saber o que dizia.

– Deixe às senhoras as suas crenças da meninice – concluiu –; se elas têm fé na tal mulher do Castelo, e acham que é um veículo de verdade, não as desminta por hora. Diga-lhes que eu estou de acordo com o seu oráculo. *Teste David cum Sibylla.*

– Digo, digo! escreva a frase.

Plácido foi à secretária, escreveu o verso, e deu-lhe o papel, mas já então Santos advertira que mostrá-lo à mulher era confessar a consulta espírita, e naturalmente o perjúrio. Referiu ao amigo os escrúpulos de Natividade e pediu que calassem tudo.

– Estando com ela, não lhe diga o que se passou entre nós.

Saiu logo depois, arrependido da indiscrição, mas deslumbrado da revelação. Ia cheio de números da Escritura, de Pedro e Paulo, de Esaú e Jacó. O ar da rua não espanou a poeira do mistério; ao contrário, o céu azul, a praia sossegada, os montes verdes como que o cercavam e cobriam de um véu mais transparente e infinito. A rixa dos meninos, fato raro ou único, era uma distinção divina. Contrariamente à esposa, que cuidava somente da grandeza futura dos filhos, Santos pensava no conflito passado.

Entrou em casa, correu aos pequenos, e acarinhou-os com tão estranha expressão, que a mãe desconfiou alguma cousa, e quis saber o que era.

– Não é nada – respondeu ele rindo.

– É alguma cousa, anda, acaba.

– Que há de ser?

– Seja o que for, Agostinho, acaba.

Santos pediu-lhe que se não zangasse, e contou tudo, a sorte, a rixa, a Escritura, os apóstolos, o símbolo, tudo tão espalhadamente, que ela mal pôde entender, mas entendeu ao final, e replicou com os dentes cerrados:

– Ah! você! você!

– Perdão, amiguinha, estava tão ansioso de saber a verdade... E nota que eu creio na cabocla, e o doutor também; ele até me escreveu isto em latim, concluiu tirando e lendo o papelinho: *Teste David cum Sibylla.*

XVI
Paternalismo

DAÍ A POUCO, Santos pegou na mão da mulher, que a deixou ir à toa, sem apertar a dele; ambos fitavam os meninos, tendo esquecido a zanga para só ficarem pais.

Já não era espiritismo, nem outra religião nova; era a mais velha de todas, fundada por Adão e Eva[1], à qual chama, se queres, paternalismo. Rezavam sem palavras, persignavam-se sem dedos, uma espécie de cerimônia quieta e muda, que abrangia o passado e o futuro. Qual deles era o padre, qual o sacristão, não sei, nem é preciso. A missa é que era a mesma, e o evangelho começava como o de São João (emendado): "No princípio era o amor, e o amor se fez carne"[2]. Mas venhamos aos nossos gêmeos.

1. *Adão e Eva*: segundo a Bíblia (*Gênesis*), seriam, respectivamente, o primeiro homem e a primeira mulher, criados por Deus.

2. No Evangelho de São João (Jo. 1), lê-se: "No princípio era o Verbo / o Verbo estava em Deus / e o Verbo era Deus".

XVII
Tudo o que Restrinjo

Os GÊMEOS, não tendo que fazer, iam mamando. Nesse ofício portavam-se sem rivalidade, a não ser quando as amas estavam às boas, e eles mamavam ao pé um do outro; cada qual então parecia querer mostrar que mamava mais e melhor, passeando os dedos pelo seio amigo, e chupando com alma. Elas, à sua parte, tinham glória dos peitos e os comparavam entre si; os pequenos, fartos, soltavam afinal os bicos e riam para elas.

Se não fosse a necessidade de pôr os meninos em pé, crescidos e homens, espraiava este capítulo. Realmente, o espetáculo, posto que comum, era belo. Os peraltas nutriam-se ao contrário dos pais, sem as artes do cozinheiro, nem a vista das comidas e bebidas, todas postas em cristais e porcelanas para emendar ou colorir a dura necessidade de comer. A eles nem se lhes via a comida; a boca ligada ao peito não deixava aparecer o leite. A natureza mostrava-se satisfeita pelo riso ou pelo sono. Quando era o sono, cada uma levava o seu menino ao berço, e ia cuidar de outra cousa. Este cotejo dar-me-ia três ou quatro páginas sólidas.

Uma página bastava para os chocalhos que embelezavam os pequenos, como se fosse a própria música do céu. Eles sorriam, estendiam as mãos, alguma vez zangavam-se com as negaças, mas tanto que lhos davam, calavam-se, e se não podiam tocar não se zangavam por isso. A propósito de chocalhos, diria que esses instrumentos não deixam memória de si; alguém que os veja em mãos de crianças, se parecer que lhe lembram os seus, cai logo no engano, e adverte que a recordação há de ser mais recente, alguma arenga[1] do ano passado, se não foi a vaca de leite da véspera.

A operação de desmamar podia fazer-se em meia linha, mas as lástimas das amas, as despedidas, as bichas[2] de ouro que a mãe deu a cada uma delas, como um presente final, tudo isso exigia uma boa página ou mais. Poucas linhas bastariam para as amas-secas, porquanto não diria se eram altas nem baixas, feias ou bonitas. Eram mansas, zelosas do ofício, amigas dos pequenos, e logo uma da outra. Cavalinhos de pau, bandeirolas, teatros de bonecos, barretinas e tambores, toda a quinquilharia da infância ocuparia muito mais que o lugar de seus nomes.

Tudo isso restrinjo só para não enfadar a leitora curiosa de ver os meus meninos homens e acabados. Vamos vê-los, querida. Com pouco, estão crescidos e fortes. Depois, entrego-os a si mesmos; eles que abram a ferro ou língua, ou simples cotovelos, o caminho da vida e do mundo.

1. *Arenga*: conversa; lenga-lenga.
2. *Bichas*: adornos; joias.

XVIII
De Como Vieram Crescendo

EI-LOS QUE VÊM CRESCENDO. A semelhança, sem os confundir já, continuava a ser grande. Os mesmos olhos claros e atentos, a mesma boca cheia de graça, as mãos finas, e uma cor viva nas faces que as fazia crer pintadas de sangue. Eram sadios; excetuada a crise dos dentes, não tiveram moléstia alguma, porque eu não conto uma ou outra indigestão de doces, que os pais lhes davam, ou eles tiravam às escondidas. Eram ambos gulosos, Pedro mais que Paulo, e Paulo mais que ninguém.

Aos sete anos eram duas obras-primas, ou antes uma só em dous volumes, como quiseres. Em verdade, não havia por toda aquela praia, nem por Flamengos ou Glórias, Cajus e outras redondezas, não havia uma, quanto mais duas crianças tão graciosas. Nota que eram também robustos. Pedro com um murro derrubava Paulo; em compensação, Paulo com um pontapé deitava Pedro ao chão. Corriam muito na chácara por aposta. Alguma vez quiseram trepar às árvores, mas a mãe não consentia; não era bonito. Contentavam-se de espiar cá de baixo a fruta.

Paulo era mais agressivo, Pedro mais dissimulado, e, como ambos acabavam por comer a fruta das árvores, era um moleque que a ia buscar acima, fosse a cascudo de um ou com promessa de outro. A promessa não se cumpria nunca; o cascudo, por ser antecipado, cumpria-se sempre, e às vezes com repetição depois do serviço. Não digo com isto que um e outro dos gêmeos não soubessem agredir e dissimular; a diferença é que cada um sabia melhor o seu gosto, cousa tão óbvia que custa escrever.

Obedeciam aos pais sem grande esforço, posto fossem teimosos. Nem mentiam mais que outros meninos da cidade. Ao cabo, a mentira é alguma vez meia virtude. Assim é que, quando eles disseram não ter visto furtar um relógio da mãe, presente do pai, quando eram noivos, mentiram conscientemente, porque a criada que o tirou foi apanhada por eles em plena ação de furto. Mas era tão amiga deles! e com tais lágrimas lhes pediu que não dissessem a ninguém, que os gêmeos negaram absolutamente ter visto nada. Contavam sete anos. Aos nove, quando já a moça ia longe, é que descobriram, não sei a que propósito, o caso escondido. A mãe quis saber por que é que eles calaram outrora; não souberam explicar-se, mas é claro que o silêncio de 1878 foi obra da afeição e da piedade, e daí a meia virtude, porque é alguma cousa pagar amor com amor. Quanto à revelação de 1880 só se pode explicar pela distância do tempo. Já não estava presente a boa Miquelina; talvez já estivesse morta. Demais, veio tão naturalmente a referência...

– Mas, por que é que vocês até agora não me disseram? – teimava a mãe.

Não sabendo mais que razão dessem, um deles, creio que Pedro, resolveu acusar o irmão:

– Foi ele, mamãe!

– Eu? – redarguiu Paulo. – Foi ele, mamãe, ele é que não disse nada.

– Foi você!

– Foi você! Não minta!

– Mentiroso é ele!

Cresceram um para o outro. Natividade acudiu prestemente, não tanto que impedisse a troca dos primeiros murros. Segurou-lhes os braços a tempo de evitar outros, e, em vez de os castigar ou ameaçar, beijou-os com tamanha ternura que eles não acharam melhor ocasião de lhe pedir doce. Tiveram doce; tiveram também um passeio, à tarde, no carrinho do pai.

Na volta estavam amigos ou reconciliados. Contaram à mãe o passeio, a gente da rua, as outras crianças que olhavam para eles com inveja, uma que metia o dedo na boca, outra no nariz, e as moças que estavam às janelas, algumas que os acharam bonitos. Neste último ponto divergiam, porque cada um deles tomava para si só as admirações, mas a mãe interveio:

– Foi para ambos. Vocês são tão parecidos, que não podia ser senão para ambos. E sabem por que é que as moças elogiaram vocês? Foi por ver que iam amigos, chegadinhos um ao outro. Meninos bonitos não brigam, ainda menos sendo irmãos. Quero vê-los quietos e amigos, brincando juntos sem rusga nem nada. Estão entendendo?

Pedro respondeu que sim; Paulo esperou que a mãe repetisse a pergunta, e deu igual resposta. Enfim, porque esta mandasse, abraçaram-se, mas foi um abraçar sem gosto, sem força, quase sem braços; encostaram-se um ao outro, estenderam as mãos às costas do irmão, e deixaram-nas cair.

De noite, na alcova, cada um deles concluiu para si que devia os obséquios daquela tarde, o doce, os beijos e o carro, à briga que tiveram, e que outra briga podia render tanto ou mais. Sem palavras, como um romance ao piano, resolveram ir à cara um do outro, na primeira ocasião. Isto que devia ser um laço armado à ternura da mãe, trouxe ao coração de ambos uma sensação particular, que não era só consolo e desforra do soco recebido naquele dia, mas também satisfação de um desejo íntimo, profundo, necessário. Sem ódio, disseram ainda algumas palavras de cama a cama, riram de uma ou outra lembrança da rua, até que o sono entrou com os seus pés de lã e bico calado, e tomou conta da alcova inteira.

XIX

Apenas Duas. – Quarenta Anos. – Terceira Causa

UM DOS MEUS PROPÓSITOS neste livro é não lhe pôr lágrimas. Entretanto, não posso calar as duas que rebentaram certa vez dos olhos de Natividade, depois de uma rixa dos pequenos. Apenas duas, e foram morrer-lhe aos cantos da boca. Tão depressa as verteu como as engoliu, renovando às avessas e por palavras mudas o fecho daquelas histórias de crianças: "entrou por uma porta, saiu pela outra, manda el-rei nosso senhor que nos conte outra". E a segunda criança contava segunda história, a terceira terceira, a quarta quarta, até que vinha o fastio ou o sono. Pessoas que datam do tempo em que se contavam tais histórias afirmam que as crianças não punham naquela fórmula nenhuma fé monárquica, fosse absoluta, fosse constitucional; era um modo de ligar o seu *Decameron*[1] delas, herdado do velho reino português, quando os reis mandavam o que queriam, e a nação dizia que era muito bem.

Engolidas as duas lágrimas, Natividade riu da própria fraqueza. Não se chamou tola, porque esses desabafos raramente se usam, ainda em particular; mas no secreto do coração, lá muito ao fundo, onde não penetra olho de homem, creio que sentiu alguma cousa parecida com isso. Não tendo prova clara, limito-me a defender a nossa dona.

1. *Decameron*: obra-prima do escritor italiano Giovanni Boccaccio (1313-1375).

Em verdade, qualquer outra viveria a tremer pela sorte dos filhos, uma vez que houvera a rixa anterior e interior. Agora as lutas eram mais frequentes, as mãos cada vez mais aptas, e tudo fazia recear que eles acabassem estripando-se um ao outro... Mas aqui surgia a ideia da grandeza e da prosperidade – cousas futuras! –, e esta esperança era como um lenço que enxugasse os olhos da bela senhora. As sibilas não terão dito só do mal, nem os profetas, mas ainda do bem, e principalmente dele.

Com esse lenço verde enxugou ela os olhos, e teria outros lenços, se aquele ficasse roto ou enxovalhado; um, por exemplo, não verde como a esperança, mas azul, como a alma dela. Ainda lhes não disse que a alma de Natividade era azul. Aí fica. Um azul celeste, claro e transparente, que alguma vez se embruscava[2], raro tempestuava, e nunca a noite escurecia.

Não, leitor, não me esqueceu a idade da nossa amiga; lembra-me como se fosse hoje. Chegou assim aos quarenta anos. Não importa; o céu é mais velho e não trocou de cor. Uma vez que lhe não atribuas ao azul da alma nenhuma significação romântica, estás na conta. Quando muito, no dia em que perfez aquela idade, a nossa dona sentiu um calefrio[3]. Que passara? Nada, um dia mais que na véspera, algumas horas apenas. Toda uma questão de número, menos que número, o nome do número, esta palavra *quarenta*, eis o mal único. Daí a melancolia com que ela disse ao marido, agradecendo o mimo do aniversário: "Estou velha, Agostinho!" Santos quis esganá-la brincando.

Pois faria mal se a esganasse. Natividade ainda tinha as formas do tempo anterior à concepção, a mesma flexibilida-

2. *Embruscava*: tornava-se sombrio ou melancólico.

3. *Calefrio*: forma variante antiga de "calafrio".

de, a mesma graça miúda e viva. Conservava o donaire dos trinta. A costureira punha em relevo todos os pensamentos restantes da figura, e ainda lhe emprestava alguns do seu bolsinho. A cintura teimava em não querer engrossar, e os quadris e o colo eram do mesmo estofador antigo.

Há dessas regiões em que o verão se confunde com o outono, como se dá na nossa terra, onde as duas estações só diferem pela temperatura. Nela nem pela temperatura. Maio tinha o calor de janeiro. Ela, aos quarenta anos, era a mesma senhora verde, com a mesmíssima alma azul.

Esta cor vinha-lhe do pai e do avô, mas o pai morreu cedo, antes do avô, que chegara aos oitenta e quatro. Nessa idade cria sinceramente que todas as delícias deste mundo, desde o café de manhã até os sonos sossegados, haviam sido inventados somente para ele. O melhor cozinheiro da terra nascera na China, para o único fim de deixar família, pátria, língua, religião, tudo, e vir assar-lhe as costeletas e fazer-lhe o chá. As estrelas davam às *suas* noites um aspecto esplêndido, o luar também, e a chuva, se chovia, era para que ele descansasse do Sol. Lá está agora no cemitério de São Francisco Xavier; se alguém pudesse ouvir a voz dos mortos, dentro das sepulturas, ouviria a ele, bradando que é tempo de fechar a porta ao cemitério e não deixar entrar ninguém, uma vez que ele já lá descansa para todo sempre. Morreu azul; se chegasse aos cem anos, não teria outra cor.

Ora, se a natureza queria poupar esta senhora, a riqueza dava a mão à natureza, e de uma e de outra saía a mais bela cor que alma de gente pode ter. Tudo concorria assim para lhe secarem os olhos depressa, como vimos atrás. Se ela bebeu aquelas duas lágrimas solitárias, pudera ter bebido outras pela idade adiante, e isto é ainda uma prova daquele matiz espiritual; mostrará assim que as tem poucas, e engole-as para poupá-las.

Mas há ainda uma terceira causa que dava a esta senhora o sentimento da cor azul, causa tão particular que merecia ir em capítulo seu, mas não vai, por economia. Era a isenção, era o ter atravessado a vida intacta e pura. O Cabo das Tormentas converteu-se em Cabo da Boa Esperança, e ela venceu a primeira e a segunda mocidade, sem que os ventos lhe derribassem a nau, nem as ondas a engolissem. Não negaria que alguma lufada mais rija pudera levar-lhe a vela do traquete[4], como no caso de João de Melo, ou ainda pior, no de Aires, mas foram bocejos de Adamastor[5]. Consertou a vela depressa e o gigante ficou atrás cercado de Tétis[6], enquanto ela seguiu o caminho da Índia[7]. Agora lembrava-se da viagem próspera. Honrava-se dos ventos inúteis e perdidos. A memória trazia-lhe o sabor do perigo passado. Eis aqui a terra encoberta, os dous filhos nados, criados e amados da fortuna.

4. *Traquete*: mastro ou vela de veleiro.

5. *Adamastor*: gigante mítico que o poeta português Luís de Camões (1525?-1580) figura como prosopopeia do Cabo das Tormentas, no canto v da epopeia *Os Lusíadas* (1572).

6. *Tétis*: ninfa do mar; personagem mítica por quem o gigante Adamastor se apaixona, em *Os Lusíadas*.

7. *Caminho da Índia*: referência metafórica à descoberta do caminho marítimo para a Índia pela esquadra portuguesa comandada por Vasco da Gama, em 1478, que é tema central de *Os Lusíadas*.

XX
A Joia

Os QUARENTA e um anos não lhe trouxeram arrepio. Já estava acostumada à casa dos quarenta. Sentiu, sim, um grande espanto; acordou e não viu o presente do costume, a "surpresa" do marido ao pé da cama. Não a achou no toucador, abriu gavetas, espiou, nada. Creu que o marido esquecera a data e ficou triste; era a primeira vez! Desceu olhando; nada. No gabinete estava o marido, calado, metido consigo, a ler jornais, mal lhe estendeu a mão. Os rapazes, apesar de ser domingo, estudavam a um canto; vieram dar-lhe o beijo do costume e tornaram aos livros. A mãe ainda relanceou os olhos pelo gabinete, a ver se achava algum mimo, um painel, um vestido, foi tudo vão. Embaixo de uma das folhas do dia que estava na cadeira fronteira à do marido podia ser que... Nada. Então sentou-se, e, abrindo a folha, ia dizendo consigo: "Será possível que não se lembre do dia de hoje? Será possível?" Os olhos entraram a ler à toa, saltando as notícias, tornando atrás...

Defronte o marido espreitava a mulher, sem absolutamente importar-lhe o que parecia ler. Assim se passaram alguns minutos. De repente, Santos viu uma expressão nova no rosto de Natividade; os olhos dela pareciam crescer, a boca entreabriu-se, a cabeça ergueu-se, a dele também, ambos deixaram a cadeira, deram dous passos e caíram nos braços um do outro, como dous namorados desesperados de amor. Um, dous, três, muitos beijos. Pedro e Paulo, espantados, estavam ao canto, de pé. O pai, quando pôde falar, disse-lhes:

– Venham beijar a mão da senhora baronesa de Santos.

Não entenderam logo. Natividade não sabia que fizesse; dava a mão aos filhos, ao marido, e tornava ao jornal para ler e reler que no despacho imperial da véspera o senhor Agostinho José dos Santos fora agraciado com o título de Barão de Santos. Compreendeu tudo. O presente do dia era aquele; o ourives desta vez foi o imperador.

– Vão, vão, agora podem ir brincar – disse o pai aos filhos.

E os rapazes saíram a espalhar a notícia pela casa. Os criados ficaram felizes com a mudança dos amos. Os próprios escravos pareciam receber uma parcela da liberdade e condecoravam-se com ela: "nhã[1] baronesa!", exclamavam saltando. E João puxava Maria, batendo castanholas com os dedos: "Gente, quem é esta crioula? Sou escrava de nhã baronesa!"

Mas o imperador não foi o único ourives. Santos tirou do bolso uma caixinha, com um broche em que a coroa nova rutilava de brilhantes. Natividade agradeceu-lhe a joia e consentiu em pô-la, para que o marido a visse. Santos sentia-se autor da joia, inventor da forma e das pedras; mas deixou logo que ela a tirasse e guardasse, e pegou das gazetas, para lhe mostrar que em todas vinha a notícia, algumas com adjetivo, *conceituado* aqui, ali *distinto* etc.

Quando Perpétua entrou no gabinete, achou-os andando de um lado para outro, com os braços passados pela cintura, conversando, calando, mirando os pés. Também ela deu e recebeu abraços.

1. *Nhã*: iaiá; sinhá; senhora.

Toda a casa estava alegre. Na chácara as árvores pareciam mais verdes que nunca, os botões do jardim explicavam as folhas, e o Sol cobria a terra de uma claridade infinita. O céu, para colaborar com o resto, ficou azul o dia inteiro. Logo cedo entraram a vir cartões e cartas de parabéns. Mais tarde visitas. Homens do foro, homens do comércio, homens de sociedade muitas senhoras, algumas titulares[2] também, vieram ou mandaram. Devedores de Santos acudiram depressa, outros preferiram continuar o esquecimento. Nomes houve que eles só puderam reconhecer à força de grande pesquisa e muito almanaque.

2. *Titulares*: portadoras de título de nobreza.

XXI
Um Ponto Escuro

SEI QUE HÁ um ponto escuro no capítulo que passou; escrevo este para esclarecê-lo.

Quando a esposa inquiriu dos antecedentes e circunstâncias do despacho, Santos deu as explicações pedidas. Nem todas seriam estritamente exatas; o tempo é um rato roedor das cousas, que as diminui ou altera no sentido de lhes dar outro aspecto. Demais, a matéria era tão propícia ao alvoroço que facilmente traria confusão à memória. Há, nos mais graves acontecimentos, muitos pormenores que se perdem, outros que a imaginação inventa para suprir os perdidos, e nem por isso a história morre.

Resta saber (é o ponto escuro) como é que Santos pôde calar por longos dias um negócio tão importante para ele e para a esposa. Em verdade, esteve mais de uma vez a dizer por palavra ou por gesto, se achasse algum, aquele segredo de poucos; mas sempre havia uma força maior que lhe tapava a boca. Ao que parece, foi a expectação de uma alegria nova e inesperada que lhe deu a alma de pacientar. Naquela cena do gabinete tudo foi composto de antemão, o silêncio, a indiferença, os filhos que ele pôs ali, estudando ao domingo, só para efeito daquela frase: "Venham beijar a mão da senhora baronesa de Santos!"

XXII
Agora um Salto

Que os dous gêmeos participassem da lua de mel nobiliária dos pais não é cousa que se precise escrever. O amor que lhes tinham bastava a explicá-lo, mas acresce que, havendo o título produzido em outros meninos dous sentimentos opostos, um de estima, outro de inveja, Pedro e Paulo concluíram ter recebido com ele um mérito especial. Quando, mais tarde, Paulo adotou a opinião republicana, nunca envolveu aquela distinção da família na condenação das instituições. Os estados de alma que daqui nasceram davam matéria a um capítulo especial, se eu não preferisse agora um salto, e ir a 1886. O salto é grande, mas o tempo é um tecido invisível em que se pode bordar tudo, uma flor, um pássaro, uma dama, um castelo, um túmulo. Também se pode bordar nada. Nada em cima de invisível é a mais sutil obra deste mundo, e acaso do outro.

XXIII
Quando Tiverem Barbas

NAQUELE ANO, uma noite de agosto, como estivessem algumas pessoas na casa de Botafogo, sucedeu que uma delas, não sei se homem ou mulher, perguntou aos dous irmãos que idade tinham.

Paulo respondeu:

– Nasci no aniversário do dia em que Pedro I caiu do trono.

E Pedro:

– Nasci no aniversário do dia em que Sua Majestade subiu ao trono.

As respostas foram simultâneas, não sucessivas, tanto que a pessoa pediu-lhes que falasse cada um por sua vez. A mãe explicou:

– Nasceram no dia 7 de abril de 1870.

Pedro repetiu vagarosamente:

– Nasci no dia em que Sua Majestade subiu ao trono.

E Paulo, em seguida:

– Nasci no dia em que Pedro caiu do trono.

Natividade repreendeu a Paulo a sua resposta subversiva. Paulo explicou-se, Pedro contestou a explicação e deu outra, e a sala viraria clube, se a mãe não os acomodasse por esta maneira:

– Isto hão de ser grupos de colégio; vocês não estão em idade de falar em política. Quando tiverem barbas.

As barbas não queriam vir, por mais que eles chamassem o buço com os dedos, mas as opiniões políticas e outras vinham e cresciam. Não eram propriamente opiniões, não tinham raízes grandes nem pequenas. Eram (mal comparando) gravatas de cor particular, que eles atavam ao pescoço, à espera que a cor cansasse e viesse outra. Naturalmente cada um tinha a sua. Também se pode crer que a de cada um era, mais ou menos, adequada à pessoa. Como recebiam as mesmas aprovações e distinções nos exames, faltava-lhes matéria a invejas; e, se a ambição os dividisse algum dia, não era por ora águia nem condor, ou sequer filhote; quando muito, um ovo. No colégio de Pedro II todos lhes queriam bem. As barbas é que não queriam vir. Que é que se lhes há de fazer quando as barbas não querem vir? Esperar que venham por seu pé, que apareçam, que cresçam, que embranqueçam, como é seu costume delas, salvo as que não embranquecem nunca, ou só em parte e temporariamente. Tudo isto é sabido e banal, mas dá ensejo a dizer de duas barbas do último gênero, célebres naquele tempo, e ora totalmente esquecidas. Não tendo outro lugar em que fale delas, aproveito este capítulo, e o leitor que volte a página, se prefere ir atrás da história. Eu ficarei durante algumas linhas, recordando as duas barbas mortas, sem as entender agora, como não as entendemos então, as mais inexplicáveis barbas do mundo.

A primeira daquelas barbas era de um amigo de Pedro, um capucho, um italiano, frei***. Podia escrever-lhe o nome – ninguém mais o conheceria –, mas prefiro esse sinal trino, número de mistério, expresso por estrelas, que são os olhos do céu. Trata-se de um frade. Pedro não lhe conheceu a barba preta, mas já grisalha, longa e basta, adornando uma cabeça máscula e formosa. A boca era risonha, os olhos rútilos[1]. Ria por ela e por eles, tão docemente que metia a gente

1. *Rútilos*: brilhantes.

no coração. Tinha o peito largo, as espáduas fortes. O pé nu, atado à sandália, mostrava aguentar um corpo de Hércules[2]. Tudo isso meigo e espiritual, como uma página evangélica. A fé era viva, a afeição segura, a paciência infinita.

Frei*** despediu-se um dia de Pedro. Ia ao interior, Minas, Rio de Janeiro, São Paulo – creio que ao Paraná também –, viagem espiritual, como a de outros confrades, e lá ficou por um semestre ou mais. Quando voltou trouxe-nos a todos grande alegria e maior espanto. A barba estava negra, não sei se tanto ou mais que dantes, mas negríssima e brilhantíssima. Não explicou a mudança, nem ninguém lhe perguntou por ela; podia ser milagre ou capricho da natureza; também podia ser correção de homem, posto que o último caso fosse mais difícil de crer que o primeiro. Durou nove meses esta cor; feita outra viagem por trinta dias, a barba apareceu de prata ou de neve, como vos parecer mais branca.

Quanto à segunda de tais barbas, foi ainda mais espantosa. Não era de frade, mas de maltrapilho, um sujeito que vivia de dívidas, e na mocidade corrigira um velho rifão[3] da nossa língua por esta maneira: "Paga o que deves, vê o que te *não* fica". Chegou aos cinquenta anos sem dinheiro, sem emprego, sem amigos. A roupa teria a mesma idade, os sapatos não menor que ela. A barba é que não chegou aos cinquenta; ele pintava-a de negro e mal, provavelmente por não ser a tinta de primeira qualidade e não possuir espelho. Andava só, descia ou subia muita vez a mesma rua. Um dia dobrou a esquina da Vida e caiu na praça da Morte, com as barbas enxovalhadas, por não haver quem lhas pintasse na Santa Casa.

2. *Hércules*: nome latino do herói da mitologia denominado Héracles pelos gregos; símbolo da força.

3. *Rifão*: ditado popular.

Or, benè[4], para falar como o meu capucho, por que é que este e o maltrapilho voltaram do grisalho ao negro? A leitora que adivinhe, se pode: dou-lhe vinte capítulos para alcançá-lo. Talvez eu, por essas alturas, lobrigue alguma explicação, mas por ora não sei nem aventuro nada. Vá que malignos atribuam a frei*** alguma paixão profana; ainda assim não se compreende que ele se descobrisse por aquele modo. Quanto ao maltrapilho, a que damas queria ele agradar, a ponto de trocar algumas vezes o pão pela tinta? Que um e outro cedessem ao desejo de prender a mocidade fugitiva, pode ser. O frade, lido na Escritura, sabendo que Israel chorou pelas cebolas do Egito, teria também chorado, e as suas lágrimas caíram negras. Pode ser, repito. Este desejo de capturar o tempo é uma necessidade da alma e dos queixos; mas ao tempo dá Deus *habeas corpus*[5].

4. *Or, benè* (italiano): "agora, bem".

5. *Habeas corpus* (latim): ação jurídica com o propósito de garantir a liberdade de quem a tem ameaçada por abuso de poder.

❧ XXIV ❧

Robespierre[1] e Luís XVI[2]

TANTO CRESCERAM AS OPINIÕES de Pedro e Paulo que, um dia, chegaram a incorporar-se em alguma cousa. Iam descendo pela Rua da Carioca. Havia ali uma loja de vidraceiro, com espelhos de vário tamanho, e, mais que espelhos, também tinha retratos velhos e gravuras baratas, com e sem caixilho. Pararam alguns instantes, olhando à toa. Logo depois, Pedro viu pendurado um retrato de Luís XVI, entrou e comprou-o por oitocentos réis; era uma simples gravura atada ao mostrador por um barbante. Paulo quis ter igual fortuna, adequada às suas opiniões, e descobriu um Robespierre. Como o lojista pedisse por este mil e duzentos, Pedro exaltou-se um pouco.

– Então o senhor vende mais barato um rei, e um rei mártir?

– Há de perdoar, mas é que esta outra gravura custou-me mais caro – redarguiu o velho lojista. – Nós vendemos conforme o preço da compra. Veja; está mais nova.

1. *Maximilien de Robespierre* (1758-1794): um dos mais proeminentes líderes da Revolução Francesa na fase da Convenção; presidente do Comitê de Salvação Pública, esteve à frente do período conhecido como "O Terror", quando foram guilhotinadas milhares de pessoas consideradas "inimigas da Revolução". Esse período termina com a prisão e a morte de Robespierre na guilhotina.

2. *Luís XVI* (1754-1793): rei da França; na Revolução Francesa, foi preso e condenado pela Convenção Nacional por crime de "alta traição", sendo executado na guilhotina.

– Lá isso, não, – acudiu Paulo. – São do mesmo tempo; mas é que este vale mais que aquele.

– Ouvi dizer que também era rei…

– Qual rei! – responderam os dous.

– Ou quis sê-lo, não sei bem… Que eu de histórias, apenas conheço a dos mouros que aprendi na minha terra com a avó, alguns bocados em verso. E ele ainda há mouras lindas; – por exemplo, esta; apesar do nome, creio que era moura, ou ainda é, se vive… Mal lhe saiba ao marido!

Foi a um canto e trouxe um retrato de Madame de Staël[3], com o famoso turbante na cabeça. Ó efeito da beleza! Os rapazes esqueceram por um instante as opiniões políticas e ficaram a olhar longamente a figura de Corina[4]. O lojista, apesar dos seus setenta anos, tinha os olhos babados. Cuidou de sublinhar as formas, a cabeça, a boca um tanto grossa, mas expressiva, e dizia que não era caro. Como nenhum quisesse comprá-la, talvez por ser só uma, disse-lhes que ainda tinha outro, mas esse era "uma pouca-vergonha", frase que os deuses lhe perdoariam, quando soubessem que ele não quis mais que abrir o apetite aos fregueses. E foi a um armário, tirou de lá, e trouxe uma Diana[5], nua como vivia cá embaixo, outrora, nos matos. Nem por isso a vendeu. Teve de contentar-se com os retratos políticos.

Quis ainda ver se colhia algum dinheiro, vendendo-lhes um retrato de Pedro I[6], encaixilhado, que pendia da parede;

3. *Madame de Staël*: Anne-Louise Germaine de Staël-Holstein (1766-1817), conhecida como Madame de Staël, foi proeminente escritora francesa.

4. *Corina*: protagonista do romance homônimo de Madame de Staël, publicado em 1807. No texto de Machado, a obra é citada como metonímia da autora.

5. *Diana*: na mitologia romana, deusa da caça.

6. *Pedro I* (1798-1834): primeiro imperador do Brasil; rei Dom Pedro IV de Portugal.

mas Pedro recusou por não ter dinheiro disponível, e Paulo disse que não daria um vintém pela "cara de traidores". Antes não dissesse nada! O lojista, tão depressa lhe ouviu a resposta como despiu as formas obsequiosas, vestiu outras indignadas, e bradou que sim, senhor, que o moço tinha razão.

– Tem muita razão. Foi um traidor, mau filho, mau irmão, mau tudo. Fez todo o mal que pôde a este mundo; e no inferno, onde está, se a religião não mente, deve ainda fazer mal ao Diabo. Este moço falou há pouco em rei mártir – continuou mostrando-lhes um retrato de Dom Miguel de Bragança[7], meio perfil, sobrecasaca, mão ao peito –, este é que foi um verdadeiro mártir daquele, que lhe roubou o trono, que não era seu, para dá-lo a quem não pertencia; e foi morrer à míngua o meu pobre rei e senhor, dizem que na Alemanha, ou não sei onde. Ah! *malhados*! Ah! filhos do Diabo! Os senhores não podem imaginar o que era aquela canalha de liberais. Liberais! Liberais do alheio!

– É tudo a mesma farinha – reflexionou Paulo.

– Eu não sei se eles eram de farinha, sei que levaram muita pancada. Venceram, mas apanharam deveras. Meu pobre rei!

Pedro quis responder ao remoque do irmão; e propôs comprar o retrato de Pedro I. Quando o lojista tornou a si, começou a negociar a venda, mas não puderam entender-se no preço; Pedro dava os mesmos oitocentos réis do outro, o lojista pedia dous mil-réis. Notava-lhe que estava encaixilhado, e Luís XVI não, além disto, era mais novo. E vinha à porta, a buscar melhor luz, chamava-lhe a atenção para o rosto,

7. *Dom Miguel de Bragança* (1802-1866): rei de Portugal, entre 1828 e 1834, com o título de Dom Miguel I. Defensor do absolutismo monárquico, foi destronado e banido do país após ser vencido pelos liberais, liderados por seu irmão mais velho, Dom Pedro, na Guerra Civil, também denominada "Guerra dos Dois Irmãos".

os olhos principalmente, que bela expressão que tinham! E o manto imperial…

– Que lhe custa dar dous mil-réis?

– Dou-lhe dez tostões: serve?

– Não serve. Mais que isso me custou ele.

– Pois então…

– Veja sempre. Pois isto não vale até três mil-réis? O papel não está encardido; a gravura é fina.

– Dez tostões, já disse.

– Não, senhor. Olhe, por dez tostões leve este de Dom Miguel; o papel está bem conservado, e, com pouco dinheiro, manda-lhe pôr um caixilho. Vá; dez tostões.

– Se eu já estou arrependido… Dez tostões pelo imperador.

– Ah! isso não! Custou-me mil e setecentos, há três semanas; ganho uns trezentos réis, quase nada. Ganho menos com o senhor Dom Miguel, mas também concordo que é menos procurado. Este de Dom Pedro I, se passar amanhã, talvez já o não ache. Vá, sim?

– Eu passo depois.

Paulo já ia andando e mirando Robespierre; Pedro alcançou-o.

– Olhe, leve por sete tostões o senhor Dom Miguel.

Pedro abanou a cabeça.

– Seis tostões serve?

Pedro, ao lado do irmão, desenrolara a sua gravura. O velho lojista quis ainda bradar: "Cinco tostões!", mas iam já longe, e ficava mal negociar assim.

XXV
Dom Miguel

– ASSIM COMO ASSIM – ficou pensando o velho –, não há de ser enrolado e guardado que o hei de vender, vou mandá-lo encaixilhar; põem-se-lhe aqui umas tabuinhas velhas...

Dom Miguel voltou para ele os olhos turvos de tristeza e reproche; assim lhe pareceu ao vidraceiro, mas podia ter sido ilusão. Em todo caso, pareceu também que os olhos tornavam ao seu lugar, fitando à direita, ao longe... Para onde? Para onde há justiça eterna, cuidou naturalmente o dono. Como estivesse a contemplá-lo, à porta, parou um homem, entrou, e olhou com interesse para o retrato. O lojista reparou na expressão; podia ser algum miguelista, mas também podia ser um colecionador...

– Quanto pede o senhor por isto?

– Isto? Há de perdoar; quer saber quanto peço pelo meu rico senhor Dom Miguel? Não peço muito, está um tanto encardido, mas ainda se lhe aprecia bem a figura. Que soberba que ela é! Não é caro; dou-lhe pelo custo; se estivesse encaixilhado, valeria uns quatro mil-réis. Leve-o por três.

O freguês tirou tranquilamente o dinheiro do bolso, enquanto o velho enrolava o retrato, e, trocados um por outro, despediram-se corteses e satisfeitos; o lojista, depois de ir até a porta, tornou à cadeira do costume. Talvez pensasse no mal a que escapara, se vendesse o retrato por dez tostões. Em todo caso, ficou a olhar para fora, para longe, para onde há justiça eterna... Três mil-réis!

XXVI
A Luta dos Retratos

QUASE QUE NÃO é preciso dizer o destino dos retratos do rei e do convencional[1]. Cada um dos pequenos pregou o seu à cabeceira da cama. Pouco durou esta situação, porque ambos faziam pirraças às pobres gravuras, que não tinham culpa de nada. Eram orelhas de burro, nomes feios, desenhos de animais, até que um dia Paulo rasgou a de Pedro, e Pedro a de Paulo. Naturalmente, vingaram-se a murro; a mãe ouviu rumor e subiu apressada. Conteve os filhos, mas já os achou arranhados e recolheu-se triste. Nunca mais acabaria aquela maldição de rivalidade? Fez esta pergunta calada, atirada à cama, a cara metida no travesseiro, que desta vez ficou seco, mas a alma chorou.

Natividade confiava na educação, mas a educação, por mais que ela a apurasse, apenas quebrava as arestas ao caráter dos pequenos, o essencial ficava; as paixões embrionárias trabalhavam por viver, crescer, romper, tais quais ela sentira os dous no próprio seio, durante a gestação… E recordava a crise de então, acabando por maldizer da cabocla do Castelo. Realmente, a cabocla devia ter calado; o mal calado não se muda, mas não se sabe. Agora, pode ser que isto de não calar confirme a opinião de que a cabocla era mandada por Deus para dizer a verdade aos homens. E afinal o que é que ela dis-

1. *Convencional*: líder da Convenção, na Revolução Francesa, isto é, Robespierre.

se a Natividade? Não fez mais que uma pergunta misteriosa; a predição é que foi luminosa e clara... E outra vez as palavras do Castelo ressoaram aos ouvidos da mãe, e a imaginação fez o resto. Cousas futuras! Ei-los grandes e sublimes. Algumas brigas em pequenos, que importa? Natividade sorriu, ergueu-se, foi à porta, deu com o filho Pedro, que vinha explicar-se.

– Mamãe, Paulo é mau. Se mamãe ouvisse os horrores que ele solta pela boca fora, mamãe morria de medo. Custa-me muito não ir à cara dele; ainda lhe não tirei um olho...

– Meu filho, não fales assim, é teu irmão.

– Pois que não se meta comigo, não me aborreça. Que blasfêmias que ele dizia! Como eu rezava por alma de Luís XVI, ele, para machucar-me bem, rezava a Robespierre; compôs uma ladainha chamando santo ao outro e cantarolava baixinho para que papai nem mamãe ouvissem. Eu sempre lhe dei alguns cascudos...

– Aí está!

– Mas é que ele é que me dava primeiro, porque eu punha orelhas de burro em Robespierre... Então, eu havia de apanhar calado?

– Nem calado, nem falando.

– Então, como? Apanhar sempre, não é?

– Não, senhor; não quero pancadas; o melhor é que esqueçam tudo e se queiram bem. Você não vê como seus pais se querem? As brigas acabaram de todo. Não quero ouvir rusgas nem queixas. Afinal que têm vocês com um sujeito mau que morreu há tantos anos?

– É o que eu digo, mas ele não se emenda.

– Há de emendar-se; os estudos fazem esquecer criancices. Você também quando for médico tem muito que brigar com as moléstias e a morte; é melhor que andar dando pancada em seu irmão... Que é lá isso? Não quero arremessos, Pedro! Sossegue, ouça-me.

BURRO
BESTA

– Mamãe é sempre contra mim.

– Não sou contra nenhum, sou por ambos, ambos são meus filhos. E demais gêmeos. Anda cá, Pedro. Não penses que eu desaprovo as tuas opiniões políticas. Até gosto; são as minhas, são as nossas. Paulo há de tê-las também. Na idade dele aceita-se quanta tolice há, mas o tempo corrige. Olha, Pedro, a minha esperança é que vocês sejam grandes homens, mas com a condição de serem também grandes amigos.

– Estou pronto a ser grande homem – assentiu Pedro com ingenuidade, quase com resignação.

– E grande amigo também.

– Se ele for, serei.

– Grandes homens! – exclamou Natividade, dando-lhe dous abraços, um para ele, outro para o irmão quando viesse.

Mas Paulo veio logo, e recebeu o abraço inteiro e de verdade. Vinha também queixar-se, e sempre resmungou alguma cousa, mas a mãe não quis ouvi-lo, e falou outra vez a linguagem das grandezas. Paulo consentiu também em ser grande.

– Você será médico – disse Natividade a Pedro –, e você advogado. Quero ver quem faz as melhores curas, e ganha as piores demandas.

– Eu – disseram ambos a um tempo.

– Patetas! Cada um terá a sua carreira especial, a sua ciência diferente. Já estão curados do nariz? Já; não há mais sangue. Agora o primeiro que ferir seu irmão será degradado.

Foi um recurso hábil separá-los; um ficava no Rio, estudando medicina, outro ia para São Paulo, estudar direito. O tempo faria o resto, não contando que cada um casava e iria com a mulher para o seu lado. Era a paz perpétua; mais tarde viria a perpétua amizade.

XXVII
De uma Reflexão Intempestiva

EIS AQUI ENTRA uma reflexão da leitora: "Mas se duas velhas gravuras os levam a murro e sangue, contentar-se-ão eles com a sua esposa? Não quererão a mesma e única mulher?"

O que a senhora deseja, amiga minha, é chegar já ao capítulo do amor ou dos amores, que é o seu interesse particular nos livros. Daí a habilidade da pergunta, como se dissesse: "Olhe que o senhor ainda nos não mostrou a dama ou damas que têm de ser amadas ou pleiteadas por estes dous jovens inimigos. Já estou cansada de saber que os rapazes não se dão ou se dão mal; é a segunda ou terceira vez que assisto às blandícias da mãe ou aos seus ralhos amigos. Vamos depressa ao amor, às duas, se não é uma só a pessoa..."

Francamente eu não gosto de gente que venha adivinhando e compondo um livro que está sendo escrito com método. A insistência da leitora em falar de uma só mulher chega a ser impertinente. Suponha que eles deveras gostem de uma só pessoa; não parecerá que eu conto o que a leitora me lembrou, quando a verdade é que eu apenas escrevo o que sucedeu e pode ser confirmado por dezenas de testemunhas? Não, senhora minha, não pus a pena na mão à espreita do que me viessem sugerindo. Se quer compor o livro, aqui tem a pena, aqui tem papel, aqui tem um admirador; mas, se quer ler somente, deixe--se estar quieta, vá de linha em linha; dou-lhe que boceje entre dous capítulos, mas espere o resto, tenha confiança no relator destas aventuras.

XXVIII
O Resto É Certto

SIM, HOUVE UMA PESSOA, mais moça que eles, um a dous anos, que os agrilhoou, à força de costume ou de natureza, se não foi de ambas as cousas. Antes dessa, pode ser que houvesse outras e mais velhas que eles, mas de tais não rezam as notas que servem a este livro. Se brigaram por elas, não ficou memória disso, mas é possível, dado que tivessem tido as mesmas preferências; no caso contrário também, como sucedia aos cavaleiros que defendiam a sua dama.

Conjeturas tudo. Era natural que, assim bonitos, iguais, elegantes, dados à vida e ao passeio, à conversação e à dança, finalmente herdeiros, era natural que mais de uma menina gostasse deles. As que os viam passar a cavalo, praia fora ou rua acima, ficavam namoradas daquela ordem perfeita de aspecto e de movimento. Os próprios cavalos eram iguaizinhos, quase gêmeos, e batiam as patas com o mesmo ritmo, a mesma força e a mesma graça. Não creias que o gesto da cauda e das crinas fosse simultâneo nos dous animais; não é verdade e pode fazer duvidar do resto. Pois o resto é certo.

XXIX
A Pessoa Mais Moça

A PESSOA MAIS MOÇA não entra já neste capítulo por uma razão valiosa, que é a conveniência de apresentar primeiro os pais. Não é que se não possa vê-la bem sem eles; pode-se, os três são diversos, acaso contrários, e, por mais especial que a acheis, não é preciso que os pais estejam presentes. Nem sempre os filhos reproduzem os pais. Camões[1] afirmou que de certo pai só se podia esperar tal filho, e a ciência confirma esta regra poética. Pela minha parte creio na ciência como na poesia, mas há exceções, amigo. Sucede, às vezes, que a natureza faz outra cousa, e nem por isso as plantas deixam de crescer e as estrelas de luzir. O que se deve crer sem erro é que Deus é Deus; e, se alguma rapariga árabe me estiver lendo, ponha-lhe Alá! Todas as línguas vão dar ao céu.

1. *Luís Vaz de Camões* (1525?-1580): maior poeta da língua portuguesa. Autor da epopeia *Os Lusíadas* (1572) e dos poemas líricos de *Rimas* (1595).

XXX

A Gente Batista

A GENTE BATISTA conheceu a gente Santos em não sei que fazenda da província do Rio. Não foi Maricá, embora ali tivesse nascido o pai dos gêmeos; seria em qualquer outro município. Fosse qual fosse, ali é que se conheceram as duas famílias, e como morassem próximas em Botafogo, a assiduidade e a simpatia vieram ajudando o caso fortuito.

Batista, o pai da donzela, era homem de quarenta e tantos anos, advogado do cível, ex-presidente de província e membro do partido conservador. A ida à fazenda tivera por objeto exatamente uma conferência política para fins eleitorais, mas tão estéril que ele tornou de lá sem, ao menos, um ramo de esperança. Apesar de ter amigos no governo, não alcançara nada, nem deputação, nem presidência. Interrompera a carreira desde que foi exonerado daquele cargo "a pedido", disse o decreto, mas as queixas do exonerado fariam crer outra cousa. De fato, perdera as eleições, e atribuía a esse desastre político a demissão do cargo.

– Não sei o que é que ele queria que eu fizesse mais – dizia Batista falando do ministro. – Cerquei igrejas; nenhum amigo pediu polícia que eu não mandasse; processei talvez umas vinte pessoas, outras foram para a cadeia sem processo. Havia de enforcar gente? Ainda assim houve duas mortes no Ribeirão das Moças.

O final era excessivo, porque as mortes não foram obra dele; quando muito, ele mandou abafar o inquérito, se se pode chamar inquérito a uma simples conversação sobre a ferocidade dos dous defuntos. Em suma, as eleições foram incruentas.

Batista dizia que por causa das eleições perdera a presidência, mas corria outra versão, um negócio de águas, concessão feita a um espanhol, a pedido do irmão da esposa do presidente. O pedido era verdadeiro, a imputação de sócio é que era falsa. Não importa; tanto bastou para que a folha da oposição dissesse que houve naquilo um bom "arranjo de família", acrescentando que, como era de águas, devia ser negócio limpo. A folha da administração retorquiu que, se águas havia, não eram bastantes para lavar o sujo do carvão deixado pela última presidência liberal, um fornecimento de palácio. Não era exato; a folha da oposição reviveu o processo antigo e mostrou que a defesa fora cabal. Podia parar aqui, mas continuou que, "como agora estávamos em Espanha", o presidente emendou o poeta espanhol, autor daquele epitáfio:

Cuñados y juntos:
Es cierto que están difuntos[1];

e emendou-o por não ser obrigado a matar ninguém, antes deu vida a si e aos seus dizendo pela nossa língua:

Cunhados e cunhadíssimos;
É certo que são vivíssimos!

Batista acudiu depressa ao mal, declarando sem efeito a concessão, mas isso mesmo serviu à oposição para novos ar-

1. *Cuñados y juntos: / Es cierto que están difuntos* (espanhol): "Cunhados e juntos: / É certo que estão defuntos".

remessos: "Temos a confissão do réu!" foi o título do primeiro artigo que rendeu à folha da oposição o ato do presidente. Os correspondentes tinham já escrito para o Rio de Janeiro falando da concessão, e o governo acabou por demitir o seu delegado. Em verdade, só os políticos cuidaram do negócio. Dona Cláudia apenas aludia à campanha da imprensa, que foi violentíssima.

– Não valia a pena sair daqui – disse Natividade.

– Lá isso não, baronesa!

E dona Cláudia afirmou que valia. Sofre-se, mas paciência. Era tão bom chegar à província! Tudo anunciado, as visitas a bordo, o desembarque, a posse, os cumprimentos… Ver a magistratura, o funcionalismo, a oficialidade, muita calva, muito cabelo branco, a flor da terra, enfim, com as suas cortesias longas e demoradas, todas em ângulo ou em curva, e os louvores impressos. As mesmas descomposturas da oposição eram agradáveis. Ouvir chamar tirano ao marido, que ela sabia ter um coração de pomba, ia bem à alma dela. A sede de sangue que se lhe atribuía, ele que nem bebia vinho, o guante[2] de ferro de um homem que era uma luva de pelica, a imoralidade, a desfaçatez, a falta de brio, todos os nomes injustos, mas fortes, que ela gostava de ler, como verdades eternas, onde iam eles agora? A folha da oposição era a primeira que dona Cláudia lia em palácio. Sentia-se vergastada também e tinha nisso uma grande volúpia, como se fosse na própria pele; almoçava melhor. Onde iam os látegos[3] daquele tempo? Agora mal podia ler o nome dele impresso no fim de algumas razões do foro, ou então na lista das pessoas que iam visitar o imperador.

2. *Guante*: luva de armaduras antigas.
3. *Látegos*: chicotes; açoites.

– Nem sempre – explicou dona Cláudia –; Batista é muito acanhado; vai de longe em longe a São Cristóvão[4], para não parecer que se faz lembrado, como se isto fosse crime; ao contrário, não ir nunca é que pode parecer arrufo[5]. Note que o imperador nunca deixou de recebê-lo com muita benevolência, e a mim também. Nunca esqueceu o meu nome. Já deixei de lá ir dous anos, e quando apareci, perguntou-me logo: "Como vai, dona Cláudia?"

Afora essas saudades do poder, dona Cláudia era uma criatura feliz. A viveza das palavras e das maneiras, os olhos que pareciam não ver nada à força de não pararem nunca, e o sorriso benévolo, e a admiração constante, tudo nela era ajustado a curar as melancolias alheias. Quando beijava ou mirava as amigas era como se as quisesse comer vivas, comer de amor, não de ódio, metê-las em si, muito em si, no mais fundo de si.

Batista não tinha as mesmas expansões. Era alto, e o ar sossegado dava um bom aspecto de governo. Só lhe faltava ação, mas a mulher podia inspirar-lha; nunca deixou de consultá-la nas crises da presidência. Agora mesmo, se lhe desse ouvidos, já teria ido pedir alguma cousa ao governo, mas neste ponto era firme, de uma firmeza que nascia da fraqueza: "Hão de chamar-me, deixa estar", dizia ele a dona Cláudia, quando aparecia alguma vaga de governo provincial. Certo é que ele sentia a necessidade de tornar à vida ativa. Nele a política era menos uma opinião que uma sarna; precisava coçar-se a miúdo e com força.

4. *São Cristóvão*: residência da família imperial brasileira. O prédio histórico do palácio abrigou o Museu Nacional, desde 1892, e foi destruído por um incêndio no ano de 2018.

5. *Arrufo*: mágoa; mau humor.

XXXI
Flora

Tal era aquele casal de políticos. Um filho, se eles tivessem um filho varão, podia ser a fusão das suas qualidades opostas, e talvez um homem de Estado. Mas o céu negou-lhes essa consolação dinástica.

Tinham uma filha única, que era tudo o contrário deles. Nem a paixão de dona Cláudia, nem o aspecto governamental de Batista distinguia a alma ou a figura da jovem Flora. Quem a conhecesse por esses dias, poderia compará-la a um vaso quebradiço ou à flor de uma só manhã, e teria matéria para uma doce elegia[1]. Já então possuía os olhos grandes e claros, menos sabedores, mas dotados de um mover particular, que não era o espalhado da mãe, nem o apagado do pai, antes mavioso e pensativo, tão cheio de graça que faria amável a cara de um avarento. Põe-lhe o nariz aquilino, rasga-lhe a boca meio risonha, formando tudo um rosto comprido, alisa-lhe os cabelos ruivos, e aí tens a moça Flora.

Nasceu em agosto de 1871. A mãe, que datava por ministérios, nunca negou a idade da filha:

– Flora nasceu no ministério Rio Branco[2], e foi sempre

1. *Elegia*: forma clássica de poema lírico, geralmente caracterizado pela linguagem terna e pelo tom melancólico dos versos.

2. *Rio Branco*: José Maria da Silva Paranhos (1819-1880), Visconde de Rio Branco, foi nomeado Presidente do Conselho de Ministros do Império em 1871.

tão fácil de aprender, que já no ministério Sinimbu[3] sabia ler e escrever correntemente.

Era retraída e modesta, avessa a festas públicas, e dificilmente consentiu em aprender a dançar. Gostava de música, e mais do piano que do canto. Ao piano, entregue a si mesma, era capaz de não comer um dia inteiro. Há aí o seu tanto de exagerado, mas a hipérbole é deste mundo, e as orelhas da gente andam já tão entupidas que só à força de muita retórica se pode meter por elas um sopro de verdade.

Até aqui nada há que extraordinariamente distinga esta moça das outras, suas contemporâneas, desde que a modéstia vai com a graça, e em certa idade é tão natural o devaneio como a travessura. Flora, aos quinze anos, dava-lhe para se meter consigo. Aires, que a conheceu por esse tempo, em casa de Natividade, acreditava que a moça viria a ser uma inexplicável.

– Como diz? – inquiriu a mãe.

– Verdadeiramente, não digo nada – emendou Aires –; mas, se me permite dizer alguma cousa, direi que esta moça resume as raras prendas de sua mãe.

– Mas eu não sou inexplicável – replicou dona Cláudia sorrindo.

– Ao contrário, minha senhora. Tudo está, porém, na definição que dermos a esta palavra. Talvez não haja nenhuma certa. Suponhamos uma criatura para quem não exista perfeição na terra, e julgue que a mais bela alma não passa de um ponto de vista; se tudo muda com o ponto de vista, a perfeição...

– A perfeição é copas – insinuou Santos.

3. *Sinimbu*: João Lins Vieira Cansanção de Sinimbu (1810-1906), Visconde de Sinimbu, foi primeiro-ministro do império entre 1878 e 1880.

Era um convite ao voltarete. Aires não teve ânimo de aceitar, tão inquieta lhe pareceu Flora, com os olhos nele, interrogativos, curiosos de saber por que é que ela era ou viria a ser inexplicável. Além disso, preferia a conversação das mulheres. É dele esta frase do *Memorial*: "Na mulher, o sexo corrige a banalidade; no homem, agrava".

Não foi preciso aceitar nem recusar o convite de Santos; chegaram dous habituados do jogo, e com eles Batista, que estava na saleta próxima, Santos foi ao recreio de todas as noites. Um daqueles era o velho Plácido, doutor em espiritismo; o segundo era um corretor da praça, chamado Lopes, que amava as cartas pelas cartas, e sentia menos perder dinheiro que partidas. Lá se foram ao voltarete, enquanto Aires ficava no salão, a ouvir a um canto as damas, sem que os olhos de Flora se despegassem dele.

XXXII
O Aposentado

Já então este ex-ministro estava aposentado. Regressou ao Rio de Janeiro, depois de um último olhar às cousas vistas, para aqui viver o resto dos seus dias. Podia fazê-lo em qualquer cidade, era homem de todos os climas, mas tinha particular amor à sua terra, e porventura estava cansado de outras. Não atribuía a estas tantas calamidades. A febre amarela, por exemplo, à força de a desmentir lá fora, perdeu-lhe a fé, e cá dentro, quando via publicados alguns casos, estava já corrompido por aquele credo que atribui todas as moléstias a uma variedade de nomes. Talvez porque era homem sadio.

Não mudara inteiramente; era o mesmo ou quase. Encalveceu mais, é certo, terá menos carnes, algumas rugas; ao cabo, uma velhice rija de sessenta anos. Os bigodes continuam a trazer as pontas finas e agudas. O passo é firme, o gesto grave, com aquele toque de galanteria, que nunca perdeu. Na botoeira, a mesma flor eterna.

Também a cidade não lhe pareceu que houvesse mudado muito. Achou algum movimento mais, alguma ópera menos, cabeças brancas, pessoas defuntas; mas a velha cidade era a mesma. A própria casa dele no Catete estava bem conservada. Aires despediu o inquilino, tão polidamente como se recebesse o ministro dos negócios estrangeiros, e meteu-se nela a si e a um criado, por mais que a irmã teimasse em levá-lo para Andaraí.

– Não, mana Rita, deixe-me ficar no meu canto.

– Mas eu sou a sua última parenta – disse ela.

– De sangue e de coração, isso é – concordou ele –; pode acrescentar que a melhor de todas e a mais pia. Onde estão aqueles cabelos?... Não precisa baixar os olhos. Você os cortou para meter no caixão de seu finado marido. Os que aí estão embranqueceram; mas os que lá ficaram eram pretos, e mais de uma viúva os teria guardado todos para as segundas núpcias.

Rita gostou de ouvir aquela referência. Outrora, não; pouco depois de viúva, tinha vexame de um ato tão sincero; achava-se quase ridícula. Que valia cortar os cabelos por haver perdido o melhor dos maridos? Mas, andando o tempo, entrou a ver que fizera bem, a aprovar que lho dissessem, e, na intimidade, a lembrá-lo. Agora serviu a alusão para replicar:

– Pois se eu sou isso, por que é que você prefere viver com estranhos?

– Que estranhos? Não vou viver com ninguém. Viverei com o Catete, o Largo do Machado, a Praia de Botafogo e a do Flamengo, não falo das pessoas que lá moram, mas das ruas, das casas, dos chafarizes e das lojas. Há lá cousas esquisitas, mas sei eu se venho achar em Andaraí uma casa de pernas para o ar, por exemplo? Contentemo-nos do que sabemos. Lá os meus pés andam por si. Há ali cousas petrificadas e pessoas imortais, como aquele Custódio da confeitaria, lembra-se?

– Lembra-me, a Confeitaria do Império.

– Há quarenta anos que a estabeleceu; era ainda no tempo em que os carros pagavam imposto de passagem. Pois o diabo está velho, mas não acaba; ainda me há de enterrar. Parece rapaz; aparece-me lá todas as semanas.

– Você também parece rapaz.

– Não brinque, mana; eu estou acabado. Sou um velho gamenho[1], pode ser; mas não é por agradar a moças, é porque me ficou este jeito... E a propósito, por que não vai você morar comigo?

– Ah! é para saber que também eu gosto de estar comigo. Irei lá de vez em quando, mas já não saio daqui, senão para o cemitério.

Ajustaram visitar um ao outro, Aires viria jantar às quintas-feiras. Dona Rita ainda lhe falou dos casos de moléstia dele, ao que Aires replicou que não adoecia nunca, mas se adoecesse viria para Andaraí; o coração dela era o melhor dos hospitais. Talvez que em todas essas recusas houvesse também a necessidade de fugir à contradição, porque a irmã sabia inventar ocasiões de dissidência. Naquele mesmo dia (era ao almoço) ele achou o café delicioso, mas a irmã disse que era ruim, obrigando-o a um grande esforço para tornar atrás e achá-lo detestável.

A princípio, Aires cumpriu a solidão, separou-se da sociedade, meteu-se em casa, não aparecia a ninguém ou a raros e de longe em longe. Em verdade estava cansado de homens e de mulheres, de festas e de vigílias. Fez um programa. Como era dado a letras clássicas achou no padre Bernardes[2] esta tradução daquele salmo: "Alonguei-me fugindo e morei na soedade"[3]. Foi a sua divisa. Santos, se lha dessem, fá-la-ia esculpir, à entrada do salão, para regalo dos seus numerosos amigos. Aires deixou-a estar em si. Alguma vez gostava de a

1. *Gamenho*: elegante.

2. *Bernardes*: padre Manuel Bernardes (1644-1710), escritor considerado um dos mais importantes clássicos da língua portuguesa. Entre outras obras, é autor de *Nova Floresta*, em cinco volumes publicados entre 1710 e 1728.

3. *Soedade*: forma arcaica de solidão.

recitar calado, parte pelo sentido, parte pela linguagem velha: "Alonguei-me fugindo e morei na soedade".

Assim foi a princípio. Às quintas-feiras ia jantar com a irmã. Às noites passeava pelas praias, ou pelas ruas do bairro. O mais do tempo era gasto em ler e reler, compor o *Memorial* ou rever o composto, para relembrar as cousas passadas. Estas eram muitas e de feição diversa, desde a alegria até a melancolia, enterramentos e recepções diplomáticas, uma braçada de folhas secas, que lhe pareciam verdes agora. Alguma vez as pessoas eram designadas por um x ou ***, e ele não acertava logo quem fossem, mas era um recreio procurá-las, achá-las e completá-las.

Mandou fazer um armário envidraçado, onde meteu as relíquias da vida, retratos velhos, mimos de governos e de particulares, um leque, uma luva, uma fita e outras memórias femininas, medalhas e medalhões, camafeus, pedaços de ruínas gregas e romanas, uma infinidade de cousas que não nomeio, para não encher papel. As cartas não estavam lá, viviam dentro de uma mala, catalogadas por letras, por cidades, por línguas, por sexos. Quinze ou vinte davam para outros tantos capítulos e seriam lidas com interesse e curiosidade. Um bilhete, por exemplo, um bilhete encardido e sem data, moço como os bilhetes velhos, assinado por iniciais, um M e um P que ele traduzia com saudades. Não vale a pena dizer o nome.

XXXIII
A Solidão Também Cansa

Mas tudo cansa, até a solidão. Aires entrou a sentir uma ponta de aborrecimento; bocejava, cochilava, tinha sede de gente viva, estranha, qualquer que fosse, alegre ou triste. Metia-se por bairros excêntricos, trepava aos morros, ia às igrejas velhas, às ruas novas, à Copacabana e à Tijuca. O mar ali, aqui o mato e a vista acordavam nele uma infinidade de ecos, que pareciam as próprias vozes antigas. Tudo isso escrevia, às noites, para se fortalecer no propósito da vida solitária. Mas não há propósito contra a necessidade.

A gente estranha tinha a vantagem de lhe tirar a solidão, sem lhe dar a conversação. As visitas de rigor que ele fazia eram poucas, breves e apenas faladas. E tudo isso foram os primeiros passos. A pouco e pouco sentiu o sabor dos costumes velhos, a nostalgia das salas, a saudade do riso, e não tardou que o aposentado da diplomacia fosse reintegrado no emprego da recreação. A solidão, tanto no texto bíblico como na tradução do padre, era arcaica. Aires trocou-lhe uma palavra e o sentido: "Alonguei-me fugindo, e morei entre a gente".

Assim se foi o programa da vida nova. Não é que ele já a não entendesse nem amasse, ou que a não praticasse ainda alguma vez, a espaços, como se faz uso de um remédio que obriga a ficar na cama ou na alcova; mas, sarava depressa e tornava ao ar livre. Queria ver a outra gente, ouvi-la, cheirá-la, gostá-la, apalpá-la, aplicar todos os sentidos a um mundo que podia matar o tempo, o imortal tempo.

XXXIV
Inexplicável

ASSIM O DEIXAMOS, há apenas dous capítulos, a um canto da sala da gente Santos, em conversação com as senhoras. Hás de lembrar-te que Flora não despegava os olhos dele, ansiosa de saber por que é que a achava inexplicável. A palavra rasgava-lhe o cérebro, ferindo sem penetrar. Inexplicável que era? Que se não explica, sabia; mas que se não explica por quê?

Quis perguntá-lo ao conselheiro, mas não achou ocasião, e ele saiu cedo. A primeira vez, porém, que Aires foi a São Clemente, Flora pediu-lhe familiarmente o obséquio de uma definição mais desenvolvida. Aires sorriu e pegou na mão da mocinha, que estava de pé. Foi só o tempo de inventar esta resposta:

– Inexplicável é o nome que podemos dar aos artistas que pintam sem acabar de pintar. Botam tinta, mais tinta, outra tinta, muita tinta, pouca tinta, nova tinta, e nunca lhes parece que a árvore é árvore, nem a choupana choupana. Se se trata então de gente, adeus. Por mais que os olhos da figura falem, sempre esses pintores cuidam que eles não dizem nada. E retocam com tanta paciência, que alguns morrem entre dous olhos, outros matam-se de desespero.

Flora achou a explicação obscura; e tu, amiga minha leitora, se acaso és mais velha e mais fina que ela, pode ser que a não aches mais clara. Ele é que não acrescentou nada, para não ficar incluído entre os artistas daquela espécie. Bateu paternalmente na palma da mão de Flora, e perguntou pelos estudos. Os estudos iam bem; como é que não iriam bem os estudos? E sentando-se ao pé dele, a mocinha confessou que tinha ideia justamente de aprender desenho e pintura, mas se havia de pôr tinta de mais ou de menos, e acabar não pintando nada, melhor seria ficar só na música. A música ia bem com ela, o francês também, e o inglês.

– Pois só a música, o inglês e o francês – concordou Aires.

– Mas o senhor promete que não me achará inexplicável? – pergunta ela com doçura.

Antes que ele respondesse, entraram na sala os dous gêmeos. Flora esqueceu um assunto por outro, e o velho pelos rapazes. Aires não se demorou mais que o tempo de a ver rir com eles, e sentir em si alguma cousa parecida com remorsos. Remorsos de envelhecer, creio.

XXXV
Em Volta da Moça

JÁ ENTÃO OS DOUS GÊMEOS cursavam, um a Faculdade de Direito, em São Paulo; outro a Escola de Medicina, no Rio. Não tardaria muito que saíssem formados e prontos, um para defender o direito e o torto da gente, outro para ajudá-la a viver e a morrer. Todos os contrastes estão no homem.

Não era tanta a política que os fizesse esquecer Flora, nem tanta Flora que os fizesse esquecer a política. Também não eram tais as duas que prejudicassem estudos e recreios. Estavam na idade em que tudo se combina sem quebra de essência de cada cousa. Lá que viessem a amar a pequena com igual força é o que se podia admitir desde já, sem ser preciso que ela os atraísse de vontade. Ao contrário, Flora ria com ambos, sem rejeitar nem aceitar especialmente nenhum; pode ser até que nem percebesse nada. Paulo vivia mais tempo ausente. Quando tornava pelas férias, como que a achava mais cheia de graça. Era então que Pedro multiplicava as suas finezas para se não deixar vencer do irmão, que vinha pródigo delas. E Flora recebia-as todas com o mesmo rosto amigo.

Note-se – e este ponto deve ser tirado à luz –, note-se que os dous gêmeos continuavam a ser parecidos e eram cada vez mais esbeltos. Talvez perdessem estando juntos, porque a semelhança diminuía em cada um deles a feição pessoal. Demais, Flora simulava às vezes confundi-los, para rir com ambos. E dizia a Pedro:

– Doutor Paulo!

E dizia a Paulo:

– Doutor Pedro!

Em vão eles mudavam da esquerda para a direita e da direita para a esquerda. Flora mudava os nomes também, e os três acabavam rindo. A familiaridade desculpava a ação e crescia com ela. Paulo gostava mais de conversa que de piano; Flora conversava. Pedro ia mais com o piano que com a conversa; Flora tocava. Ou então fazia ambas as cousas, e tocava falando, soltava a rédea aos dedos e à língua.

Tais artes, postas ao serviço de tais graças, eram realmente de acender os gêmeos, e foi o que sucedeu pouco a pouco. A mãe dela cuido que percebeu alguma cousa; mas a princípio não lhe deu grande cuidado. Também ela foi menina e moça, também se dividiu a si sem se dar nada a ninguém. Pode ser até que, a seu parecer, fosse um exercício necessário aos olhos do espírito e da cara. A questão é que estes se não corrompessem, nem se deixassem ir atrás de cantigas, como diz o povo, que assim exprime os feitiços de Orfeu[1]. Ao contrário, Flora é que fazia de Orfeu, ela é que era a cantiga. Oportunamente, escolheria a um deles, pensava a mãe.

A intimidade tinha intervalos grandes, além das ausências obrigadas de Paulo. Apesar de não sair, Pedro não a buscava sempre, nem ela ia muita vez à casa da praia. Não se viam dias e dias. Que pensassem um no outro, é possível; mas não possuo o menor documento disto. A verdade é que Pedro tinha os seus companheiros de escola, os namoros de

1. *Orfeu*: na mitologia grega, é considerado o maior poeta de todos os tempos. Segundo a tradição, seu canto fazia com que as pedras levitassem, os rios interrompessem seus cursos, os animais selvagens ficassem encantados e até as sereias se calassem para ouvi-lo.

rua e de aventura, os partidos de teatro, os passeios à Tijuca e outros arrabaldes. Ao demais, os dous gêmeos estavam ainda no ponto de falar dela nas cartas, louvá-la, descrevê-la, dizer mil cousas doces, sem ciúme.

XXXVI

A Discórdia Não É Tão Feia Como se Pinta

A DISCÓRDIA NÃO é tão feia como se pinta, meu amigo. Nem feia, nem estéril. Conta só os livros que tem produzido, desde Homero[1] até cá, sem excluir... Sem excluir qual? Ia dizer que este, mas a Modéstia acena-me de longe que pare aqui. Paro aqui; e viva a Modéstia, que mal suporta a letra capital que lhe ponho, a letra e os vivas, mas há de ir com ela e com eles. Viva a Modéstia, e excluamos este livro; fiquem só os grandes livros épicos e trágicos, a que a Discórdia deu vida, e digam-me se tamanhos efeitos não provam a grandeza da causa. Não, a discórdia não é tão feia como se pinta.

Teimo nisto para que as almas sensíveis não comecem de tremer pela moça ou pelos rapazes. Não há mister tremer, tanto mais que a discórdia dos dous começou por um simples acordo, naquela noite. Costeavam a praia, calados, pensando só, até que ambos, como se falassem para si, soltaram esta frase única:

– Está ficando bem bonita.

E voltando-se um para outro:

– Quem?

1. *Homero* (século VIII a.C.): embora sua existência real seja motivo de controvérsia, a tradição o considera como o grande poeta épico grego, autor da *Ilíada* e da *Odisseia*.

Ambos sorriram; acharam pico[2] ao simultâneo da reflexão e da pergunta. Sei que este fenômeno é tal qual o do Capítulo XXV, quando eles disseram da idade, mas não me culpem a mim; eram gêmeos, podiam ter o falar gêmeo. O principal é que não se amofinaram; não era ainda amor o que sentiam. Cada um expôs a sua opinião acerca das graças da pequena, o gesto, a voz, os olhos e as mãos, tudo com tão boa sombra, que excluía a ideia de rivalidade. Quando muito, divergiam na escolha da melhor prenda, que para Pedro eram os olhos, e para Paulo a figura; mas como acabavam achando um total harmônico, era visto que não brigavam por isso. Nenhum deles atribuía ao outro a cousa vaga ou o que quer que era que principiavam a sentir, e mais pareciam estetas que enamorados. Aliás, a mesma política os deixou em paz essa noite: não brigaram por ela. Não é que não sentissem alguma cousa oposta, à vista da praia e do céu, que estavam deliciosos. Lua cheia, água quieta, vozes confusas e esparsas, algum tílburi[3] a passo ou a trote, segundo ia vazio ou com gente. Tal ou qual brisa fresca.

A imaginação os levou então ao futuro, a um futuro brilhante como ele é em tal idade. Botafogo teria um papel histórico, uma enseada imperial para Pedro, uma Veneza republicana para Paulo sem doge[4], nem conselho dos dez, ou então um doge com outro título, um simples presidente, que se casaria em nome do povo com este pequenino Adriático[5]. Talvez o doge fosse ele mesmo. Esta possibilidade, ape-

2. *Pico*: graça (em sentido figurado).

3. *Tílburi*: espécie de carruagem para dois lugares, puxada por um só cavalo.

4. *Doge*: título atribuído aos antigos governantes de Veneza ou Gênova, na Itália.

5. *Adriático*: golfo de mar que banha o noroeste da Itália e o oeste dos Bálcãs. No texto, é metáfora para a enseada de Botafogo, por onde passeiam os gêmeos, e metonímia para o Rio de Janeiro ou mesmo do Brasil.

sar dos anos verdes, enfunou a alma do moço. Paulo viu-se à testa de uma república, em que o antigo e o moderno, o futuro e o passado se mesclassem, uma Roma nova, uma Convenção Nacional[6], a República Francesa e os Estados Unidos da América.

Pedro, à sua parte, construía a meio caminho como um palácio para a representação nacional, outro para o imperador, e via-se a si mesmo ministro e presidente do conselho. Falava, dominava o tumulto e as opiniões, arrancava um voto à câmara dos deputados ou então expedia um decreto de dissolução. É uma minúcia, mas merece inseri-la aqui: Pedro, sonhando com o governo, pensava especialmente nos decretos de dissolução. Via-se em casa, com o ato assinado, referendado, copiado, mandado aos jornais e às câmaras, lido pelos secretários, arquivado na secretaria, e os deputados saindo cabisbaixos, alguns resmungando, outros irados. Só ele estava tranquilo, no gabinete, recebendo os amigos que iam cumprimentá-lo e pedir os recados para a província.

Tais eram as grandes pinceladas da imaginação dos dous. As estrelas recebiam no céu todos os pensamentos dos rapazes, a Lua seguia quieta e a vaga da praia estirava-se com a preguiça do costume. Voltaram a si ao pé de casa. Tal ou qual impulso quis levá-los a discutir acerca do tempo e da noite, da temperatura e da enseada. Algum murmúrio vago pode ser que lhes fizesse mover os beiços e começar a quebrar o silêncio, mas o silêncio era tão augusto que concordaram em respeitá-lo. E logo acharam, de si para si, que a Lua era esplêndida, a enseada bela e a temperatura divina.

6. *Convenção Nacional*: instituição que governou a França entre 1792 e 1795, no período inicial da Revolução Francesa.

XXXVII
Desacordo no Acordo

NÃO ESQUEÇA DIZER QUE, em 1888, uma questão grave e gravíssima os fez concordar também, ainda que por diversa razão. A data explica o fato: foi a emancipação dos escravos. Estavam então longe um do outro, mas a opinião uniu-os.

A diferença única entre eles dizia respeito à significação da reforma, que para Pedro era um ato de justiça, e para Paulo era o início da revolução. Ele mesmo o disse, concluindo um discurso em São Paulo, no dia 20 de maio: "A abolição é a aurora da liberdade; esperemos o Sol; emancipado o preto, resta emancipar o branco".

Natividade ficou atônita quando leu isto; pegou da pena e escreveu uma carta longa e maternal. Paulo respondeu com trinta mil expressões de ternura, declarando no fim que tudo lhe poderia sacrificar, inclusive a vida e até a honra; as opiniões é que não. "Não, mamãe; as opiniões é que não."

– As opiniões é que não – repetiu Natividade acabando de ler a carta.

Natividade não acabava de entender os sentimentos do filho, ela que sacrificara as opiniões aos princípios, como no caso de Aires, e continuou a viver sem mácula. Como então não sacrificar...? Não achava explicação. Relia a frase da carta e a do discurso; tinha medo de o ver perder a carreira política, se era a política que o faria grande homem. "Emancipado o preto, resta emancipar o branco", era uma ameaça ao imperador e ao império.

Não atinou... Nem sempre as mães atinam. Não atinou que a frase do discurso não era propriamente do filho; não era de ninguém. Alguém a proferiu um dia, em discurso ou conversa, em gazeta ou em viagem de terra ou de mar. Outrem a repetiu, até que muita gente a fez sua. Era nova, era enérgica, era expressiva, ficou sendo patrimônio comum.

Há frases assim felizes. Nascem modestamente, como a gente pobre; quando menos pensam, estão governando o mundo, à semelhança das ideias. As próprias ideias nem sempre conservam o nome do pai; muitas aparecem órfãs, nascidas de nada e de ninguém. Cada um pega delas, verte-as como pode, e vai levá-las à feira, onde todos as têm por suas.

XXXVIII
Chegada a Propósito

Quando, às duas horas da tarde do dia seguinte, Natividade se meteu no bonde, para ir a não sei que compras na Rua do Ouvidor, levava a frase consigo. A vista da enseada não a distraiu, nem a gente que passava, nem os incidentes da rua, nada; a frase ia diante e dentro dela, com o seu aspecto e tom de ameaça. No Catete, alguém entrou de salto, sem fazer parar o veículo. Adivinha que era o conselheiro; adivinha também que, posto o pé no estribo, e vendo logo adiante a nossa amiga, caminhou para lá rápido e aceitou a ponta do banco que ela lhe ofereceu. Depois dos primeiros cumprimentos:

– Pareceu-me vê-la olhar assustada – disse Aires.

– Naturalmente, não imaginei que fosse capaz deste ato de ginástica.

– Questão de costume. As pernas saltam por si mesmas. Um dia, deixam-me cair, as rodas passam por cima...

– Fosse como fosse, chegou a propósito.

– Chego sempre a propósito. Já lhe ouvi isso, uma vez, há muitos anos, ou foi a sua irmã... Ora, espere, não me esqueceu o motivo; creio que falavam da cabocla do Castelo. Não se lembra de uma tal ou qual cabocla que morava no Castelo, e adivinhava a sorte da gente? Eu estava aqui de licença, e ouvi dizer cousas do arco-da-velha. Como sempre tive fé em sibilas, acreditei na cabocla. Que fim levou ela?

Natividade olhou para ele, como receando se teria adivinhado então a consulta que ela fez à cabocla. Pareceu-lhe que não, sorriu e chamou-lhe incrédulo. Aires negou que fosse incrédulo; ao contrário, sendo tolerante, professava virtualmente todas as crenças deste mundo. E concluiu:

– Mas, enfim, por que é que chego a propósito?

Ou o passado, ou a pessoa, com as suas maneiras discretas e espírito repousado, ou tudo isso junto, dava a este homem, relativamente a esta senhora, uma confiança que ela não achava agora em ninguém, ou acharia em poucos. Falou-lhe de uma confidência, um papel que não mostraria ao marido.

– Quero um conselho, conselheiro; e demais, para que incomodar a meu marido? Quando muito, contarei o negócio a mana Perpétua. Acho melhor não dizer nada a Agostinho.

Aires concordou que não valia a pena aborrecê-lo, se era caso disso, e esperou. Natividade, sem falar da cabocla, contou primeiro a rivalidade dos filhos, já manifesta em política, e tratando especialmente de Paulo, repetiu-lhe a frase da carta e perguntou o que cumpria fazer mais útil. Aires entendeu que eram ardores da mocidade. Que não teimasse; teimando, ele mudaria de palavras, mas não de sentimentos.

– Então crê que Paulo será sempre isto?

– Sempre, não digo; também não digo o contrário. Baronesa, a senhora exige respostas definitivas, mas diga-me o que é que há definitivo neste mundo, a não ser o voltarete de seu marido? Esse mesmo falha. Há quantos dias não sei o que é uma licença? É verdade que não tenho aparecido. E depois, o prazer da conversação paga bem o das cartas. Aposto que os homens casados que lá vão são de outro parecer?

– Talvez.

– Só os solteirões podem avaliar as ideias das mulheres. Um viúvo sem filhos, como eu, vale por um solteirão; minto, aos sessenta anos, como eu, vale por dous ou três. Quanto ao jovem Paulo, não pense mais no discurso. Também eu discursei em rapaz.

– Já cuidei em casá-los.

– Casar é bom – assentiu Aires.

– Não digo casar já, mas daqui a dous ou três anos. Talvez faça antes uma viagem com eles. Que lhe parece? Vamos lá, não me responda repetindo o que eu digo. Quero o seu pensamento verdadeiro. Acha que uma viagem?...

– Acho que uma viagem...

– Acabe.

– As viagens fazem bem, mormente na idade deles. Formam-se para o ano, não é? Pois então! Antes de começar qualquer carreira, casados ou não, é útil ver outras terras... Mas que necessidade tem a senhora de ir com eles?

– As mães...

– Mas eu também (desculpe interrompê-la) mas eu também sou seu filho. Não acha que o costume, o bom rosto, a graça, a afeição e todas as prendas grisalhas que a adornam compõem uma espécie de maternidade? Eu confesso-lhe que ficaria órfão.

– Pois venha conosco.

– Ah! baronesa, para mim já não há mundo que valha um bilhete de passagem. Vi tudo por várias línguas. Agora o mundo começa aqui no cais da Glória ou na Rua do Ouvidor e acaba no cemitério de São João Batista. Ouço que há uns mares tenebrosos para os lados da Ponta do Caju, mas eu sou um velho incrédulo, como a senhora dizia há pouco, e não aceito essas notícias sem prova cabal e visual, e para ir averiguá-las, faltam-me pernas.

– Sempre gracioso! Não as vi treparem agora? Sua irmã disse-me outro dia que o senhor anda como aos trinta anos.

– Rita exagera. Mas, voltando à viagem, a senhora ainda não comprou os bilhetes?

– Não.

– Não os encomendou sequer?

– Também não.

– Então, pensemos em outra cousa. Cada dia traz a sua ocupação, quanto mais as semanas e os meses. Pensemos em outra cousa, e deixe lá o Paulo pedir a república.

Natividade achou consigo que ele tinha razão; depois, pensou em outra cousa, e esta foi a ideia do princípio. Não disse logo o que era; preferiu conversar alguns minutos. Não era difícil com este sujeito. Uma das suas qualidades era falar com mulheres, sem descair na banalidade nem subir às nuvens; tinha um modo particular, que não sei se estava na ideia, se no gesto, se na palavra. Não é que falasse mal de ninguém, e aliás seria uma distração. Quero crer que não dissesse mal por indiferença ou cautela; provisoriamente, ponhamos caridade.

– Mas a senhora ainda me não disse o que queria de mim, além do conselho. Ou não quer mais nada?

– Custa-me pedir-lhe.

– Peça sempre.

– Sabe que os meus dous gêmeos não combinam em nada, ou só em pouco, por mais esforços que eu tenha feito para os trazer a certa harmonia. Agostinho não me ajuda; tem outros cuidados. Eu mesma já não me sinto com forças, e então pensei que um amigo, um homem moderado, um homem de sociedade, hábil, fino, cauteloso, inteligente, instruído…

– Eu, em suma?

– Adivinhou.

– Não adivinhei; é o meu retrato em pessoa. Mas então que lhe parece que possa fazer?

Pode corrigi-los por boas maneiras; fazê-los unidos, ainda quando discordem, e que discordem pouco ou nada. Não imagina; parece até propósito. Não discordam da cor da Lua, por exemplo, mas aos onze anos Pedro descobriu que as sombras da Lua eram nuvens, e Paulo que eram falhas da nossa vista, e atracaram-se; eu é que os separei. Imagine em política…

– Imagine em amores, diga logo; mas não é propriamente para esse caso…

– Oh! não!

– Para os outros é igualmente inútil, mas eu nasci para servir, ainda inutilmente. Baronesa, o seu pedido equivale a nomear-me aio ou preceptor… Não faça gestos; não me dou por diminuído. Contanto que me pague os ordenados… E não se assuste; peço pouco, pague-me em palavras; as suas palavras são de ouro. Já lhe disse que toda a minha ação é inútil.

– Por quê?

– É inútil.

– Uma pessoa de autoridade, como o senhor, pode muito, contanto que os ame, porque eles são bons, creia. Conhece-os bem?

– Pouco.

– Conheça-os mais e verá.

Aires concordou rindo. Para Natividade valia por uma tentativa nova. Confiava na ação do conselheiro, e para dizer tudo… Não sei se diga… Digo. Natividade contava com a antiga inclinação do velho diplomata. As cãs não lhe tirariam o desejo de a servir. Não sei quem me lê nesta ocasião. Se é homem, talvez não entenda logo, mas se é mulher creio que entenderá. Se ninguém entender, paciência; basta saber que ele prometeu o que ela quis, e também prometeu calar-se; foi a condição que a outra lhe pôs. Tudo isso polido, sincero e incrédulo.

XXXIX
Um Gatuno

CHEGARAM AO LARGO DA CARIOCA, apearam-se e despediram-se; ela entrou pela Rua Gonçalves Dias, ele enfiou pela da Carioca. No meio desta, Aires encontrou um magote de gente parada, logo depois andando em direção ao largo. Aires quis arrepiar caminho, não de medo, mas de horror. Tinha horror à multidão. Viu que a gente era pouca, cinquenta ou sessenta pessoas, e ouviu que bradava contra a prisão de um homem. Entrou num corredor, à espera que o magote passasse. Duas praças de polícia traziam o preso pelo braço. De quando em quando, este resistia, e então era preciso arrastá-lo ou forçá-lo por outro método. Tratava-se, ao que parece, do furto de uma carteira.

– Não furtei nada! – bradava o preso detendo o passo. – É falso! Larguem-me! sou um cidadão livre! Protesto! protesto!

– Siga para a estação!

– Não sigo!

– Não siga! – bradava a gente anônima. – Não siga! não siga!

Uma das praças quis convencer a multidão que era verdade, que o sujeito furtara uma carteira, e o desassossego pareceu minorar um pouco; mas, indo a praça a andar com a outra e o preso – cada uma pegando-lhe um dos braços –, a multidão recomeçou a bradar contra a violência. O preso

sentiu-se animado, e ora lastimoso, ora agressivo, convidava a defesa. Foi então que a outra praça desembainhou a espada para fazer um claro. A gente voou, não airosamente, como a andorinha ou a pomba, em busca do ninho ou do alimento, voou de atropelo, pula aqui, pula ali, pula acolá, para todos os lados. A espada entrou na bainha, e o preso seguiu com as praças. Mas logo os peitos tomaram vingança das pernas, e um clamor ingente[1], largo, desafrontando, encheu a rua e a alma do preso. A multidão fez-se outra vez compacta e caminhou para a estação policial. Aires seguiu caminho.

A vozeira morreu pouco a pouco, e Aires entrou na Secretaria do Império. Não achou o ministro, parece, ou a conferência foi curta. Certo é que, saindo à praça, encontrou partes do magote que tornavam comentando a prisão e o ladrão. Não diziam ladrão, mas gatuno, fiando que era mais doce, e tanto bradavam há pouco contra a ação das praças, como riam agora das lástimas do preso.

– Ora o sujeito!

Mas então?... perguntarás tu. Aires não perguntou nada. Ao cabo, havia um fundo de justiça naquela manifestação dupla e contraditória; foi o que ele pensou. Depois, imaginou que a grita da multidão protestante era filha de um velho instinto de resistência à autoridade. Advertiu que o homem, uma vez criado, desobedeceu logo ao Criador, que aliás lhe dera um paraíso para viver; mas não há paraíso que valha o gosto da oposição. Que o homem se acostume às leis, vá; que incline o colo à força e ao bel-prazer, vá também; é o que se dá com a planta, quando sopra o vento. Mas que abençoe a força e cumpra as leis sempre, sempre, sempre, é violar a liberdade primitiva, a liberdade do velho Adão. Ia assim cogitando o conselheiro Aires.

1. *Ingente*: grande; enorme.

– Não lhe atribuam todas essas ideias. – Pensava assim, como se falasse alto, à mesa ou na sala de alguém. Era um processo de crítica mansa e delicada, tão convencida em aparência, que algum ouvinte, à cata de ideias, acabava por lhe apanhar uma ou duas…

Ia a descer pela Rua Sete de Setembro, quando a lembrança da vozeria trouxe a de outra, maior e mais remota.

XL
Recuerdos[1]

ESSA OUTRA VOZERIA MAIOR e mais remota não caberia aqui, se não fosse a necessidade de explicar o gesto repentino com que Aires parou na calçada. Parou, tornou a si e continuou a andar com os olhos no chão e a alma em Caracas. Foi em Caracas, onde ele servira na qualidade de adido de legação. Estava em casa, de palestra com uma atriz da moda, pessoa chistosa[2] e garrida[3]. De repente, ouviram um clamor grande, vozes tumultuosas, vibrantes, crescentes...

– Que rumor é este, Carmen? – perguntou ele entre duas carícias.

– Não se assuste, amigo meu; é o governo que cai.

– Mas eu ouço aclamações...

– Então é o governo que sobe. Não se assuste. Amanhã é tempo de ir cumprimentá-lo.

Aires deixou-se ir rio abaixo daquela memória velha, que lhe surdia agora do alarido de cinquenta ou sessenta pessoas. Essa espécie de lembranças tinha mais efeito nele que outras. Recompôs a hora, o lugar e a pessoa da sevilhana. Carmen era de Sevilha. O ex-rapaz ainda agora recordava a

1. *Recuerdos* (espanhol): recordações; lembranças.
2. *Chistosa*: brincalhona; divertida; engraçada.
3. *Garrida*: elegante; graciosa; animada.

cantiga popular que lhe ouvia, à despedida, depois de retificar as ligas, compor as saias, e cravar o pente no cabelo – no momento em que ia deitar a mantilha[4], meneando o corpo com graça:

Tienen las sevillanas,
  En la mantilla,
Un letrero que dice:
  ¡Viva Sevilla![5]

Não posso dar a toada, mas Aires ainda a trazia de cor, e vinha a repeti-la consigo, vagarosamente, como ia andando. Outrossim, meditava na ausência de vocação diplomática. A ascensão de um governo – de um regime que fosse –, com as suas ideias novas, os seus homens frescos, leis e aclamações, valia menos para ele que o riso da jovem comediante. Onde iria ela? A sombra da moça varreu tudo o mais, a rua, a gente, o gatuno, para ficar só diante do velho Aires, dando aos quadris e cantarolando a trova andaluza:

Tienen las sevillanas,
  En la mantilla…

4. *Mantilha*: xale.

5. *Tienen las sevillanas…* (espanhol). Em tradução livre: "As sevilhanas têm / Na mantilha / Uma inscrição que diz: / Viva Sevilha!"

XLI
Caso do Burro

Se Aires obedecesse ao seu gosto, e eu a ele, nem ele continuaria a andar, nem eu começaria este capítulo; ficaríamos no outro, sem nunca mais acabá-lo. Mas não há na memória que dure, se outro negócio mais forte puxa pela atenção, e um simples burro fez desaparecer Carmen e a sua trova.

Foi o caso que uma carroça estava parada, ao pé da Travessa de São Francisco, sem deixar passar um carro, e o carroceiro dava muita pancada no burro da carroça. Vulgar embora, este espetáculo fez parar o nosso Aires, não menos condoído do asno que do homem. A força despendida por este era grande, porque o asno ruminava se devia ou não sair do lugar; mas, não obstante esta superioridade, apanhava que era o diabo. Já havia algumas pessoas paradas, mirando. Cinco ou seis minutos durou esta situação; finalmente o burro preferiu a marcha à pancada, tirou a carroça do lugar e foi andando.

Nos olhos redondos do animal viu Aires uma expressão profunda de ironia e paciência. Pareceu-lhe o gesto largo de espírito invencível. Depois leu neles este monólogo: "Anda, patrão, atulha a carroça de carga para ganhar o capim de que me alimentas. Vive de pé no chão para comprar as minhas ferraduras. Nem por isso me impedirás que te chame um nome feio, mas eu não te chamo nada; ficas sendo sempre o meu querido patrão. Enquanto te esfalfas em ganhar a vida, eu vou pensando que o teu domínio não vale muito, uma vez que me não tiras a liberdade de teimar…"

– Vê-se, quase que se lhe ouve a reflexão – notou Aires consigo.

Depois riu de si para si, e foi andando. Inventara tanta cousa no serviço diplomático, que talvez inventasse o monólogo do burro. Assim foi; não lhe leu nada nos olhos, a não ser a ironia e a paciência, mas não se pôde ter que lhes não desse uma forma de palavra, com as suas regras de sintaxe. A própria ironia estava acaso na retina dele. O olho do homem serve de fotografia ao invisível, como o ouvido serve de eco ao silêncio. Tudo é que o dono tenha um lampejo de imaginação para ajudar a memória a esquecer Caracas e Carmen, os seus beijos e experiência política.

XLII

Uma Hipótese

Visões e reminiscências iam assim comendo o tempo e o espaço ao conselheiro, a ponto de lhe fazerem esquecer o pedido de Natividade; mas não o esqueceu de todo, e as palavras trocadas há pouco surdiam-lhe das pedras da rua. Considerou que não perdia muito em estudar os rapazes. Chegou a apanhar uma hipótese, espécie de andorinha, que avoaça entre árvores, abaixo e acima, pousa aqui, pousa ali, arranca de novo um surto e toda se despeja em movimentos. Tal foi a hipótese vaga e colorida, a saber, que se os gêmeos tivessem nascido dele talvez não divergissem tanto nem nada, graças ao equilíbrio do seu espírito. A alma do velho entrou a ramalhar não sei que desejos retrospectivos, e a rever essa hipótese, outra Caracas, outra Carmen, ele pai, estes meninos seus, toda a andorinha que se dispersava num farfalhar calado de gestos.

XLIII
O Discurso

Natividade é que não teve distrações de espécie alguma. Toda ela estava nos filhos, e agora especialmente na carta e no discurso. Começou por não dar resposta às efusões políticas de Paulo; foi um dos conselhos do conselheiro. Quando o filho tornou pelas férias tinha esquecido a carta que escrevera.

O discurso é que ele não esqueceu, mas quem é que esquece os discursos que faz? Se são bons, a memória os grava em bronze; se ruins, deixam tal ou qual amargor que dura muito. O melhor dos remédios, no segundo caso, é supô-los excelentes, e, se a razão não aceita esta imaginação, consultar pessoas que a aceitem, e crer nelas. A opinião é um velho óleo incorruptível.

Paulo tinha talento. O discurso daquele dia podia pecar aqui ou ali por alguma ênfase, e uma ou outra ideia vulgar e exausta. Tinha talento Paulo. Em suma, o discurso era bom. Santos achou-o excelente, leu-o aos amigos e resolveu transcrevê-lo nos jornais. Natividade não se opôs, mas entendia que algumas palavras deviam ser cortadas.

– Cortadas, por quê? – perguntou Santos, e ficou esperando a resposta.

– Pois você não vê, Agostinho; estas palavras têm sentido republicano – explicou ela relendo a frase que a afligira.

Santos ouviu-as ler, leu-as para si, e não deixou de lhe achar razão. Entretanto, não havia de as suprimir.

– Pois não se transcreve o discurso.

– Ah! isso não! O discurso é magnífico, e não há de morrer em São Paulo; é preciso que a Corte o leia, e as províncias também, e até não se me daria fazê-lo traduzir em francês. Em francês, pode ser que fique ainda melhor.

– Mas, Agostinho, isto pode fazer mal à carreira do rapaz; o imperador pode ser que não goste…

Pedro que assistia desde alguns instantes ao debate, interveio docemente para dizer que os receios da mãe não tinham base; era bom pôr a frase toda, e, a rigor, não diferia muito do que os liberais diziam em 1848.

– Um monarquista liberal pode muito bem assinar esse trecho – concluiu ele depois de reler as palavras do irmão.

– Justamente! – assentiu o pai.

Natividade, que em tudo via a inimizade dos gêmeos, suspeitou que o intuito de Pedro fosse justamente comprometer Paulo. Olhou para ele a ver se lhe descobria essa intenção torcida, mas a cara do filho tinha então o aspecto do entusiasmo. Pedro lia trechos do discurso, acentuando as belezas, repetindo as frases mais novas, cantando as mais redondas, revolvendo-as na boca, tudo com tão boa sombra que a mãe perdeu a suspeita, e a reimpressão do discurso foi resolvida. Também se tirou uma edição em folheto, e o pai mandou encadernar ricamente sete exemplares, que levou aos ministros, e um ainda mais rico para a Regente[1].

– Você diga-lhe – aconselhou Natividade – que o nosso Paulo é liberal ardente…

– Liberal de 1848 – completou Santos lembrando as palavras de Pedro.

Santos cumpriu à risca. A entrega se fez naturalmente, e,

1. *Regente*: a Princesa Isabel (1846-1921).

no palácio Isabel, a definição do "liberal de 1848" saiu mais viva que as outras palavras, ou para diminuir o cheiro revolucionário da frase condenada pela mulher, ou porque trazia valor histórico. Quando ele voltou a casa, a primeira cousa que lhe disse foi que a Regente perguntara por ela, mas apesar de lisonjeada com a lembrança, Natividade quis saber da impressão que lhe fizera o discurso, se já o lera.

– Parece que foi boa. Disse-me que já havia lido o discurso. Nem por isso deixei de lhe dizer que os sentimentos de Paulo eram bons; que, se lhe notávamos certo ardor, compreendíamos sempre que eles eram os de um liberal de 1848…

– Papai disse isso? – perguntou Pedro.

– Por que não, se é verdade? Paulo é o que se pode chamar um liberal de 1848 – repetiu Santos querendo convencer o filho.

XLIV
O Salmão

Pelas férias é que Paulo soube da interpretação que o pai dera à Regente daquele trecho do discurso. Protestou contra ela, em casa; quis fazê-lo também em público, mas Natividade interveio a tempo. Aires pôs água na fervura, dizendo ao futuro bacharel:

– Não vale a pena, moço, o que importa é que cada um tenha as suas ideias e se bata por elas, até que elas vençam. Agora que outros as interpretem mal é cousa que não deve afligir o autor.

– Afligir, sim, senhor; pode parecer que é assim mesmo... Vou escrever um artigo a propósito de qualquer cousa, e não deixarei dúvidas...

– Para quê? – inquiriu Aires.

– Não quero que suponham...

– Mas quem duvida dos seus sentimentos?

– Podem duvidar.

– Ora, qual! Em todo caso, vá primeiro almoçar comigo um dia destes... Olhe, vá domingo, e seu irmão Pedro também. Seremos três à mesa, um almoço de rapazes. Beberemos certo vinho que me deu o ministro da Alemanha...

No domingo foram os dous ao Catete, menos pelo almoço que pelo anfitrião. Aires era amado dos dous; gostavam de ouvi-lo, de interrogá-lo, pediam-lhe anedotas políticas de outro tempo, descrição de festas, notícias de sociedade.

– Vivam os meus dous jovens – disse o conselheiro –, vivam os meus dous jovens que não esqueceram o amigo velho. Papai como está? E mamãe?

– Estão bons – disse Pedro.

Paulo acrescentou que ambos lhe mandavam lembranças.

– E tia Perpétua?

– Também está boa – disse Paulo.

– Sempre com a homeopatia e as suas histórias do Paraguai – acrescentou Pedro.

Pedro estava alegre, Paulo preocupado. Depois das primeiras saudações e notícias, Aires notou essa diferença, e achou que era bom para tirar a monotonia da semelhança; mas, enfim, não queria caras fechadas, e indagou do estudante de direito o que é que ele tinha.

– Nada.

– Não pode ser; acho-lhe um ar meio sorumbático[1]. Pois eu acordei disposto a rir, e desejo que ambos riam comigo.

Paulo rosnou uma palavra que nenhum deles entendeu e sacou do bolso um maço de folhas de papel. Era um artigo...

– Um artigo?

– Um artigo em que tiro todas as dúvidas a meu respeito, e peço ao senhor que me ouça, é pequeno. Escrevi-o a noite passada.

Aires propôs ouvi-lo depois do almoço, mas o rapaz pediu que fosse logo, e Pedro concordou com este alvitre, alegando que, sobre o almoço, podia perturbar a digestão, como ruim droga que devia ser, naturalmente. Aires meteu o caso à bulha e aceitou ouvir o artigo.

– É pequeno, sete tiras.

1. *Sorumbático*: triste.

– Letra miúda?

– Não, senhor; assim, assim.

Paulo leu o artigo. Tinha por epígrafe isto de Amós[2]: "Ouvi esta palavra, vacas gordas que estais no monte de Samaria..." As vacas gordas eram o pessoal do regime, explicou Paulo. Não atacava o imperador, por atenção à mãe, mas com o princípio e o pessoal era violento e áspero. Aires sentiu-lhe aquilo que, em tempo, se chamou "a bossa da combatividade". Quando Paulo acabou, Pedro disse em ar de mofa[3]:

– Conheço tudo isso, são ideias paulistas.

– As tuas são ideias coloniais – replicou Paulo.

Deste introito podiam nascer piores palavras, mas felizmente um criado chegou à porta anunciando que o almoço estava na mesa. Aires ergueu-se e disse que à mesa daria a sua opinião.

– Primeiro o almoço, tanto mais que temos um salmão, cousa especial! Vamos a ele.

Aires queria cumprir deveras o ofício que aceitara de Natividade. Quem sabe se a ideia de pai espiritual dos gêmeos, pai de desejo somente, pai que não foi, que teria sido, não lhe dava uma afeição particular e um dever mais alto que o de simples amigo? Nem é fora de propósito que ele buscasse somente matéria nova para as páginas nuas de seu *Memorial*.

Ao almoço, ainda se falou do artigo, Paulo com amor, Pedro com desdém, Aires sem uma nem outra cousa. O almoço ia fazendo o seu ofício. Aires estudava os dous rapazes e suas opiniões. Talvez estas não passassem de uma erupção de pele da idade. E sorria, fazia-os comer e beber, chegou a

2. *Amós*: personagem bíblica; profeta do Antigo Testamento.
3. *Mofa*: zombaria.

falar de moças, mas aqui os rapazes, vexados e respeitosos, não acompanharam o ex-ministro. A política veio morrendo. Na verdade, Paulo ainda se declarou capaz de derribar a monarquia com dez homens, e Pedro de extirpar o gérmen republicano com um decreto. Mas o ex-ministro, sem mais decreto que uma caçarola, nem mais homens que o seu cozinheiro, envolveu os dous regimes no mesmo salmão delicioso.

XLV
Musa, Canta...

NO FIM DO ALMOÇO, Aires deu-lhes uma citação de Homero, aliás duas, uma para cada um, dizendo-lhes que o velho poeta os cantara separadamente, Paulo no começo da *Ilíada*:

– "Musa, canta a cólera de Aquiles[1], filho de Peleu, cólera funesta aos gregos, que precipitou à estância de Plutão[2] tantas almas válidas de heróis, entregues os corpos às aves e aos cães..."[3]

Pedro estava no começo da *Odisseia*:

– "Musa, canta aquele herói astuto[4], que errou por tantos tempos, depois de destruída a santa Ílion..."[5]

Era um modo de definir o caráter de ambos, e nenhum deles levou a mal a aplicação. Ao contrário, a citação poética valia por um diploma particular. O fato é que ambos sorriam

1. *Aquiles*: filho de Peleu, rei dos mirmidões, e da deusa Tétis; um dos maiores heróis da mitologia grega; personagem central da *Ilíada*, de Homero.

2. *Plutão*: denominação romana de Hades, deus do mundo dos mortos na mitologia grega.

3. *Musa, canta a cólera [...]*: tradução livre dos primeiros versos da *Ilíada*, de Homero.

4. *Herói astuto*: referência a Odisseu (chamado Ulisses em latim), herói da *Odisseia*, de Homero. *Musa, canta aquele herói astuto [...]*: tradução livre dos primeiros versos da *Odisseia*, de Homero.

5. *Ílion*: Troia.

de fé, de aceitação, de agradecimento, sem que achassem uma palavra ou sílaba com que desmentissem o adequado dos versos. Que ele, o conselheiro, depois de os citar em prosa nossa, repetiu-os no próprio texto grego e os dous gêmeos sentiram-se ainda mais épicos, tão certo é que traduções não valem originais. O que eles fizeram foi dar um sentido deprimente ao que era aplicável ao irmão:

– Tem razão, senhor conselheiro – disse Paulo. – Pedro é um velhaco…

– E você é um furioso…

– Em grego, meninos, em grego e em verso, que é melhor que a nossa língua e a prosa do nosso tempo.

XLVI
Entre um Ato e Outro

Aqueles almoços repetiram-se, os meses passaram, vieram férias, acabaram-se férias, e Aires penetrava bem os gêmeos. Escrevia-os no *Memorial*, onde se lê que a consulta ao velho Plácido dizia respeito aos dous, e mais a ida à cabocla do Castelo e a briga antes de nascer, casos velhos e obscuros que ele relembrou, ligou e decifrou.

Enquanto os meses passam, faze de conta que estás no teatro, entre um ato e outro, conversando. Lá dentro preparam a cena, e os artistas mudam de roupa. Não vás lá; deixa que a dama, no camarim, ria com os seus amigos o que chorou cá fora com os espectadores. Quanto ao jardim que se está fazendo, não te exponhas a vê-lo pelas costas; é pura lona velha sem pintura, porque só a parte do espectador é que tem verdes e flores. Deixa-te estar cá fora no camarote desta senhora. Examina-lhe os olhos; têm ainda as lágrimas que lhe arrancou a dama da peça. Fala-lhe da peça e dos artistas. Que é obscura. Que não sabem os papéis. Ou então que é tudo sublime. Depois percorre os camarotes com o binóculo, distribui justiça, chama belas às belas e feias às feias, e não te esqueças de contar anedotas que desfeiem as belas, e virtudes que componham as feias. As virtudes devem ser grandes e as anedotas engraçadas. Também as há banais, mas a mesma banalidade na boca de um bom narrador faz-se rara e preciosa. E verás como as lágrimas secam inteiramente, e a realidade substitui a ficção. Falo por imagem; sabes que tudo aqui é verdade pura e sem choro.

XLVII

São Mateus, IV, 1-10

Se há muito riso quando um partido sobe, também há muita lágrima do outro que desce, e do riso e da lágrima se faz o primeiro dia da situação, como no Gênesis[1]. Venhamos ao evangelista que serve de título ao capítulo. Os liberais foram chamados ao poder, que os conservadores tiveram de deixar. Não é mister dizer que o abatimento de Batista foi enorme.

– Justamente agora que eu tinha esperanças – disse ele à mulher.

– De quê?

– Ora de quê! de uma presidência. Não disse nada, porque podiam falhar, mas é quase certo que não. Tive duas conferências, não com ministros, mas com pessoa influente que sabia, e era negócio de esperar um mês ou dous…

– Presidência boa?

– Boa.

– Se você tivesse trabalhado bem…

– Se tivesse trabalhado bem, podia estar já de posse, mas vínhamos agora a toque de caixa.

– Isso é verdade – concordou dona Cláudia olhando para o futuro.

Batista passeava, as mãos nas costas, os olhos no chão, suspirando, sem prever o tempo em que os conservadores

1. *Gênesis*: livro de abertura da Bíblia.

tornariam ao poder. Os liberais estavam fortes e resolutos. As mesmas ideias pairavam na cabeça de dona Cláudia. Este casal só não era igual na vontade; as ideias eram muitas vezes tais que, se aparecessem cá fora, ninguém diria quais eram as dele, nem quais as dela, pareciam vir de um cérebro único. Naquele momento nenhum achava esperança imediata ou remota. Uma só ideia vaga… E foi aqui que a vontade de dona Cláudia fincou os pés no chão e cresceu. Não falo só por imagem; dona Cláudia levantou-se da cadeira, rápida, e disparou esta pergunta ao marido:

– Mas, Batista, você o que é que espera mais dos conservadores?

Batista parou com um ar digno e respondeu com simplicidade:

– Espero que subam.

– Que subam? Espera oito ou dez anos, o fim do século, não é? E nessa ocasião você sabe se será aproveitado? Quem se lembrará de você?

– Posso fundar um jornal.

– Deixe-se de jornais. E se morrer?

– Morro no meu posto de honra.

Dona Cláudia olhou fixa para ele. Os seus olhos miúdos enterravam-se pelos dele abaixo, como duas verrumas[2] pacientes. Súbito, levantando as mãos abertas:

– Batista, você nunca foi conservador!

O marido empalideceu e recuou, como se ouvira a própria ingratidão de um partido. Nunca fora conservador? Mas que era ele então, que podia ser neste mundo? Que é que lhe dava a estima dos seus chefes? Não lhe faltava mais

2. *Verruma*: ferramenta usada para perfurar; broca.

nada... Dona Cláudia não atendeu a explicações, repetiu-lhe as palavras, e acrescentou:

– Você estava com eles, como a gente está num baile, onde não é preciso ter as mesmas ideias para dançar a mesma quadrilha.

Batista sorriu leve e rápido; amava as imagens graciosas e aquela pareceu-lhe graciosíssima, tanto que concordou logo; mas a sua estrela inspirou-lhe uma refutação pronta.

– Sim, mas a gente não dança com ideias, dança com pernas.

– Dance com que for, a verdade é que todas as suas ideias iam para os liberais; lembre-se que os dissidentes na província acusavam a você de apoiar os liberais...

– Era falso; o governo é que me recomendava moderação. Posso mostrar cartas.

– Qual moderação! Você é liberal.

– Eu liberal?

– Um liberalão, nunca foi outra cousa.

– Pense no que diz, Cláudia. Se alguém a ouvir é capaz de crer, e daí a espalhar...

– Que tem que espalhe? Espalha a verdade, espalha a justiça, porque os seus verdadeiros amigos não o hão de deixar na rua, agora que tudo se organiza. Você tem amigos pessoais no ministério, por que é que os não procura?

Batista recuou com horror. Isto de subir as escadas do poder e dizer-lhe que estava às ordens não era concebível sequer. Dona Cláudia admitiu que não, mas um amigo faria tudo, um amigo íntimo do governo que dissesse ao Ouro Preto[3]: "Visconde, você por que é que não convida o Batista? Foi sempre liberal nas ideias. Dê-lhe uma presidência, pequena que seja, e..."

3. *Ouro Preto*: Afonso Celso de Assis Figueiredo (1836-1912), Visconde de Ouro Preto, último primeiro-ministro do império, no período que vai de junho a novembro de 1889.

Batista fez um gesto de ombros, outro de mão que se calasse. A mulher não se calou; foi dizendo as mesmas cousas, agora mais graves pela insistência e pelo tom. Na alma do marido a catástrofe era já tremenda. Pensando bem, não recusaria passar o Rubicão[4]; só lhe faltava a força necessária. Quisera querer. Quisera não ver nada, nem passado, nem presente, nem futuro, não saber de homens nem de cousas, e obedecer aos dados da sorte, mas não podia.

E façamos justiça ao homem. Quando ele pensava só na fidelidade aos amigos sentia-se melhor; a mesma fé existia, o mesmo costume, a mesma esperança. O mal vinha de olhar para o lado de lá; e era dona Cláudia que lhe mostrava com o dedo a carreira, a alegria, a vida, a marcha certa e longa, a presidência, o ministério... Ele torcia os olhos e ficava.

A sós consigo, Batista pensou muita vez na situação pessoal e política. Apalpava-se moralmente. Cláudia podia ter razão. Que é que havia nele propriamente conservador, a não ser esse instinto de toda criatura, que a ajuda a levar este mundo? Viu-se conservador em política, porque o pai o era, o tio, os amigos da casa, o vigário da paróquia, e ele começou na escola a execrar os liberais. E depois não era propriamente conservador, mas *saquarema*[5] como os liberais eram *luzias*[6]. Batista agarrava-se agora a estas designações obsoletas e deprimentes

4. *Rubicão*: rio que marcava a fronteira entre a província romana da Gália Cisalpina e a região em que se situa a cidade de Roma. Por lei, os generais e seus exércitos não podiam atravessar esse curso d'água ao retornarem de suas campanhas militares. Em 49 a.C., Júlio César (100-44 a.C.) contraria tal lei e o atravessa, ocasião em que haveria pronunciado a frase *Alea jacta est* ("a sorte está lançada"). No texto, em sentido figurado, a expressão atravessar o Rubicão refere-se a uma iniciativa arriscada, mas irrevogável.

5. *Saquarema*: membro do Partido Conservador na época do II Império.

6. *Luzia*: membro do Partido Liberal na época do II Império.

que mudavam o estilo aos partidos; donde vinha que hoje não havia entre eles o grande abismo de 1842 e 1848. E lembrava-se do visconde de Albuquerque[7] ou de outro senador que dizia em discurso não haver nada mais parecido com um conservador que um liberal, e vice-versa. E evocava exemplos, o Partido Progressista[8], Olinda[9], Nabuco[10], Zacarias[11], que foram eles senão conservadores que compreenderam os tempos novos e tiraram às ideias liberais aquele sangue das revoluções, para lhes pôr uma cor viva, sim, mas serena. Nem o mundo era dos emperrados… Neste ponto passou-lhe um frio pela espinha. Justamente nessa ocasião apareceu Flora. O pai abraçou-a com amor, e perguntou-lhe se queria ir para alguma província, sendo ele presidente.

– Mas os conservadores não caíram?

– Caíram, sim, mas supõe que…

– Ah! não, papai!

– Não, por quê?

– Não desejo sair do Rio de Janeiro.

Talvez o Rio de Janeiro para ela fosse Botafogo, e propriamente a casa de Natividade. O pai não apurou as causas da

7. *Visconde de Albuquerque*: Antônio Francisco de Paula de Holanda Cavalcanti de Albuquerque (1797-1863) foi deputado e senador de grande prestígio no II Império; exerceu os ministérios da Marinha, da Guerra e da Fazenda.

8. *Partido Progressista*: agremiação política fundada em 1864 e dissolvida em 1868, quando muitos de seus membros ingressaram no Partido Liberal.

9. *Olinda*: Pedro de Araújo Lima, Marquês de Olinda (1793-1870), foi regente e, por quatro vezes, primeiro-ministro do Brasil.

10. *Nabuco*: José Tomás Nabuco de Araújo Filho (1813-1878), senador do Império do Brasil, foi ministro da Justiça.

11. *Zacarias*: Zacarias de Góis e Vasconcelos (1815-1877) foi três vezes primeiro-ministro do Brasil.

recusa; supô-las políticas, e achou novas forças para resistir às tentações de dona Cláudia: "Vai-te, Satanás; porque escrito está: Ao Senhor teu Deus adorarás, e a ele servirás". E seguiu-se como na Escritura: "Então o deixou o Diabo; e eis que chegaram os anjos e o serviram". Os anjos foram só um, que valia por muitos; e o pai lhe disse beijando-a carinhosamente:

– Muito bem, muito bem, minha filha.

– Não é, papai?

Não, não foi a filha que tolheu a deserção do pai. Ao contrário. Batista, se tivesse de ceder, cederia à mulher ou ao Diabo, sinônimos neste capítulo. Não cedeu de fraqueza. Não tinha a força precisa de trair os amigos, por mais que estes parecessem havê-lo abandonado. Há dessas virtudes feitas de acanho[12] e timidez, e nem por isso menos lucrativas, moralmente falando. Não valem só estoicos[13] e mártires. Virtudes meninas também são virtudes. É certo, porém, que a linguagem dele, em relação aos liberais, não era já de ódio ou impaciência; chegava à tolerância, roçava pela justiça. Concordava que a alternação dos partidos era um princípio de necessidade pública. O que fazia era animar os amigos. Tornariam cedo ao poder. Mas dona Cláudia opinava o contrário; para ela, os liberais iriam ao fim do século. Quando muito, admitiu que na primeira entrada não dessem lugar a um converso da última hora; era preciso esperar um ano ou dous, uma vaga na câmara, uma comissão, a vice-presidência do Rio...

12. *Acanho*: acanhamento; modéstia.

13. *Estoicos*: adeptos do estoicismo, pensamento filosófico originário do século III a.C., na Grécia, segundo o qual a sabedoria consiste em viver de acordo com a natureza e em buscar a felicidade pelo cultivo do conhecimento e das virtudes, bem como pelo domínio das paixões, de modo a, assim, tornar possível a conquista da serenidade e da resignação perante as adversidades.

XLVIII

Terpsícore[1]

NENHUMA DESSAS COUSAS preocupava Natividade. Mais depressa cuidaria do baile da Ilha Fiscal[2], que se realizou em novembro para honrar os oficiais chilenos. Não é que ainda dançasse, mas sabia-lhe bem ver dançar os outros, e tinha agora a opinião de que a dança é um prazer dos olhos. Esta opinião é um dos efeitos daquele mau costume de envelhecer. Não pegues tal costume, leitora. Há outros também ruins, nenhum pior, este é o péssimo. Deixa lá dizerem filósofos que a velhice é um estado útil pela experiência e outras vantagens. Não envelheças, amiga minha, por mais que os anos te convidem a deixar a primavera; quando muito, aceita o estio[3]. O estio é bom, cálido, as noites são breves, é certo, mas as madrugadas não trazem neblina, e o céu aparece logo azul. Assim dançarás sempre.

Bem sei que há gente para quem a dança é antes um prazer dos olhos. Nem as bailadeiras são outra cousa mais que mulheres de ofício. Também eu, se é lícito citar alguém a si mesmo, também eu acho que a dança é antes prazer dos olhos que dos pés, e a razão não é só dos anos longos e grisa-

1. *Terpsícore*: uma das nove musas da mitologia grega; divindade associada à dança.

2. *Ilha Fiscal*: pequena ilha situada na Baía da Guanabara, onde ocorreu um célebre baile, a última festa suntuosa da monarquia brasileira, ocorrida em 9 de novembro de 1889, seis dias antes da Proclamação da República.

3. *Estio*: estação do ano, o verão.

lhos, mas também outra que não digo, por não valer a pena. Ao cabo, não estou contando a minha vida, nem as minhas opiniões, nem nada que não seja das pessoas que entram no livro. Estas é que preciso pôr aqui integralmente com as suas virtudes e imperfeições, se as têm. Entende-se isto, sem ser preciso notá-lo, mas não se perde nada em repeti-lo.

Por exemplo, dona Cláudia. Também ela pensava no baile da Ilha Fiscal, sem a menor ideia de dançar, nem a razão estética da outra. Para ela, o baile da ilha era um fato político, era o baile do ministério, uma festa liberal, que podia abrir ao marido as portas de alguma presidência. Via-se já com a família imperial. Ouvia a princesa:

– Como vai, dona Cláudia?

– Perfeitamente bem, sereníssima senhora.

E Batista conversaria com o imperador, a um canto, diante dos olhos invejosos que tentariam ouvir o diálogo, à força de os fitarem de longe. O marido é que... Não sei que diga do marido relativamente ao baile da ilha. Contava lá ir, mas não se acharia a gosto; pode ser que traduzissem esse ato por meia conversão. Não é que só fossem liberais ao baile, também iriam conservadores, e aqui cabia bem o aforismo[4] de dona Cláudia que não é preciso ter as mesmas ideias para dançar a mesma quadrilha.

Santos é que não precisava de ideias para dançar. Não dançaria sequer. Em moço dançou muito, quadrilhas, polcas, valsas, a valsa arrastada e a valsa pulada, como diziam então, sem que eu possa definir melhor a diferença; presumo que na primeira os pés não saiam do chão, e na segunda não caiam do ar. Tudo isso até os vinte e cinco anos. Então os negócios pe-

4. *Aforismo*: ditado; sentença curta que expressa um sentido prático ou moral.

garam dele e o meteram naquela outra contradança, em que nem sempre se volta ao mesmo lugar ou nunca se sai dele. Santos saiu e já sabemos onde está. Ultimamente teve a fantasia de ser deputado. Natividade abanou a cabeça, por mais que ele explicasse que não queria ser orador nem ministro, mas tão somente fazer da câmara um degrau para o senado, onde possuía amigos, pessoas de merecimento, e que era eterno.

– Eterno? – interrompeu ela com um sorriso fino e descorado.

– Vitalício, quero dizer.

Natividade teimou que não, que a posição dele era comercial e bancária. Acrescentou que política era uma cousa e indústria outra. Santos replicou, citando o Barão de Mauá[5], que as fundiu ambas. Então a mulher declarou por um modo seco e duro que aos sessenta anos ninguém começa a ser deputado.

– Mas é de passagem; os senadores são idosos.

– Não, Agostinho – concluiu a baronesa com um gesto definitivo.

Não conto Aires, que provavelmente dançaria, a despeito dos anos; também não falo de dona Perpétua, que nem iria lá. Pedro iria, e é natural que dançasse, e muito, não obstante o afinco e paixão dos seus estudos. Vivia enfeitiçado pela medicina. No quarto de dormir, além do busto de Hipócrates[6], tinha os retratos de algumas sumidades médicas da Europa, muito esqueleto gravado, muita moléstia pintada, peitos cortados verticalmente para se lhes verem os vasos, cérebros descobertos, um cancro de língua, alguns aleijões,

5. *Barão de Mauá*: Irineu Evangelista de Sousa, barão e visconde de Mauá (1813-1889), foi grande empresário e pioneiro da industrialização no Brasil.

6. *Hipócrates* (? - 370 a.C.): médico grego, considerado o "pai da medicina".

cousas todas que a mãe, por seu gosto, mandaria deitar fora, mas era a ciência do filho, e bastava. Contentava-se de não olhar para os quadros.

Quanto a Flora, ainda verde para os meneios de Terpsícore, era acanhada ou arrepiada, como dizia a mãe. E isto era o menos; o mais era que com pouco se enfadaria, e, se não pudesse vir logo para casa, ficaria adoentada o resto do tempo. Note-se que, estando na ilha, teria o mar em volta, e o mar era um dos seus encantos; mas, se lhe lembrasse o mar, e se consolasse com a esperança de o mirar, advertiria também que a noite escura tolheria a consolação. Que multidão de dependências na vida, leitor! Umas cousas nascem de outras, enroscam-se, desatam-se, confundem-se, perdem-se, e o tempo vai andando sem se perder a si.

Mas donde viria o tédio a Flora, se viesse? Com Pedro no baile, não; este era, como sabes, um dos dous que lhe queriam bem. Salvo se ela queria principalmente ao que estava em São Paulo. Conclusão duvidosa, pois não é certo que preferisse um a outro. Se já a vimos falar a ambos com a mesma simpatia, o que fazia agora a Pedro na ausência de Paulo, e faria a Paulo na ausência de Pedro, não me faltará leitora que presuma um terceiro... Um terceiro explicaria tudo, um terceiro que não fosse ao baile, algum estudante pobre, sem outro amigo nem mais casaca que o coração verde e quente. Pois nem esse, leitora curiosa, nem terceiro, nem quarto, nem quinto, ninguém mais. Uma esquisitona, como lhe chamava a mãe.

Não importa; a esquisitona foi ao baile da Ilha Fiscal com a mãe e o pai. Assim também Natividade, o marido e Pedro, assim Aires, assim a demais gente convidada para a grande festa. Foi uma bela ideia do governo, leitor. Dentro e fora, do mar e de terra, era como um sonho veneziano; toda aquela sociedade viveu algumas horas suntuosas, novas para uns, saudosas para outros e de futuro para todos – ou, quando menos, para a nossa amiga Natividade e para o conservador Batista.

Aquela considerava o destino dos filhos – cousas futuras! Pedro bem podia inaugurar, como ministro, o século XX e o terceiro reinado. Natividade imaginava outro e maior baile naquela mesma ilha. Compunha a ornamentação, via as pessoas e as danças, toda uma festa magna que entraria na história. Também ela ali estaria, sentada a um canto, sem se lhe dar do peso dos anos, uma vez que visse a grandeza e a prosperidade dos filhos. Era assim que enfiara os olhos pelo tempo adiante, descontando no presente a felicidade futura, caso viesse a morrer antes das profecias. Tinha a mesma sensação que ora lhe dava aquela cesta de luzes no meio da escuridão tranquila do mar.

A imaginação de Batista era menos longa que a de Natividade. Quero dizer que ia antes do princípio do século, Deus sabe se antes do fim do ano. Ao som da música, à vista das galas, ouvia umas feiticeiras cariocas, que se pareciam com as escocesas; pelo menos, as palavras eram análogas às que saudaram Macbeth[7]: – "Salve Batista, ex-presidente de província!" – "Salve, Batista, próximo presidente de província!" – "Salve, Batista, tu serás ministro um dia!" A lingua-

7. *Macbeth*: personagem principal da tragédia homônima de Shakespeare (1564-1616). Após vitória na guerra contra revoltosos, em defesa do rei escocês Duncan, Lorde Macbeth, a caminho de seu castelo, encontra três feiticeiras que assim o saúdam: "Salve, Macbeth! Senhor de Glamis!"; "Salve, Macbeth! Senhor de Cawdor!"; "Salve, Macbeth, que sereis rei um dia!" Com essas palavras, as bruxas alimentam a ambição e a ação de Macbeth, no sentido da conquista do poder. Há irônica analogia dessa passagem shakespeariana com as vozes das "feiticeiras cariocas" ouvidas no íntimo de Batista.

gem dessas profecias era liberal, sem sombra de solecismo[8]. Verdade é que ele se arrependia de as escutar, e forcejava por traduzi-las no velho idioma conservador, mas já lhe iam faltando dicionários. A primeira palavra ainda trazia o sotaque antigo: "Salve, Batista, ex-presidente de província!", mas a segunda e a última eram ambas daquela outra língua liberal, que sempre lhe pareceu língua de preto. Enfim, a mulher, como lady Macbeth, dizia nos olhos o que esta dizia pela boca, isto é, que já sentia em si aquelas futurações. O mesmo lhe repetiu na manhã seguinte, em casa. Batista, com um sorriso disfarçado, descria das feiticeiras, mas a memória guardava as palavras da ilha: "Salve, Batista, próximo presidente!" Ao que ele respondia com um suspiro: "Não, não, filhas do Diabo..."

Ao contrário do que ficou dito atrás, Flora não se aborreceu na ilha. Conjeturei mal, emendo-me a tempo. Podia aborrecer-se pelas razões que lá ficam, e ainda outras que poupei ao leitor apressado; mas, em verdade, passou bem a noite. A novidade da festa, a vizinhança do mar, os navios perdidos na sombra, a cidade defronte com os seus lampiões de gás, embaixo e em cima, na praia e nos outeiros, eis aí aspectos novos que a encantaram durante aquelas horas rápidas.

Não lhe faltavam pares, nem conversação, nem alegria alheia e própria. Toda ela compartia da felicidade dos outros. Via, ouvia, sorria, esquecia-se do resto para se meter consigo. Também invejava a princesa imperial, que viria a ser imperatriz um dia, com o absoluto poder de despedir ministros e damas, visitas e requerentes, e ficar só, no mais recôndito do paço, fartando-se de contemplação ou de música. Era as-

8. *Solecismo*: erro no registro culto da língua; de modo derivado, como parece ocorrer no texto, tem o sentido de erro em geral.

sim que Flora definia o ofício de governar. Tais ideias passavam e tornavam. De uma vez alguém lhe disse, como para lhe dar força: "Toda alma livre é imperatriz!"

Não foi outra voz, semelhante à das feiticeiras do pai nem às que falavam interiormente a Natividade, acerca dos filhos. Não; seria pôr aqui muitas vozes de mistério, cousa que, além do fastio da repetição, mentiria à realidade dos fatos. A voz que falou a Flora saiu da boca do velho Aires, que se fora sentar ao pé dela e lhe perguntara:

– Em que é que está pensando?

– Em nada – respondeu Flora.

Ora, o conselheiro tinha visto no rosto da moça a expressão de alguma cousa e insistia por ela. Flora disse como pôde a inveja que lhe metia a vista da princesa, não para brilhar um dia, mas para fugir ao brilho e ao mando, sempre que quisesse ficar súdita de si mesma. Foi então que ele lhe murmurou, como acima:

– Toda alma livre é imperatriz.

A frase era boa, sonora, parecia conter a maior soma de verdade que há na terra e nos planetas. Valia por uma página de Plutarco[9]. Se algum político a ouvisse, poderia guardá-la para os seus dias de oposição ao governo, quando viesse o terceiro reinado. Foi o que ele mesmo escreveu no *Memorial*. Com esta nota: "A meiga criatura agradeceu-me estas cinco palavras".

9. *Plutarco* (*c.* 46-120 d.C.): ilustre historiador e biógrafo da Antiguidade greco-latina; autor de *Vidas Paralelas*.

XLIX
Tabuleta Velha

Toda a gente voltou da ilha com o baile na cabeça, muita sonhou com ele, alguma dormiu mal ou nada. Aires foi dos que acordaram tarde; eram onze horas. Ao meio-dia almoçou; depois escreveu no *Memorial* as impressões da véspera, notou várias espáduas, fez reparos políticos e acabou com as palavras que lá ficam no cabo do outro capítulo. Fumou, leu, até que resolveu ir à Rua do Ouvidor. Como chegasse à vidraça de uma das janelas da frente, viu à porta da confeitaria uma figura inesperada, o velho Custódio, cheio de melancolia. Era tão novo o espetáculo, que ali se deixou estar por alguns instantes; foi então que o confeiteiro, levantando os olhos, deu com ele entre as cortinas, e enquanto Aires voltava para dentro, Custódio atravessou a rua e entrou-lhe em casa.

– Que suba – disse o conselheiro ao criado.

Custódio foi recebido com a benevolência de outros dias e um pouco mais de interesse. Aires queria saber o que é que o entristecia.

– Vim para contá-lo a Vossa Excelência; é a tabuleta.

– Que tabuleta?

– Queira Vossa Excelência ver por seus olhos – disse o confeiteiro, pedindo-lhe o favor de ir à janela.

– Não vejo nada.

– Justamente, é isso mesmo. Tanto me aconselharam que fizesse reformar a tabuleta que afinal consenti, e fi-la tirar por dous empregados. A vizinhança veio para a rua assistir ao trabalho e parecia rir de mim. Já tinha falado a um pintor da Rua da Assembleia; não ajustei o preço porque ele queria ver primeiro a obra. Ontem, à tarde, lá foi um caixeiro, e sabe Vossa Excelência o que me mandou dizer o pintor? Que a tábua está velha, e precisa outra; a madeira não aguenta tinta. Lá fui às carreiras. Não pude convencê-lo de pintar na mesma madeira; mostrou-me que estava rachada e comida de bichos. Pois cá de baixo não se via. Teimei que pintasse assim mesmo, respondeu-me que era artista e não faria obra que se estragasse logo.

– Pois reforme tudo. Pintura nova em madeira velha não vale nada. Agora verá que dura pelo resto da nossa vida.

– A outra também durava; bastava só avivar as letras.

Era tarde, a ordem fora expedida, a madeira devia estar comprada serrada e pregada, pintando o fundo para então se desenhar e pintar o título. Custódio não disse que o artista lhe perguntara pela cor das letras, se vermelha, se amarela, se verde em cima de branco ou vice-versa, e que ele, cautelosamente, indagara do preço de cada cor para escolher as mais baratas. Não interessa saber quais foram.

Quaisquer que fossem as cores, eram tintas novas, tábuas novas, uma reforma que ele, mais por economia que por afeição, não quisera fazer; mas a afeição valia muito. Agora que ia trocar de tabuleta sentia perder algo do corpo, cousa que outros do mesmo ou diverso ramo de negócio não compreenderiam, tal gosto acham em renovar as caras e fazer crescer com elas a nomeada. São naturezas. Aires ia pensando em escrever uma Filosofia das Tabuletas, na qual poria tais e outras observações, mas nunca deu começo à obra.

– Vossa Excelência há de me perdoar o incômodo que lhe trouxe, vindo contar-lhe isto, mas Vossa Excelência é sempre tão bom comigo, fala-me com tanta amizade, que eu me atrevi… Perdoa-me, sim?

– Sim, homem de Deus.

– Conquanto Vossa Excelência aprove a reforma da tabuleta, sentirá comigo a separação da outra, a minha amiga velha, que nunca me deixou, que eu, nas noites de luminárias, por São Sebastião e outras, fazia aparecer aos olhos da gente. Vossa Excelência, quando se aposentou, veio achá-la no mesmo lugar em que a deixou por ocasião de ser nomeado. E tive alma para me separar dela!

– Está bom, lá vai; agora é receber a nova, e verá como daqui a pouco são amigos.

Custódio saiu recuando, como era o seu costume, e desceu trôpego as escadas. Diante da confeitaria deteve-se um instante, para ver o lugar onde estivera a tabuleta velha. Deveras, tinha saudades.

L

O Tinteiro de Evaristo

– ... Este caso prova que tudo se pode amar muito bem, ainda um pedaço de madeira velha. Creiam que não era só a despesa que ele naturalmente sentia, eram também saudades. Ninguém se despega assim de um objeto tão íntimo, que faz parte integral da casa e da pele, porque a tabuleta não foi sequer arriada um dia. Custódio não teve ocasião de ver se estava estragada. Vivia ali como as portadas e a parede.

Era ao jantar, em Botafogo. Só quatro pessoas, as duas irmãs, Santos e Aires. Pedro fora jantar a São Clemente, com a família Batista.

Dona Perpétua aprovou os sentimentos do confeiteiro. Citou, a propósito, o tinteiro de Evaristo[1]. A irmã sorriu para o marido, e este para a mulher, como se dissessem: "lá vem ele!" Era um tinteiro que servira ao famoso jornalista do primeiro reinado e da Regência, obra simples, feita de barro, igual aos tinteiros que a gente chã comprava nas lojas de papel daquele e deste tempo. O sogro de dona Perpétua, que lho dera em lembrança, tivera um da mesma idade, massa e feição.

1. *Evaristo Ferreira da Veiga e Barros* (1799-1837): mais conhecido como Evaristo da Veiga, foi importante jornalista, político e livreiro. Redator do prestigiado periódico *A Aurora Fluminense*, 1827 a 1835.

– Veio assim de mão em mão parar às minhas. Não chega aos tinteiros do mano Agostinho nem de Natividade, que são luxuosos, mas tem grande valor para mim.

– Sem dúvida – concordou Aires –, valor histórico e político.

– Meu sogro dizia que dele saíram os grandes artigos da *Aurora*[2]. A falar verdade, eu nunca li tais artigos, mas meu sogro era homem de verdade. Conhecia a vida de Evaristo, por ouvi-la a outros, e fazia-lhe louvores que não acabavam mais...

Natividade buscou desviar a conversação para o baile da véspera. Tinham já falado dele, mas não achou outro derivativo. Entretanto, o tinteiro ainda ficou algum tempo. Não era só uma das lembranças de dona Perpétua, relíquia de família, era também uma de suas ideias. Prometeu mostrá-lo ao conselheiro. Ele prometeu vê-lo com muito gosto. Confessou que tinha veneração aos objetos de uso dos grandes homens. Enfim, o jantar acabou, e eles passaram ao salão. Aires, falando da enseada:

– Aqui está uma obra, que é mais velha que o tinteiro do Evaristo e a tabuleta do Custódio, e, não obstante, parece mais moça, não é verdade, dona Perpétua? A noite é clara e quente; podia ser escura e fria, e o efeito seria o mesmo. A enseada não difere de si. Talvez os homens venham algum dia a atulhá-la de terra e pedras para levantar casas em cima, um bairro novo, com um grande circo destinado a corrida de cavalos. Tudo é possível debaixo do Sol e da Lua. A nossa felicidade, barão, é que morreremos antes.

– Não fale em morte, conselheiro.

2. *Aurora*: referência ao influente periódico *A Aurora Fluminense*, de linha liberal moderada, que circulou entre 1827 e 1835.

– A morte é uma hipótese – redarguiu Aires –, talvez uma lenda. Ninguém morre de uma boa digestão, e os seus charutos são deliciosos.

– Estes são novos. Parecem-lhe bons?

– Deliciosos.

Santos estimou ouvir este louvor; achava-lhe uma intenção direta à sua pessoa, aos seus méritos, ao seu nome, à posição que tinha na sociedade, à casa, à chácara, ao Banco, aos coletes. Talvez muito; seria um modo enfático de explicar a força da ligação dele aos charutos. Valiam pela tabuleta e pelo tinteiro, com a diferença que estes significavam só afeição e veneração, e aqueles, valendo pelo sabor e pelo preço, tinham a superioridade do milagre, pela reprodução de todos os dias.

Tais eram as suspeitas que vagavam no cérebro de Aires, enquanto ele olhava mansamente para o anfitrião. Aires não podia negar a si mesmo a aversão que este lhe inspirava. Não lhe queria mal, decerto; podia até querer-lhe bem, se houvesse um muro entre ambos. Era a pessoa, eram as sensações, os dizeres, os gestos, o riso, a alma toda que lhe fazia mal.

LI
Aqui Presente

PERTO DAS NOVE HORAS, ou logo depois, chegou Pedro com o casal Batista e Flora.

– Vimos trazer o seu menino – disse Batista a Natividade.

– Obrigado, doutor – acudiu Santos –, mas ele já não está em idade de se perder por essas ruas, e, se se perder, acha-se logo – acrescentou sorrindo.

Natividade não gostou da graça, tratando-se do filho e ao pé dela. Era talvez excesso de pudor. Há muito excesso nesse sentido, e o acertado é perdoá-lo. Há também excessos contrários, condescendências fáceis, pessoas que entram com prazer na troca de alusões picantes. Também se devem perdoar. Em suma, o perdão chega ao céu. Perdoai-vos uns aos outros, é a lei do Evangelho.

Ele, o rapaz, é que não ouviu nada; interrompeu a conversa que trazia com Flora, e trocadas algumas palavras, os dous foram reatar o fio a um canto. Aires reparou na atitude de ambos; ninguém mais lhes prestava atenção. Ao cabo, a conversa era em voz surda; não os poderiam ouvir. Ela escutava, ele falava; depois era o contrário, ela é que falava, ele é que ouvia, tão absortos que pareciam não atender a ninguém, mas atendiam. Possuíam o sexto sentido dos conspiradores e dos namorados. Que conversassem de amores, é possível; mas que conspiravam, é certo. Quanto à matéria da conspiração, podereis sabê-la depois, brevemente, daqui a um capítulo. O próprio Aires não descobriu nada, por mais que quisesse fartar os olhos naquele diálogo de mistérios. Persuadiu-se que não era grave, porque eles sorriam com frequência; mas podia ser íntimo, escondido, pessoal, e acaso estranho. Supõe um fio de anedotas ou uma história comprida, cousa alheia; ainda assim podia ser deles somente, porque há estados da alma em que a matéria da narração é nada, o gosto de a fazer e de a ouvir é que é tudo. Também podia ser isto.

Vede, porém, como a natureza encaminha as cousas mínimas ou máximas, mormente se a fortuna a ajuda. A conversação tão doce, ao que parecia, começou por um enfado. A causa foi uma carta de Paulo, escrita ao irmão, e que este se lembrou de mostrar a Flora, dizendo-lhe que também a mostrara à mãe, e a mãe se zangara muito.

– Com o senhor?

– Com Paulo.

– Mas que dizia a carta?

Pedro leu-lhe o ponto principal, que era quase toda a carta; falava da questão militar. Já havia a "questão militar", um conflito de generais e ministros, e a linguagem de Paulo era contra os ministros.

– Mas por que é que o senhor foi mostrar essa carta a sua mãe?

– Mamãe quis saber o que é que ele me dizia.

– E sua mãe zangou-se, aí está; vai talvez repreendê-lo.

– Tanto melhor; Paulo precisa ser emendado; mas, diga-me, por que é que a senhora defende sempre a meu irmão?

– Para ter o direito de defender também ao senhor.

– Então ele já lhe tem falado mal de mim?

Flora quis dizer que sim, depois que não, afinal calou. Desconversou, perguntando por que eles se davam mal. Pedro negou que se dessem mal. Ao contrário, viviam bem. Não teriam as mesmas opiniões, e também podia ser que tivessem o mesmo gosto... Daqui a dizer que ambos a amavam era uma vírgula; Pedro pingou o ponto final. Esse astuto era também tímido. Mais tarde, compreendeu que, calando, andou melhor, e deu a si mesmo o aplauso da escolha; mas era falso, não escolhera nada. Não digo isto para fazê-lo desmerecer; sim, porque o medo acerta muitas vezes, e é mister deixar aqui esta reflexão.

Veio a zanga. Flora não replicou mais nada, e, por seu gosto, não teria jantado, a tal ponto sentia piedade do outro. Felizmente, o outro era este mesmo, aqui presente, com os olhos presentes, as mãos presentes, as palavras presentes. Não tardou que a zanga fugisse diante da graça, da brandura e da adoração. Bem-aventurados os que ficam, porque eles serão compensados.

LII
Um Segredo

Eis agora a matéria da conspiração. Na rua, ao virem de São Clemente, foi que Pedro, gastado o melhor do tempo com a carta e o jantar, pôde revelar à moça um segredo:

– Titia disse lá em casa que dona Cláudia lhe contara em segredo (não diga nada) que seu pai vai ser nomeado presidente de província.

– Não sei nada disso, mas não creio, porque papai é conservador.

– Dona Cláudia disse a titia que ele é liberal, quase radical. Parece que a presidência é certa; ela pediu segredo, e titia, quando nos contou, também pediu segredo. Eu também lhe peço que não diga nada, mas é verdade.

– Verdade como? Papai não vai com liberais; o senhor não sabe como papai é conservador. Se ele defende os liberais é porque é tolerante.

– Se a província fosse a do Rio de Janeiro, eu gostaria, porque não era preciso ir morar na Praia Grande, e se ele fosse, a viagem é só de meia hora, eu podia ir lá todos os dias.

– Era capaz?

– Apostemos.

Flora, depois de um instante:

– Para quê, se não há presidência?

– Suponha que há.

– É preciso supor muito: que há presidência e que a província é a do Rio. Não, não há nada.

– Então suponha só metade: que há presidência e que é Mato Grosso.

Flora teve um calefrio. Sem admitir a nomeação, tremeu ao nome da província. Pedro lembrou ainda o Amazonas, Pará, Piauí... Era o infinito, mormente se o pai fizesse boa administração, porque não voltaria tão cedo. Já agora a moça resistia menos, achava possível e abominável, mas dizia isto para si, dentro do coração. De repente, Pedro, quase estacando o passo:

– Se ele for, eu peço ao governo o lugar de secretário e vou também.

A luz intermitente das lojas refletindo no rosto da moça, à medida que eles iam passando por elas, ajudava a dos lampiões da rua, e mostrava a emoção daquela promessa. Sentia-se que o coração de Flora devia estar batendo muito. Em breve, porém, começou ela a pensar em outra cousa. Natividade não consentiria nunca; depois, um estudante... Não podia ser. Pensou em algum escândalo. Que ele fugisse, embarcasse, fosse atrás dela...

Tudo isto era visto ou pensado em silêncio. Flora não se admirava de pensar tanto e tão atrevidamente; era como o peso do corpo, que não sentia: andava, pensava, como transpirava. Não calculou sequer o tempo que ia gastando em imaginar e desfazer ideias. Que isto lhe desse mais prazer que desprazer, é certo. Ao pé dela, Pedro ia naturalmente cuidando, com os olhos nos pés, e os pés nas nuvens. Não sabia que dissesse no meio de tão longo silêncio. Entretanto, a solução parecia-lhe única. Já não pensava na presidência do Rio. Queria-se com ela, no ponto mais remoto do império, sem o irmão. A esperança de se desterrarem assim de

Paulo verdejou na alma de Pedro. Sim, Paulo não iria também, a mãe não se deixaria ficar desamparada. Que perdesse um filho, vá, mas ambos…

A quem quer que este final de monólogo pareça egoísta, peço-lhe pelas almas dos seus parentes e amigos, que estão no céu, peço-lhe que considere bem as causas. Considere o estado da alma do rapaz, a contiguidade da moça, as raízes e as flores da paixão, a própria idade de Pedro, o mal da terra, o bem da mesma terra. Considere mais a vontade do céu, que vela por todas as criaturas que se querem, salvo se uma só é que quer a outra, porque então o céu é um abismo de iniquidades, e não lhe importe esta imagem. Considere tudo, amigo; deixe-me ir contando só e contando mal o que se passou naquele curto trânsito entre as duas casas. Quando lá chegaram, falavam de boca.

Em cima, como viste, continuaram a falar, até que o assunto da presidência voltou. Flora notou então a cautelosa insistência com que Aires olhava para eles, como se buscasse adivinhar a matéria da conversação. Sentia que não estivesse ali também, ouvindo e falando, finalmente prometendo fazer alguma cousa por ela. Aires podia, sim, era seu amigo e todos o tinham em grande conta, podia intervir e destruir o projeto da presidência.

Sem querer nem saber, diria isto mesmo com os olhos ao velho diplomata. Retirava-os, mas eles iam de si mesmos repetir o monólogo, e acaso perguntar alguma cousa que Aires não percebia e devia ser interessante. Pode ser que refletissem a angústia ou o que quer que era que lhe doía dentro. Pode ser; a verdade é que Aires começou a ficar curioso, e tão depressa Pedro deixou o lugar para acudir ao chamado da mãe, deixou ele Natividade para ir falar à moça.

Flora, já de pé, mal teve tempo de trocar duas palavras, dessas que se não podem interromper sem dor ou prurido, ao menos. Aires perguntava-lhe se nunca lhe dissera que sabia adivinhar.

– Não, senhor.

– Pois sei; adivinhei agora mesmo que me quer dizer um segredo.

Flora ficou espantada. Não querendo negar nem confessar, respondeu-lhe que só adivinhara metade.

– A outra é...?

– A outra é pedir-lhe um obséquio de amizade.

– Peça.

– Não, agora não, já nos vamos embora; mamãe e papai estão fazendo as despedidas. Só se for na rua. Quer vir conosco a São Clemente?

– Com o maior prazer.

LIII
De Confidências

Entenda-se que não. Não era com prazer maior nem menor. Era imposição de sociedade, desde que Flora o pedira, não sei se discretamente. Que a isto ligasse tal ou qual desejo de saber algum segredo, não serei eu que o negue, nem tu, nem ele mesmo. Ao cabo de alguns instantes, Aires ia sentindo como esta pequena lhe acordava umas vozes mortas, falhadas ou não nascidas, vozes de pai. Os gêmeos não lhe deram um dia a mesma sensação, senão porque eram filhos de Natividade. Aqui não era a mãe, era a mesma Flora, o seu gesto, a sua fala, e porventura a sua fatalidade.

– Mas quer-me parecer que desta vez ela está presa; escolheu enfim – pensou Aires.

Flora falou-lhe da presidência, mas não lhe pediu segredo, como as outras pessoas; confessou-lhe que não queria ir daqui, fosse para onde fosse, e acabou dizendo que tudo estava nas mãos dele. Só ele podia despersuadir o pai de aceitar a presidência. Aires achou tão absurdo este pedido que esteve quase a rir, mas susteve-se bem. A palavra de Flora era grave e triste. Aires respondeu, com brandura, que não podia nada.

– Pode muito, todos atendem aos seus conselhos.

– Mas eu não dou conselhos a ninguém – acudiu Aires. – Conselheiro é um título que o imperador me conferiu, por achar que o merecia, mas não obriga a dar conselhos; a ele mesmo só lhos darei, se mos pedir. Imagine agora se eu vou à casa de um homem ou mando chamá-lo à minha para lhe dizer que não seja presidente de província. Que razão lhe daria?

Não tinha razões a moça; tinha necessidade. Apelou para os talentos do ex-ministro, que acharia uma razão boa. Nem se precisavam razões, bastava o falar dele, a arte que Deus lhe dera de agradar a toda a gente, de a arrastar, de influir, de obter o que quisesse. Aires viu que ela exagerava para o atrair, e não lhe pareceu mal. Não obstante, contestou tais méritos e virtudes. Deus não lhe dera arte nenhuma, disse ele, mas a moça ia sempre afirmando, em tal maneira que Aires suspendeu a contestação, e fez uma promessa.

– Vou pensar; amanhã ou depois, se achar algum recurso, tentarei o negócio.

Era um paliativo. Era também um modo de fazer cessar a conversação, estando a casa próxima. Não contava com o pai de Flora, que à fina força lhe quis mostrar, àquela hora, uma novidade, aliás uma velharia, um documento de valor diplomático. "Venha, suba, cinco minutos apenas, conselheiro."

Aires suspirou em segredo, e curvou a cabeça ao Destino. Não se luta contra ele, dirás tu; o melhor é deixar que pegue pelos cabelos e nos arraste até onde queira alçar-nos ou despenhar-nos. Batista nem lhe deu tempo de refletir; era todo desculpas.

– Cinco minutos e está livre de mim, mas verá que lhe pago o sacrifício.

O gabinete era pequeno; poucos livros e bons, os móveis graves, um retrato de Batista com a farda de presidente, um almanaque sobre a mesa, um mapa na parede, algumas lembranças do governo da província. Enquanto Aires circulava os olhos, Batista foi buscar o documento. Abriu uma gaveta, tirou uma pasta, abriu a pasta, tirou o documento, que não estava só, mas com outros. Conhecia-se logo por ser um papel velho, amarelo, em partes roído. Era uma carta do conde de Oeiras[1], escrita ao ministro de Portugal na Holanda.

– É o dia das antiguidades – pensou Aires –; a tabuleta, o tinteiro, este autógrafo...

– A carta é importante, mas longa – disse Batista –, não podemos lê-la agora. Quer levá-la?

Não lhe deu tempo de responder; pegou de uma sobrecarta grande e meteu dentro o manuscrito, com esta nota por fora: "Ao meu excelentíssimo amigo conselheiro Aires". Enquanto ele fazia isto, Aires passava os olhos pela lombada de alguns livros. Entre eles havia dous *Relatórios* da presidência de Batista, ricamente encadernados.

– Não me atribua esse luxo – acudiu o ex-presidente –, foi um mimo da secretaria do governo que nunca fez isto a ninguém. Era um pessoal muito distinto.

E foi à estante e tirou um dos relatórios para ser melhor visto. Aberto, mostrou a impressão e as vinhetas; lido, podia mostrar o estilo por um lado, e, por outro, a prosperidade das finanças. Batista limitou-se aos algarismos totais: despesa, mil duzentos e noventa e quatro contos, setecentos e noventa mil-réis; receita, mil quinhentos e quarenta e quatro contos, duzentos e nove mil-réis; saldo, duzentos e quarenta e nove contos, quatrocentos e dezenove mil-réis. Verbalmente, explicou o saldo, que alcançou pela modificação de alguns serviços, e por um pequeno aumento de impostos. Reduziu a dívida provincial, que achou em trezentos e oitenta e quatro

1. *Sebastião José de Carvalho e Melo (1699-1782), Marquês de Pombal e Conde de Oeiras*: um dos mais importantes estadistas portugueses; governou o país no reinado de Dom José I (1750-1777).

contos, e deixou em trezentos e cinquenta contos. Fez obras novas e consertos importantes; iniciou uma ponte…

– A encadernação corresponde à matéria – disse Aires para concluir a visita.

Batista fechou o livro, e redarguiu que já agora não iria sem lhe resolver uma consulta.

– Tudo às avessas – concluiu –; eu de manhã resolvo consultas, agora à noite sou eu que as faço.

Tal foi o introito, mas do introito ao Credo há sempre um passo estirado, e o principal da missa para ele estava no Credo. Não achando o texto do missal, explicou-lhe um sinete, uma pena de ouro, um exemplar do Código Criminal. O Código, posto que velho, valia por trinta novos, não que tivesse melhor rosto, senão que trazia anotações manuscritas de um grande jurista, Fulano. Tendo passado longa parte da vida no exterior, o conselheiro mal conhecera o autor das notas, mas desde que ouviu chamar-lhe grande, assumiu a expressão adequada. Pegou do Código com cuidado, leu algumas das notas com veneração.

Durante esse tempo, Batista ia criando fôlego. Compôs uma frase para iniciar a consulta, e só esperava que Aires fechasse o livro para soltá-la; mas o outro ia demorando o exame do Código. Podia ser uma pontinha de malignidade, mas não era. Os olhos de Aires tinham uma faculdade particular, menos particular do que parece, porque outros a possuirão calados. Vinha a ser que eles não saíam da página, mas em verdade já lhe prestava menos atenção; o tempo, a gente, a vida, cousas passadas, surdiam a espiá-lo por detrás do livro com que tinham vivido, e Aires ia tornando a ver um Rio de Janeiro que não era este, ou apenas o fazia lembrado. Nem cuides que eram só réus e juízes, era o passeio, a rua, a festa, velhos patuscos e mortos, rapazes frescos e agora enferrujados como ele. Batista tossiu. Aires voltou a si e leu alguma das notas que o outro devia trazer de cor, mas eram tão profundas! Enfim, mirou a encadernação, achou o livro bem conservado, fechou-o e restituiu-o à biblioteca.

Batista não perdeu um instante, correu imediato ao assunto, com medo de o ver pegar em outro livro.

– Confesso-lhe que tenho o temperamento conservador.

– Também eu guardo presentes antigos.

– Não é isso; refiro-me ao temperamento político. Verdadeiramente há opiniões e temperamentos. Um homem pode muito bem ter o temperamento oposto às suas ideias. As minhas ideias, se as cotejarmos com os programas políticos do mundo, são antes liberais e algumas libérrimas. O sufrágio universal, por exemplo, é para mim a pedra angular de um bom regime representativo. Ao contrário, os liberais pediram e fizeram o voto censitário[2]. Hoje estou mais adiantado que eles; aceito o que está, por ora, mas antes do fim do século é preciso rever alguns artigos da Constituição, dous ou três.

Aires escondia o espanto... Convidado assim àquela hora... Uma profissão de fé política... Batista insistia na distinção do temperamento e das ideias. Alguns amigos velhos, que conheciam esta dualidade moral e mental, é que teimavam em querer que ele aceitasse uma presidência; ele não queria. Francamente, que lhe parecia ao conselheiro?

– Francamente, acho que não tem razão.

– Que não tenho razão em quê?

– Em recusar.

– Propriamente, não recusei nada; há um grande trabalho neste sentido, e o meu desejo – acrescentou com mais clareza

2. *Voto censitário*: direito de voto restrito a grupos da elite, sobretudo a proprietários.

– é que os bons amigos sagazes me digam se tal cousa é acertada; não me parece que seja…

– Eu penso que é.

– De maneira que, se o caso fosse com o senhor…

– Comigo não podia ser. Sabe que eu já não sou deste mundo, e politicamente nunca figurei em nada. A diplomacia tem este efeito que separa o funcionário dos partidos e o deixa tão alheio a eles, que fica impossível de opinar com verdade, ou, quando menos, com certeza.

– Mas não me disse que acha…

– Acho.

– … Que posso aceitar uma presidência, se me oferecerem?

– Pode; uma presidência aceita-se.

– Pois então saiba tudo; é a única pessoa de sociedade com quem me abro assim francamente. A presidência foi-me oferecida.

– Aceite, aceite.

– Está aceita.

– Já?

– O decreto assina-se sábado.

– Então aceite também os meus parabéns.

– Propriamente, a lembrança não foi do ministério; ao contrário, o ministério não se resolveu antes de saber se efetivamente fiz uma eleição contra os liberais, há anos; mas logo que soube que por não os perseguir é que fui demitido, aceitou a indicação de chefes políticos, e recebi pouco depois este bilhete.

O bilhete estava no bolso, dentro da carteira. Qualquer outro, alvoroçado com a nomeação próxima, levaria tempo a achar o bilhete no meio dos papéis; mas Batista possuía o tato dos textos. Tirou a carteira, abriu-a descansado e com os dedos sacou o bilhete do ministro convidando-o a uma conversação. Na conversação ficou tudo assentado.

LIV

Enfim, Só!

ENFIM, SÓ! Quando Aires se achou na rua, só, livre, solto, entregue a si mesmo, sem grilhões nem considerações, respirou largo. Fez um monólogo, que daí a pouco interrompeu por se lembrar de Flora. Tudo o que ela não quisera ia acontecer; lá ia o pai a uma presidência, e ela com ele, e a recente inclinação ao jovem Pedro vinha parar a meio caminho. Entretanto, não se arrependia do que dissera e ainda menos do que não dissera. Os dados estavam lançados. Agora era cuidar de outra cousa.

LV
"A Mulher É a Desolação do Homem"

Ao despedir-se, fez Aires uma reflexão, que ponho aqui, para o caso de que algum leitor a tenha feito também. A reflexão foi obra de espanto, e o espanto nasceu de ver como um homem tão difícil em ceder às instigações da esposa (Vai-te, Satanás, etc.; Capítulo XLVII) deitou tão facilmente o hábito às urtigas. Não achou explicação nem a acharia, se não soubesse o que lhe disseram mais tarde, que os primeiros passos da conversão do homem foram dados pela mulher. "A mulher é a desolação do homem", dizia não sei que filósofo socialista, creio que Proudhon[1]. Foi ela, a viúva da presidência, que por meios vários e secretos, tramou passar a segundas núpcias. Quando ele soube do namoro, já os banhos estavam corridos; não havia mais que consentir e casar também.

Ainda assim, custou-lhe muito. O clamor dos seus aturdia-lhe de antemão os ouvidos, a alma ia cega, tonta, mas a esposa servia-lhe de guia e amparo, e, com poucas horas, Batista viu claro e ficou firme.

– Estamos à porta do terceiro reinado – ponderou dona Cláudia –, e certamente o Partido Liberal não deixa tão cedo

1. *Pierre-Joseph Proudhon* (1809-1865): pensador e político francês, considerado socialista utópico por alguns contemporâneos, como Karl Marx, mas que se identificou como anarquista.

o poder. Os seus homens são válidos, a inclinação dos tempos é para o liberalismo, e você mesmo...

– Sim, eu... – suspirou Batista.

Dona Cláudia não suspirou, cantou vitória; a reticência do marido era a primeira figura de aquiescência. Não lhe disse isto assim, nu e cru; também não revelou alegria descomposta; falou sempre a linguagem da razão fria e da vontade certa. Batista, sentindo-se apoiado, caminhou para o abismo e deu o salto nas trevas. Não o fez sem graça, nem com ela. Posto que a vontade que trazia fosse de empréstimo, não lhe faltava desejo a que a vontade da esposa deu vida e alma. Daí a autoria de que se investiu e acabou confessando.

Tal foi a conclusão de Aires, segundo se lê no *Memorial*. Tal será a do leitor, se gosta de concluir. Note que aqui lhe poupei o trabalho de Aires; não o obriguei a achar por si o que, de outras vezes, é obrigado a fazer. O leitor atento, verdadeiramente ruminante, tem quatro estômagos no cérebro, e por eles faz passar e repassar os atos e os fatos, até que deduz a verdade, que estava, ou parecia estar escondida.

LVI
O Golpe

O DIA SEGUINTE TROUXE à menina Flora a grande novidade. Sábado seria assinado o decreto, a presidência era no Norte. Dona Cláudia não lhe viu a palidez, nem sentiu as mãos frias, continuou a falar do caso e do futuro, até que Flora, querendo sentar-se, quase caiu. A mãe acudiu-lhe:

– Que é? Que tens?

– Nada mamãe, não é nada.

A mãe fê-la sentar-se.

– Foi uma tonteira, passou.

Dona Cláudia deu-lhe a cheirar um pouco de vinagre, esfregou-lhe os pulsos; Flora sorriu.

– Este sábado? – perguntou.

– O decreto? Sim, este sábado. Mas não digas por ora a ninguém; são segredos de gabinete. É cousa certa; enfim, alguém nos fez justiça; provavelmente o imperador. Amanhã irás comigo a algumas encomendas. Fazer uma lista do que precisas.

Flora precisava não ir e só pensava nisso. Uma vez que o decreto estava prestes a ser assinado, não havia já desaconselhar a nomeação; restava-lhe a ela ficar. Mas como? Todos os sonhos são próprios ao sono de uma criança. Não era fácil, mas não seria impossível. Flora cria tudo; não tirava o pensamento de Aires, e já agora de Natividade também. Os dous podiam fazê-lo, ou antes os três, se contardes também o barão, e se vier a cunhada deste, quatro. Juntai aos quatro as cinco estrelas do Cruzeiro[1], as nove musas[2], anjos e arcanjos, virgens e mártires... Juntai-os todos, e todos poderiam fazer esta simples ação de impedir que Flora fosse para a província. Tais eram as esperanças vagas, rápidas, que corriam a substituir as tristezas do rosto da moça, enquanto a mãe, atribuindo o efeito ao vinagre, ajustava a rolha de vidro ao frasco, e restituía o frasco ao toucador.

– Faze uma lista do que precisas – repetiu à filha.

– Não, mamãe, eu não preciso nada.

– Precisas, sim, eu sei o que precisas.

1. *Cruzeiro*: constelação do Cruzeiro do Sul.

2. *Musas*: mitologia grega; nove irmãs gêmeas; divindades associadas às artes, filhas de Zeus (o deus supremo) e de Mnemosine (Memória).

LVII
Das Encomendas

NÃO ESCREVERIA ESTE CAPÍTULO, se ele fosse propriamente das encomendas, mas não é. Tudo são instrumentos nas mãos da Vida. As duas saíram de casa, uma lépida[1], a outra melancólica, e lá foram a escolher uma quantidade de objetos de viagem e de uso pessoal. Dona Cláudia pensava nos vestidos da primeira recepção e de visitas; também ideou o do desembarque. Tinha ordem do marido para comprar algumas gravatas. Os chapéus, entretanto, foram o principal artigo da lista. Ao parecer de dona Cláudia, o chapéu da mulher é que dava a nota verdadeira do gosto, das maneiras e da cultura de uma sociedade. Não valia a pena aceitar uma presidência para levar chapéus sem graça, dizia ela sem convicção, porque intimamente pensava que a presidência dá graça a tudo.

Estavam justamente na loja de chapéus, Rua do Ouvidor, sentadas, os olhos fora e longe, quando a verdadeira matéria deste capítulo apareceu. Era o gêmeo Paulo, que chegara pelo trem noturno, e sabendo que elas andavam a compras, viera procurá-las.

– O senhor! – exclamaram.

– Cheguei esta manhã.

Flora tinha-se levantado, com o alvoroço que lhe deu a vista inesperada de Paulo. Ele correu a elas, apertou-lhes as

1. *Lépida*: radiante; alegre.

mãos, indagou da saúde, e reconheceu que pareciam vender saúde e alegria. A impressão era exata; Flora tinha agora uma agitação, que contrastava com o abatimento daquela triste manhã, e um riso que a fazia alegre.

– Tive sempre notícias das senhoras, que mamãe me dava, e Pedro também, às vezes. Da senhora – continuou ele falando a dona Cláudia –, recebi duas cartas. Como vai o doutor?

– Bem.

– Ora, enfim, cá estou!

E Paulo dividia os olhos com as duas, mas a melhor parte ia naturalmente para a filha. Pouco depois era todo e pouco para esta. Dona Cláudia voltara à escolha dos chapéus, e Flora, que até então opinava de cabeça, perdeu este último gesto. Paulo sentou-se na cadeira que um empregado lhe trouxe, e ficou a olhar para a moça; falavam de cousas mínimas, alheias ou próprias, tudo o que bastasse para os reter disfarçadamente na contemplação um do outro. Paulo viera o mesmo que fora, o mesmo que Pedro, sempre com alguma nota particular, que ela não podia achar claramente, menos ainda definir. Era um mistério; Pedro teria o seu.

Dona Cláudia interrompia-os, de vez em quando, a propósito da escolha; mas, tudo acaba, até a escolha de chapéus. Foram dali aos vestidos. Paulo, não sabendo da presidência, estimou esta casualidade para as acompanhar de loja em loja. Contava anedotas de São Paulo, sem grande interesse para Flora; as notícias que ela lhe dava acerca das amigas, eram mais ou menos dispensáveis. Tudo valia pelos dous interlocutores. A rua ajudava aquela absorção recíproca; as pessoas que iam ou vinham, damas ou cavalheiros, parassem ou não, serviam de ponto de partida a alguma digressão. As digressões entraram a dar as mãos ao silêncio, e os dous seguiam com os olhos espraiados e a cabeça alta, ele mais que ela, porque uma pontinha de melancolia começava a espancar do rosto da moça a alegria da hora recente.

Na Rua Gonçalves Dias, indo para o Largo da Carioca, Paulo viu dous ou três políticos de São Paulo, republicanos, parece que fazendeiros. Havendo-os deixado lá, admirou-se de os ver aqui, sem advertir que a última vez que os vira ia já a alguma distância.

– Conhecem? – perguntou às duas.

Não, não os conheciam. Paulo disse-lhes os nomes. A mãe talvez fizesse alguma pergunta política, mas deu por falta de um objeto, advertiu que o não comprara, e propôs voltarem atrás. Tudo era aceito por ambos, com docilidade, apesar do véu de tristeza, que se ia cerrando mais no rosto da moça. Aquelas encomendas tinham já um ar de bilhetes de passagem, não tardava o paquete[2], iam correr às malas, aos arranjos, às despedidas, ao camarote de bordo, ao enjoo de mar, e àquele outro de mar e terra, que a mataria, com certeza, cuidava Flora. Daí o silêncio crescente, que Paulo mal podia vencer, de quando em quando; e contudo ela estava bem com ele, gostava de lhe ouvir dizer cousas soltas, algumas novas, outras velhas, recordações anteriores à partida daqui para São Paulo.

Assim se deixaram ir, guiados por dona Cláudia, quase esquecida deles. No meio daquela conversação truncada, mais entretida por ele que por ela, Paulo sentia ímpetos de lhe perguntar, ao ouvido, na rua, se pensara nele, ou, ao menos, sonhara com ele algumas noites. Ouvindo que não, daria expansão à cólera, dizendo-lhe os últimos impropérios; se ela corresse, correria também, até pegá-la pelas fitas do

2. *Paquete*: navio a vapor, para transporte de passageiros e de mercadorias.

chapéu ou pela manga do vestido, e, em vez de a esganar, dançaria com ela uma valsa de Strauss[3] ou uma polca de ***. Logo depois, ria destes delírios, porque, a despeito da melancolia da moça, os olhos que ela erguia para ele eram de quem sonhou e pensou muito na pessoa, e agora cuida de descobrir se é a mesma do sonho e do pensamento. Assim lhe parecia ao estudante de direito; pelo que, quando ele desviava o rosto, era para repetir a experiência e tornar a ver-lhe os olhos aguçados do mesmo espírito crítico e de livre exame. Quanto ao tempo que os três gastaram nessa agitação de compras e escolhas, visões e comparações, não há memória dele, nem necessidade. Tempo é propriamente ofício de relógio, e nenhum deles consultou o relógio que trazia.

3. *Johann Strauss* (1825-1899): compositor austríaco, célebre, sobretudo, por suas valsas.

LVIII
Matar Saudades

Ora bem, acabas de ver como Flora recebeu o irmão de Pedro; tal qual recebia o irmão de Paulo. Ambos eram apóstolos. Paulo achava-a agora mais bonita que alguns meses antes, e disse-lho nessa mesma tarde em São Clemente, com esta palavra familiar e cordial:

– A senhora enfeitou muito.

Flora julgava a mesma cousa, relativamente ao estudante de direito; calou a impressão. Ou a tristeza que trazia, ou qualquer outra sensação particular, fê-la acanhada, a princípio. Não tardou, porém, que achasse outra vez o gêmeo no gêmeo, e que ele e ela matassem saudades.

Como é que se matam saudades não é cousa que se explique de um modo claro. Ele não há ferro nem fogo, corda nem veneno, e todavia as saudades expiram, para a ressurreição, alguma vez antes do terceiro dia. Há quem creia que, ainda mortas, são doces, mais que doces. Esse ponto, no nosso caso, não pode ser ventilado, nem eu quero desenvolvê-lo, como aliás cumpria.

As saudades morreram, não todas, nem logo, logo, mas em parte e tão vagarosamente que Paulo aceitou o convite de lá jantar. Era o dia da chegada; Natividade quisera tê-lo consigo à mesa, ao pé de Pedro, para cimentar a pacificação começada pela distância. Paulo nem se deu ao trabalho de lá mandar; deixou-se estar com a bela criatura, entre o pai e a mãe que pensavam em outra cousa, próxima no tempo e remota no espaço. Sabendo o que era, Flora passava do prazer ao tédio, e Paulo não entendia essa alternação de sentimentos. De quando em quando, vendo a mãe agitada e preocupada, mas com outra expressão, Paulo interrogava a filha. Em vez de dar uma explicação qualquer, Flora passou uma vez a mão pelos olhos e ficou alguns instantes sem os descobrir. A ação do estudante de direito, devia ser arredar-lhe a mão, encará-la de perto, mais perto, totalmente perto, e repetir a pergunta por um modo em que a eloquência do gesto dispensasse a fala. Se tal ideia teve, não saiu cá fora. Nem ela lhe consentiu mais tempo que o da pergunta:

– Que é que tem?

– Nada – respondeu Flora.

– Tem alguma cousa – insistiu ele querendo pegar-lhe na mão.

Não acabou o gesto, não o começou sequer; abriu e fechou os dedos apenas, enquanto ela sorria para sacudir tristezas, e deixou-se estar a matar saudades.

LIX
Noite de 14

TUDO SE EXPLICOU à noite, em casa da família Santos. O ex-presidente de província confessou as esperanças de uma investidura nova; a esposa afirmou a eminência do ato. Daí a publicidade da notícia, que pouco antes dona Cláudia só dizia em segredo. Já não havia segredos que calar.

Paulo soube então tudo, e Pedro, que conhecia alguns preliminares, acabou sabendo o resto. Ambos naturalmente sentiram a separação próxima. A dor os fez amigos por instantes; é uma das vantagens dessa grande e nobre sensação. Já me não lembra quem afirmava, ao contrário, que um ódio comum é o que mais liga duas pessoas. Creio que sim, mas não descreio do meu postulado, por esta razão que uma cousa não tolhe a outra, e ambas podem ser verdadeiras.

Demais, a dor não era ainda o desespero. Havia até uma consolação para os dous gêmeos: é que a moça ficaria longe de ambos. Nenhum deles teria o gozo exclusivo ao pé da porta. Não há mal que não traga um pouco de bem, e por isso é que o mal é útil, muita vez indispensável, alguma vez delicioso. Os dous quiseram falar à amiguinha, em particular, para sondá-la acerca daquela separação, já agora certa, mas nenhum conseguiu este desejo. Vigiavam-se, isso sim. Quando lhe falavam, era sempre juntos, e de cousas familiares e ordinárias. O gesto de Flora não traduzia o estado da alma; este podia ser lépido, melancólico, ou indiferente, não vinha cá fora. Em verdade, ela falava pouco. Os olhos também não diziam muito. Mais de uma vez, Pedro deu com ela fitando Paulo, e gemeu com a preferência, mas também ele era preferido depois, e achava compensação; Paulo então é que rangia os dentes, figuradamente. Natividade, toda entregue à sua recepção, que era a última do ano, não acompanhou de perto as agitações morais daquele trio. Quando deu por elas, chegou a senti-las também.

Pouco a pouco, a gente se foi dispersando. Não era muita, e dominava a nota íntima. Quando a maioria saiu, ficou só a porção mais íntima, três ou quatro homens a um canto da sala, falando e rindo de ditos e anedotas. Não conversavam de política, e aliás não faltaria matéria. As moças, pela segunda ou terceira vez, trocavam as impressões do grande baile recente. Também falavam de músicas e teatros, das festas próximas de Petrópolis, da gente que ia naquele ano, e da que só iria em janeiro. Natividade dividia-se com todos, até que, podendo ficar alguns instantes com Aires, confiara-lhe o seu receio acerca do amor dos filhos, e ao mesmo tempo o prazer que lhe trazia a esperança de uma longa separação de Flora. O conselheiro não desdizia do receio, nem da esperança.

– É uma felicidade que o Batista seja nomeado e leve a filha daqui – disse ela.

– Certamente, mas…

– Mas quê?

– Certamente a levará, mas a senhora pode não conhecer bem aquela menina.

– Penso que é boa.

– Também eu penso assim. A bondade, porém, não tem nada com o resto da pessoa. Flora é, como já lhe disse há tempos, uma inexplicável. Agora é tarde para lhe expor os fundamentos da minha impressão; depois lhe direi. Note que gosto muito dela; acho-lhe um sabor particular naquele contraste de uma pessoa assim, tão humana e tão fora do mundo, tão etérea e tão ambiciosa, ao mesmo tempo, de uma ambição recôndita... Vá perdoando estas palavras mal embrulhadas, e até amanhã – concluiu ele, estendendo-lhe a mão. – Amanhã virei explicá-las.

– Explique-as agora, enquanto os outros parecem rir de algum dito engraçado.

Efetivamente, os homens riam de algum dito ou trocadilho; Aires quis falar, mas reteve a língua, e desculpou-se. A explicação era longa e difícil, e não era urgente, disse ele.

– Eu mesmo não sei se me entendo, baronesa, nem se penso a verdade; pode ser. Em todo caso, minha boa amiga, até amanhã ou até Petrópolis. Quando espera subir?

– Lá para o fim do ano.

– Então ainda nos veremos algumas vezes.

– Sim, e, se me não vir a mim, quero que veja os meus rapazes, que os receba e estime. Eles o têm em grande conta; não lhe fazem senão justiça. Pedro acha que o senhor é o espírito mais fino, e Paulo o mais rijo da nossa terra...

– Veja como a senhora os educa, ensinando-lhes a pensar errado – disse Aires sorrindo e fazendo um gesto de agradecimento. – Eu rijo?

– O mais rijo e o mais fino.

Os últimos habituados da casa vieram dar boa noite à dona. Dez minutos depois, Aires despedia-se do casal Santos.

A noite era clara e tranquila. Aires recompôs uma parte do serão para escrevê-la no *Memorial*. Poucas linhas, mas interessantes, nas quais Flora era a principal figura: "Que o Diabo a entenda, se puder; eu, que sou menos que ele, não acerto de a entender nunca. Ontem parecia querer a um, hoje quis ao outro; pouco antes das despedidas, queria a ambos. Encontrei outrora desses sentimentos alternos e simultâneos; eu mesmo fui uma e outra cousa, e sempre me entendi a mim. Mas aquela menina e moça... A condição dos gêmeos explicará esta inclinação dupla; pode ser também que alguma qualidade falte a um que sobre a outro, e vice-versa, e ela, pelo gosto de ambas, não acaba de escolher de vez. É fantástico, sei; menos fantástico é se eles, destinados à inimizade, acharem nesta mesma criatura um campo estreito de ódio, mas isto os explicaria a eles, não a ela... Seja o que for, a nossa organização política é útil; a presidência de província, arredando Flora daqui, por algum tempo, tira esta moça da situação em que se acha, como a asna de Buridan[1]. Quando voltar, a água estará bebida e a cevada comida. Um decreto ajudará a natureza."

Isto feito, Aires meteu-se na cama, rezou uma ode do seu Horácio[2] e fechou os olhos. Nem por isso dormiu. Tentou então uma página do seu Cervantes[3], outra do seu Erasmo[4], fechou novamente os olhos, até que dormiu. Pouco foi; às cinco horas e quarenta minutos estava de pé. Em novembro, sabes que é dia.

1. *Asna de Buridan*: imagem da indecisão perante duas coisas igualmente desejadas. Referência ao dilema que, segundo a versão tradicional mencionada no texto, é ilustrado pela imagem de um asno (ou asna) que morre de fome e de sede por ser incapaz de decidir se primeiro come a cevada amontoada numa pilha ou bebe a água de um balde.

2. *Quinto Horácio Flaco* (65-8 a.C.): é um dos mais importantes poetas da Antiguidade romana; célebre, sobretudo, por seus poemas líricos e satíricos.

3. *Miguel de Cervantes Saavedra* (1547-1616): prestigiado não só como o mais importante autor da literatura espanhola, mas como um dos maiores escritores da literatura mundial. Além de peças de teatro, de poemas e de contos, é autor de *Dom Quixote*, obra-prima considerada o primeiro romance moderno.

4. *Erasmo de Roterdã* (1466-1536): pensador humanista e escritor nascido na Holanda, reconhecido como um dos mais notáveis intelectuais de seu tempo. Entre outros livros, é autor do clássico *O Elogio da Loucura* (1511).

LX
Manhã de 15

QUANDO LHE ACONTECIA o que ficou contado, era costume de Aires sair cedo, a espairecer. Nem sempre acertava. Desta vez foi ao Passeio Público. Chegou às sete horas e meia, entrou, subiu ao terraço e olhou para o mar. O mar estava crespo. Aires começou a passear ao longo do terraço, ouvindo as ondas, e chegando-se à borda, de quando em quando, para vê-las bater e recuar. Gostava delas assim; achava-lhes uma espécie de alma forte, que as movia para meter medo à terra. A água, enroscando-se em si mesma, dava-lhe uma sensação, mais que de vida, de pessoa também, a que não faltavam nervos nem músculos, nem a voz que bradava as suas cóleras.

Enfim, cansou e desceu, foi-se ao lago, ao arvoredo e passeou à toa, revivendo homens e cousas, até que se sentou em um banco. Notou que a pouca gente que havia ali não estava sentada, como de costume, olhando à toa, lendo gazetas ou cochilando a vigília de uma noite sem cama. Estava de pé, falando entre si, e a outra que entrava ia pegando na conversação sem conhecer os interlocutores; assim lhe pareceu, ao menos. Ouviu umas palavras soltas, *Deodoro*, *batalhões*, *campo*, *ministério*, etc. Algumas, ditas em tom alto, vinham acaso para ele, a ver se lhe espertavam a curiosidade, e se obtinham mais uma orelha às notícias. Não juro que assim fosse, porque o dia vai longe, e as pessoas não eram conhecidas. O próprio Aires, se tal cousa suspeitou, não a disse a ninguém; também não afiou o ouvido para alcançar o resto. Ao contrário, lembrando-lhe algo particular, escreveu a lápis uma nota na carteira. Tanto bastou para que os curiosos se dispersassem, não sem algum epíteto de louvor, uns ao governo, outros ao exército: podia ser amigo de um ou de outro.

Quando Aires saiu do Passeio Público, suspeitava alguma cousa, e seguiu até o Largo da Carioca. Poucas palavras e sumidas, gente parada, caras espantadas, vultos que arrepiavam caminho, mas nenhuma notícia clara nem completa. Na Rua do Ouvidor, soube que os militares tinham feito uma revolução, ouviu descrições da marcha e das pessoas, e notícias desencontradas. Voltou ao largo, onde três tílburis o disputaram; ele entrou no que lhe ficou mais à mão, e mandou tocar para o Catete. Não perguntou nada ao cocheiro; este é que lhe disse tudo e o resto. Falou de uma revolução, de dous ministros mortos, um fugido, os demais presos. O imperador, capturado em Petrópolis, vinha descendo a serra.

Aires olhava para o cocheiro, cuja palavra saía deliciosa de novidade. Não lhe era desconhecida esta criatura. Já a vira, sem o tílburi, na rua ou na sala, à missa ou a bordo, nem sempre homem, alguma vez mulher, vestida de seda ou de chita. Quis saber mais, mostrou-se interessado e curioso, e acabou perguntando se realmente houvera o que dizia. O cocheiro contou que ouvira tudo a um homem que trouxera da Rua dos Inválidos e levara ao Largo da Glória, por sinal que estava assombrado, não podia falar, pedia-lhe que corresse, que lhe pagaria o dobro; e pagou.

– Talvez fosse algum implicado no barulho – sugeriu Aires.

– Também pode ser, porque ele levava o chapéu derrubado, e a princípio pensei que tinha sangue nos dedos, mas re-

parei e vi que era barro; com certeza, vinha de descer algum morro. Mas, pensando bem, creio que era sangue; barro não tem aquela cor. A verdade é que ele pagou o dobro da viagem, e com razão, porque a cidade não está segura, e a gente corre grande risco levando pessoas de um lado para outro...

Chegavam justamente à porta de Aires; este mandou parar o veículo, pagou pela tabela e desceu. Subindo a escada, ia naturalmente pensando nos acontecimentos possíveis. No alto achou o criado que sabia tudo, e lhe perguntou se era certo...

– O que é que não é certo, José? É mais que certo.

– Que mataram três ministros?

– Não; há só um ferido.

– Eu ouvi que mais gente também, falaram em dez mortos...

– A morte é um fenômeno igual à vida; talvez os mortos vivam. Em todo caso, não lhes rezes por almas, porque não és bom católico, José.

LXI
Lendo Xenofonte[1]

Como é que, tendo ouvido falar da morte de dous e três ministros, Aires confirmou apenas o ferimento de um, ao retificar a notícia do criado? Só se pode explicar de dous modos, ou por um nobre sentimento de piedade, ou pela opinião de que toda a notícia pública cresce de dous terços, ao menos. Qualquer que fosse a causa, a versão do ferimento era a única verdadeira. Pouco depois passava pela Rua do Catete a padiola que levava um ministro, ferido. Sabendo que os outros estavam vivos e sãos e o imperador era esperado de Petrópolis, não acreditou na mudança de regime que ouvira ao cocheiro de tílburi e ao criado José. Reduziu tudo a um movimento que ia acabar com a simples mudança de pessoal.

– Temos gabinete novo – disse consigo.

Almoçou tranquilo, lendo Xenofonte: "Considerava eu um dia quantas repúblicas têm sido derribadas por cidadãos que desejam outra espécie de governo, e quantas monarquias e oligarquias são destruídas pela sublevação dos povos; e de quantos sobem ao poder, uns são depressa derribados, outros, se duram, são admirados por hábeis e felizes..." Sabes a conclusão do autor, em prol da tese de que o homem é

1. *Xenofonte* (*c.* 430 a.C.-355 a.C.): escritor e historiador da Antiguidade grega; autor de *Ciropédia*.

difícil de governar; mas logo depois a pessoa de Ciro[2] destrói aquela conclusão, mostrando um só homem que regeu milhões de outros, os quais não só o temiam, mas ainda lutavam por lhe fazer as vontades. Tudo isto em grego, e com tal pausa que ele chegou ao fim do almoço, sem chegar ao fim do primeiro capítulo.

2. *Ciro*: rei da Pérsia entre 559 a.C. e 530 a.C., biografado por Xenofonte na *Ciropédia*.

LXII
"Pare no D."

– MAS SUA EXCELÊNCIA ESTÁ ALMOÇANDO – dizia o criado no patamar da escada a alguém que pedia para falar ao conselheiro.

Era falso, Aires acabava justamente de almoçar; mas o criado sabia que o amo gostava de saborear o charuto depois do almoço, sem interrupção. Agora estava no canapé[1] e ouviu o diálogo do patamar. A pessoa insistia em dizer uma palavrinha.

– Não pode ser.

– Bem, eu espero; logo que Sua Excelência acabe...

– O melhor é voltar depois; não mora ali defronte? Pois volte daqui a uma hora ou duas...

A pessoa era o Custódio e foi para casa, mas o velho diplomata, sabendo quem era, não esperou que acabasse o charuto; mandou-lhe dizer que viesse. Custódio saiu, correu; subiu e entrou assombrado.

– Que é isso, senhor Custódio? – disse-lhe Aires. – O senhor anda a fazer revoluções?

– Eu, senhor? Ah! senhor! Se Vossa Excelência soubesse...

– Se soubesse o quê?

Custódio explicou-se. Vá, resumamos a explicação.

Na véspera, tendo de ir abaixo, Custódio foi à Rua da As-

1. *Canapé*: espécie de sofá.

sembleia, onde se pintava a tabuleta. Era já tarde; o pintor suspendera o trabalho. Só algumas das letras ficaram pintadas, a palavra *Confeitaria* e a letra *d*. A letra *o* e a palavra *Império* estavam só debuxadas a giz. Gostou da tinta e da cor, reconciliou-se com a forma, e apenas perdoou a despesa. Recomendou pressa. Queria inaugurar a tabuleta no domingo.

Ao acordar de manhã não soube logo do que houvera na cidade, mas pouco a pouco vieram vindo as notícias, viu passar um batalhão, e creu que lhe diziam a verdade os que afirmavam a revolução e vagamente a república. A princípio, no meio do espanto, esqueceu-lhe a tabuleta. Quando se lembrou dela, viu que era preciso sustar a pintura. Escreveu às pressas um bilhete e mandou um caixeiro ao pintor. O bilhete dizia só isto: "Pare no D." Com efeito, não era preciso pintar o resto, que seria perdido, nem perder o princípio, que podia valer. Sempre haveria palavra que ocupasse o lugar das letras restantes. "Pare no D."

Quando o portador voltou trouxe a notícia de que a tabuleta estava pronta.

– Você viu-a pronta?

– Vi, patrão.

– Tinha escrito o nome antigo?

– Tinha, sim, senhor: "Confeitaria do Império."

Custódio enfiou um casaco de alpaca e voou à Rua da Assembleia. Lá estava a tabuleta, por sinal que coberta com um pedaço de chita; alguns rapazes que a tinham visto, ao passar na rua, quiseram rasgá-la; o pintor, depois de a defender com boas palavras, achou mais eficaz cobri-la. Levantada a cortina, Custódio leu: "*Confeitaria do Império.*" Era o nome antigo, o próprio, o célebre, mas era a destruição agora; não podia conservar um dia a tabuleta, ainda que fosse em beco escuro, quanto mais na Rua do Catete…

– O senhor vai despintar tudo isto – disse ele.

– Não entendo. Quer dizer que o senhor paga primeiro a despesa. Depois, pinto outra cousa.

– Mas que perde o senhor em substituir a última palavra por outra? A primeira pode ficar, e mesmo o *d*... Não leu o meu bilhete?

– Chegou tarde.

– E por que pintou, depois de tão graves acontecimentos?

– O senhor tinha pressa, e eu acordei às cinco e meia para servi-lo. Quando me deram as notícias, a tabuleta estava pronta. Não me disse que queria pendurá-la domingo? Tive de pôr muito secante na tinta, e, além da tinta, gastei tempo e trabalho.

Custódio quis repudiar a obra, mas o pintor ameaçou de pôr o número da confeitaria e o nome do dono na tabuleta, e expô-la assim, para que os revolucionários lhe fossem quebrar as vidraças do Catete. Não teve remédio senão capitular. Que esperasse; ia pensar na substituição; em todo caso, pedia algum abate no preço. Alcançou a promessa do abate e voltou a casa. Em caminho, pensou no que perdia mudando de título; uma casa tão conhecida, desde anos e anos! Diabos levassem a revolução! Que nome lhe poria agora? Nisso lembrou-lhe o vizinho Aires e correu a ouvi-lo.

LXIII
Tabuleta Nova

Referido o que lá fica atrás, Custódio confessou tudo o que perdia no título e na despesa, o mal que lhe trazia a conservação do nome da casa, a impossibilidade de achar outro, um abismo, em suma. Não sabia que buscasse; faltava-lhe invenção e paz de espírito. Se pudesse, liquidava a confeitaria. E afinal que tinha ele com política? Era um simples fabricante e vendedor de doces, estimado, afreguesado, respeitado, e principalmente respeitador da ordem pública...

– Mas o que é que há? – perguntou Aires.

– A república está proclamada.

– Já há governo?

– Penso que já; mas diga-me, Vossa Excelência ouviu alguém acusar-me jamais de atacar o governo? Ninguém. Entretanto... Uma fatalidade! Venha em meu socorro, Excelentíssimo. Ajude-me a sair deste embaraço. A tabuleta está pronta, o nome todo pintado, "Confeitaria do Império", a tinta é viva e bonita. O pintor teima em que lhe pague o trabalho, para então fazer outro. Eu, se a obra não estivesse acabada, mudava de título, por mais que me custasse, mas hei de perder o dinheiro que gastei? Vossa Excelência crê que, se ficar "Império", venham quebrar-me as vidraças?

– Isso não sei.

– Realmente, não há motivo, é o nome da casa, nome de trinta anos, ninguém a conhece de outro modo.

– Mas pode pôr "Confeitaria da República..."

– Lembrou-me isso, em caminho, mas também me lembrou que, se daqui a um ou dous meses, houver nova reviravolta, fico no ponto em que estou hoje, e perco outra vez o dinheiro.

– Tem razão... Sente-se.

– Estou bem.

– Sente-se e fume um charuto.

Custódio recusou o charuto, não fumava. Aceitou a cadeira. Estava no gabinete de trabalho, em que algumas curiosidades lhe chamariam a atenção, se não fosse o atordoamento do espírito. Continuou a implorar o socorro do vizinho. Sua Excelência, com a grande inteligência que Deus lhe dera, podia salvá-lo. Aires propôs-lhe um meio-termo, um título que iria com ambas as hipóteses: "Confeitaria do Governo".

– Tanto serve para um regime como para outro.

– Não digo que não, e, a não ser a despesa perdida... Há porém, uma razão contra. Vossa Excelência sabe que nenhum governo deixa de ter oposição. As oposições, quando descerem à rua, podem implicar comigo, imaginar que as desafio, e quebrarem-me a tabuleta; entretanto, o que eu procuro é o respeito de todos.

Aires compreendeu bem que o terror ia com a avareza. Certo, o vizinho não queria barulhos à porta, nem malquerenças gratuitas, nem ódios de quem quer que fosse; mas não o afligia menos a despesa que teria de fazer de quando em quando, se não achasse um título definitivo, popular e imparcial. Perdendo o que tinha, já perdia a celebridade, além de perder a pintura e pagar mais dinheiro. Ninguém lhe compraria uma tabuleta condenada. Já era muito ter o nome e o título no *Almanaque* de Laemmert[1], onde podia lê-lo algum abelhudo e ir com outros puni-lo do que estava impresso desde o princípio do ano...

– Isso não – interrompeu Aires –; o senhor não há de recolher a edição de um almanaque.

E depois de alguns instantes:

– Olhe, dou-lhe uma ideia, que pode ser aproveitada, e, se não a achar boa, tenho outra à mão, e será a última. Mas eu creio que qualquer delas serve. Deixe a tabuleta pintada como está, e à direita, na ponta, por baixo do título, mande escrever estas palavras que explicam o título: "Fundada em 1860." Não foi em 1860 que abriu a casa?

– Foi – respondeu Custódio.

– Pois...

Custódio refletia. Não se lhe podia ler *sim* nem *não*; atônito, a boca entreaberta, não olhava para o diplomata, nem para o chão, nem para as paredes ou móveis, mas para o ar. Como Aires insistisse, ele acordou e confessou que a ideia era boa. Realmente, mantinha o título e tirava-lhe o sedicioso, que crescia com o fresco da pintura. Entretanto, a outra ideia podia ser igual ou melhor, e quisera comparar as duas.

– A outra ideia não tem a vantagem de pôr a data à fundação da casa, tem só a de definir o título, que fica sendo o mesmo, de uma maneira alheia ao regime. Deixe-lhe estar a palavra *império* e acrescente-lhe embaixo, ao centro, estas duas, que não precisam ser graúdas: *das leis*. Olhe, assim

1. *Laemmert*: referência aos irmãos Eduardo e Henrique Laemmert, empresários alemães que deram importante contribuição para o desenvolvimento do negócio do livro no Brasil. Fundadores da Livraria e Editora Tipografia Universal, no Rio de Janeiro, em 1838, publicaram o famoso *Almanaque Laemmert*, que circulou entre 1844 e 1889.

– concluiu Aires, sentando-se à secretária, e escrevendo em uma tira de papel o que dizia.

Custódio leu, releu e achou que a ideia era útil; sim, não lhe parecia má. Só lhe viu um defeito; sendo as letras de baixo menores, podiam não ser lidas tão depressa e claramente, como as de cima, e estas é que se meteriam pelos olhos ao que passasse. Daí a que algum político ou sequer inimigo pessoal não entendesse logo, e... A primeira ideia, bem considerada, tinha o mesmo mal, e ainda este outro: pareceria que o confeiteiro, marcando a data da fundação, fazia timbre em ser antigo. Quem sabe se não era pior que nada?

– Tudo é pior que nada.

– Procuremos.

Aires achou outro título, o nome da rua, "Confeitaria do Catete", sem advertir que, havendo outra confeitaria na mesma rua, era atribuir exclusivamente à do Custódio a designação local. Quando o vizinho lhe fez tal ponderação, Aires achou-a justa, e gostou de ver a delicadeza de sentimentos do homem; mas logo depois descobriu que o que fez falar o Custódio foi a ideia de que esse título ficava comum às duas casas. Muita gente não atinaria com o título escrito e compraria na primeira que lhe ficasse à mão, de maneira que só ele faria as despesas da pintura, e ainda por cima perdia a freguesia. Ao perceber isto, Aires não admirou menos a sagacidade de um homem que, em meio de tantas tribulações, contava os maus frutos de um equívoco. Disse-lhe então que o melhor seria pagar a despesa feita e não pôr nada, a não ser que preferisse o seu próprio nome: "Confeitaria do Custódio". Muita gente certamente lhe não conhecia a casa por outra designação. Um nome, o próprio nome do dono, não tinha significação política ou figuração histórica, ódio nem amor, nada que chamasse a atenção dos dous regimens, e conseguintemente que pusesse em perigo os seus pastéis de Santa

Clara, menos ainda a vida do proprietário e dos empregados. Por que é que não adotava esse alvitre? Gastava alguma cousa com a troca de uma palavra por outra, *Custódio* em vez de *Império*, mas as revoluções trazem sempre despesas.

– Sim, vou pensar, Excelentíssimo. Talvez convenha esperar um ou dous dias, a ver em que param as modas – disse Custódio agradecendo.

Curvou-se, recuou e saiu. Aires foi à janela para vê-lo atravessar a rua. Imaginou que ele levaria da casa do ministro aposentado um lustre particular que faria esquecer por instantes a crise da tabuleta. Nem tudo são despesas na vida, e a glória das relações podia amaciar as agruras deste mundo. Não acertou desta vez. Custódio atravessou a rua, sem parar nem olhar para trás, e enfiou pela confeitaria dentro com todo o seu desespero.

LXIV
Paz!

Que, em meio de tão graves sucessos, Aires tivesse bastante pausa e claridade para imaginar tal descoberta no vizinho, só se pode explicar pela incredulidade com que recebera as notícias. A própria aflição de Custódio não lhe dera fé. Vira nascer e morrer muito boato falso. Uma de suas máximas é que o homem vive para espalhar a primeira invenção de rua, e que tudo se fará crer a cem pessoas juntas ou separadas. Só às duas horas da tarde, quando Santos lhe entrou em casa, acreditou na queda do império.

– É verdade, conselheiro, vi descer as tropas pela Rua do Ouvidor, ouvi as aclamações à república. As lojas estão fechadas, os bancos também, e o pior é se se não abrem mais, se vamos cair na desordem pública; é uma calamidade.

Aires quis aquietar-lhe o coração. Nada se mudaria; o regime, sim, era possível, mas também se muda de roupa sem trocar de pele. Comércio é preciso. Os bancos são indispensáveis. No sábado, ou quando muito na segunda-feira, tudo voltaria ao que era na véspera, menos a constituição.

– Não sei, tenho medo, conselheiro.

– Não tenha medo. A baronesa já sabe o que há?

– Quando eu saí de casa, não sabia, mas agora é provável.

– Pois vá tranquilizá-la; naturalmente está aflita.

Santos receava os fuzilamentos; por exemplo, se fuzilassem o imperador, e com ele as pessoas de sociedade? Recordou que o Terror...[1] Aires tirou-lhe o Terror da cabeça. As ocasiões fazem as revoluções, disse ele, sem intenção de rimar, mas gostou que rimasse, para dar forma fixa à ideia. Depois lembrou a índole branda do povo. O povo mudaria de governo, sem tocar nas pessoas. Haveria lances de generosidade. Para provar o que dizia referiu um caso que lhe contara um velho amigo, o marechal Beaurepaire-Rohan[2]. Era no tempo da Regência[3]. O imperador fora ao Teatro de São Pedro de Alcântara. No fim do espetáculo, o amigo, então moço, ouviu grande rumor do lado da igreja de São Francisco, e correu a saber o que era. Falou a um homem, que bradava indignado, e soube dele que o cocheiro do imperador não tirara o chapéu no momento em que este chegara à porta para entrar no coche; o homem acrescentou: "Eu sou *ré*..." Naquele tempo os republicanos por brevidade eram assim chamados. "Eu sou *ré*, mas não consinto que faltem ao respeito a este menino!"

Nenhuma feição de Santos mostrou apreciar ou entender aquele rasgo anônimo. Ao contrário, todo ele parecia en-

1. *Terror*: referência ao período da Revolução Francesa, liderado por Robespierre e compreendido entre 1793 e 1794, em que milhares dos então considerados "inimigos da revolução" foram mortos na guilhotina.

2. *Henrique Pedro Carlos de Beaurepaire-Rohan* (1812-1894): foi militar e político brasileiro atuante quer no Império, quando foi ministro da Guerra, quer na República, quando recebeu a patente de marechal (1890).

3. *Regência*: na história do Brasil, é o período compreendido entre a abdicação de Dom Pedro I (1831) e a ascensão de Dom Pedro II ao trono do Brasil (1840). Até a declaração de maioridade a Dom Pedro II, o país foi governado por quatro regências: Provisória Trina, Permanente Trina, Una do Padre Feijó e Una de Araújo Lima. Foi um período de grandes agitações políticas e revoltas, como, por exemplo, a Guerra dos Farrapos, no Rio Grande do Sul, iniciada em 1835 e debelada só em 1845, já na época do segundo reinado.

tregue ao presente, ao momento, ao comércio fechado, aos bancos sem operações, ao receio de uma suspensão total de negócios, durante prazo indeterminado. Cruzava e descruzava as pernas. Afinal ergueu-se e suspirou.

– Então, parece-lhe?...

– Que descanse.

Santos aceitou o conselho, mas vai muito do aceitar ao cumprir, e a aparência era mui diversa do coração. O coração batia-lhe. A cabeça via esboroar-se tudo. Quis despedir-se, mas fez duas ou três investidas antes de pousar o pé fora do gabinete e caminhar para a escada. Instava pela certeza. Conquanto tivesse visto e ouvido a república, podia ser... Em todo caso, a paz é que era necessária, e haveria paz? Aires inclinava-se a crer que sim, e novamente o convidou a descansar.

– Até logo – concluiu.

– Por que não vai lá jantar conosco?

– Tenho de jantar com um amigo, no Hotel dos Estrangeiros. Depois, talvez, ou amanhã. Vá, vá tranquilizar a baronesa, e os rapazes. Os rapazes estarão em paz? Esses brigam, com certeza; vá pô-los em ordem.

– O senhor podia ajudar-me nisso. Vá lá de noite.

– Pode ser; se puder, vou. Amanhã com certeza.

Santos saiu; tinha o carro à espera, entrou e seguiu para Botafogo. Não levava a paz consigo, não a poderia dar à mulher, nem à cunhada, nem aos filhos. Quisera chegar a casa, por medo da rua, mas quisera também ficar na rua, por não saber que palavras nem que conselhos daria aos seus. O espaço do carro era pequeno e bastante para um homem; mas, enfim, não viveria ali a tarde inteira. Ao demais, a rua estava quieta. Via gente à porta das lojas. No Largo do Machado viu outra que ria, alguma calada, havia espanto, mas não havia propriamente susto.

LXV
Entre os Filhos

QUANDO SANTOS CHEGOU A CASA, Natividade estava inquieta, sem notícia exata e definitiva dos acontecimentos. Não sabia da república. Não sabia do marido nem dos filhos. Aquele saíra antes dos primeiros rumores, estes iam fazer a mesma cousa, logo que os boatos chegaram. O primeiro gesto da mãe foi para impedir que os filhos saíssem, mas não pôde, era tarde. Não os podendo reter, pegou-se com a Virgem Maria, a fim de que os poupasse, e esperou. A irmã fez o mesmo. Era perto de meio-dia; foi então que os minutos entraram a parecer séculos.

A ânsia da mãe era naturalmente maior que a da tia. Natividade via andar o tempo com ferros aos pés. Não havia alvoroço que atasse um par de asas àquelas horas longas do relógio da casa, nem aos do cinto, o dela e o da irmã; todos eles coxeavam de ambos os ponteiros. Enfim, ouviu na areia do jardim as rodas de um carro; era Santos.

Natividade acudiu ao patamar da escada. Santos subiu, e as mãos de ambos estenderam-se e agarraram-se. Longa vida conjunta acaba por fazer da ternura uma cousa grave e espiritual. Entretanto, parece que o gesto do marido não foi original, mas secundário, filho ou imitativo do da mulher. Pode ser que a corda da sensibilidade fosse menos vibrante na lira dele que na dela, posto que muitos anos atrás, aquele outro gesto no cupê, quando voltavam da missa de São

Domingos, lembras-te... Sobre isto escrevi agora algumas linhas, que não ficariam mal, se as acabasse, mas recuo a tempo, e risco-as. Não vale a pena ir à cata das palavras riscadas. Menos vale supri-las.

Que nos bastem as quatro mãos apertadas. Natividade perguntou pelos filhos. Santos opinou que não tivesse medo. Não havia nada; tudo parecia estar como no dia anterior, as ruas sossegadas, as caras mudas. Não correria sangue, o comércio ia continuar. Toda a animação de Aires tinha agora brotado nele, com a mesma verdura e o mesmo estilo.

Os filhos chegaram tarde, cada um por sua vez, e Pedro mais cedo que Paulo. A melancolia de um ia com a alma da casa, a alegria de outro destoava desta, mas tais eram uma e outra que, apesar da expansão da segunda, não houve repressão nem briga. Ao jantar, falaram pouco. Paulo referia os sucessos amorosamente. Conversara com alguns correligionários e soube do que se passara à noite e de manhã, a marcha e a reunião dos batalhões no campo, as palavras de Ouro Preto[1] ao marechal Floriano[2], a resposta deste, a aclamação da República. A família ouvia e perguntava, não discutia, e esta moderação contrastava com a glória de Paulo. O silêncio de Pedro principalmente era como um desafio. Não sabia Paulo que a própria mãe é que o pedira ao irmão com muitos beijos, motivo que, em tal momento, ia com o aperto do coração do rapaz.

O coração de Paulo, ao contrário, era livre, deixava circular o sangue, como a felicidade. Os sentimentos republi-

1. *Ouro Preto (Visconde de)*: Afonso Celso de Assis Figueiredo (1836-1912), jurista e político, foi o último primeiro-ministro da monarquia no Brasil (veja nota 3 do cap XLVII).

2. *Floriano Vieira Peixoto (1839-1895), Marechal*: foi militar e político; primeiro vice-presidente e segundo presidente do Brasil republicano.

canos, em que os princípios se incrustavam, viviam ali tão fortes e quentes, que mal deixavam ver o abatimento de Pedro e o acanhamento da outra gente sua. Ao fim do jantar, bebeu à República, mas calado, sem ostentação, apenas olhando para o teto, e levantando o copo um tantinho mais que de costume. Ninguém replicou por outro gesto ou palavra.

Certamente, o moço Pedro quis dizer alguma frase de piedade relativamente ao regime imperial e às pessoas de Bragança, mas a mãe quase que não tirava os olhos dele, como impondo ou pedindo silêncio. Demais, ele não cria nada mudado; a despeito de decretos e proclamações, Pedro imaginava que tudo podia ficar como dantes, alterado apenas o pessoal do governo. Custa pouco, dizia ele baixinho à mãe, ao deixarem a mesa; é só o imperador falar ao Deodoro[3].

Paulo saiu, logo depois do jantar, prometendo vir cedo. A mãe, receosa de o ver metido em barulhos, não queria que ele saísse; mas outro receio fê-la consentir, e este era que os dous irmãos brigassem finalmente. Assim um medo vence a outro, e a gente acaba por dar o que negou. Não é menos certo que ela raciocinou alguns minutos antes de resolver, do mesmo modo que eu escrevi uma página antes da que vou escrever agora; mas ambos nós, Natividade e eu, acabamos por deixar que os atos se praticassem, sem oposição dela, nem comentário meu.

3. *Manuel Deodoro da Fonseca (1827-1892), Marechal*: foi militar e político; primeiro presidente da República no Brasil.

LXVI

O Basto[1] e a Espadilha[2]

Vieram amigos da casa, trazendo notícias e boatos. Variavam pouco e geralmente não havia opinião segura acerca do resultado. Ninguém sabia se a vitória do movimento era um bem, se um mal, apenas sabiam que era um fato. Daí a ingenuidade com que alguém propôs o voltarete do costume, e a boa vontade de outros em aceitá-lo. Santos, embora declarasse que não jogava, mandou pôr as cartas e os tentos, mas os outros opinaram que sempre faltava um parceiro, e sem ele, não havia graça. Quis resistir; não era bonito que, no próprio dia em que o regime caíra ou ia cair, entregasse o espírito a recreações de sociedade... Não pensou isto em voz alta nem baixa, mas consigo, e talvez o leu no rosto da mulher. Acharia um pretexto para resistir, se buscasse algum, mas amigos e cartas não deixavam buscar nada. Santos acabou aceitando. Provavelmente era essa mesma a inclinação íntima. Muitas há que precisam ser atraídas cá fora, como um favor ou concessão da pessoa. Enfim, o basto e a espadilha fizeram naquela noite o seu ofício, como as mariposas e os ratos, os ventos e as ondas, o lume das estrelas e o sono dos cidadãos.

1. *Basto*: ás de paus no jogo de voltarete.
2. *Espadilha*: ás de espadas em jogos de baralho.

LXVII
A Noite Inteira

SAINDO DE CASA, Paulo foi à de um amigo, e os dous entraram a buscar outros da mesma idade e igual intimidade. Foram aos jornais, ao quartel do Campo[1], e passaram algum tempo diante da casa de Deodoro. Gostavam de ver os soldados, a pé ou a cavalo, pediam licença, falavam-lhes, ofereciam cigarros. Era a única concessão destes; nenhum lhes contou o que se passara, nem todos saberiam nada.

Não importa, iam cheios de si. Paulo era o mais entusiasta e convicto. Aos outros valia só a mocidade, que é um programa, mas o filho de Santos tinha frescas todas as ideias do novo regime, e possuía ainda outras que não via aceitar; bater-se-ia por elas. Trazia até o desejo de achar alguém na rua, que soltasse um grito, já agora sedicioso, para lhe quebrar a cabeça com a bengala. Note-se que esquecera ou perdera a bengala. Não deu por falta dela; se desse, bastavam-lhe os braços e as mãos.

Propôs cantarem a *Marselhesa*[2]; os outros não quiseram ir tão longe, não por medo, senão de cansados. Paulo, que resistia mais que eles à fadiga, lembrou-lhes esperar a aurora.

1. *Campo de Santana*: parque localizado na Praça da República, no Rio de Janeiro, onde ocorreu a Proclamação da República, em 15 de novembro de 1889.

2. *Marselhesa*: hino nacional da França republicana.

– Vamos esperá-la do alto de um morro, ou da praia do Flamengo; teremos tempo de dormir amanhã.

– Eu não posso – disse um.

Os outros repetiram a recusa, e assentaram de ir para suas casas. Era perto de duas horas. Paulo acompanhou-os a todos, e só depois de ver o último recolhido foi sozinho para Botafogo.

Quando entrou, deu com a mãe que esperava por ele, inquieta e arrependida de o haver deixado sair. Paulo não achou desculpa e censurou a mãe por não dormir, à espera dele. Natividade confessou que não teria sono, antes de o saber em casa são e salvo. Falavam baixo e pouco; tendo-se beijado antes, beijaram-se depois e despediram-se.

– Olha – disse Natividade –, se achares Pedro acordado não lhe contes nem lhe perguntes nada; dorme, e amanhã saberemos tudo e o mais que se passar esta noite.

Paulo entrou no quarto pé ante pé. Era ainda aquele vasto quarto em que os dous gêmeos brigaram por causa de duas velhas gravuras, Robespierre e Luís XVI. Agora, havia mais que os retratos, uma revolução de poucas horas e um governo fresco. Obedecendo ao conselho da mãe, Paulo não quis saber se Pedro dormia, posto desconfiasse que não. Efetivamente, não. Pedro viu as cautelas de Paulo, e cumpriu também os conselhos da mãe; fingiu que não via nada. Até aí os conselhos; mas um pouco de glória fez com que Paulo cantarolasse entre os dentes, baixinho, para si, a primeira estrofe da *Marselhesa* que os amigos tinham recusado fora:

Allons, enfants de la patrie,
Le jour de gloire est arrivé![3]

3. *Allons, enfants de la patrie / Le jour de gloire est arrivé* (francês): os dois primeiros versos de *A Marselhesa* ("Vamos, filhos da pátria / O dia de glória chegou").

Pedro percebeu antes pela toada que pela letra, e concluiu que a intenção do outro era afligi-lo. Não era, mas podia ser. Vacilou entre a réplica e o silêncio, até que uma ideia fantástica lhe atravessou o cérebro, cantarolar, também baixinho, a segunda parte da estrofe: "*Entendez-vous dans vos campagnes...*"[4], que alude às tropas estrangeiras, mas desviada do natural sentido histórico, para restringi-la às tropas nacionais. Era um desforço vago, a ideia passou depressa. Pedro contentou-se de simular a indiferença suprema do sono. Paulo não acabou a estrofe; despiu-se agitado, sem tirar o pensamento da vitória dos seus sonhos políticos. Não se meteu logo na cama; foi primeiro à do irmão, a ver se dormia. Pedro respirava tão naturalmente, como se não perdera nada. Teve ímpeto de acordá-lo, bradar-lhe que perdera tudo, se alguma cousa era a instituição derribada. Recuou a tempo e foi meter-se entre os lençóis.

Nenhum dormia. Enquanto o sono não chegava, iam pensando nos acontecimentos do dia, ambos espantados de como foram fáceis e rápidos. Depois cogitavam no dia seguinte e nos efeitos ulteriores. Não admira que não chegassem à mesma conclusão.

– Como diabo é que eles fizeram isto, sem que ninguém desse pela cousa? – refletia Paulo. – Podia ter sido mais turbulento. Conspiração houve, decerto, mas uma barricada não faria mal. Seja como for, venceu-se a campanha. O que é preciso é não deixar esfriar o ferro, batê-lo sempre, e renová-lo. Deodoro é uma bela figura. Dizem que a entrada do marechal no quartel, e a saída, puxando os batalhões, foram

4. *Entendez-vous dans vos campagnes* (francês): verso do hino francês; em tradução livre: "Vós ouvis em suas campanhas".

esplêndidas. Talvez fáceis demais; é que o regime estava podre e caiu por si...

Enquanto a cabeça de Paulo ia formulando essas ideias, a de Pedro ia pensando o contrário; chamava o movimento um crime.

– Um crime e um disparate, além de ingratidão; o imperador devia ter pegado os principais cabeças e mandá-los executar. Infelizmente, as tropas iam com eles. Mas nem tudo acabou. Isto é fogo de palha; daqui a pouco está apagado, e o que antes era torna a ser. Eu acharei duzentos rapazes bons e prontos, e desfaremos esta caranguejola[5]. A aparência é que dá um ar de solidez, mas isto é nada. Hão de ver que o imperador não sai daqui, e, ainda que não queira, há de governar; ou governará a filha, e, na falta dela, o neto. Também ele ficou menino e governou. Amanhã é tempo; por ora tudo são flores. Há ainda um punhado de homens...

A reticência final dos discursos de ambos quer dizer que as ideias se iam tornando esgarçadas, nevoentas e repetidas, até que se perderam e eles dormiram. Durante o sono cessou a revolução e a contrarrevolução, não houve monarquia nem república, Dom Pedro II nem marechal Deodoro, nada que cheirasse a política. Um e outro sonharam com a bela enseada de Botafogo, um céu claro, uma tarde clara e uma só pessoa: Flora.

5. *Caranguejola*: coisa desequilibrada.

LXVIII
De Manhã!

Flora abriu os olhos de ambos, e esvaiu-se tão depressa que eles mal puderam ver a barra do vestido e ouvir uma palavrinha meiga e remota. Olharam um para o outro, sem rancor aparente. O receio de um e a esperança de outro deram tréguas. Correram aos jornais. Paulo, meio tonto, temia alguma traição sobre a madrugada. Pedro tinha uma ideia vaga de restauração, e contava ler nas folhas um decreto imperial de anistia. Nem traição nem decreto. A esperança e o receio fugiram deste mundo.

LXIX
Ao Piano

ENQUANTO ELES SONHAVAM com Flora, esta não sonhou com a república. Teve uma daquelas noites em que a imaginação dorme também, sem olhos nem ouvidos, ou, quando muito, a retina não deixa ver claro, e as orelhas confundem o som de um rio com o latir de um cão remoto. Não posso dar melhor definição, nem ela é precisa; cada um de nós terá tido dessas noites mudas e apagadas.

Não sonhou sequer com música; e, aliás, tocara antes algumas das suas páginas queridas. Não as tocou somente por gostar delas, senão por fugir à consternação dos pais, que era grande. Nenhum destes podia crer que as instituições tivessem caído, outras nascido, tudo mudado. Dona Cláudia ainda apelava para o dia seguinte e perguntava ao marido se vira bem, e o que é que vira; ele mordia os beiços, batia na perna, erguia-se, dava alguns passos, e tornava a narrar os acontecimentos, as notícias coladas às portas dos jornais, a prisão dos ministros, a situação, tudo extinto, extinto, extinto...

Flora não era avessa à piedade, nem à esperança, como sabeis; mas não ia com a agitação dos pais, e meteu-se com o seu piano e as suas músicas. Escolheu não sei que sonata. Tanto bastou para lhe tirar o presente. A música tinha para ela a vantagem de não ser presente, passado ou futuro; era uma cousa fora do tempo e do espaço, uma idealidade

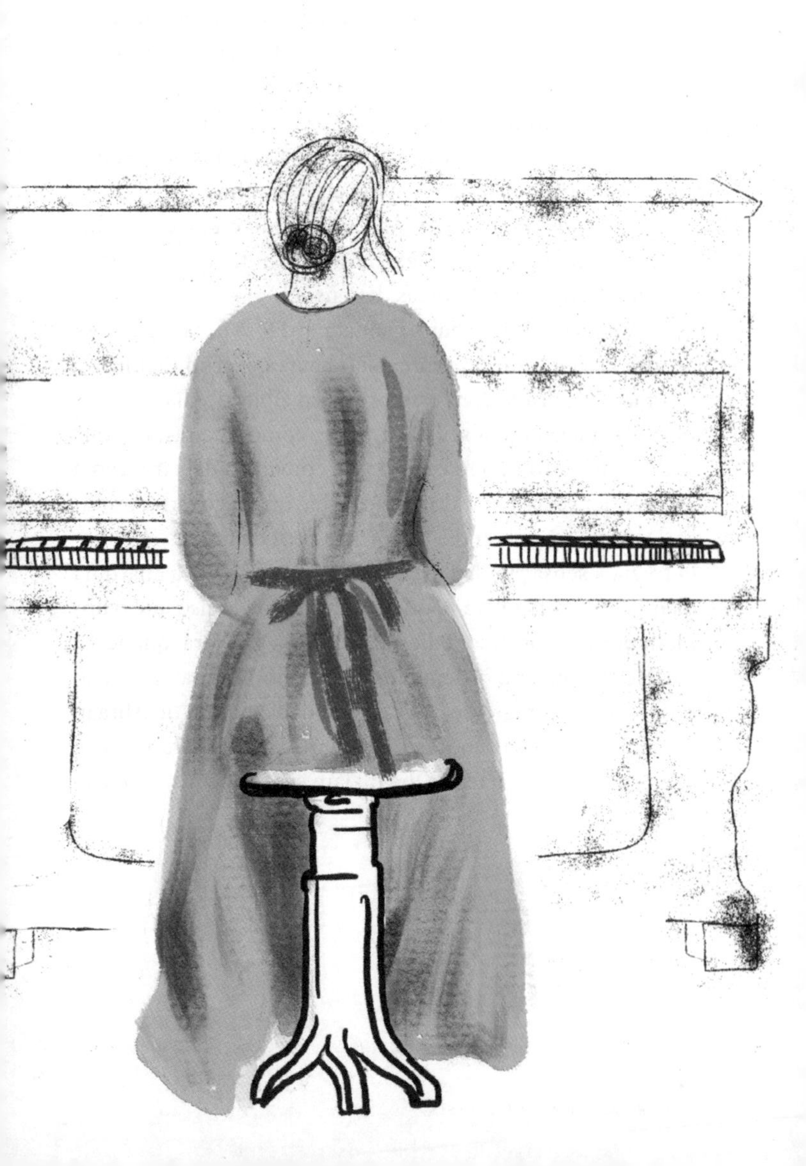

pura. Quando parava, sucedia-lhe ouvir alguma frase solta do pai ou da mãe: "...Mas como foi que...?"; "Tudo às escondidas..."; "Há sangue?" Às vezes um deles fazia algum gesto, e ela não via o gesto. O pai, com a alma trôpega, falava muito e incoerente. A mãe trazia outro vigor. Já lhe sucedia calar por instantes, como se pensasse, ao contrário do marido que, em se calando, coçava a cabeça, apertava as mãos ou suspirava, quando não ameaçava o teto com o punho.

– *Lá, lá, dó, ré, sol, ré, ré, lá* – ia dizendo o piano da filha, por essas ou por outras notas, mas eram notas que vibravam para fugir aos homens e suas dissensões.

Também se pode achar na sonata de Flora uma espécie de acordo com a hora presente. Não havia governo definitivo. A alma da moça ia com esse primeiro albor do dia, ou com esse derradeiro crepúsculo da tarde, como queiras, em que nada é tão claro ou tão escuro que convide a deixar a cama ou acender velas. Quando muito, ia haver um governo provisório. Flora não entendia de formas nem de nomes. A sonata trazia a sensação da falta absoluta de governo, a anarquia da inocência primitiva naquele recanto do Paraíso que o homem perdeu por desobediente, e um dia ganhará, quando a perfeição trouxer a ordem eterna e única. Não haverá então progresso nem regresso, mas estabilidade. O seio de Abraão agasalhará todas as cousas e pessoas, e a vida será um céu aberto. Era o que as teclas lhe diziam sem palavras, *ré, ré, lá, sol, lá, lá, dó...*

LXX
De uma Conclusão Errada

Os SUCESSOS VIERAM VINDO, à medida que as flores iam nascendo. Destas houve que serviram ao último baile do ano. Outras morreram na véspera. Poetas de um e outro regime tiraram imagem do fato para cantarem a alegria e a melancolia do mundo. A diferença é que a segunda abafava os seus suspiros, enquanto a primeira levava longe os seus tripúdios[1]. O metal das trompas dava outro som que o das harpas. As flores é que continuavam a nascer e morrer, igual e regularmente.

Dona Cláudia colheu as rosas do último baile do ano, primeiro da República, e adornou a filha com elas. Flora obedeceu e aceitou-as. Pai de família antes de tudo, Batista acompanhou a esposa e a filha ao baile. Também lá foi Paulo, pela moça e pelo regime. Se, em conversa com o ex-presidente de província, disse todo o bem que pensava do Governo Provisório, não lhe ouviu palavras de acordo nem de contestação. Não entrou mais fundo na confissão do homem, porque a moça o atraía, e ele gostava mais dela que do pai.

Flora viu uma semelhança entre o baile da Ilha Fiscal e este, apesar de particular e modesto. Este era dado por pes-

1. *Tripúdios*: manifestações de alegria por uma vitória e desprezo pelo adversário.

soa que vinha dos tempos da propaganda e um dos ministros lá esteve, ainda que só meia hora. Daí a ausência de Pedro, apesar de convidado. Flora sentiu a falta de Pedro, como sentira a de Paulo na ilha; tal era a semelhança das duas festas. Ambas traziam a ausência de um gêmeo.

– Por que é que seu irmão não veio? – perguntou ela.

Paulo enfiou; depois de alguns instantes:

– Pedro é teimoso – disse. – Teimou em recusar o convite. Crê naturalmente que a monarquia levou a arte de dançar. Não faça caso; é um lunático.

– Não diga isso.

– Acha também que a dança se foi com o império?

– Não, a prova é que estamos dançando. Não; digo que lhe não chame nomes feios.

– Parece-lhe então que Pedro é um rapaz de juízo?

– Certamente, como o senhor.

– Mas...

Paulo ia a perguntar-lhe qual deles, tendo ela de jurar por um ou por outro, lhe mereceria o juramento; mas recuou a tempo. Então ela falou do calor, e ele achou que sim, que estava quente. Acharia que estava frio, se ela se queixasse de frio. Flora, se só cedesse à vista, era também capaz de aceitar todas as opiniões de Paulo, para ir com ele. Em verdade, Paulo tinha agora um ar brilhante e petulante, olhava por cima, firme em que os seus escritos de um ano é que haviam feito a República, posto que incompleta, sem certas ideias que expusera e defendera, e teriam de vir um dia, breve. Tal ia dizendo à moça, e ela escutava com prazer, sem opinião; era só o gosto de o escutar. Quando a lembrança de Pedro surgia na cabeça da moça, a tristeza empanava a alegria, mas a alegria vencia depressa a outra, e assim acabou o baile. Então as duas, tristeza e alegria, agasalharam-se no coração de Flora, como as suas gêmeas que eram.

O baile acabou. O capítulo é que não acaba sem que deixe um pouco de espaço a quem quiser pensar naquela criatura. Pai nem mãe podiam entendê-la, os rapazes também não, e provavelmente Santos e Natividade menos que ninguém. Tu, mestra de amores ou aluna deles, tu que escutas a diversos, concluis que ela era... Custa pôr o nome do ofício. Se não fosse a obrigação de contar a história com as próprias palavras, preferia calá-lo, mas tu sabes qual é ele, e aqui fica. Concluis que Flora era namoradeira, e concluis mal.

Leitora, é melhor negar já isto que esperar pelo tempo. Flora não conhecia as doçuras do namoro, e menos ainda se podia dizer namoradeira de ofício. A namoradeira de ofício é a planta das esperanças, e alguma vez das realidades, se a vocação o impõe e a ocasião o permite. Também é preciso ter em lembrança aquilo de um publicista, filho de Minas e do outro século, que acabou senador, e escrevia contra os ministros adversários: "Pitangueira não dá manga". Não, Flora não dava para namorados.

A prova disto é que no Estado em que viveu alguns meses de 1891, com o pai e a mãe, para o fim que direi adiante, ninguém alcançou o menor dos seus olhares amigos ou sequer complacentes. Mais de um rapaz consumiu o tempo em se fazer visto e atraído dela. Mais de uma gravata, mais de uma bengala, mais de uma luneta levaram-lhe as cores, os gestos e os vidros, sem obter outra cousa que a atenção cortês e acaso uma palavra sem valor.

Flora só se lembrava dos gêmeos. Se nenhum deles a esqueceu, ela não os perdeu de memória. Ao contrário, escrevia por todos os correios a Natividade para se fazer lembrada de ambos. As cartas falavam pouco da terra ou da gente, e não diziam mal nem bem. Usavam muito a palavra *saudades*, que cada um dos dous gêmeos lia para si. Também eles a escreviam nas cartas que mandavam a dona Cláudia e a Batista, com a mesma intenção duplicada e misteriosa, que ela entendia muito bem.

Tais eram de longe, ela e eles. A rixa velha, que os desunia na vida, continuava a desuni-los no amor. Podiam amar cada um a sua moça, casar com ela e ter os seus filhos, mas preferiam amar a mesma, e não ver o mundo por outros olhos, nem ouvir melhor verbo, nem diversa música, antes, durante e depois da comissão do Batista.

ꟹ LXXI ꟹ
A Comissão

Lá me escapou a palavra. Sim, foi uma comissão dada ao pai, e da qual não sei nada, nem ela. Negócio reservado. Flora chamava-lhe comissão do inferno. O pai, sem ir tão fundo, concordava mentalmente com ela; verbalmente, desmentia a definição.

– Não digas isso, Flora; é comissão de confiança para fins nobremente políticos.

Creio que sim, mas daí a saber o objeto especial e real, ia largo espaço. Também não se sabe como foi parar às mãos de Batista aquele recado do governo. Sabe-se que ele não desprezou a escolha, quando um amigo íntimo correu a chamá-lo ao palácio do generalíssimo. Viu que era reconhecer nele muita finura e capacidade de trabalho. Não é menos certo, porém, que a comissão entrava a aborrecê-lo, posto que na correspondência oficial dissesse exatamente o contrário. Se tais papéis mostrassem sempre o coração da gente, Batista, cujas instruções eram, aliás, de concórdia, parecia querer levar a concórdia a ferro e fogo; mas o estilo não é o homem. O coração de Batista fechava-se, quando ele escrevia, e deixava ir a mão adiante, com a chave do coração apertada... "Já é tempo – suspirava o músculo –, já é tempo de um lugar de governador."

Quanto a dona Cláudia, não queria ver acabada a comissão, que restituía ao esposo a ação política; faltava-lhe somente uma cousa, oposição. Nenhum jornal dizia mal dele. Aquele prazer de ler todas as manhãs as descomposturas dos adversários, lê-las e relê-las com os seus nomes feios, como látegos[1] de muitas pontas, que lhe rasgavam as carnes e a excitavam ao mesmo tempo, esse prazer não lhe dava a comissão reservada. Ao contrário, havia uma espécie de aposta em achar o comissário justo, equitativo e conciliador, digno de admiração, tipo cívico, caráter sem mácula. Tudo isto ela conheceu outrora, mas para lhe achar sabor foi sempre preciso que viesse entremeado de ralhos e calúnias. Sem eles, era água insossa. Também não tinha aquela parte de cerimônias a que obrigava o sumo cargo, mas não lhe faltavam atenções, e era alguma cousa.

1. *Látegos*: chicotes.

LXXII
O Regresso

QUANDO O MARECHAL Deodoro dissolveu o congresso nacional, em 3 de novembro, Batista recordou o tempo dos manifestos liberais, e quis fazer um. Chegou a principiá-lo, em segredo, empregando as belas frases que trazia de cor, citações latinas, duas ou três apóstrofes[1]. Dona Cláudia reteve-o à beira do abismo, com razões claras e robustas. Antes de tudo, o golpe de Estado podia ser um benefício. Serve-se muita vez a liberdade parecendo sufocá-la. Depois, era o mesmo homem que a havia proclamado que convidava agora a nação a dizer o que queria, e a emendar a constituição, salvo nas partes essenciais. A palavra do generalíssimo, como a sua espada, bastava a defender e consumar a obra principiada. Dona Cláudia não tinha estilo próprio, mas sabia comunicar o calor do discurso ao coração de um homem de boa vontade. Batista, depois de a escutar e pensar, bateu-lhe no ombro imperativamente:

– Tens razão, filha.

Não rasgou o papel escrito; queria guardá-lo como simples lembrança, e a prova é que ia escrever uma carta ao presidente. Dona Cláudia também lhe tirou esta ideia da cabeça. Não havia necessidade de lhe mandar o seu sufrágio; bastava conservar-se na comissão.

1. *Apóstrofe*: figura de linguagem que consiste numa forte interpelação dirigida a um interlocutor.

– O governo não está satisfeito com você?

– Está.

– Vendo que você se conserva, conclui que aprova tudo, e basta.

– Sim, Cláudia – concordou ele após alguns instantes. – Ao contrário, qualquer cousa que escrevesse contra a assembleia sediciosa que o presidente acaba de dissolver, pareceria falta de piedade. Paz aos mortos! Tens razão, filha.

Conservou-se calado, operando, fiel às instruções recebidas. Vinte dias depois, o marechal Deodoro passava o governo às mãos do marechal Floriano, o congresso era restabelecido e todos os decretos do dia 3 anulados.

Ao saber de tais fatos, Batista pensou morrer. Ficou sem fala por alguns instantes, e dona Cláudia não achou a menor parcela de ânimo que lhe desse. Nenhum contara com a marcha rápida dos acontecimentos, uns sobre outros, com tal atropelo que parecia um bando de gente que fugia. Vinte dias apenas; vinte dias de força e sossego, esperanças e grande futuro. Um dia mais e tudo ruiu como casa velha.

Agora é que Batista compreendeu o erro de haver dado ouvidos à esposa. Se tem acabado e publicado o manifesto no dia 4 ou 5, estaria com um documento de resistência na mão para reivindicar um posto de honra qualquer, ou só estima que fosse. Releu o manifesto; chegou a pensar em imprimi-lo, embora incompleto. Tinha conceitos bons, como este: "O dia da opressão é a véspera da liberdade". Citava a bela Roland[2] caminhando para a guilhotina: "Ó liberdade,

2. *Madame Manon Roland* (1754-1793): foi figura de destaque na Revolução Francesa; associada aos girondinos, foi presa e, a caminho da execução na guilhotina, teria proferido a frase citada no texto.

quantos crimes em teu nome!" Dona Cláudia fez-lhe ver que era tarde, e ele concordou.

– Sim, é tarde. Naquele dia é que não era tarde, vinha à hora própria, para o efeito certo.

Batista amarrotou o papel distraidamente; depois alisou-o e guardou-o. Em seguida, fez um exame de consciência, profundo e sincero. Não devia ter cedido; resistência era o melhor; se tem resistido às palavras da mulher, a situação seria outra. Apalpou-se, achou que sim, que podia muito bem haver-lhe trancado os ouvidos e passado adiante. Insistiu muito neste ponto. Se pudesse, faria voltar atrás o tempo, e mostraria como é que a alma escolhe de si mesma o melhor dos partidos. Não era preciso saber nada do que anteriormente sucedeu; a consciência dizia-lhe que, em situação idêntica à do dia 3, faria outra cousa... Oh! com certeza! faria cousa muito diversa, e mudaria o seu destino.

Um ofício ou telegrama veio arrancar Batista à comissão política e reservada. A volta para o Rio de Janeiro foi breve e triste, sem os epítetos que o haviam regalado por alguns meses, nem acompanhamento de amigos. Só uma pessoa vinha alegre, a filha, que rezara todas as noites pela terminação daquele exílio.

– Parece que estás contente com o desastre de teu pai – disse-lhe a mãe já a bordo.

– Não, mamãe; alegro-me de ver que acabou esta canseira. Papai pode muito bem fazer política no Rio de Janeiro, onde é muito apreciado. A senhora verá. Eu, se fosse papai, apenas desembarcasse, ia logo ao marechal explicar tudo, mostrar as instruções e dizer o que tinha feito; dizia mais que a dispensa veio muito a propósito, a fim de não parecer que ficara amofinado. Depois pedia-lhe para trabalhar lá mesmo...

Dona Cláudia, a despeito do amargor dos tempos, gostou de ver que a filha pensava e dava conselhos em política. Não advertiu, como fez o leitor, que a alma do discurso da moça era não sair da capital, fazer aqui mesmo o seu congresso, que em breve seria uma só assembleia legislativa, como no Rio Grande do Sul; mas a qual das câmaras, Pedro ou Paulo, caberia esse único poder político? Eis o que ela mesma não sabia.

Ambos se lhe apresentaram a bordo, logo que o paquete entrou no porto do Rio de Janeiro. Não foram em duas lanchas, foram na mesma, e saltaram com tal presteza para a escada, que escaparam de cair ao mar. Talvez fosse o melhor desfecho do livro. Ainda assim não acaba mal o capítulo, porque a razão da presteza com que eles saltaram para a escada foi a ambição de ser o primeiro que cumprimentasse a moça; aposta de amor, que ainda uma vez os igualou na alma dela. Enfim chegaram, e não consta qual efetivamente a cumprimentou primeiro; pode ser que ambos.

LXXIII
Um Eldorado

No cais Pharoux esperavam por eles três carruagens, dous cupês e um landau[1], com três belas parelhas de cavalos. A gente Batista ficou lisonjeada com a fineza da gente Santos, e entrou no landau. Os gêmeos foram cada um no seu cupê. A primeira carruagem tinha o seu cocheiro e o seu lacaio, fardados de castanho, botões de metal branco, em que se podiam ver as armas da casa. Cada uma das outras tinha apenas o cocheiro, com igual libré. E todas três se puseram a andar, estas atrás daquela, os animais batendo rijo e compassado, a golpes certos, como se houvessem ensaiado, por longos dias, aquela recepção. De quando em quando, encontravam outros trens, outras librés, outras parelhas, a mesma beleza e o mesmo luxo.

A capital oferecia ainda aos recém-chegados um espetáculo magnífico. Vivia-se dos restos daquele deslumbramento e agitação, epopeia de ouro da cidade e do mundo, porque a impressão total é que o mundo inteiro era assim mesmo. Certo, não lhe esqueceste o nome, encilhamento[2], a gran-

1. *Landau*: carruagem de quatro rodas, coberta, com dois bancos para passageiros.

2. *Encilhamento*: política econômica implementada por Rui Barbosa, então ministro da Fazenda, que consistia na emissão de papel moeda sem lastro, decorrendo disso uma especulação financeira e inflação sem precedentes.

de quadra das empresas e companhias de toda espécie. Quem não viu aquilo não viu nada. Cascatas de ideias, de invenções, de concessões rolavam todos os dias, sonoras e vistosas para se fazerem contos de réis, centenas de contos, milhares, milhares de milhares, milhares de milhares de milhares de contos de réis. Todos os papéis, aliás ações, saíam frescos e eternos do prelo. Eram estradas de ferro, bancos, fábricas, minas, estaleiros, navegação, edificação, exportação, importação, ensaques, empréstimos, todas as uniões, todas as regiões, tudo o que esses nomes comportam e mais o que esqueceram. Tudo andava nas ruas e praças, com estatutos, organizadores e listas. Letras grandes enchiam as folhas públicas, os títulos sucediam-se, sem que se repetissem, raro morria, e só morria o que era frouxo, mas a princípio nada era frouxo. Cada ação trazia a vida intensa e liberal, alguma vez imortal, que se multiplicava daquela outra vida com que a alma acolhe as religiões novas. Nasciam as ações a preço alto, mais numerosas que as antigas crias da escravidão, e com dividendos infinitos.

Pessoas do tempo, querendo exagerar a riqueza, dizem que o dinheiro brotava do chão, mas não é verdade. Quando muito, caía do céu. Cândido[3] e Cacambo...[4] Ai, pobre Cacambo nosso! Sabes que é o nome daquele índio que Basílio da Gama[5] cantou no *Uraguai*[6]. Voltaire pegou dele para o meter no seu livro, e a

3. *Cândido*: protagonista da sátira *Cândido ou o Otimismo* (1759), do pensador e escritor francês Voltaire (1694-1778).

4. *Cacambo*: criado de Cândido na sátira de Voltaire. Cacambo é personagem, também, de *O Uraguai*, de José Basílio da Gama, onde figura não como criado, mas como chefe e herói indígena, irmão da heroína Lindoia.

5. *Basílio da Gama* (1741-1795): poeta brasileiro, autor da epopeia *O Uraguai* (1769).

6. *O Uraguai*: epopeia de Basílio da Gama, publicada em 1769, cujo tema vem a ser a Guerra Guaranítica de Sete Povos das Missões, conflito decorrente do Tratado de Madrid (1750), que demarcava os territórios coloniais

ironia do filósofo venceu a doçura do poeta. Pobre José Basílio! tinhas contra ti o assunto estreito e a língua escusa. O grande homem não te arrebatou Lindoia[7], felizmente, mas Cacambo é dele, mais dele que teu, patrício da minha alma.

Cândido e Cacambo, ia eu dizendo, ao entrarem no Eldorado[8], conta Voltaire que viram crianças brincando na rua com rodelas de ouro, esmeralda e rubi; apanharam algumas, e na primeira hospedaria em que comeram quiseram pagar o jantar com duas delas. Sabes que o dono da casa riu às bandeiras despregadas, já por quererem pagar-lhe com pedras do calçamento, já porque ali ninguém pagava o que comia; era o governo que pagava tudo. Foi essa hilaridade do hospedeiro, com a liberalidade atribuída ao Estado, que fez crer iguais fenômenos entre nós, mas é tudo mentira.

O que parece ser verdade é que as nossas carruagens brotavam do chão. Às tardes, quando uma centena delas se ia enfileirar no Largo de São Francisco de Paula, à espera das pessoas, era um gosto subir a Rua do Ouvidor, parar e contemplá-las. As parelhas arrancavam os olhos à gente; todas pareciam descer das rapsódias de Homero, posto fossem corcéis de paz. As carruagens também. Juno[9] certamente as aparelhara com suas correias de ouro, freios de ouro, rédeas de ouro, tudo de ouro incorruptível. Mas nem ela nem Mi-

de Portugal e da Espanha no sul da América do Sul e que contrapôs, de um lado, os derrotados índios e os jesuítas, e, de outro lado, as vitoriosas tropas portuguesas e castelhanas.

7. *Lindoia*: célebre heroína indígena no poema de José Basílio da Gama.

8. *Eldorado*: cidade mítica, citada por Voltaire, caracterizada pela grande riqueza; suas ruas, por exemplo, seriam calçadas de ouro e de pedras preciosas.

9. *Juno*: na mitologia romana, é a deusa esposa do deus supremo, Júpiter. Na mitologia grega, é denominada Hera, e o seu esposo, Zeus.

nerva[10] entravam nos veículos de ouro para os fins da guerra contra Ílion[11]. Tudo ali respirava a paz. Cocheiros e lacaios, barbeados e graves, esperando tesos e compostos, davam uma bela ideia do ofício. Nenhum aguardava o patrão, deitado no interior dos carros, com as pernas de fora. A impressão que davam era de uma disciplina rígida e elegante, aprendida em alta escola e conservada pela dignidade do indivíduo.

"Casos há – escrevia o nosso Aires – em que a impassibilidade do cocheiro na boleia contrasta com a agitação do dono no interior da carruagem, fazendo crer que é o patrão que, por desfastio, trepou à boleia e leva o cocheiro a passear."

10. *Minerva*: na mitologia romana é a deusa da sabedoria. Na mitologia grega, é denominada Atena e, além da sabedoria, é também associada à guerra.

11. *Ílion*: cidade da Antiguidade, também conhecida como Troia, cenário da *Ilíada*, de Homero.

LXXIV
A Alusão do Texto

Antes de continuar, é preciso dizer que o nosso Aires não se referia vagamente ou de modo genérico a algumas pessoas, mas a uma só pessoa particular. Chamava-se então Nóbrega; outrora não se chamava nada, era aquele simples andador das almas que encontrou Natividade e Perpétua na Rua de São José, esquina da Misericórdia. Não esqueceste que a recente mãe deitou uma nota de dous mil-réis à bacia do andador. A nota era nova e bela; passou da bacia à algibeira, no fundo de um corredor, não sem algum combate.

Poucos meses depois, Nóbrega abandonou as almas a si mesmas, e foi a outros purgatórios, para os quais achou outras opas[1], outras bacias e finalmente outras notas, esmolas de piedade feliz. Quero dizer que foi a outras carreiras. Com pouco deixou a cidade, e não se sabe se também o país. Quando tornou, trazia alguns pares de contos de réis, que a fortuna dobrou, redobrou e tresdobrou. Enfim, alvoreceu a famosa quadra do "encilhamento". Esta foi a grande opa, a grande bacia, a grande esmola, o grande purgatório. Quem já sabia do andador das almas? A antiga roda perdera-se na obscuridade e na morte. Ele era outro; as feições não eram as mesmas, senão as que o tempo lhe veio compondo e melhorando.

1. *Opa*: vestimenta usada por membros de uma irmandade católica em cerimônias religiosas (ver nota 3, cap. III).

Se a grande bacia, ou qualquer das outras recebeu notas que tivessem o destino da primeira, é o que se não sabe, mas é possível. Foi por esse tempo que Aires o viu de carro, quase a sair pela portinhola fora, cumprimentando muito, espiando tudo. Como o cocheiro e o lacaio (creio que eram escoceses) salvassem a dignidade pessoal da casa, Aires fez a observação do fim do outro capítulo, sem nenhuma intenção geral.

Posto não achasse já nenhum conhecido antigo, Nóbrega tinha medo de tornar ao bairro, onde andara a pedir para as primeiras almas. Um dia, porém, tais foram as saudades dele que pensou em afrontar o perigo e lá foi. Tinha cócegas de mirar as ruas e as pessoas, recordava as casas e as lojas, um barbeiro, os sobrados de grade de pau, onde apareciam tais e tais moças... Quando ia a ceder, teve outra vez medo e enfiou por outra parte. Só passava de carro; depois quis ver tudo a pé, devagar, parando, se fosse possível, e revivendo o extinto.

Lá se foi a pé: desceu pela Rua de São José, dobrou a da Misericórdia, foi parar à Praia de Santa Luzia, tornou pela Rua de Dom Manuel, enfiou de beco em beco. A princípio olhava de esguelha, rápido, os olhos no chão. Aqui via a loja de barbeiro, e o barbeiro era outro. Dos sobrados de grade de pau debruçaram-se ainda moças, velhas e meninas e nenhuma era a mesma. Nóbrega foi-se animando e encarando. Talvez esta velha fosse moça, há vinte anos; a moça talvez mamasse, e dá agora de mamar a outra criança. Nóbrega acabou parando e andando devagar.

Voltou mais vezes. Só as casas, que eram as mesmas, pareciam reconhecê-lo, e algumas quase que lhe falavam. Não é poesia. O ex-andador sentia necessidade de ser conhecido das pedras, ouvir-se admirar delas, contar-lhes a vida, obrigá-las a comparar o modesto de outrora com o garrido[2] de hoje, e escutar-lhes as palavras mudas: "Vejam, manas, é ele mesmo". Passava por elas, fitava-as, interrogava-as, quase ria, quase as tocava para sacudi-las com força: "Falem, diabos, falem!"

Não confiaria de homem aquele passado, mas às paredes mudas, às grades velhas, às portas gretadas, aos lampiões antigos, se os havia ainda, tudo o que fosse discreto, a tudo quisera dar olhos, ouvidos e boca, uma boca que só ele escutasse, e que proclamasse a prosperidade daquele velho andador.

Uma vez, viu a matriz de São José aberta e entrou. A igreja era a mesma; aqui estão os altares, aqui está a solidão, aqui está o silêncio. Persignou-se, mas não orou; olhava só a um lado e outro, andando na direção do altar-mor. Tinha receio de ver aparecer o sacristão, podia ser o mesmo, e conhecê-lo. Ouviu passos, recuou depressa e saiu.

Ao subir pela Rua de São José, encostou-se à parede, para deixar passar uma carroça. A carroça subiu a calçada, ele refugiou-se num corredor. O corredor podia ser qualquer; aquele era o próprio em que ele fez a operação da nota de dous mil-réis de Natividade. Olhou bem, era o mesmo. Ao fundo estavam os três ou quatro degraus da primeira escada que dobrava à esquerda e pegava com a grande. Sorriu do acaso, reviu por um instante aquela manhã, viu no ar a nota de dous mil-réis. Outras lhe teriam vindo às mãos por maneiras assim fáceis, mas nunca lhe esqueceu aquela graciosa folha gravada com tantos símbolos, números, datas e promessas, entregue por uma senhora desconhecida, sabe Deus se a própria Santa Rita de Cássia. Era a sua particular devoção. Sem dúvida, trocou a nota e gastou-a, mas as partes dis-

2. *Garrido*: elegante.

persas não foram senão levar a outras notas um convite para a algibeira do dono, e todas acudiram a mancheias, obedientes e caladas, para que não as ouvissem crescer.

Por mais que ele olhasse pela vida dentro, não achava igual obséquio do céu, ou sequer do inferno. Mais tarde, se alguma joia lhe levou os olhos, não lhe levou as mãos. Tinha aprendido a respeitar o alheio, ou ganhara com que o comprar. A nota de dous mil-réis... Um dia, ousando mais, chamou-lhe presente de Nosso Senhor.

Não, leitor, não me apanhas em contradição. Eu bem sei que a princípio o andador das almas atribuiu a nota ao prazer que a dama traria de alguma aventura. Ainda me lembram as palavras dele: "Aquelas duas viram passarinho verde!" Mas se agora atribuía a nota à proteção da santa, não mentia então nem agora. Era difícil atinar com a verdade. A única verdade certa eram os dous mil-réis. Nem se pode dizer que era a mesma em ambos os tempos. Então, a nota de dous mil-réis equivalia, pelo menos, a vinte (lembra-te dos sapatos velhos do homem); agora não subia de uma gorjeta de cocheiro.

Também não há contradição em pôr a santa agora e a namorada outrora. Era mais natural o contrário, quando era maior a intimidade dele com a Igreja. Mas, leitor dos meus pecados, amava-se muito em 1871, como já se amava em 1861, 1851 e 1841, não menos que em 1881, 1891 e 1901. O século dirá o resto. E depois, é preciso não esquecer que a opinião do andador das almas acerca de Natividade foi anterior ao gesto do corredor, quando ele agasalhou a nota na algibeira. É duvidoso que, depois do gesto, a opinião fosse a mesma.

LXXV
Provérbio Errado

PESSOA A QUEM LI confidencialmente o capítulo passado, escreve-me dizendo que a causa de tudo foi a cabocla do Castelo. Sem as suas predições grandiosas, a esmola de Natividade seria mínima ou nenhuma, e o gesto do corredor não se daria por falta de nota. "A ocasião faz o ladrão", conclui o meu correspondente.

Não conclui mal. Há todavia alguma injustiça ou esquecimento, porque as razões do gesto do corredor foram todas pias. Além disso, o provérbio pode estar errado. Uma das afirmações de Aires, que também gostava de estudar adágios, é que esse não estava certo.

– Não é a ocasião que faz o ladrão – dizia ele a alguém –, o provérbio está errado. A forma exata deve ser esta: "A ocasião faz o furto; o ladrão nasce feito".

LXXVI

Talvez Fosse a Mesma!

Nóbrega saiu enfim do corredor, mas foi obrigado a deter-se, porque uma mulher lhe estendia a mão:

– Meu senhor, uma esmolinha por amor de Deus!

Nóbrega meteu a mão no bolso do colete e pegou um níquel, entre dous que lá havia, um de tostão, outro de dous. Pegou o primeiro, mas indo a dar-lho, mudou de ideia; não deu o níquel; disse à velha que esperasse, e entrou mais fundo no corredor. De costas para a rua, introduziu a mão na algibeira das calças e sacou um maço de dinheiro; procurou e achou uma nota de dous mil-réis, não nova, antes velha, tão velha como a mendiga que a recebeu espantada, mas tu sabes que o dinheiro não perde com a velhice.

– Tome lá – murmurou ele.

Quando a mendiga voltou do espanto, Nóbrega acabava de restituir o maço à algibeira e ia a querer sair. O que a mendiga então disse veio entremeado de lágrimas:

– Meu senhor! Obrigada, meu senhor! Deus lhe pague! A Virgem Santíssima…

E beijava a nota, e queria beijar a mão que lhe dera a esmola, mas ele a escondeu, como no Evangelho, murmurando que não, que se fosse embora. Em verdade, a palavra da mendiga tinha um som quase místico, uma espécie de melodia do céu, um coro de anjos, e fazia bem fitar-lhe os olhos encarquilhados, a mão trêmula, segurando a nota. Nóbrega não esperou que ela se fosse, saiu, desceu a rua, com as bênçãos da mulher atrás de si; dobrou a esquina, a passo rápido, e aí foi pensando não se sabe em quê.

Atravessou a praça, passou a catedral e a igreja do Carmo, e chegou ao Carceler[1], onde entregou as botas a um italiano para que lhas engraxasse. Mentalmente, olhava para cima ou para baixo, para a direita ou para esquerda, em todo caso para longe, e acabou murmurando esta frase, que tanto podia referir-se à nota como à mendiga, mas provavelmente era à nota:

– Talvez fosse a mesma!

Nenhum obséquio, por ínfimo que seja, esquece ao beneficiado. Há exceções. Também há casos em que a memória dos obséquios aflige, persegue e morde, como os mosquitos; mas não é regra. A regra é guardá-los na memória, como as joias nos seus escrínios[2]; comparação justa, porque o obséquio é muita vez alguma joia, que o obsequiado esqueceu de restituir.

1. *Carceler*: hotel do Rio de Janeiro, famoso no século XIX.
2. *Escrínio*: porta-joias.

LXXVII
Hospedagem

A FAMÍLIA BATISTA foi aposentada em casa de Santos. Natividade não pôde ir a bordo, e o marido estava ocupado em "lançar uma companhia"; mandaram recado pelos filhos que a casa de Botafogo tinha já os quartos preparados. Desde que o carro se pôs a andar, Batista confessou que ia ficar constrangido por alguns dias.

– Numa casa de pensão era melhor, até que nos despejassem a de São Clemente.

– Que queria você? Não havia remédio senão aceitar – ponderou a mulher.

Flora não disse nada, mas sentia o contrário do pai e da mãe. Pensar, não pensou; ia tão atordoada com a vista dos rapazes que as ideias não se enfileiraram naquela forma lógica do pensamento. A própria sensação não era nítida. Era uma mistura de opressivo e delicioso, de turvo e claro, uma felicidade truncada, uma aflição consoladora, e o mais que puderes achar no capítulo das contradições. Eu nada mais lhe ponho. Nem ela saberia dizer o que sentia. Teve alucinações extraordinárias.

Agora o que é mister dizer é que a ideia da hospedagem cabe toda aos dous jovens doutores. Que eles eram já doutores, posto não houvessem ainda encetado a carreira de advogado nem de médico. Viviam do amor da mãe e da bolsa do pai, inesgotáveis ambos. O pai abanou as orelhas à lembrança, mas os gêmeos insistiram pelo obséquio, a tal ponto que a mãe, contente de os ver de acordo, saiu do silêncio e concordou com eles. A ideia de ter a pequena ao pé de si, por alguns dias, e discernir qual era o melhor aceito, e o que deveras a amava, pode ser que também influísse na adoção do voto, mas não afirmo nada a tal respeito. Também não asseguro que tivesse grande gosto em agasalhar a mãe e o pai de Flora. Não obstante, o encontro foi cordial de parte a parte. Foi um abraçar, um beijar, um perguntar, um trocar de mimos que não acabava mais. Todos estavam mais gordos, outra cor, outro ar. Flora era um encanto para Natividade e Perpétua; nenhuma destas sabia aonde iria parar aquela moça tão senhoril, tão esbelta, tão...

– Não digam o resto – interrompeu a moça sorrindo –; eu tenho a mesma opinião.

Santos recebeu-os, à tarde, com a mesma cordialidade, talvez menos aparente, mas tudo se desculpa a quem anda com grandes negócios.

– Uma ideia sublime – disse ele ao pai de Flora –; a que lancei hoje foi das melhores, e as ações valem já ouro. Trata-se de lã de carneiro, e começa pela criação deste mamífero nos campos do Paraná. Em cinco anos poderemos vestir a América e a Europa. Viu o programa nos jornais?

– Não, não leio jornais daqui desde que embarquei.

– Pois verá!

No dia seguinte, antes de almoçar, mostrou ao hóspede o programa e os estatutos. As ações eram maços e maços, e Santos ia dizendo o valor de cada um. Batista somava mal, em regra; daquela vez, pior. Mas os algarismos cresciam à vista, trepavam uns nos outros, enchiam o espaço, desde o chão até às janelas, e precipitavam-se por elas abaixo, com um rumor de ouro que ensurdecia. Batista saiu dali fascinado, e foi repetir tudo à mulher.

LXXVIII
Visita ao Marechal

Dona Cláudia, quando ele acabou, perguntou-lhe com simplicidade:

– Você vai hoje ao marechal?

Batista, caindo em si:

– Naturalmente.

Tinham ajustado que ele iria ter com o presidente da República explicar-lhe a comissão que exercera, toda reservada, e, sem embargo, imparcial. Diria o espírito de concórdia com que andou e a estima que adquiriu. Em seguida, falaria da conveniência de um governo que, pela fortaleza e pela liberdade, excedesse o do generalíssimo; e uma frase final bem estudada.

– Isso na ocasião – disse Batista.

– Não, é melhor levá-la feita. Eu lembrei-me desta: "Creia-me Vossa Excelência que Deus está com os fortes e os bons".

– Sim, não é má.

– Você pode acrescentar um gesto que indique o céu.

– Isso é que não. Você sabe que eu não dou para gestos, não sou ator. Eu, sem mexer um pé; inspiro respeito.

Dona Cláudia dispensou o gesto; não era essencial. Quis que ele escrevesse a frase, mas já estava de cor. Batista tinha boa memória.

Naquele mesmo dia, Batista foi ao marechal Floriano. Não disse nada às pessoas da casa; contaria tudo na volta. Dona

Cláudia também calou, era por pouco tempo; ficou esperando ansiosa. Esperou duas mortais horas, chegou a imaginar que lhe tivessem encarcerado o esposo, por intrigas. Não era devota, mas o medo inspira devoção, e ela rezou consigo. Enfim, chegou Batista. Ela correu a recebê-lo, alvoroçada, pegou-lhe na mão e recolheram-se ao quarto. Perpétua (vede o que são testemunhos pessoais na história!) exclamou enternecida:

– Parecem dous pombinhos!

Batista contou que a recepção foi melhor do que esperava, conquanto o marechal não lhe dissesse nada, mas escutou-o com interesse. A frase? A frase saiu bem, apenas com uma emenda. Não estando certo se ele preferia *bons* a *fortes*, ou se *fortes* a *bons*...

– Deviam ser as duas palavras – interrompeu a mulher.

– Sim, mas lembrou-me empregar uma terceira: "Creia Vossa Excelência que Deus está com os dignos!"

Com efeito, a última palavra podia abranger as duas, e trazia esta vantagem de dar à frase um arranjo pessoal dele.

– Mas o marechal que disse?

– Não disse nada, ouviu-me com atenção obsequiosa e chegou a sorrir; um sorriso leve, um sorriso de acordo...

– Ou seria... Quem sabe... Você não andou bem, decerto. Comigo ele diria alguma cousa. Você expôs tudo, conforme tínhamos combinado?

– Tudo.

– Expôs as razões da comissão, o desempenho, a nossa moderação?...

– Tudo, Cláudia.

– E o aperto de mão do marechal?

– Não estendeu a mão, a princípio; fez um gesto de cabeça; eu é que estendi a minha, dizendo: Sempre às ordens de Vossa Excelência.

– E ele?

– Ele apertou-me a mão.

– Apertou bem?

– Você sabe, não podia ser um apertão de amigo, mas deve ter sido cordial.

– E nenhuma palavra? Um *passe bem*, ao menos?

– Não, nem era preciso. Cortejei-o e saí.

Dona Cláudia deixou-se estar pensando. A recepção não lhe pareceu que fosse má, mas podia ser melhor. Com ela, seria muito melhor.

LXXIX
Fusão, Difusão, Confusão...

Atrás falei das alucinações de Flora. Realmente, eram extraordinárias.

Em caminho, depois do desembarque, não obstante virem os gêmeos separados e sós, cada um no seu cupê, cismou que os ouvia falar; primeira parte da alucinação. Segunda parte: as duas vozes confundiam-se, de tão iguais que eram, e acabaram sendo uma só. Afinal, a imaginação fez dos dous moços uma pessoa única.

Este fenômeno não creio que possa ser comum. Ao contrário, não faltará quem absolutamente me não creia, e suponha invenção pura o que é verdade puríssima. Ora, é de saber que, durante a comissão do pai, Flora ouviu mais de uma vez as duas vozes que se fundiam na mesma voz e mesma criatura. E agora, na casa de Botafogo, repetia-se o fenômeno. Quando ouvia os dous, sem os ver, a imaginação acabava a fusão do ouvido pela da vista, e um só homem lhe dizia palavras extraordinárias.

Tudo isto não é menos extraordinário, concordo. Se eu consultasse o meu gosto, nem os dous rapazes fariam um só mancebo, nem a moça seria uma só donzela. Corrigiria a natureza desdobrando Flora. Não podendo ser assim, consinto na unificação de Pedro e Paulo. Porquanto, esse efeito de visão repetia-se ao pé deles, tal qual na ausência, quando ela se deixava esquecer do lugar, e soltava a rédea a si mesma. Ao piano, à palestra, ao passeio na chácara, à mesa de jantar, tinha dessas visões repentinas e breves, e das quais ela mesma sorria, a princípio.

Se alguém quiser explicar este fenômeno pela lei da hereditariedade, supondo que ele era a forma afetiva da variação política da mãe de Flora, não achará apoio em mim, e creio que em ninguém. São cousas diversas. Conheceis os motivos de dona Cláudia; a filha teria outros que ela própria não sabia. O único ponto de semelhança é que, tanto na mãe como na filha, o fenômeno era agora mais frequente, mas em relação à primeira vinha do atropelo dos acontecimentos exteriores. Nenhuma revolução se faz como a simples passagem de uma sala a outra; as mesmas revoluções chamadas de palácio trazem alguma agitação que fica por certo prazo, até que a água volte ao nível. Dona Cláudia cedia à inquietação dos tempos.

A filha obedeceria a outra causa qualquer, que se não podia descobrir logo, nem sequer entender. Era um espetáculo misterioso, vago, obscuro, em que as figuras visíveis se faziam impalpáveis, o dobrado ficava único, o único desdobrado, uma fusão, uma confusão, uma difusão...

LXXX
Transfusão, Enfim

Uma transfusão, tudo o que puder definir melhor, pela repetição e graduação das formas e dos estados, aquele particular fenômeno, podes empregá-lo no outro e neste capítulo.

Dito o fenômeno, é preciso dizer também que Flora, a princípio, achava-lhe graça. Minto; nos primeiros tempos, como estava longe, não lhe achou nada; depois, sentiu uma espécie de susto ou vertigem, mas logo que se acostumou a passar de dous a um e de um a dous, pareceu-lhe graciosa a alternação, e chegava a evocá-la com o propósito de divertir a vista. Afinal nem isto era preciso, a alternação fazia-se de si mesma. Umas vezes era mais lenta que outras, alguma instantânea. Não eram tão frequentes que confinassem com o delírio. Enfim, ela se foi acostumando e deleitando.

Uma ou outra vez, na cama, antes de dormir, repetia-se o fenômeno, depois de muita resistência da parte dela, que não queria perder o sono. Mas o sono vinha, e o sonho completava a vigília. Flora passeava então pelo braço do mesmo garção[1] amado, Paulo se não Pedro, e ambos iam admirar estrelas e montanhas, ou então o mar, que suspirava ou tempestuava, e as flores e as ruínas. Não era raro ficarem os dous a sós, diante de uma nesga de céu, claro de luar, ou todo repregado de estrelas como um pano azul-escuro. Era à janela,

1. *Garção* (do francês *garçon*): homem moço; jovem.

supõe; vinha de fora a cantiga dos ventos mansos, um espelho grande, pendente da parede, reproduzia as figuras dela e dele, confirmando a imaginação dela. Como era sonho, a imaginação trazia espetáculos desconhecidos, tais e tantos que mal se podia crer bastasse o espaço de uma noite. E bastava. E sobrava. Sucedia que Flora acordava de repente, perdia o quadro e o vulto, e persuadia-se que era tudo ilusão, e raro então dormia. Se era cedo, erguia-se, andava, cansava-se, até adormecer novamente e sonhar outra cousa.

Outras vezes, a visão ficava sem o sonho, e diante dela uma só figura esbelta, com a mesma voz namorada, o mesmo gesto súplice. Uma noite, indo a deitar-lhe os braços sobre os ombros com o fim inconsciente de cruzar os dedos atrás do pescoço, a realidade, posto que ausente, clamou pelos seus foros, e o único moço se desdobrou nas duas pessoas semelhantes.

A diferença deu às duas visões de acordada um tal cunho de fantasmagoria que Flora teve medo e pensou no diabo.

LXXXI

Ai, Duas Almas...

ANDA, FLORA, ajuda-me, citando alguma cousa, verso ou prosa, que exprima a tua situação. Cita Goethe[1], amiga minha, cita um verso do *Fausto*[2], adequado:

Ai, duas almas no meu seio moram!

A mãe dos gêmeos, a bela Natividade, podia havê-lo citado também, antes deles nascerem, quando ela os sentia lutando dentro em si mesma:

Ai, duas almas no meu seio moram!

Nisto as duas se parecem; uma os concebeu, outra os recolheu. Agora, como é que se dá ou se dará a escolha de Flora, nem o próprio Mefistófeles[3] no-lo explicaria de modo claro e certo. O verso basta:

1. *Johann Wolfgang von Goethe* (1749-1832): um dos mais importantes poetas e escritores da língua alemã; autor de obras-primas como os romances *Os Sofrimentos do Jovem Werther* (1774) e *Os Anos de Aprendizado de Wilhelm Meister* (1795) e as peças de teatro *Fausto I* (1808) e *Fausto II* (1832), entre outras produções célebres.

2. *Fausto*: drama de Goethe em que o protagonista, Fausto, mago e alquimista alemão, dá sua alma ao diabo em troca de conhecimento e poder.

3. *Mefistófeles*: demônio que firma o pacto com Fausto, no drama de Goethe.

Ai, duas almas no meu seio moram!

Talvez aquele velho Plácido, que lá deixamos nas primeiras páginas, chegasse a deslindar estas outras. Doutor em matérias escuras e complicadas, sabia muito bem o valor dos números, a significação dos gestos não só visíveis como invisíveis, a estatística da eternidade, a divisibilidade do infinito. Era já morto desde alguns anos. Hás de lembrar-te que ele, consultado pelo pai de Pedro e Paulo, acerca da hostilidade original dos gêmeos, explicou-a prontamente. Morreu no seu ofício; expunha a três discípulos novos a correspondência das letras vogais com os sentidos do homem, quando caiu de bruços e expirou.

Já então os adversários de Plácido, que os tinha na própria seita, afirmavam haver ele aberrado da doutrina, e, por natural efeito, enlouquecido. Santos nunca se deixou ir com esses divergentes da casa comum, que acabaram formando outra igrejinha em outro bairro, onde pregavam que a correspondência exata não era entre as vogais e os sentidos, mas entre os sentidos e as vogais. Esta outra fórmula, parecendo mais clara, fez com que muitos discípulos da primeira hora acompanhassem os da última, e proclamem agora, como conclusão final, que o homem é um alfabeto de sensações.

Venceram estes, ficando mui poucos fiéis à doutrina do velho Plácido. Evocado algum tempo depois de morto, confessou ele ainda uma vez a sua fórmula, como a única das únicas, e excomungou a quantos pregassem o contrário. Aliás, os dissidentes já o haviam excomungado também, declarando abominável a sua memória, com aquele ódio rijo, que fortalece alguma vez o homem contra a frouxidão da piedade.

Talvez o velho Plácido deslindasse o problema em cinco minutos. Mas para isso era preciso evocá-lo, e o discípulo Santos cuidava agora de umas liquidações últimas e lucrativas. Não só de fé vive o homem, mas também de pão e seus compostos e similares.

LXXXII
Em São Clemente

Ao cabo de poucas semanas, a família Batista saiu da casa Santos, e tornou à Rua de São Clemente. A despedida foi terna, as saudades começaram antes da separação, mas a afeição, o costume, a estima, a necessidade, em suma, de se verem a miúdo compensaram a melancolia, e a gente Batista levou promessa de que a gente Santos iria vê-la daí a poucos dias.

Os gêmeos cumpriram cedo a promessa. Um deles, parece que Paulo, foi lá nessa mesma noite com recado da mãe para saber se tinham chegado bem. Disseram-lhe que sim, acrescentando Batista, para abreviar a visita, que estavam bastante cansados. Os olhos de Flora desmentiram esta afirmação; mas dentro em pouco achavam-se não menos tristes que alegres. A alegria vinda da prontidão de Paulo, a tristeza da ausência de Pedro. Quisera-os ambos naturalmente; mas, como é que as duas sensações se mostravam a um tempo, eis o que não entenderás bem nem mal. Certamente, os olhos iam diversas vezes para a porta, e uma vez pareceu à moça ouvir rumor na escada; tudo ilusão. Mas estes gestos, que Paulo não viu, tão contente estava de se haver adiantado ao irmão, não eram tais que a fizessem esquecer o irmão presente.

Paulo saiu tarde, não só para o fim de aproveitar a ausência de Pedro, mas ainda porque Flora o fazia demorar, com o intuito de ver se o outro chegava. Assim que, a mesma dualidade de sensação enchia os olhos da moça, até à hora da despedida, em que a parte triste foi maior que a alegre, pois que eram duas ausências, em vez de uma. Conclui o que quiseres, minha dona; ela recolheu-se para dormir, e reconheceu que, se se não dorme com uma tristeza na alma, muito menos com duas.

LXXXIII
A Grande Noite

HÁ MUITO REMÉDIO contra a insônia. O mais vulgar é contar de um até mil, dous mil, três mil ou mais, se a insônia não ceder logo. É remédio que ainda não fez dormir ninguém, ao que parece, mas não importa. Até agora, todas as aplicações eficazes contra a tísica[1] vão de par com a noção de que a tísica é incurável. Convém que os homens afirmem o que não sabem, e, por ofício, o contrário do que sabem; assim se forma esta outra incurável, a Esperança.

Flora, incurável também, se não preferes a definição de inexplicável, que lhe deu Aires, a graciosa Flora teve naquela noite a sua insônia. Mas foi um tanto culpa sua. Em vez de se deitar quietinha e dormir com os anjos, achou melhor velar com um ou dous deles, e gastar uma parte da noite, à janela ou sentada, a recordar e a pensar, a cotejar e a completar, metida no roupão de linho, com os cabelos atados para dormir.

A princípio pensou no que lá estivera, e evocou todas as suas graças, realçadas pela virtude particular de a ter ido ver à noite, sem embargo de se terem visto de manhã. Sentia-se grata. Toda a conversação foi ali repetida na solidão da alcova, com as entonações diversas, o vário assunto, e as interrupções frequentes, ora dos outros, ora dela mesma. Ela, em

1. *Tísica*: tuberculose, doença considerada incurável até a descoberta da penicilina, em 1928, pelo médico escocês Alexander Fleming (1881-1955).

verdade, só interrompia, para pensar no ausente, e portanto não fazia mais que converter o diálogo em monólogo, o qual por sua vez acabava em silêncio e contemplação.

Agora, pensando em Paulo, queria saber por que é que o não escolhia para noivo. Tinha uma qualidade a mais, a nota aventurosa do caráter, e esta feição não lhe desprazia. Inexplicável ou não, deixava-se levar pelos ímpetos do rapaz, que queria trocar o mundo e o tempo por outros mais puros e felizes. Aquela cabeça, apenas masculina, era destinada a mudar a marcha do Sol, que andava errado. A Lua também. A Lua pedia um contato mais frequente com os homens, menos quartos, não descendo o minguante de metade. Visível todas as noites, sem que isso acarretasse a decadência das estrelas, continuaria modestamente o ofício do Sol, e faria sonhar os olhos insones ou só cansados de dormir. Tudo isso cumpriria a alma de Paulo, faminta de perfeição. Era um bom marido, em suma. Flora cerrou as pálpebras, para vê-lo melhor, e achou-o a seus pés, com as mãos dela entre as suas, risonho e extático.

– Paulo! meu querido Paulo!

Inclinou-se, para vê-lo de mais perto, e não perdeu o tempo nem a intenção. Visto assim; era mais belo que simplesmente conversando das cousas vulgares e passageiras. Enfiou os olhos nos olhos, e achou-se dentro da alma do rapaz. O que lá viu não soube dizê-lo bem; foi tudo tão novo e radiante que a pobre retina da moça não podia fitar nada com segurança nem continuidade. As ideias faiscavam como saindo de um fogareiro à força de abano, as sensações batiam-se em duelo, as reminiscências subiam frescas, algumas saudades, e ambições principalmente, umas ambições de asas largas, que faziam vento só com agitá-las. Sobre toda essa mescla e confusão chovia ternura, muita ternura...

Flora recolheu os olhos, Paulo estava na mesma postura; mas do lado da porta, metido na penumbra, a figura de Pedro aparecia, não menos bela, mas um tanto triste. Flora sentiu-se tocada daquela tristeza. Parece que, se amasse exclusivamente o primeiro, o segundo podia chorar lágrimas de sangue, sem lhe merecer a menor simpatia. Que o amor, conforme as ninfas antigas e modernas, não tem piedade. Quando há piedade para outro, dizem elas, é que o amor ainda não nasceu de verdade, ou já morreu de todo, e assim o coração não lhe importa vestir essa primeira camisa do afeto. Perdoa a figura; não é nobre, nem clara, mas a situação não me dá tempo de ir à cata de outra.

Pedro aproximou-se, a passo lento, ajoelhou-se também e tomou-lhe as mãos que Paulo apertava entre as suas. Paulo ergueu-se e sumiu-se pela outra porta. O quarto tinha duas. A cama ficava entre elas. Talvez Paulo fosse bramindo de cólera; ela é que não ouviu nada, tão docemente vivo era o gesto de Pedro, já agora sem melancolia, e os olhos tão extáticos como os do irmão. Não eram tais que saíssem, como os deste, às aventuras. Tinham a quietação de quem não queria mais Sol nem Lua que esses que andam aí, que se contenta de ambos, e, se os acha divinos, não cuida de os trocar por novos. Era a ordem, se queres, a estabilidade, o acordo entre si e as cousas, não menos simpáticos ao coração da moça, ou por trazerem a ideia de perpétua ventura, ou por darem a sensação de uma alma capaz de resistir.

Nem por isso os olhos de Flora deixaram de penetrar os de Pedro, até chegar à alma do rapaz. O motivo secreto desta outra entrada podia ser o escrúpulo de cotejar as duas para julgá-las, se não era somente o desejo de não parecer menos curiosa de uma que de outra. Ambas as razões são boas, mas talvez nenhuma fosse verdadeira. O gosto de fitar os olhos de Pedro era tão natural que não exigia intenção particular nenhuma, e bastava fitá-los para escorregar e cair dentro da alma namorada. Era gêmea da outra; não lhe viu mais nem menos que nesta.

Unicamente, e aqui toco o ponto escabroso do capítulo, achou cá alguma cousa indefinível que não sentira lá; em compensação sentiu lá outra que não se lhe deparou cá. Indefinível, não esqueças. E escabroso porque nada há pior que falar de sensações sem nome. Crede-me, amigo meu, e tu, não menos amiga minha, crede-me que eu preferia contar as rendas do roupão da moça, os cabelos apanhados atrás, os fios do tapete, as tábuas do teto e por fim os estalinhos da lamparina que vai morrendo... Seria enfadonho, mas entendia-se.

Sim, a lamparina ia morrendo, mas ainda podia dar luz ao regresso de Paulo. Quando Flora o viu entrar e ajoelhar-se outra vez, ao pé do irmão, e ambos dividirem entre si as mãos dela, mansos e cordatos, ficou longamente atônita. Obra de um credo, como diziam os nossos antigos, quando havia mais religião que relógios. Voltando a si, puxou as mãos, estendeu-as depois sobre a cabeça deles, como se lhes apalpasse a diferença, o *quid*[2], o algo, o indefinível. A lamparina ia morrendo... Pedro e Paulo falavam-lhe por exclamações, por exortações, por súplicas, a que ela respondia mal e tortamente, não que os não entendesse, mas por não os agravar, ou acaso por não saber a qual deles diria melhor. A última hipótese tem ar de ser a mais provável. Em todo caso, é o prólogo do que sucedeu, quando a lamparina chegou aos últimos arrancos.

Tudo se mistura à meia claridade; tal seria a causa da fusão dos vultos, que de dous que eram, ficaram sendo um só.

2. *Quid* (latim): o quê.

Flora, não tendo visto sair nenhum dos gêmeos, mal podia crer que formassem agora uma só pessoa, mas acabou crendo, mormente depois que esta única pessoa solitária parecia completá-la interiormente, melhor que nenhuma das outras em separado. Era muito fazer e desfazer, mudar e transmudar. Pensou enganar-se, mas não; era uma só pessoa, feita das duas e de si mesma, que sentia bater nela o coração. Estava tão cansada de emoções que tentou erguer-se e ir fora, mas não pôde; as pernas pareciam de chumbo e coladas ao solo. Assim esteve até que a lamparina, ao canto, morreu de todo. Flora teve um sobressalto na poltrona, e ergueu-se:

– Que é isto?

A lamparina apagou-se. Foi acendê-la. Viu então que estava sem um nem outro, sem dous nem um só fundido de ambos. Toda a fantasmagoria se desfizera. A lamparina (agora nova) alumiava o seu quarto de dormir, e a imaginação criara tudo. Foi o que ela supôs, e o leitor sabe. Flora compreendeu que era tarde, e um galo confirmou essa opinião, cantando; outros galos fizeram a mesma cousa.

– Ora, meu Deus! – exclamou a filha de Batista.

Meteu-se na cama, e, se não dormiu logo, também não se demorou muito; não tardou a estar com os anjos. Sonhou com o canto dos galos, uma carroça, um lago, uma cena de viagem do mar, um discurso e um artigo. O artigo era de verdade. A mãe veio acordá-la, às dez horas da manhã, chamando-lhe dorminhoca, e ali mesmo, na cama, lhe leu uma folha da manhã que recomendava o marido ao governo. Flora ouviu satisfeita; acabara a grande noite.

LXXXIV

O Velho Segredo

Natividade dormiu tranquila, em Botafogo, mas acordou pensando nos filhos e na moça de São Clemente. Viera reparando nos três. Parecera-lhe antes que Flora não aceitava um nem outro, logo depois que os aceitava a ambos, e mais tarde um e outro alternadamente. Concluiu que ainda não sentiria nada particular e decisivo; naturalmente iria, com os tempos, a ver qual destes a merecia deveras. Eles é que pareciam sentir igual inclinação e igual ciúme. Daí alguma possível catástrofe. A separação não suprimiria tudo; mas, além de que, separadas as famílias, nem tudo seria presente a seus olhos, as visitas podiam ser menos frequentes e até raras. Tinha assim o que quisera.

Ao demais, ia chegando o tempo de ir para Petrópolis; propriamente, chegara. Natividade cuidava de subir com os filhos. Sempre haveria lá no alto damas elegantes, diversões, alegria. Podia ser até que eles achassem noivas, e bastava uma para um. O que ficasse sem ela teria a liberdade de desposar Flora. Cálculos de mãe; vieram outros que os modificaram, e outros que os restauraram. Quem for mãe que lhe atire a primeira pedra.

Nenhuma outra mãe atirou a primeira pedra à nossa amiga. Quero crer que a razão disto não foi senão a própria discrição de Natividade. Suspeitas e cálculos iam ficando no coração dela. Calou tudo e esperou.

Ao cabo, Flora cada vez gostava mais de Natividade. Queria-lhe como se ela fosse sua mãe, duplamente mãe, uma vez que não escolhera ainda nenhum dos filhos. A causa podia ser que as duas índoles se ajustassem melhor que entre Flora e dona Cláudia. A princípio, sentiu não sei que inveja amiga, antes desejo, quando via que as formas da outra, embora arruinadas pelo tempo, ainda conservavam alguma linha da escultura antiga. Pouco a pouco, foi descobrindo em si mesma o introito de uma beleza, que devia ser longa e fina, e de uma vida, que podia ser grande...

Flora conhecia a predição da cabocla do Castelo, relativamente aos dous gêmeos. A predição não era já segredo para ninguém. Santos falara dela em tempo, apenas ocultando a subida de Natividade ao Castelo; emendou a verdade, dizendo que a cabocla é que viera a Botafogo. O resto foi revelado em confiança, como ao finado Plácido, e ainda depois de alguma luta. Três ou quatro vezes investiu e recuou. Um dia, a língua deu sete voltas na boca, e o segredo saiu medroso e sussurrado, mas perdeu o medo pelo gosto de mostrar que os rapazes seriam grandes. Enfim, o segredo foi esquecendo. Mas Perpétua, por isto ou aquilo, contou-o agora à moça Batista, que a ouviu incrédula. Que podia saber a cabocla do futuro?

– Sabia, e a prova é que adivinhou outras cousas, que não posso contar e eram verdadeiras. Você não imagina como o diacho da cabocla via longe. E tinha uns olhos de espetar o coração.

– Não acredito, dona Perpétua. Pois agora o futuro da gente... E grandes como?

– Isso não disse por mais que Natividade lhe perguntasse; disse só que seriam grandes e subiriam muito. Talvez venham a ser ministros de Estado.

Perpétua parecia haver comprado os olhos à cabocla. Enfiava-os pela amiga abaixo, até o coração, que aliás não batia com força nem apressado, mas tão regular como de costume. Entretanto, não sendo impossível que os dous rapazes chegassem aos altos deste mundo, Flora deixou de objetar e aceitou a predição, sem outra palavra mais que um gesto – sabes, creio –, um gesto de boca, fazendo descair os cantos dela, levantando os ombros levemente, e espalmando as mãos, como se dissesse: Enfim, pode ser.

Perpétua acrescentou que, mudado o regime, era natural que Paulo chegasse primeiro à grandeza; e aqui espetou bem os olhos. Era um modo de apanhar os sentimentos de Flora, acenando-lhe com a elevação de Paulo, pois bem podia ser que viesse a amar antes o destino que a pessoa. Não achou nada. Flora continuou a não se deixar ler. Não lhe atribuas isto a cálculo, não era cálculo. Seriamente, não pensava em nada acima de si.

LXXXV
Três Constituições

– VOCÊ CRÊ DEVERAS que venhamos a ser grandes homens? – perguntara Pedro a Paulo, antes da queda do império.

– Não sei; você pode vir a ser, quando menos, primeiro-ministro.

Depois de 15 de novembro, Paulo retorquiu a pergunta, e Pedro respondeu como o irmão, emendando o resto:

– Não sei; você pode vir a ser presidente da república.

Já lá iam dous anos. Agora pensavam mais em Flora que na subida. A boa moral pede que ponhamos a cousa pública acima das pessoas, mas os moços nisto se parecem com velhos e varões de outra idade, que muita vez pensam mais em si que em todos. Há exceções, nobres algumas, outras nobilíssimas. A história guarda muitas delas, e os poetas, épicos e trágicos, estão cheios de casos e modelos de abnegação.

Praticamente, seria exigir muito de Pedro e Paulo que cuidassem mais da Constituição de 24 de fevereiro[1] que da moça Batista. Pensavam em ambas, é verdade, e a primeira já dera lugar a alguma troca de palavras acerbas[2]. A constituição, se fosse gente viva e estivesse ao pé deles, ouviria os ditos mais contrários deste mundo, porque Pedro ia ao

1. *Constituição de 24 de fevereiro de 1891*: primeira constituição republicana do Brasil, que vigorou até julho de 1934.

2. *Acerbas*: ácidas; ásperas; terríveis.

ponto de a achar um poço de iniquidades, e Paulo a própria Minerva nascida da cabeça de Jove[3]. Falo por metáfora para não descair do estilo. Em verdade, eles empregavam palavras menos nobres e mais enfáticas, e acabavam trocando as primeiras entre si. Na rua, onde o encontro de manifestações políticas era comum, e as notícias à porta dos jornais frequentes, tudo era ocasião de debate.

Quando, porém, a imagem de Flora aparecia entre eles por imaginação, o debate esmorecia, mas as injúrias continuavam e até cresciam, sem confissão do novo motivo, que era ainda maior que o primeiro. Efetivamente, eles iam chegando ao ponto em que dariam as duas constituições, a republicana e a imperial, pelo amor exclusivo da moça, se tanto fosse exigido. Cada um faria com ela a sua constituição, melhor que outra qualquer deste mundo.

3. *Jove*: deus supremo da mitologia romana, também chamado Júpiter. Corresponde a Zeus na mitologia grega. Segundo o mito, Minerva (Atena, para os gregos) nasceu da cabeça de Jove. Em sentido metafórico, o narrador sugere que, para Paulo, a Constituição da República seria sábia como a deusa Minerva.

LXXXVI

Antes que Me Esqueça

Uma cousa é preciso dizer antes que me esqueça. Sabes que os dous gêmeos eram belos e continuavam parecidos; por esse lado não supunham ter motivo de inveja entre si. Ao contrário, um e outro achavam em si qualquer cousa que acentuava, se não melhorava, as graças comuns. Não era verdade, mas não é a verdade que vence, é a convicção. Convence-te de uma ideia, e morrerás por ela, escreveu Aires por esse tempo no *Memorial*, e acrescentou: "nem é outra a grandeza dos sacrifícios, mas se a verdade acerta com a convicção, então nasce o sublime, e atrás dele o útil..." Não acabou ou não explicou esta frase.

LXXXVII
Entre Aires e Flora

Aquela citação do velho Aires faz-me lembrar um ponto em que ele e a moça Flora divergiam ainda mais que na idade. Já contei que ela, antes da comissão do pai, defendia Pedro e Paulo, conforme estes diziam mal um do outro. Naturalmente fazia agora a mesma cousa, mas a mudança do regime trouxe ocasião de defender também monarquistas e republicanos, segundo ouvia as opiniões de Paulo ou de Pedro. Espírito de conciliação ou de justiça, aplacava a ira ou o desdém do interlocutor: "Não diga isso... São patriotas também... Convém desculpar algum excesso..." Eram só frases, sem ímpeto de paixão nem estímulo de princípios; e o interlocutor concluía sempre:

– A senhora é boa.

Ora, o costume de Aires era o oposto dessa contradição benigna. Hás de lembrar-te que ele usava sempre concordar com o interlocutor, não por desdém da pessoa, mas para não dissentir nem brigar. Tinha observado que as convicções, quando contrariadas, descompõem o rosto à gente, e não queria ver a cara dos outros assim, nem dar à sua um aspecto abominável. Se lucrasse alguma cousa, vá; mas, não lucrando nada, preferia ficar em paz com Deus e os homens. Daí o arranjo de gestos e frases afirmativas que deixavam os partidos quietos, e mais quieto a si mesmo.

Um dia, como ele estivesse com Flora, falou daquele costume dela, dizendo-lhe que parecia estudado. Flora negou que o fosse; era inclinação natural defender os ausentes, que não podiam responder por nada; demais, aplacava assim um dos gêmeos com que falasse, e depois o outro.

– Também concordo.

– E por que há de o senhor concordar sempre? – perguntou ela sorrindo.

– Posso concordar com a senhora, porque é uma delícia ir com as suas opiniões, e seria mau gosto rebatê-las, mas, em verdade, não há cálculo. Com os mais, se concordo, é porque eles só dizem o que eu penso.

– Já o tenho achado em contradição.

– Pode ser. A vida e o mundo não são outra cousa. A senhora não saberá isto bem, porque é moça e ingênua, mas creia que a vantagem é toda sua. A ingenuidade é o melhor livro, e a mocidade a melhor escola. Vá desculpando esta minha pedanteria[1]; alguma vez é um mal necessário.

– Não se acuse, conselheiro. O senhor sabe que eu não creio nada contra a sua palavra, nem contra a sua pessoa; a própria contradição que lhe acho é agradável.

– Também concordo.

– Concorda com tudo.

– Olha aqui, Flora...

– Dá licença, conselheiro?

Esqueceu-me dizer que esta conversação era à porta de uma loja de fazendas e modas, Rua do Ouvidor. Aires ia na direção do Largo de São Francisco de Paula e viu a mãe e a filha dentro, sentadas, a escolher um tecido. Entrou, cumprimentou-as, e veio à porta com a filha. O chamado de dona Cláudia interrompeu a conversação por alguns ins-

1. *Pedanteria (ou pedantaria)*: atitude de quem se mostra pedante, isto é, que expressa um conhecimento que, na verdade, não possui.

tantes. Aires ficou a olhar para a rua, onde subiam e desciam mulheres de todas as classes, homens de todos os ofícios, sem contar as pessoas paradas de ambos os lados e no centro. Não havia burburinho grande, nem sossego puro, um meio-termo.

Talvez algumas pessoas fossem conhecidas de Aires e o cumprimentassem; mas este tinha a alma tão metida em si mesma que, se falou a uma ou duas, foi o mais. De quando em quando, voltava a cabeça para dentro, onde Flora e a mãe faziam a sua consulta. Ouvia as palavras trocadas ainda agora. Sentia-se curioso de saber se finalmente a moça escolhia a um dos gêmeos, e qual destes. Vá tudo; tinha já pesar que não fosse algum, posto não lhe importasse saber se Pedro ou Paulo. Quisera vê-la feliz, se a felicidade era o casamento, e feliz o marido, sem embargo da exclusão; o excluído seria consolado. Agora, se era por amor deles, se dela, é o que propriamente se não pode dizer com verdade. Quando muito, para levantar a ponta do véu, seria preciso entrar na alma dele, ainda mais fundo que ele mesmo. Lá se descobriria acaso, entre as ruínas de meio celibato, uma flor descorada e tardia de paternidade, ou, mais propriamente, de saudade dela...

Flora trouxe novamente a rosa fresca e rubra da primeira hora. Não falaram mais de contradição, mas da rua, da gente e do dia. Nenhuma palavra acerca de Pedro ou Paulo.

LXXXVIII

Não, Não, Não

Eles, onde quer que estivessem naquele momento, podiam falar ou não. A verdade é que, se nenhum consentia em deixar a moça, também nenhum contava obtê-la, por mais que a achassem inclinada. Tinham já combinado que o rejeitado aceitaria a sorte, e deixaria o campo ao vencedor. Não chegando a vitória, não sabiam como resolver a batalha. Esperar, seria o mais fácil, se a paixão não crescesse, mas a paixão crescia.

Talvez não fosse exatamente paixão, se dermos a esta palavra o sentido de violência, mas, se lhe reconhecermos uma forte inclinação de amor, um amor adolescente ou pouco mais, era o caso. Pedro e Paulo cederiam a mão da pequena, se houvessem de consultar só a razão, e mais de uma vez estiveram a pique de o fazer; raro lampejo, que para logo desaparecia. A ausência era já insofrível, a presença necessária. Se não fora o que aconteceu e se contará por essas páginas adiante, haveria matéria para não acabar mais o livro; era só dizer que sim e que não, e o que estes pensaram e sentiram, e o que ela sentiu e pensou, até que o editor dissesse: basta! Seria um livro de moral e de verdade, mas a história começada ficaria sem fim. Não, não, não... Força é continuá-la e acabá-la. Comecemos por dizer o que os dous gêmeos ajustaram entre si, poucos dias depois daquele sonho ou delírio da moça Flora, à noite, no quarto.

LXXXIX
O Dragão

VEJAMOS O QUE É que estes ajustaram. Vinham de estar com Aires no teatro, uma noite, matando o tempo. Conheceis este dragão; toda a gente lhe tem dado os mais fundos golpes que pode, ele esperneia, expira e renasce. Assim se fez naquela noite. Não sei que teatro foi, nem que peça, nem que gênero; fosse o que fosse, a questão era matar o tempo, e os três o deixaram estirado no chão.

Foram dali a um restaurante. Aires disse-lhes que, antigamente, em rapaz, acabava a noite com amigos da mesma idade. Era o tempo de Offenbach[1] e da opereta. Contou anedotas, disse as peças, descreveu as damas e os partidos, quase deu por si repetindo um trecho, música e palavras. Pedro e Paulo ouviam com atenção, mas não sentiam nada do que espertava os ecos da alma do diplomata. Ao contrário, tinham vontade de rir. Que lhes importava a notícia de um velho café da Rua Uruguaiana, trocado depois em teatro, agora em nada, uma gente que viveu e brilhou, passou e acabou antes que eles viessem ao mundo? O mundo começou vinte anos antes daquela noite, e não acabaria mais, como um viveiro de moços eternos que era.

1. *Jacques Offenbach* (1819-1880): músico francês, de origem alemã; destacou-se como compositor de operetas como *Orfeu no Inferno* (1858), entre várias outras.

Aires sorriu, porquanto ele também assim cuidou, aos vinte e dous anos de idade, e ainda se lembrava do sorriso do pai, já velho, quando lhe disse algo parecido com isso. Mais tarde, tendo adquirido do tempo a noção idealista que ora possuía, compreendeu que tal dragão era juntamente vivo e defunto, e tanto valia matá-lo como nutri-lo. Não obstante, as recordações eram doces, e muitas delas viviam ainda frescas, como se viessem da véspera.

A diferença da idade era grande, não podia entrar em pormenores com eles. Ficou só em lembranças, e cuidou de outra cousa. Pedro e Paulo, entretanto, receosos de que ele os adivinhasse e compreendesse o desprezo que lhes inspiravam as saudades de tempos remotos e estranhos, pediram-lhe informações, e ele deu as que podia, sem intimidade.

Ao cabo, a conversação valeu mais que este resumo, e a separação não custou pouco. Paulo ainda lhe pediu Offenbach, Pedro uma descrição das paradas de 7 de setembro[2] e 2 de dezembro[3]; mas o diplomata achou meio de saltar ao presente e particularmente a Flora, que louvou como uma bela criatura. Os olhos de ambos concordaram que era belíssima. Também louvou as qualidades morais, a finura do espírito, tais dotes que Pedro e Paulo reconheceram também, e daí a conversação, e por fim o ajuste a que me referi no começo deste capítulo e pede outro.

2. *7 de setembro*: data comemorativa da Independência do Brasil.
3. *2 de dezembro*: comemoração do aniversário do imperador Pedro II.

XC
O Ajuste

– QUANTO A MIM, um de vocês gosta dela, senão ambos – disse Aires.

Pedro mordeu os beiços, Paulo consultou o relógio; iam já na rua. Aires concluiu o que sabia, que sim, que ambos, e não trepidou em dizê-lo, acrescentando que a moça não era como a República, que um podia defender e outro atacar; cumpria ganhá-la ou perdê-la de vez. Que fariam eles, dada a escolha? Ou já estava feita a escolha, e o preterido teimava em a torcer para si?

Nenhum falou logo, posto que ambos sentissem necessidade de explicar alguma cousa. Tinham que a escolha não era clara ou decisiva. Outrossim, que lhes cabia o direito de esperar a preferência, e fariam o diabo para alcançá-la. Tais e outras ideias vagavam silenciosamente neles, sem sair cá fora. A razão percebe-se, e devia ser mais de uma, – primeiro, a matéria da conversação, – depois, a gravidade do interlocutor. Por mais que Aires abrisse as portas à franqueza dos rapazes, estes eram rapazes e ele velho. Mas o assunto em si era tão sedutor, o coração, apesar de tudo, tão indiscreto, que não houve remédio senão falar, mas falar negando.

– Não me neguem – interrompeu Aires –; a gente madura sabe as manhas da gente nova, e adivinha com facilidade o que ela faz. Nem é preciso adivinhar; basta ver e ouvir. Vocês gostam dela.

Eles sorriam, mas já agora com tal amargor e acanhamento que mostravam o desgosto da rivalidade, aliás sabida deles. Tal rivalidade era também sabida de outros, devia sê-lo de Flora, e a situação lhes parecia agora mais complicada e fechada que dantes.

Tinham chegado ao Largo da Carioca, era uma hora da noite. Uma vitória de Santos esperava ali os rapazes, a conselho e por ordem da mãe, que buscava todas as ocasiões e meios de os fazer andar juntos e familiares. Teimava em emendar a natureza. Levava-os muita vez a passeio, ao teatro, a visitas. Naquela noite, como soubesse que iam ao teatro, mandou aprestar a vitória que os conduziu para a cidade, e ficou à espera deles.

– Entre, conselheiro – disse Pedro –, o carro dá para três: eu vou no banquinho da frente.

Entraram e partiram.

– Bem – continuou Aires –, é certo que vocês gostam dela, e igualmente certo que ela ainda não escolheu entre os dous. Provavelmente, não sabe que faça. Um terceiro resolveria a crise, porque vocês se consolariam depressa; também eu me consolei rapaz. Não havendo terceiro, e não se podendo prolongar a situação, por que é que vocês não combinam alguma cousa?

– Combinar quê? – perguntou Pedro sorrindo.

– Qualquer cousa. Combinem um modo de cortar este nó górdio[1]. Cada um que siga a sua vocação. Você, Pedro, tenta-

1. *Cortar o nó górdio*: segundo a tradição, o camponês Górdio, quando coroado rei da Frígia, amarrou sua carroça a uma coluna do templo de Zeus com um nó tão complexo que seria impossível desatá-lo. Quem o fizesse, receberia a coroa da Frígia. Ainda segundo a tradição, Alexandre, o Grande (356-323 a.C.), teria resolvido o problema ao decepar o nó com sua espada. A expressão "cortar o nó górdio", metaforicamente, significa resolver um problema complexo de modo simples e eficiente.

rá primeiro desatá-lo; se ele não puder, Paulo, você pegue da espada de Alexandre[2], e dê-lhe o golpe. Fica tudo feito e acabado. Então o destino, que os espera, com duas belas criaturas, virá trazê-las pela mão a um e a outro, e tudo se compõe na terra como no céu.

Aires disse mais cousas antes de se apear à porta da casa. Apeado, ainda lhes perguntou:

– Estamos de acordo?

Os dous responderam de cabeça afirmativamente, e, ficando sós não disseram nada. Que fossem pensando, é natural, e porventura o tempo lhes pareceu curto entre o Catete e Botafogo. Chegaram a casa, subiram a escada do jardim, falaram da temperatura, que Pedro achava deliciosa e Paulo abominável, mas não disseram assim para não irritar um ao outro. A esperança do ajuste é que os levava à moderação relativa e passageira. Vivam os frutos pendentes do dia seguinte!

Cá estava o quarto à espera deles, um brinco de arranjo e graça, de comodidade e repouso. Era a mãe que dava os últimos retoques todos os dias; ela cuidava das flores que seriam postas nos vasinhos de porcelana, e ela mesma as ia tirar à noite e pôr fora das janelas para que eles não as respirassem dormindo. Cá estavam as velas ao pé das duas camas, metidas nos seus castiçais de prata, um com o nome de Pedro, outro com o de Paulo, gravados. Tapetinhos de suas mãos, laços dados por ela nos cortinados, finalmente o retrato dela e o do marido pendurados à parede, entre as duas camas, naquele mesmo lugar em que estiveram os de Luís XVI e Robespierre, comprados na Rua da Carioca.

2. *Alexandre, o Grande* (356-323 a.C.): rei da Macedônia, em sua curta vida (morreu aos 33 anos de idade) conquistou o maior império da Antiguidade, antes do romano.

Ao pé de cada um dos castiçais acharam um bilhetinho de Natividade. Aqui está o que ela dizia. "Algum de vocês quer ir comigo à missa, amanhã? Faz anos que seu avô morreu, e Perpétua está adoentada." Natividade esquecera de lhes falar antes, e, aliás, andava bem sem eles, mormente de carruagem; mas gostava de os ter consigo.

Pedro e Paulo riram do convite e da forma, e um deles propôs que, para agradar à mãe, fossem ambos à missa. A aceitação da proposta veio pronta; já não era harmonia, era uma espécie de diálogo na mesma pessoa. O céu parecia escrever o tratado de paz que ambos teriam de assinar; ou, se preferes, a natureza corrigia as índoles, e os dous rixosos começavam a ajustar o ser e o parecer. Também não juro isto, digo o que se pode crer só pelo aspecto das cousas.

– Vamos à missa – repetiram.

Seguiu-se um grande silêncio. Cada um ruminava o ajuste e o modo de o propor. Enfim, de cama a cama, disseram o que lhes parecia melhor, propuseram, discutiram, emendaram e concluíram sem escritura de tabelião, apenas por aceitação de palavra. Poucas cláusulas. Confessando que não podiam assegurar a escolha de Flora, concordaram em esperar por ela durante um prazo curto; três meses. Dada a escolha, o rejeitado obrigava-se a não tentar mais nada. Como tivessem a certeza final da escolha, o acordo era fácil; cada um não faria mais que excluir o outro. Não obstante, se ao fim do prazo, nenhuma escolha houvesse, cumpria adotar uma cláusula última. A primeira que acudiu foi deixarem ambos o campo, mas não os seduziu. Lembrou-lhes recorrer à sorte, e aquele que fosse designado por ela, deixaria o campo ao rival. Assim passou uma hora de conversação, após a qual cuidaram de dormir.

XCI
Nem Só a Verdade se Deve às Mães

Às nove horas da manhã seguinte, Natividade estava pronta para ir à missa que mandava dizer na matriz da Glória; nenhum dos filhos se lhe apresentou.

– Parece que dormem.

E duas, três, quatro, cinco vezes, foi até à porta do quarto a ver se ouvia rumor, como resposta ao bilhete que deixara. Nada. Concluiu que teriam entrado tarde. Só não atinou que dormissem sobre o ajuste, nem que ajuste era. Uma vez que o fizessem em cama fofa, tudo ia bem. Enfim, acabou de calçar as luvas, desceu, entrou no carro e foi para a igreja.

A missa era aniversária, como dizia o bilhete. Uso velho; o pai tinha a sua missa, a mãe outra, os irmãos e parentes outras. Não lhe esqueciam datas obituárias, como não lhe esqueciam natalícias, quaisquer que fossem, amigas ou parentas; trazia-as todas de cor. Doce memória! Há pessoas a quem não ajudas, e chegam a brigar consigo e com outros por abandono teu. Felizes os que tu proteges; esses sabem o que é 24 de março, 10 de agosto, 2 de abril, 7 e 31 de outubro, 10 de novembro, o ano todo, suas tristezas e alegrias particulares.

Voltando a casa, viu Natividade os dous filhos no jardim, à espera dela. Eles correram a abrir-lhe a portinhola do carro, e depois de a apearem e lhe beijarem a mão, explicaram a falta. Tinha resolvido ir ambos, mas o sono...

– O sono e a preguiça – concluiu a mãe rindo.
– Foi só o sono – disse Pedro.
– Acordamos agora mesmo – acabou Paulo.

Disputaram dar-lhe o braço; Natividade os satisfez dando um braço a cada um. Em casa, ao mudar de roupa, Natividade refletiu que, se Flora lhes tivesse feito algum pedido, eles acordariam cedo, por mais tarde que se deitassem; a memória serviria de despertador. Passou-lhe uma sombra rápida, mas depressa se reconciliou com a diferença. Assim que, não foi por ciúme, mas para os trazer a outras seduções e separá-los da guerra ante a bela Flora, que a mãe teimou em levar os filhos para Petrópolis. Subiriam na primeira semana de janeiro. A estação seria excelente; anunciou festas, citou nomes, notou-lhes que Petrópolis era a cidade da paz. O governo pode mudar cá embaixo e nas províncias...

– Que províncias, mamãe? – atalhou Paulo.

Natividade sorriu e emendou:

– Nos estados. Vai desculpando os descuidos de tua mãe. Bem sei que são estados; não são como as províncias antigas, não esperam que o presidente lhes vá aqui da Corte...

– Que Corte – baronesa?

Agora os dous riram, mãe e filho. Passado o riso, Natividade continuou:

– Petrópolis é a cidade da paz; é, como dizia outro dia o conselheiro Aires, é a cidade neutra, é a cidade das nações. Se a capital do estado fosse ali, não haveria deposição de governo. Petrópolis, vejam vocês que o nome, apesar da origem, ficou e ficará, é de todos. A estação dizem que vai ser encantadora...

– Eu não sei se posso ir já – disse Paulo.

– Nem eu – acudiu Pedro.

Ainda uma vez estavam de acordo, mas aqui o acordo trazia provavelmente o divórcio, refletiu a mãe, e o prazer que lhe deram aquelas duas palavras morreu depressa. Perguntou-lhes que razão tinham para ficar e até quando. Se estivessem estabelecidos com o seu consultório médico e a sua banca de advogado, era bem; mas, se nenhum deles começara ainda a carreira, que fariam cá embaixo, quando ela e o marido…

– Justamente; eu tenho que fazer uns estudos de clínica na Santa Casa – respondeu Pedro.

Paulo explicou-se. Não ia praticar a advocacia, mas precisava de consultar certos documentos do século XVIII na Biblioteca Nacional; ia escrever uma história das terras possuídas.

Nada era verdade, mas nem só a verdade se deve dizer às mães. Natividade ponderou que eles podiam fazer tudo entre as duas barcas de Petrópolis; desciam, almoçavam, trabalhavam, e às quatro horas subiriam, como a demais gente. Em cima achariam visitas, música, bailes, mil cousas belas, sem contar as manhãs, a temperatura e os domingos. Eles defenderam o estudo, como sendo melhor por muitas horas seguidas.

Natividade não teimou. Mais depressa ficaria esperando que os filhos acabassem os documentos da Biblioteca e a clínica da Santa Casa. Esta ideia fê-la atentar para a necessidade de ver estabelecidos o jovem médico e o jovem advogado. Trabalhariam com outros profissionais de reputação e iriam adiante e acima. Talvez a carreira científica lhes desse a grandeza anunciada pela cabocla do Castelo, e não a política ou outra. Em tudo se podia resplandecer e subir. Aqui fez a crítica de si mesma, quando imaginou que Batista abriria a carreira política de algum deles, sem advertir que o pai de Flora mal continuaria a própria carreira, aliás obscura. Mas a ideia do mando tornava a ocupar a cabeça da mãe, e cheios dela os olhos fitavam ora Pedro, ora Paulo.

Chegaram a acordo. Eles subiriam aos sábados e desceriam às segundas; o mesmo por ocasião de dias santos e festas de gala. Natividade contava com o costume e as atrações.

Na barca e em Petrópolis era objeto de conversação a diferença entre os filhos, que só iam lá uma vez por semana, e o pai, que trazia tantos negócios às costas, e subia todas as tardes. Que fariam eles cá embaixo, quando alguns olhos podiam atraí-los e agarrá-los lá em cima? Natividade defendia os gêmeos, dizendo que um ia à Santa Casa e outro à Biblioteca Nacional, e estudavam muito, às noites. A explicação era aceitável, mas, além de fazer perder um assunto aos bonitos dentes do verão, podia ser invenção dos rapazes; naturalmente, iriam às moças.

A verdade é que eles faziam rumor em Petrópolis, durante as poucas horas que lá passavam. Além do mais, tinham a semelhança e a graça. As mães diziam bonitas cousas à mãe deles, e indagavam da razão verdadeira que os prendia à capital, não assim como eu digo, nu e cru, mas com arte fina e insidiosa, arte perdida, porque a mãe insistia na Biblioteca e na Santa Casa. Deste jeito, a mentira, já servida em primeira mão, era servida em segunda, e nem por isso melhor aceita.

XCII
Segredo Acordado

Enfim, que segredo há que se não descubra? Sagacidade, boa vontade, curiosidade, chama-lhe o que quiseres, há uma força que deita cá para fora tudo o que as pessoas cuidam de esconder. Os próprios segredos cansam de calar, calar ou dormir; fiquemos com este outro verbo, que serve melhor à imagem. Cansam, e ajudam a seu modo aquilo que imputamos à indiscrição alheia.

Quando eles abrem os olhos, faz-lhes mal a escuridão. Um raio de Sol basta. Então pedem aos deuses (porque os segredos são pagãos) um quase nada de crepúsculo, aurora ou tarde, posto que a aurora prometa dia, enquanto a tarde cai outra vez na noite, mas tarde que seja, tudo é respirar claridade. Que os segredos, amiga minha, também são gente; nascem, vivem e morrem. Agora o que sucede, quando um olhar de Sol penetra na solidão deles, é que dificilmente sai mais, e geralmente cresce, rasga, alaga, e os traz pela orelha cá para fora. Vexados da grande luz, eles a princípio andam de ouvido em ouvido, cochichados, alguma vez escritos em bilhetes, ainda que tão vagamente e sem nomes, que mal se adivinhará quais sejam. É o período da infância, que passa depressa; a mocidade pula por cima da adolescência, e eles aparecem fortes e derramados, sabidos como gazetas. Enfim, se a velhice chega, e eles não se vexam dos cabelos brancos, tomam conta do mundo, e acaso conseguem, não digo esquecer, mas aborrecer; entram na família do próprio Sol, que quando nasce é para todos, segundo dizia uma tabuleta da minha infância.

Tabuletas da minha infância, ai, tabuletas! Quisera acabar por elas este capítulo, mas o assunto não teria nobreza nem interesse, e ainda uma vez interromperíamos a nossa história. Fiquemos no segredo divulgado; é quanto basta. Uma veranista elegante não dissimulou o seu espanto ao saber que os dous irmãos combinavam num ponto que faria romper os maiores amigos deste mundo. Um secretário de legação insinuou que podia ser brincadeira dos dous.

– Ou dos três – acrescentou outra veranista.

Iam de passeio à Quitandinha, a cavalo. Aires acompanhava-os, e não dizia nada. Quando lhe perguntaram se Flora era bonita, respondeu que sim, e falou da temperatura. A primeira veranista perguntou-lhe se era capaz de suportar aquela situação. Aires respirou, como quem vem de longe, e declarou que aos pés de um padre seria obrigado a mentir, tais eram os seus pecados; mas ali, na estrada, ao ar livre, entre senhoras, confessou que matara mais de um rival. Que se lembrasse trazia sete mortes às costas, com várias armas. As senhoras riam; ele falava soturno[1]. Só uma vez escapou de morrer primeiro, e inventou uma anedota napolitana. Fez a apologia do punhal. Um que tivera, há muitos anos, o melhor aço do mundo, foi obrigado a dá-lo de presente a um bandido, seu amigo, quando lhe provou que completara na véspera o seu vigésimo nono assassinato.

– Aqui está para o trigésimo – disse-lhe entregando a arma.

1. *Soturno*: grave; sombrio.

Poucos dias depois soube que o bandido, com aquele punhal, matara o marido de uma senhora, e depois a senhora, a quem amava sem ventura.

– Deixei-o com trinta e um crimes de primeira ordem.

As damas continuavam a rir; ele conseguiu assim desviar a conversação de Flora e seus namorados.

XCIII
Não Ata nem Desata

Enquanto indagavam dela em Petrópolis, a situação moral de Flora era a mesma; o mesmo conflito de afinidades, o mesmo equilíbrio de preferências. Cessado o conflito, roto o equilíbrio, a solução viria de pronto, e, por mais que doesse a um dos namorados, venceria o outro, a menos que interviesse o punhal da anedota de Aires.

Assim passaram algumas semanas desde a subida de Natividade. Quando Aires vinha ao Rio de Janeiro, não deixava de ir vê-la a São Clemente, onde a achava qual era dantes, salvo um pouco de silêncio em que a viu metida uma vez. No dia seguinte recebeu uma carta de Flora, pedindo-lhe desculpa da desatenção, se a houve, e mandando-lhe saudades. "Mamãe pede que a recomende também ao senhor e à família da baronesa." Esta recomendação exprimia o consentimento obtido da mãe para que lhe escrevesse a carta. Quando ele tornou ao Rio, correu a São Clemente e Flora pagou-lhe com alegria grande o silêncio daquela outra manhã. Todavia, não era espontânea nem constante; tinha seus cochilos de melancolia. Aires voltou ainda algumas vezes na mesma semana. Flora aparecia-lhe com a alegria costumada, e, para o fim, a mesma alteração dos últimos dias.

Talvez a causa daquelas síncopes da conversação fosse a viagem que o espírito da moça fazia à casa da gente Santos. Uma das vezes, o espírito voltou para dizer estas palavras ao coração: "Quem és tu, que não atas nem desatas? Melhor é que os deixes de vez. Não será difícil a ação, porque a lembrança de um acabará por destruir a de outro, e ambas se irão perder com o vento, que arrasta as folhas velhas e novas, além das partículas de cousas, tão leves e pequenas, que escapam ao olho humano. Anda, esquece-os; se os não podes esquecer, faze por não os ver mais; o tempo e a distância farão o resto."

Tudo estava acabado. Era só escrever no coração as palavras do espírito, para que lhe servissem de lembrança. Flora escreveu-as, com a mão trêmula e a vista turva; logo que acabou, viu que as palavras não combinavam, as letras confundiam-se, depois iam morrendo, não todas, mas salteadamente, até que o músculo as lançou de si. No valor e no ímpeto podia comparar o coração ao gêmeo Paulo; o espírito, pela arte e sutileza, seria o gêmeo Paulo. Foi o que ela achou no fim de algum tempo, e com isso explicou o inexplicável.

Apesar de tudo, não acabava de entender a situação, e resolveu acabar com ela ou consigo. Todo esse dia foi inquieto e complicado. Flora pensou em ir ao teatro para que os gêmeos não a achassem à noite. Iria cedo, antes da hora da visita. A mãe mandou comprar o camarote, e o pai aprovou a diversão, quando veio jantar, mas a filha acabou com dor de cabeça, e o camarote ficou perdido.

– Vou mandá-lo aos jovens Santos – insinuou Batista.

Dona Cláudia opôs-se e guardou o camarote. A razão era de mãe; posto lhe tardasse a escolha e o casamento, ela queria vê-los ali consigo, falando, rindo, debatendo que fosse, com os olhos pendentes da filha. Batista não entendeu logo nem depois; mas para não desagradar à esposa, deixou de obsequiar os rapazes. Uma ocasião tão boa! Não era muito para eles que possuíam com que despender, e despendiam; o obséquio estava na lembrança, e também na cartinha que lhes escreveria, mandando o camarote. Chegou a redigi-la de cabeça, apesar de já inútil. A mulher, ao vê-lo calado e sério, cuidou que fosse zanga e quis fazer as pazes; o marido arredou-a brandamente com a mão. Redigia a cartinha, punha no texto um gracejo sisudo, dobrava o papel e lançava-lhe este sobrescrito gêmeo: "Aos jovens apóstolos Pedro e Paulo." O trabalho intelectual tornou mais dura a oposição de dona Cláudia. Uma cartinha tão bonita!

XCIV
Gestos Opostos

Como pode um só teto cobrir tão diversos pensamentos? Assim é também este céu claro ou brusco: outro teto vastíssimo que os cobre com o mesmo zelo da galinha aos seus pintos... Nem esqueça o próprio crânio do homem, que os cobre igualmente, não só diversos, senão opostos.

Flora, no quarto, não cuidava então de bilhetes nem camarotes; também não acudia à dor de cabeça, que não tinha. Se falou nela foi por ser uma razão próxima e aceitável, breve ou longa, conforme a necessidade da ocasião. Não suponhas que está rezando, embora tenha ali um oratório e um crucifixo. Não viria pedir a Jesus que lhe livrasse a alma daquela inclinação desencontrada. Posta à beira da cama, os olhos no chão, pensava naturalmente em alguma cousa grave, se não era nada, que também agarra os olhos e o pensamento de uma pessoa. Mordeu os beiços sem raiva; meteu a cabeça entre as mãos, como se quisesse concertar os cabelos, mas os cabelos estavam e ficavam como dantes.

Quando se levantou era totalmente noite, e acendeu uma vela. Não queria gás. Queria uma claridade branda que desse pouca vida ao quarto e aos seus móveis, que deixasse algumas partes na meia escuridade. O espelho, se fosse a ele, não lhe repetiria a beleza de todos os dias, com a vela posta em cima de uma papeleira antiga, a distância. Mostrar-lhe-ia a nota de palidez e de melancolia, é verdade, mas a nossa amiguinha não se sabia pálida, nem se sentia melancólica. Tinha na tristeza desvairada daquela ocasião uma pontinha de abatimento.

Como tudo isso se combinava, não sei, nem ela mesma. Ao contrário, Flora parecia, às vezes, tomada de um espanto, outras de uma inquietação vaga, e, se buscava o repouso de uma cadeira de balanço, era para o deixar logo. Ouviu bater oito horas. Daí a pouco, entrariam provavelmente Pedro e Paulo. Teve lembrança de ir dizer à mãe que a não mandasse chamar; estava de cama. Esta ideia não durou o que me custa escrevê-la, e aliás já lá vai na outra linha. Recuou a tempo.

– É um despropósito – disse consigo –; basta não aparecer. Mamãe dirá que estou adoentada, tanto que perdemos o teatro, e, se vier aqui, digo-lhe que não posso aparecer…

As últimas palavras saíram-lhe de viva voz, para maior firmeza da resolução. Projetou reclinar-se já na cama; depois achou melhor fazê-lo quando ouvisse o passo da mãe no corredor. Todas essas alternativas podiam vir de si mesmas; entretanto, não é impossível que fosse também um modo de sacudir quaisquer lembranças aborrecíveis. A moça temia ir atrás delas.

❧ XCV ❧
O Terceiro

Temendo ir atrás delas, que havia de fazer Flora? Abriu uma das janelas do quarto, que dava para a rua, encostou-se à grade e enfiou os olhos para baixo e para cima. Viu a noite sem estrelas, pouca gente que passava, calada ou conversando, algumas salas abertas, com luzes, uma com piano. Não viu certa figura de homem na calçada oposta, parada, olhando para a casa de Batista. Nem a viu, nem lhe importaria saber quem fosse. A figura é que tão depressa a viu como estremeceu e não despegou mais os olhos dela, nem os pés do chão.

Lembras-te daquela veranista de Petrópolis que atribuiu um terceiro namorado à nossa amiguinha? "Um dos três", disse ela. Pois aqui está o terceiro namorado, e pode ser que ainda apareça outro. Este mundo é dos namorados. Tudo se pode dispensar nele; dia virá em que se dispensem até os governos, a anarquia se organizará de si mesma, como nos primeiros dias do paraíso. Quanto à comida, virá de Boston ou de Nova Iorque um processo para que a gente se nutra com a simples respiração do ar. Os namorados é que serão perpétuos.

Aquele era oficial de secretaria. Geralmente os empregados de secretaria casam cedo. Gouveia era solteiro, andava às moças. Um domingo, à missa, reparou na filha do ex-presidente, e saiu da igreja tão apaixonado que não quis outra promoção. Tinha gostado de muitas, acompanhou algumas, esta foi a primeira que o feriu deveras. Pensava nela dia e noite. A Rua de São Clemente era o caminho que o levava e trazia da repartição. Se a via, olhava muito para ela, detinha-se a distância, à porta de uma casa, ou então fingia acompanhar com os olhos um carro que passava, e tirava-os do carro para a moça.

Quando amanuense, fizera versos; nomeado oficial, perdeu o costume, mas um dos efeitos da paixão foi restituir-lho. Consigo, em casa da mãe, gastava papel e tinta a metrificar as esperanças. Os versos escorriam da pena, a rima com eles, e as estrofes vinham seguindo direitas e alinhadas, como companhias de batalhão; o título seria o coronel, a epígrafe a música, uma vez que regulava a marcha dos pensamentos. Bastaria essa força à conquista? Gouveia imprimiu alguns em jornais, com esta dedicatória: *A alguém*. Nem assim a praça se rendia.

Uma vez deu-lhe na cabeça mandar uma declaração de amor. Paixão concebe despropósitos. Escreveu duas cartas, sem o mesmo estilo, antes contrário. A primeira era de poeta; dava-lhe *tu*, como nos versos, adjetivava muito, chamava-lhe deusa por alusão ao nome de Flora, e citava Musset[1] e Casimiro de Abreu[2]. A segunda carta foi um desforço do oficial sobre o amanuense. Saiu-lhe ao estilo das informações e dos ofícios, grave, respeitoso, com Excelências. Comparando as duas cartas, não acabou de escolher nenhuma. Não foi só o texto diverso e contrário, foi principalmente a falta de au-

1. *Alfred Louis Charles de Musset* (1810-1857): poeta, prosador e dramaturgo francês de grande prestígio e influência na literatura romântica internacional.

2. *Casimiro de Abreu* (1839-1860): poeta da segunda geração do romantismo brasileiro; autor de *As Primaveras* (1859).

torização que o levou a rasgar as cartas. Flora não o conhecia; quando menos, fugia de o conhecer. Os olhos dela, se encontravam os dele, retiravam-se logo indiferentes. Uma só vez cuidou que traziam a intenção de perdoar. Que esse breve raio de luz lhe desabotoasse as flores da esperança (começo a falar como a primeira carta) era possível e até certo; tão certo que lhe fez perder o ponto na repartição. Felizmente, era ótimo empregado; o diretor ampliou o quarto de hora de tolerância, e atendeu à dor de cabeça, causa de triste insônia.

– Dormi sobre a madrugada – acabou o oficial.

– Assine.

Senão quando, morre-lhe o padrinho ao Gouveia, e em testamento deixou ao afilhado três contos de réis. Qualquer acharia nisso um benefício, Gouveia achou dous: o legado e a ocasião de travar relações com o pai de Flora. Correu a pedir-lhe que aceitasse a procuração de legatário, ajustando logo os honorários e as despesas. Com pouco, foi procurá-lo à casa, e para que o advogado desse a notícia do constituinte à família, empregou muitos ditos sutis e graciosos, contou anedotas do padrinho, expôs conceitos filosóficos e um programa de marido. Descreveu também a situação administrativa, a promoção iminente, os louvores recebidos, comissões e gratificações, tudo o que o distinguia de outros companheiros. De resto, ninguém na repartição lhe queria mal. Aqueles mesmos que se creram prejudicados, acabavam confessando que era justa a preferência dada ao Gouveia. Não seria tudo exato; ele o cria assim, ao menos, e, se não cria tudo, não desmentiu nada. Perdeu tempo e trabalho. Flora não soube da conversação.

Nem soube da conversação, nem deu agora pelo vulto, como lá disse. Também disse que a noite era escura. Acrescento que começou a pingar fino e a ventar fresco. Gouveia trazia guarda-chuva e ia a abri-lo, mas recuou. O que se passou na alma dele foi uma luta igual à dos dous textos da carta. O oficial queria abrigar-se da chuva, o amanuense queria apanhá-la, isto é, o poeta renascia contra as intempéries, sem medo ao mal, prestes a morrer por sua dama, como nos tempos da cavalaria. Guarda-chuva era ridículo; poupar-se à constipação desmentia a adoração. Tal foi a luta e o desfecho; venceu o amanuense, enquanto a chuva ia pingando grosso, e outra gente passava abrigada e depressa. Flora entrou e fechou a janela. O amanuense esperou ainda algum tempo, até que o oficial abriu o guarda-chuva e fez como os outros. Em casa achou a triste consolação da mãe.

XCVI
Retraimento

Aquela noite acabou sem incidente. Os gêmeos vieram, Flora não apareceu, e no dia seguinte duas cartinhas perguntavam a dona Cláudia como passara a filha. A mãe respondeu que bem. Nem por isso Flora os recebeu com a alegria do costume. Tinha alguma cousa que a fazia falar pouco. Pediram-lhe música, tocou; foi bom, porque era um meio de se meter consigo. Não respondeu aos apertos de mão, como eles supunham que fazia até há pouco. Assim foi essa noite, assim foram as outras. Ora um, ora outro chegava primeiro, imaginando que a presença do rival é que tolhia a moça; mas a precedência não valia nada.

XCVII
Um Cristo Particular

TUDO ISSO LHE CUSTAVA TANTO, que ela acabou pedindo ao seu Cristo um lugar de governador para o pai, ou qualquer comissão fora daqui. Jesus Cristo não distribui os governos deste mundo. O povo é que os entrega a quem merece, por meio de cédulas fechadas, metidas dentro de uma urna de madeira, contadas, abertas, lidas, somadas e multiplicadas. A comissão podia vir, isso sim; a questão era saber se Jesus Cristo acudirá a todos os que lhe pedem a mesma cousa. Os comissários seriam infinitamente mais que as comissões. Esta objeção foi logo expelida do espírito de Flora, porque ela pedia ao seu Cristo, um de marfim velho, deixa da avó, um Cristo que nunca lhe negou nada, e a quem as outras pessoas não vinham importunar com súplicas. A própria mãe tinha o seu particular, confidente de ambições, consolo de desenganos; não recorria ao da filha. Tal era a fé ingênua da moça.

Certamente, já lhe havia pedido que a livrasse daquela complicação de sentimentos, que não acabavam de ceder um ao outro, daquela hesitação cansativa, daquele empuxar para ambos os lados. Não foi ouvida. A causa seria talvez por não haver dado ao pedido a forma clara que aqui lhe ponho, com escândalo do leitor. Efetivamente, não era fácil pedir assim por palavras seguidas, faladas ou só pensadas; Flora não formulou a súplica. Pôs os olhos na imagem e esqueceu-

-se de si, para que a imagem lesse dentro dela o seu desejo. Era demais; requerer o favor do céu e obrigá-lo a adivinhar o que era… Assim cuidou Flora, e resolveu emendar a mão. Não chegou lá; não ousou dizer a Jesus o que não dizia a si mesma. Pensava nos dous, sem confessar a nenhum. Sentia a contradição, sem ousar encará-la por muito tempo.

XCVIII
O Médico Aires

Um dia pareceu à mãe que a filha andava nervosa. Interrogou-a e apenas descobriu que Flora padecia de vertigens e esquecimentos. Foi justamente um dia em que Aires lá apareceu de visita, com recados de Natividade. A mãe falou-lhe primeiro e confiou-lhe os seus sustos. Pediu-lhe que a interrogasse também. Aires fez de médico, e, quando a moça apareceu e a mãe os deixou na sala, cuidou de a interrogar cautelosamente.

Vão propósito, porque ela mesma iniciou a conversação, queixando-se de dor de cabeça. Aires observou que dor de cabeça era moléstia de moça bonita, e, tendo confessado que este dito era banal, descobriu-lhe o motivo. Não queria perder a ocasião de lhe dizer o que toda a gente sabia e dizia, não só aqui, como em Petrópolis.

– Por que não vai a Petrópolis? – concluiu.

– Espero fazer outra viagem mais longa, muito longa...

– Para o outro mundo, aposto?

– Acertou.

– Já tem bilhete de passagem?

– Comprarei no dia do embarque.

– Talvez não ache. Há grande concorrência para aquelas paragens; melhor é comprar antes, e, se quer, eu me encarrego disso; comprarei outro para mim, e iremos juntos. A travessia, quando não há conhecidos, deve ser fastidiosa; às vezes, os próprios conhecidos aborrecem, como sucede neste mundo. As saudades da vida é que são agradáveis. A gente de bordo é vulgar, mas o comandante impõe confiança. Não abre a boca, dá as suas ordens por gestos, e não consta que haja naufragado.

– O senhor está caçoando comigo; eu creio até que estou com febre.

– Deixe ver.

Flora estendeu-lhe o pulso; ele, com ar profundo:

– Está; febre de quarenta e sete graus, a mão está ardendo, mas isto mesmo prova que não é nada, porque aquelas viagens fazem-se com as mãos frias. Há de ser constipação, fale a sua mãe.

– Mamãe não cura.

– Pode curar, há remédios caseiros; em todo caso, peça-lhe, e ela pode mandar chamar um médico.

– Médico dá tisanas[1], e eu não gosto de tisanas.

– Nem eu, mas tolero-as. Por que não experimenta a homeopatia, que não tem gosto, como a alopatia?

– Qual é a que lhe parece melhor?

– A melhor? Só Deus é grande.

Flora sorriu, de um sorriso pálido, e o conselheiro percebeu algo que não era tristeza de passagem ou de criança. Novamente lhe falou de Petrópolis, mas não insistiu. Petrópolis era a agravação do momento atual.

– Petrópolis tem o mal das chuvas – continuou. – Eu, se fosse a senhora, saía desta casa e desta rua; vá para outro bairro, casa amiga, com sua mãe ou sem ela…

– Para onde? – perguntou Flora ansiosa.

E ficou a olhar, esperando. Não tinha casa amiga, ou não se lembrava, e queria que ele mesmo escolhesse alguma,

1. *Tisana*: espécie de chá medicinal.

onde quer que fosse, e quanto mais longe, melhor. Foi o que ele leu nos olhos parados. É ler muito, mas os bons diplomatas guardam o talento de saber tudo o que lhes diz um rosto calado, e até o contrário. Aires fora diplomata excelente, apesar da aventura de Caracas, se não é que essa mesma lhe aguçou a vocação de descobrir e encobrir. Toda a diplomacia está nestes dous verbos parentes.

XCIX
A Título de Ares Novos

– Vou arranjar-lhe uma casa boa – disse ele, à despedida.

Desde que estava em Petrópolis, Aires não ia jantar a Andaraí, com a irmã, às quintas-feiras, segundo ajustara e consta do Capítulo xxxii. Agora foi lá, e cinco dias depois Flora transferia-se para a casa dela, a título de ares novos. Dona Rita não consentiu que dona Cláudia lhe levasse a filha, ela mesma a foi buscar a São Clemente, e Aires acompanhou as três.

A mocidade de Flora na casa de dona Rita foi como uma rosa nascida ao pé do paredão velho. O paredão remoçou. A simples flor, ainda que pálida, alegrou o barro gretado e as pedras despidas. Dona Rita vivia encantada; Flora pagava o agasalho da dona da casa com tanta ingenuidade e graça, que esta acabou por lhe dizer que a roubaria à mãe e ao pai, e foi ainda ocasião de riso para as duas.

"Você me deu um lindo presente com esta moça", escrevia dona Rita ao irmão; "foi uma alma nova, e veio em boa ocasião, porque a minha anda já caduca. É muito docilzinha, conversa, toca e desenha que faz gosto, tem aqui tirado riscos de várias cousas, e eu saio com ela para lhe mostrar vistas apreciáveis. Às vezes, apresenta uma cara triste, olha vagamente, e suspira; mas eu pergunto-lhe se são saudades de São Clemente, ela sorri e faz um gesto de indiferença. Não lhe falo dos nervos, para a afligir, mas creio que vai melhor..."

Flora também escreveu ao conselheiro Aires, e as duas cartas chegaram à mesma hora a Petrópolis. A de Flora era um agradecimento grande e cordial, mal entremeado de alguma palavra saudosa; confirmava assim a carta da outra, posto não a houvesse lido. Aires comparou-as, lendo duas vezes a da moça para ver se ela escondia mais do que transparecia do papel. Em suma, confiava no remédio.

– Não os vendo, esquece-os – pensou ele –; e se na vizinhança houver alguém que pense em gostar dela, é possível que acabe casando.

Respondeu a ambas, na mesma noite, dizendo-lhes que na quinta-feira iria almoçar com elas. A dona Cláudia escreveu mandando-lhe a carta da irmã, e foi passar a noite em casa de Natividade, a quem deu a ler as cinco cartas. Natividade aprovou tudo. Notava só que os filhos não lhe escreviam, e deviam estar desesperados.

– A Santa Casa cura, e a Biblioteca Nacional também – retorquiu Aires.

Na quinta-feira, Aires desceu e foi almoçar a Andaraí. Achou-as como as tinha lido nas cartas. Interrogou-as separadamente para ouvir por boca as confissões do papel; eram as mesmas. Dona Rita parecia ainda mais encantada. Talvez a causa recente fosse a confidência que fez a moça, na véspera. Como falassem de cabelos, dona Rita referiu o que também consta do Cap. XXXII, isto é, que cortara os seus para os meter no caixão do marido, quando o levaram a enterrar. Flora não a deixou acabar; pegou-lhe das mãos e apertou-as muito.

– Nenhuma outra viúva faria isto – disse ela.

Aqui foi dona Rita que lhe pegou nas mãos, pô-las sobre os seus ombros, e concluiu o gesto por um abraço. Todas as pessoas louvaram-lhe a abnegação do ato; esta era a primeira que a achou única. E daí outro abraço longo, mais longo…

C
Duas Cabeças

Tão longo foi o abraço que tomou o resto ao capítulo. Este começa sem ele nem outro. O mesmo aperto de mão de Aires e Flora, se foi demorado, também acabou. O almoço fez gastar algum tempo mais que de costume, porque Aires, além de conversador emérito, não se fartava de ouvir as duas, principalmente a moça. Achava-lhe um toque de languidez, abatimento ou cousa próxima, que não encontro no meu vocabulário.

Flora mostrou-lhe os desenhos que fizera, paisagens, figuras, um pedaço da estrada da Tijuca, um chafariz antigo, um *Princípio de casa*. Era uma dessas casas, que alguém começou muitos anos antes, e ninguém acabou, ficando só duas ou três paredes, ruína sem história. Havia ainda outros desenhos, uma revoada de pássaros, um vaso à janela. Aires ia folheando, cheio de curiosidade e paciência; a intenção da obra supria a perfeição, e a fidelidade devia ser aproximada. Enfim, a moça atou os cordões à pasta. Aires, parecendo-lhe que ficara um desenho último e escondido, pediu que lho mostrasse.

– É um esboço, não vale a pena.

– Tudo vale a pena; quero acompanhar as tentativas da artista; deixe ver.

– Não vale a pena…

Aires insistiu; ela não pôde recusar mais tempo, abriu a pasta, e tirou um pedaço de papel grosso em que estavam desenhadas duas cabeças juntas e iguais. Não teriam a perfeição desejada por ela; não obstante, dispensavam os nomes. Aires considerou a obra, durante alguns minutos, e duas ou três vezes levantou os olhos para a autora. Flora já os esperava, interrogativa; queria ouvir o louvor ou a crítica, mas não ouviu nada. Aires acabou de observar as duas cabeças, e pousou o desenho entre os papéis.

– Não lhe dizia que era um esboço? – perguntou Flora, a ver se lhe arrancava uma palavra.

Mas o ex-ministro preferiu não dizer nada. Em vez de achar quase extinta a influência dos gêmeos, vinha dar com ela feita consolação da ausência, tão viva que bastava a memória, sem presença dos modelos. As duas cabeças estavam ligadas por um vínculo escondido. Flora, vendo continuar o silêncio de Aires, compreendeu acaso parte do que lhe passava no espírito. Com um gesto pronto, pegou do desenho e deu-lho. Não lhe disse nada, menos ainda escreveu qualquer palavra. Qualquer que fosse, seria indiscreta. De mais, era o único desenho a que ela não pôs assinatura. Deu-lho como se fora um penhor de arrependimento. Em seguida, atou novamente as fitas da pasta, enquanto Aires rasgava calado o desenho e metia os pedaços no bolso. Flora ficou por um instante parada, boca entreaberta, mas logo lhe apertou a mão, agradecida. Não pôde evitar que lhe caíssem duas pequeninas lágrimas, como outras tantas fitas que lhe atavam para sempre a pasta do passado.

A imagem não é boa, nem verdadeira; foi a que acudiu ao conselheiro, andando, ao voltar de Andaraí. Chegou a escrevê-la no *Memorial*, depois riscou-a, e escreveu uma reflexão menos definitiva: "Talvez seja uma lágrima para cada gêmeo."

– Pode acabar com o tempo – pensou ele indo para a barca de Petrópolis. – Não importa; é um caso embrulhado.

CI
O Caso Embrulhado

Também os gêmeos achavam o caso embrulhado. Quando iam a São Clemente, tinham notícias da moça, sem que lhes dessem certeza do regresso. O tempo andava; não tardaria que consultassem a sorte, como dous antigos.

A rigor, não contavam as semanas de interrupção, uma vez que a escolha se não dava, e eles podiam trazer da consulta o contrário da inclinação definitiva da moça. Reflexão justa, posto que interessada. Cada um deles não queria mais que prolongar a batalha, esperando vencê-la. Entretanto, não confiavam um do outro este pensamento gêmeo, como eles. Ambos se iam sentindo exclusivos, a afeição tinha agora o seu pudor e necessidade de calar. Já não falavam de Flora.

Nem só de Flora. Crescendo a oposição, recorriam ao silêncio. Evitavam-se; se podiam, não comiam juntos; se comiam juntos, diziam pouco ou nada. Às vezes, falavam para tirar aos criados qualquer suspeita, mas não advertiam que falavam mal e forçadamente, e que os criados iam comentar as palavras e a expressão deles na copa. A satisfação com que estes comunicavam os seus achados e conclusões é das poucas que adoçam o serviço doméstico, geralmente rude. Não chegavam, porém, ao ponto de concluir tudo o que os ia tornando cada vez mais avessos, a ponta de ódio que crescia com a ausência da mãe. Era mais que Flora, como sabeis; eram as próprias pessoas inconciliáveis. Um dia houve na copa e na cozinha grande novidade. Pedro, a pretexto de sentir mais calor que Paulo, mudou de quarto e foi dormir mal em outro não menos quente que o primeiro.

CII
Visão Pede Meia Sombra

ENTRETANTO, A BELA MOÇA não os tirava da mesma alcova sua, por mais que buscasse deveras fugir-lhes. A memória os trazia pela mão, eles entravam e ficavam. Iam depois embora, ou de si mesmos, ou empurrados por ela. Quando tornavam, era de surpresa. Um dia, Flora aproveitou a presença para fazer um desenho igual ao que dera ao conselheiro, mais perfeito agora, muito mais acabado.

Também cansava. Então saía do quarto e ia para o piano. Eles iam com ela, sentavam-se aos lados ou ficavam defronte, em pé, e ouviam com atenção religiosa, ora um noturno, ora uma tarantela. Flora tocava ao sabor de ambos, sem deliberação; os dedos é que obedeciam à mecânica da alma. Para os não ver, inclinava a cabeça sobre o teclado; mas o campo da visão os guardava, se não era a respiração que se fazia sentir defronte ou dos lados. Tal era a sutileza dos seus sentidos.

Se fechava o piano e descia ao jardim, sucedia muita vez que os ia achar ali, passeando, e a cumprimentavam com tão boa sombra, que ela esquecia por instantes a impaciência. Depois, sem que os mandasse, iam embora. Nos primeiros tempos, Flora tinha medo que a houvessem abandonado de todo, e chamava-os dentro de si. Ambos tornavam logo, tão dóceis, que ela acabou de se convencer que a fuga não era fuga, nem eles sentiam desespero, e não os evocou mais. No jardim era mais rápido o desaparecimento, talvez pela extrema claridade do lugar. Visão pede meia sombra.

CIII
O Quarto

Sei, sei, três vezes sei que há muitas visões dessas nas páginas que lá ficam. Ulisses[1] confessa a Alcínoo[2] que lhe é enfadonho contar as mesmas cousas. Também a mim. Sou, porém, obrigado a elas, porque sem elas a nossa Flora seria menos Flora, seria outra pessoa que não conheci. Conheci esta, com as suas obsessões ou como quer que lhes chames.

Nem por isso, nem ainda porque houvesse colhido algum abatimento e nervos, deixava Flora de enfeitar muito, de se fazer mais linda, e ter mais de um namorado incógnito, que suspirava por ela. Não faltava quem a admirasse de passagem, e fosse vê-la, quando menos, no banco verde, à porta do jardim, ao pé da irmã de Aires. Pode ser que conhecesse algum, Gouveia, por exemplo; em verdade, era como se os não visse.

Um deles valia mais que todos pela carruagem tirada por uma bela parelha de cavalos, capitalista do bairro. A casa dele era um palacete, os móveis feitos na Europa, estilo im-

1. *Ulisses*: nome latino do grego Odisseu, herói mítico da *Odisseia*, poema épico atribuído a Homero (século VIII a.C.).

2. *Alcínoo*: na *Odisseia*, rei dos feácios, que acolhe Ulisses (Odisseu) em seu palácio, após o naufrágio sofrido pelo herói. Este narra a Alcínoo as aventuras por que passara desde o fim da guerra contra Troia até aquele momento.

pério, aparelhos de Sèvres[3] e de prata, tapetes de Esmirna[4], e uma vasta câmara com dous leitos, um de solteiro, outro de casados. O segundo esperava a esposa.

– A esposa há de ser esta – pensou ele um dia, ao ver Flora.

Era maduro; trazia o rosto batido dos ventos da vida, a despeito das muitas águas de toucador; ao corpo faltava aprumo, e as maneiras não tinham graça nem naturalidade. Era o Nóbrega, aquele da nota de dous mil-réis, nota fecunda, que deitou de si muitas outras, mais de dous mil contos de réis. Para as notas recentes, a avó perdia-se na noite dos tempos. Agora os tempos eram claros, a manhã doce e pura.

Quando viu a moça, e fez a reflexão que lá fica, estranhou-se a si próprio. Vira outras damas, e mais de uma com escritos nos olhos, dizendo-lhe o vazio do coração. Esta era a primeira que veramente lhe prendeu a vontade e lhe deteve o pensamento. Tornou a vê-la; a gente vizinha notou porventura a frequência recente do capitalista. Enfim, Nóbrega acabou por se fazer entrado na casa de dona Rita, com desgosto dos seus habituados, que assim se viam esquecidos do anfitrião. Nóbrega, entretanto, dera ordens bastantes para que fossem todos servidos e agasalhados, como se ele estivesse presente.

A ausência não lhe faria perder as loas dos amigos. Ao contrário, os servos podiam dar testemunho do que todos eles pensavam do "grande homem". Tal era o nome que lhe aplicara o secretário particular, e pegou. Nóbrega sabia pouca ortografia, nenhuma sintaxe, lições úteis, decerto, mas que não valiam a moral, e a moral, diziam todos, acom-

3. *Sèvres*: região próxima de Paris, na França, célebre pela produção de finos objetos de porcelana.

4. *Esmirna*: cidade localizada na Turquia, famosa, entre outras razões, pela produção de tapetes de alta qualidade e beleza.

panhando o secretário, era o seu principal e maior mérito. O fiel escriba acrescentava que, sendo preciso despir a camisa e dá-la a um mendigo, Nóbrega o faria, ainda que a camisa fosse bordada.

Agora mesmo, este amor era, ao cabo, um movimento de caridade. Em pouco tempo, aquele gosto de relance passou a grande paixão, tão grande que ele não a pôde conter, e resolveu confessá-la. Hesitou se o faria à própria moça ou à dona da casa. Não tinha ânimo para uma nem outra. Uma carta supria tudo, mas a carta pedia língua, calor e respeito. Se, ao menos, o gesto de Flora lhe dissesse alguma cousa, ainda que pouca, vá; a carta seria então uma resposta. Mas não lhe dizia nada o gesto da moça. Era só cortês e gracioso; não ia além dessas duas expressões.

Dona Rita percebeu a inclinação de Nóbrega e achou que era a melhor solução da vida para a hóspede. Todas as incertezas, angústias e melancolias vinham acabar nos braços de um ricaço, estimado, respeitado, dentro de um palacete com uma carruagem às ordens... Ela mesma punha em relevo este prêmio grande da loteria de Espanha.

Enfim, o secretário de Nóbrega redigiu com a melhor linguagem que possuía uma carta em que o capitalista pedia a dona Rita o favor de consultar a moça amada.

– Não escreva palavrinhas doces – recomendou ele ao secretário. – Gosto dessa moça com um sentimento de proteção, antes que outra cousa. Não é carta de namorado. Estilo grave...

– Uma carta seca – concluiu o secretário.

– Totalmente seca, não – emendou Nóbrega –, uma carta lisonjeira, sem esquecer que não sou criança.

Assim se cumpriu. Ia a cumprir-se demais; Nóbrega achou que o estilo podia ser um tanto ameno; não fazia mal pôr duas ou três palavras apropriadas ao objeto, *beleza*, *coração*, *sentimento*... Assim se cumpriu finalmente, e a carta foi levada ao seu destino. Dona Rita ficou contentíssima. Justamente o que ela queria. Tinha o plano feito de concluir, por ato seu, uma história melancólica, a que daria, por derradeira página, conclusão deslumbrante. Não pensou em dizê-lo primeiro ao irmão, pela razão de querer que ele recebesse a notícia completa, tudo feito e acabado. Releu a carta; dispôs-se a ir logo, mas há pessoas para quem o adágio que diz que "o melhor da festa é esperar por ela", resume todo o prazer da vida. Dona Rita tinha essa opinião. Todavia, entendeu que tais cartas não são das que se guardam largo tempo, nem aliás das que se comunicam sem cautela. Esperou vinte e quatro horas. Na manhã seguinte, depois de almoçadas, leu a carta à moça. O natural é que Flora ficasse espantada. Ficou, mas não tardou que risse, de um riso franco e sonoro, como ainda não rira em Andaraí. Dona Rita ficou espantadíssima. Supunha que não a pessoa, mas as vantagens e circunstâncias pleiteassem a favor do candidato. Esquecia os seus cabelos entregues à sepultura do marido. Deu conselhos à moça, pôs em relevo a posição do pretendente, o presente e o futuro, a situação esplêndida que lhe dava este casamento, e por fim as qualidades morais de Nóbrega. A moça escutou calada, e acabou rindo outra vez.

– A senhora sabe se serei feliz? – perguntou.

– Creio que sim; agora, o futuro é que confirmará ou não.

– Esperemos que o futuro chegue, conquanto me pareça muito demorado. Não nego as qualidades daquele homem, parece bom, e trata-me bem, mas eu não quero casar, dona Rita.

– Realmente, a idade... Mas nem, ao menos, quer pensar alguns dias?

– Está pensado.

Dona Rita ainda esperou um dia. A resposta negativa, dado que Flora viesse a mudar de opinião, podia ser uma desgraça para esta. Uso os próprios termos dela, consigo, *grande desgraça, posição esplêndida, sentimento profundo.* Dona Rita ia aos extremos, diante daquele rico-homem[5] dos últimos anos do século.

5. *Rico-homem*: designação atribuída a fidalgos, que contrasta, ironicamente, com a origem humilde de Nóbrega.

CIV
A Resposta

NÃO QUERENDO DAR a resposta nua e crua, dona Rita consultou a moça, que lhe respondeu simplesmente:

– Diga que não pretendo casar.

Quando Nóbrega recebeu as poucas linhas que dona Rita lhe mandou, ficou assombrado. Não contava com recusa. Ao contrário, era tão certa a aceitação que ele tinha já um programa do noivado. Imaginava a moça, os olhos tímidos, a boca cerrada, o véu que lhe cobriria a linda carinha, a delicadeza dele, as palavras que lhe diria entrando em casa. Tinha já composto uma invocação à Mãe Santíssima, para que os fizesse felizes. "Dou-lhe carro", dizia consigo, "joias, muitas joias, as melhores joias do mundo..." Nóbrega não fazia ideia exata do mundo; era uma expressão. "Hei de dar-lhe tudo, sapatinhos de seda, meias de seda, que eu mesmo lhe calçarei..." Estremecia de cor[1], ao calçar-lhe as meias. Beijava-lhe os pés e os joelhos.

Tinha imaginado que ela, ao ler a carta, devia ficar tão pasmada e agradecida, que nos primeiros instantes não pudera responder a dona Rita; mas logo depois as palavras sairiam do coração às golfadas. "Sim, senhora, queria, aceitava; não pensara em outra cousa." Escreveria logo ao pai e à mãe para lhes pedir licença; eles viriam correndo, incrédulos,

1. *Cor*: coração.

mas, vendo a carta, ouvindo a filha e dona Rita, não duvidariam da verdade, e dariam o consentimento. Talvez o pai lho fosse dar em pessoa. E nada, nada, nada, absolutamente nada, uma simples recusa, uma recusa atrevida, porque enfim quem era ela, apesar da beleza? Uma criatura sem vintém, modestamente vestida, sem brincos, nunca lhe vira brincos às orelhas, duas perolazinhas que fossem. E por que é que lhe furaram as orelhas, se não tinham brincos que lhe dar? Considerou que às mais pobres meninas do mundo furam as orelhas para os brincos que lhes possam cair do céu. E vem esta, e recusa os mais ricos brincos que o céu ia chover sobre ela...

Ao jantar, os amigos da casa notaram que ele estava preocupado. De noite, ele e o secretário saíram a pé. Nóbrega buscou em si o gesto mais frio e indiferente que pôde, quase alegre, e anunciou ao secretário que Flora não queria casar. Não se descreve a admiração do secretário, em seguida a consternação, finalmente a indignação. Nóbrega respondia magnânimo:

– Não foi por mal; foi talvez por se julgar abaixo, muito abaixo da fortuna. Creia que é boa moça. Pode ser também, quem sabe? por ter sido um mau conselho do coração. Aquela moça é doente.

– Doente?

– Não afirmo; digo que pode ser.

O secretário afirmou.

– Só a doença – disse ele – explicará a ingratidão, porque o ato é de pura ingratidão.

Aqui tornou a nota da indignação, nota sincera, como as outras. Nóbrega gostou de ouvi-la; era um compadecimento. No fim, cumpriu a ideia que trazia ao sair de casa; aumentou-lhe o ordenado. Podia ser a paga da simpatia; o beneficiado foi mais longe, achou que era o preço do silêncio, e ninguém soube de nada.

CV
A Realidade

A MOLÉSTIA, dada por explicação à recusa do casamento, passou à realidade daí a dias. Flora adoeceu levemente; dona Rita, para não alarmar os pais, cuidou de a tratar com remédios caseiros; depois mandou chamar um médico, o seu médico, e a cara que este fez não foi boa, antes má. Dona Rita, que costumava ler a gravidade das suas moléstias no rosto dele, e sempre as achava gravíssimas, cuidou de avisar os pais da moça. Os pais vieram logo. Natividade também desceu de Petrópolis, não de vez; em cima, tinham medo de algum movimento cá embaixo. Veio a visitar a moça, e, a pedido desta ficou alguns dias.

– Só a senhora pode me curar – disse Flora –; não creio nos remédios que me dão. As suas palavras é que são boas, e os seus carinhos... Mamãe também, e dona Rita, mas não sei, há uma diferença, uma cousa... Veja: parece-me que até já rio.

– Já, já; ria mais.

Flora sorriu, ainda que daquele sorriso descorado que aparece na boca do enfermo, quando a moléstia consente, ou ele força a seriedade própria da dor. Natividade dizia-lhe palavras de animação; fê-la prometer que iria convalescer em Petrópolis. A enfermidade começou a ceder. Dona Cláudia aceitou a oferta de dona Rita, e lá ficou aposentada. Natividade ia à noite para Botafogo e voltava de manhã. Aires descia de Petrópolis um dia sim, um dia não.

Também os gêmeos lá iam saber da enferma. Agora mais que dantes, sentiam a fortaleza do vínculo que os prendia à moça. Pedro, já médico, ainda que sem prática, punha mais autoridade nas perguntas, concluía melhor dos sintomas, mas as esperanças e os receios eram de ambos. Algumas vezes, falavam mais alto que de costume e de conveniência. A razão, por egoísta que fosse, era perdoável. Supõe que os cartões de visita falassem; alguns, mais sôfregos, proclamariam os seus nomes, para que soubessem logo da presença, da cortesia e da ansiedade. Tal cuidado da parte dos dous era inútil, porque ela sabia deles e recebia as lembranças que lhe deixavam.

Flora ia assim passando os dias. Queria Natividade sempre ao pé de si, pela razão que já deu, e por outra que não disse, nem porventura soube, mas podemos suspeitá-la e imprimir. Estava ali o ventre abençoado que gerara os dous gêmeos. De instinto, achava nela algo particular. Quanto ao influxo que exercia nela, por essa ou qualquer outra causa, não a sabia Natividade; contentava-se em ver que, ainda agora, e em tal crise, Flora não perdera a amizade que lhe tinha. Passavam as horas juntas, falando, se não fazia mal falar, ou então uma com as mãos da outra entre as suas. Quando Flora adormecia, Natividade ficava a contemplá-la, com o rosto pálido, os olhos fundos, as mãos quentes, mas sem perder a graça dos dias da saúde. As outras entravam no quarto, pé ante pé, esticavam os pescoços para vê-la dormir, falavam por gestos ou tão baixo que só o coração as adivinharia.

Quando pareceu melhorar, Flora pediu um pouco mais de luz e de céu. Uma das duas janelas foi então escancarada, e a enferma encheu-se de vida e riso. Não é que a Febre se fosse de todo. Essa bruxa lívida estava ao canto do quarto, com os olhos espetados nela; mas, ou de cansada, ou por obrigação imposta, cochilava a miúdo, e longamente. Então a enferma sentia só o calor do Mal, que o médico graduava em trinta e nove ou trinta e nove e meio, depois de consultar o termômetro. A Febre, ao ver esse gesto, ria sem escândalo, ria para si.

CVI
Ambos Quais?

Ficamos no ponto em que uma das janelas do quarto aumentou a dose de luz e de céu que Flora pediu, sem embargo da febre, aliás pouca. O mais que se passou valia a pena de um livro. Não foi logo, logo, gastou longas horas e alguns dias. Houve tempo bastante para que entre a vida e Flora se fizesse a reconciliação ou a despedida. Uma e outra podiam ser extensas; também podiam ser curtas. Conheci um homem que adoeceu velho, senão de velho, e despendeu no rompimento final um tempo quase infinito. Já pedia a morte, mas quando via o rosto descarnado da derradeira amiga espiar da porta entreaberta, voltava o seu para outro lado e engrolava[1] uma cantiga da infância, para enganá-la e viver.

Flora não recorria a tais cantigas, aliás tão próximas. Quando via o céu e um pedaço de Sol no muro, deleitava-se naturalmente, e uma vez quis desenhar, mas não lho consentiram. Se a morte a espiava da porta, tinha um calefrio, é verdade, e fechava os olhos. Ao abri-los fitava a triste figura, sem lhe fugir nem chamar por ela.

– Você amanhã está pronta, e de hoje a oito dias, ou antes, vamos para Petrópolis – disse Natividade disfarçando as lágrimas, mas a voz fazia o ofício dos olhos.

1. *Engrolava*: balbuciava.

– Petrópolis? – suspirou a doente.

– Lá terá muito que desenhar.

Eram sete horas da manhã. Na véspera, quando os gêmeos saíram de lá, já tarde, os receios da morte cresciam; mas não bastam receios, é preciso que a realidade venha atrás deles; daí as esperanças. Também não bastam esperanças, a realidade é sempre urgente. A madrugada trouxe algum sossego; às sete horas, depois daquelas palavras de Natividade, Flora pôde dormir.

Quando Pedro e Paulo voltaram a Andaraí, a enferma estava acordada, e o médico, sem dar grandes esperanças, mandou fazer aplicações, que declarou enérgicas. Todos tinham sinais de lágrimas. De noite, Aires apareceu trazendo notícias de agitação na cidade.

– Que é?

– Não sei, uns falam de manifestações ao marechal Deodoro, outros de conspiração contra o marechal Floriano. Há alguma cousa.

Natividade pediu aos filhos que se não metessem em barulhos; ambos prometeram e cumpriram. Ao ver o aspecto de algumas ruas, grupos, patrulhas, armas, duas metralhadoras, Itamarati iluminado, tiveram a curiosidade de saber o que houve e havia; vaga sugestão, que não durou dous minutos. Correram a meter-se em casa, e a dormir mal a noite. Na manhã seguinte os criados levaram os jornais com as notícias da véspera.

– Veio algum recado de Andaraí? – perguntou um.

– Não, senhor.

Ainda quiseram ler, por alto, alguma cousa. Não puderam; estavam ansiosos de sair de casa e saber notícias da noite. Posto levassem os jornais consigo, não leram claramente nem seguidamente. Viram nomes de pessoas presas, um decreto, movimento de gente e de tropas, tão confuso tudo, que deram por si na casa de dona Rita, antes de entender o que houvera. Flora ainda vivia.

– Mamãe, a senhora está mais triste hoje que estes dias.

– Não fales tanto, minha filha – acudiu dona Cláudia. – Triste estou sempre que adoeces. Fica boa e verás.

– Fica, fica boa – interveio Natividade. – Eu, em moça, tive uma doença igual que me prostrou por duas semanas, até que me levantei, quando já ninguém esperava.

– Então já não esperam que me levante?

Natividade quis rir da conclusão tão pronta, com o fim de a animar. A doente fechou os olhos, abriu-os daí a pouco, e pediu que vissem se estava com febre. Viram; tinha, tinha muita.

– Abram-me a janela toda.

– Não sei se fará bem – ponderou dona Rita.

– Mal não faz – disse Natividade.

E foi abrir, não toda, mas metade da janela. Flora, posto que já mui caída, fez esforço e voltou-se para o lado da luz. Nessa posição ficou sem dar de si; os olhos, a princípio vagos, entraram a parar, até que ficaram fixos. A gente entrava no quarto devagar, e abafando os passos, trazendo recados e levando-os; fora, espreitavam o médico.

– Demora-se; já devia cá estar – dizia Batista.

Pedro era médico, propôs-se a ir ver a enferma; Paulo, não podendo entrar também, ponderou que seria desagradável ao médico assistente; além disso, faltava-lhe prática. Um e outro queriam assistir ao passamento de Flora, se tinha de vir. A mãe, que os ouviu, saiu à sala, e, sabendo o que era, respondeu negativamente. Não podiam entrar; era melhor que fossem chamar o médico.

– Quem é? – perguntou Flora, ao vê-la tornar ao quarto.

– São os meus filhos que queriam entrar ambos.

– Ambos quais? – perguntou Flora.

Esta palavra fez crer que era o delírio que começava, se não é que acabava, porque, em verdade, Flora não proferiu mais nada. Natividade ia pelo delírio. Aires, quando lhe repetiram o diálogo, rejeitou o delírio.

A morte não tardou. Veio mais depressa do que se receava agora. Todas e o pai acudiram a rodear o leito, onde os sinais da agonia se precipitavam. Flora acabou como uma dessas tardes rápidas, não tanto que não façam ir doendo as saudades do dia; acabou tão serenamente que a expressão do rosto, quando lhe fecharam os olhos, era menos de defunta que de escultura. As janelas, escancaradas, deixavam entrar o Sol e o céu.

CVII
Estado de Sítio

NÃO HÁ NOVIDADE nos enterros. Aquele teve a circunstância de percorrer as ruas em estado de sítio. Bem pensado, a morte não é outra cousa mais que uma cessação da liberdade de viver, cessação perpétua, ao passo que o decreto daquele dia valeu só por 72 horas. Ao cabo de 72 horas, todas as liberdades seriam restauradas, menos a de reviver. Quem morreu, morreu. Era o caso de Flora; mas que crime teria cometido aquela moça, além do de viver, e porventura o de amar, não se sabe a quem, mas amar? Perdoai estas perguntas obscuras, que se não ajustam, antes se contrariam. A razão é que não recordo este óbito sem pena, e ainda trago o enterro à vista...

CVIII
Velhas Cerimônias

AQUI VAI A SAIR O CAIXÃO. Todos tiram o chapéu, logo que ele assoma à porta. Gente que passa, para. Das janelas debruça-se a vizinhança, em algumas atopeta-se, por serem as famílias maiores que o espaço; às portas, os criados. Todos os olhos examinam as pessoas que pegam nas alças do caixão, Batista, Santos, Aires, Pedro, Paulo, Nóbrega.

Este, posto já não frequentasse a casa, mandara saber da enferma, e foi convidado a çarregar o gracioso corpo. No carro, em que levava o secretário, e era puxado pela mais bela parelha do préstito, quase única, lembrava Nóbrega ao secretário:

– Não lhe dizia eu que ela era doente? Era muito doente.

– Muito.

Não vou ao ponto de afirmar que teve prazer com a morte de Flora, só por havê-lo feito acertar na notícia da doença, estando ela perfeitamente sã. Mas que ninguém fosse seu marido, foi uma espécie de consolação. Houve mais; supondo que ela o tivesse aceitado e casassem, pensava agora no esplêndido enterro que lhe faria. Desenhava na imaginação o carro, o mais rico de todos, os cavalos e as suas plumas negras, o caixão, uma infinidade de cousas que, à força de compor, cuidava feitas. Depois o túmulo; mármore, letras de ouro... O secretário, para o arrancar à tristeza, falava dos objetos da rua.

– Vossa Excelência lembra-se do chafariz que havia aqui há anos?

– Não – resmungava Nóbrega.

Ainda uma vez, não há novidade nos enterros. Daí o provável tédio dos coveiros, abrindo e fechando covas todos os dias. Não cantam, como os de *Hamlet*[1], que temperam as tristezas do ofício com as trovas do mesmo ofício. Trazem o caixão da cal e a colher para os convidados, e para si as pás com que deitam a terra para dentro da cova. O pai e alguns amigos ficaram ao pé da cova de Flora, a ver cair a terra, a princípio com aquele baque soturno, depois com aquele vagar cansativo, por mais que os pobres homens se apressem. Enfim, caiu toda a terra, e eles puseram em cima as grinaldas dos pais e dos amigos: "À nossa querida filha"; "À nossa santa amiguinha Flora a saudosa amiga Natividade"; "À Flora, um amigo velho", etc. Tudo feito, vieram saindo; o pai, entre Aires e Santos, que lhe davam o braço, cambaleava. Ao portão, foram tomando os carros e partindo. Não deram pela falta de Pedro e Paulo que ficaram ao pé da cova.

1. *Hamlet*: tragédia de Shakespeare. No texto, o narrador se refere à cena em que dois coveiros dialogam e cantam, enquanto preparam a cova onde Ofélia, amada do príncipe Hamlet, seria enterrada.

CIX
Ao Pé da Cova

NENHUM DELES contou o tempo gasto naquele lugar. Sabem só que foi de silêncio, de contemplação e de saudade. Não digo, para os não vexar agora, mas é possível que chorassem também. Tinham um lenço na mão, enxugavam os olhos; depois com os braços caídos, as mãos prendendo o chapéu, olhavam aparentemente para as flores que cobriam a sepultura, mas na realidade para a criatura que lá estava embaixo.

Enfim, cuidaram de arrancar-se dali, e despedir-se da defunta, não se sabe com que palavras, nem se eram as mesmas; o sentido seria igual. Como estivessem defronte um do outro, acudiu-lhes a ideia de um aperto de mão por cima da cova. Era uma promessa, um juramento. Juntaram-se e vieram descendo, calados. Antes de chegar ao portão, reduziram à palavra o gesto das mãos feito sobre a cova. Que juravam a conciliação perpétua.

– Ela nos separou – disse Pedro –; agora, que desapareceu, que nos una.

Paulo confirmou de cabeça.

– Talvez morresse para isso mesmo – acrescentou.

Depois, abraçaram-se. Gesto nem palavra traziam ênfase ou afetação; eram simples e sinceros. A sombra de Flora decerto os viu, ouviu e inscreveu aquela promessa de reconciliação nas tábuas da eternidade. Ambos, por um impulso comum, voltaram os olhos para ver ainda uma vez a cova de

Flora, mas a cova ficava longe e encoberta por grandes sepulcros, cruzes, colunas, um mundo inteiro de gente passada, quase esquecida. O cemitério tinha um ar meio alegre, com todas aquelas grinaldas de flores, baixos-relevos[1], bustos, e a cor branca dos mármores e da cal. Comparado à cova recente, parecia um renascimento de vida, que ficou deslembrada a um canto da cidade.

Custou-lhes sair do cemitério. Não supunham estar tão presos à defunta. Cada um deles ouvia a mesma voz, com igual doçura e palavras especiais. Tinham chegado ao portão e o carro veio buscá-los. A cara do cocheiro era radiosa.

Não se explica esta expressão do cocheiro, senão porque, inquieto da demora, não cuidando que os dous fregueses ficassem tanto tempo ao pé da cova, entrara a recear que tivessem aceitado o convite de algum amigo e voltado para casa. Tinha já resolvido esperar poucos minutos mais, e ir embora; mas a gorjeta? A gorjeta foi dobrada, como a dor e o amor; digamos, gêmea.

1. *Baixo-relevo*: espécie de escultura lavrada sobre uma superfície plana.

CX
Que Voa

ASSIM COMO O CARRO veio voando do cemitério, assim voará este capítulo, destinado a dizer primeiro que a mãe dos gêmeos conseguiu levá-los para Petrópolis. Já não alegaram a clínica da Santa Casa nem os documentos da Biblioteca Nacional. Clínica e documentos repousam agora na cova nº... Não ponho o número, para que algum curioso, se achar este livro na dita Biblioteca, se dê ao trabalho de investigar e completar o texto. Basta o nome da defunta, que lá ficou dito e redito.

Voe este capítulo, como o trem de Mauá[1], serra acima, até à cidade do repouso, do luxo e da galanteria. Vá Natividade com os filhos, e Aires com os três. Em cima, à noite, voltando este à casa do barão, pôde ver os efeitos da paz jurada, a conciliação final. Não sabia nada do pacto dos dous moços. Pai nem mãe sabiam cousa nenhuma. Foi um segredo guardado no silêncio e no desejo sincero de comemorar uma criatura que os ligara, morrendo.

Natividade vivia agora enamorada dos filhos. Levava-os a toda parte, ou guardava-os para si, a fim de os gostar mais deliciosamente, de os aprovar por atos, de auxiliar a obra corretiva do tempo. Notícias e boatos do Rio de Janeiro

1. *Mauá*: Irineu Evangelista de Sousa (1813-1889), barão e Visconde de Mauá, foi grande empresário, pioneiro da industrialização no Brasil. Entre muitas realizações de vulto, construiu ferrovias.

eram objeto de conversação nas casas a que estes iam, sem os convidar a sair da abstenção voluntária. As recreações pouco a pouco os tomaram, algum passeio de carro ou a cavalo, e outras diversões os traziam unidos.

Assim chegaram ao tempo em que a família Santos desceu, ainda que a contragosto de Natividade. Ela temia que, mais perto do governo, a discórdia política acabasse com a recente harmonia dos filhos, mas não podia lá ficar. A outra gente vinha descendo. Santos queria os seus velhos hábitos, e deu algumas razões boas, que Natividade ouviu depois ao próprio Aires. Podia ser um encontro de ideias, mas se estas eram boas, deviam ser aceitas.

Natividade confiava ao tempo a perfeição da obra. Cria no tempo. Eu, em menino, sempre o vi pintado como um velho de barbas brancas e foice na mão, que me metia medo. Quanto a ti, amigo meu, ou amiga minha, segundo for o sexo da pessoa que me lê, se não forem duas, e os sexos ambos, um casal de noivos, por exemplo, curiosos de saber como é que Pedro e Paulo puderam estar no mesmo credo... Não falemos desse mistério... Contenta-te de saber que eles tinham em mente cumprir o juramento daquele lugar e ocasião. O tempo trouxe o fim da estação, como nos outros anos, e Petrópolis deixou Petrópolis.

CXI
Um Resumo de Esperanças

"Quando um não quer, dous não brigam": tal é o velho provérbio que ouvi em rapaz, a melhor idade para ouvir provérbios. Na idade madura eles devem já fazer parte da bagagem da vida, frutos da experiência antiga e comum. Eu cria neste; mas não foi ele que me deu a resolução de não brigar nunca. Foi por achá-lo em mim que lhe dei crédito. Ainda que não existisse, era a mesma cousa. Quanto ao modo de não querer, não respondo, não sei. Ninguém me constrangia. Todos os temperamentos iam comigo; poucas divergências tive, e perdi só uma ou duas amizades, tão pacificamente aliás, que os amigos perdidos não deixaram de me tirar o chapéu. Um deles pediu-me perdão no testamento.

No caso dos gêmeos eram ambos que não queriam; parecia-lhes ouvir uma voz de fora ou do alto que lhes pedia constantemente a paz. Força maior, portanto, e troca de fórmula: "Se nenhum quer, nenhum briga".

Naturalmente os atos do governo eram aprovados e desaprovados, mas a certeza de que podia acender-lhes novamente os ódios fazia com que as opiniões de Pedro e de Paulo ficassem entre os seus amigos pessoais. Não pensavam nada à vista um do outro. Divergências de teatro ou de rua eram sopitadas[1] logo, por mais que lhes doesse o silêncio.

1. *Sopitadas*: adormecidas; abrandadas; reprimidas.

Não doeria tanto a Pedro, como a Paulo, mas sempre era padecer alguma cousa. Mudando de pensamento, esqueciam de todo, e o riso da mãe era a paga de ambos.

A carreira diferente ia separá-los depressa, conquanto a residência comum os trouxesse unidos. Tudo se podia combinar; os interesses do ofício serviriam a este efeito, as relações pessoais também, e afinal o uso, que vale por muito. Vou aqui resumindo, como posso, as esperanças de Natividade. Outras havia a que chamarei conjugais; os rapazes, porém, não pareciam inclinados a elas, e a mãe, quem lhe apalpasse o coração sentiria já um antecipado ciúme das noras.

CXII

O Primeiro Mês

NA VÉSPERA DO DIA em que se completou o primeiro mês da morte de Flora, Pedro teve uma ideia, que não comunicou ao irmão. Não perderia nada em fazê-lo, porque Paulo teve a mesma ideia, e também a calou. Dela nasce este capítulo.

A pretexto de ir visitar um doente, Pedro saiu de casa, antes das sete horas. Paulo saiu pouco depois, sem pretexto algum. Pia leitora, adivinhas que ambos foram ao cemitério; não adivinhas, nem é fácil adivinhar que cada um deles levava uma grinalda. Não digo que fossem das mesmas flores, não só para respeitar a verdade, senão também para afastar qualquer ideia intencional de simetria na ação e no acaso. Uma era de miosótis, outra creio que de perpétuas. Qual fosse a de um, qual a do outro, não se sabe nem interessa à narração. Nenhuma tinha letreiro.

Quando Paulo chegou ao cemitério e viu de longe o irmão, teve a sensação de pessoa roubada. Cuidava ser único e era último. A presunção, porém, de que Pedro não levara nada, uma folha sequer, consolou-o da antecipação da visita. Esperou alguns instantes; advertindo que podia ser visto, desviou-se do caminho, meteu-se por entre as sepulturas, até ir colocar-se atrás daquela. Aí esperou cerca de um quarto de hora. Pedro não se queria arrancar dali; parecia falar e escutar. Enfim, despediu-se e desceu.

Paulo, vagarosamente, caminhou para a sepultura. Indo a depositar a grinalda, viu ali outra posta de fresco, e entendendo que era do irmão, teve ímpeto de ir atrás dele e pedir-lhe contas da lembrança e da visita. Não lhe leves a mal o ímpeto; passou imediatamente. O que ele fez foi colocar a coroa que levava no lado correspondente aos pés da defunta, para não a irmanar com a outra, que estava do lado da cabeça.

Não viu, não adivinhou sequer que Pedro naturalmente pararia um instante, para voltar a cara e mandar um derradeiro olhar à moça enterrada. Assim foi, mas quando Pedro deu com o irmão, no mesmo lugar que ele, os olhos no chão, teve também o seu impulso de ir buscá-lo e trazê-lo daquela cova sagrada. Preferiu esconder-se e esperar. Os gestos de piedade, quaisquer que fossem, ele os deu primeiro à querida comum. Foi o primeiro em evocar a sombra de Flora, falar-lhe, ouvi-la, gemer com ela a separação eterna. Viera adiante do outro; lembrara-se dela mais cedo.

Assim consolado, podia seguir caminho; Paulo, se saísse atrás dele e o visse, entenderia que fizera a sua visita em segundo lugar, e receberia um golpe grande. Deu alguns passos na direção do portão, estacou, recuou e novamente se escondeu. Queria ver os gestos dele, ver se rezava, se se benzia, para desmenti-lo quando lhe ouvisse mofar das cerimônias eclesiásticas. Logo sentiu que era um erro; não iria confessar a ninguém que o vira rezando ao pé da cova de Flora. Ao contrário, era capaz de o desmentir, ou, quando menos, fazer um gesto de incredulidade…

Enquanto estas imaginações lhe passavam pela cabeça, desfazendo-se umas às outras, discursando sem palavras, aceitando, repelindo, esperando, os olhos não se retiravam do irmão, nem este da sepultura. Paulo não fazia gesto, não mexia os lábios, tinha os braços cruzados, o chapéu na mão. Não obstante, podia estar rezando. Também podia falar calado, para a sombra ou para a memória da defunta. A verdade é que não saiu do lugar. Então Pedro viu que a conversação, evocação, adoração, o que quer que fosse que atava Paulo à sepultura, vinha sendo muito mais demorado que as suas orações. Não marcara o seu tempo, mas evidentemente o de Paulo era já maior. Descontando a impaciência, que sempre faz crescer os minutos, ainda assim parecia certo que Paulo gastava mais saudades que ele. Deste modo, ganhava na extensão da visita o que perdera na chegada ao cemitério. Pedro, à sua vez, achou-se roubado.

Quis sair; mas uma força, que ele não sabia explicar, não lhe consentia levantar os pés, nem tirar os olhos do gêmeo. A custo, pôde enfim trazer a estes e fazê-los andar de volta pelas outras campas, onde leu alguns epitáfios. Um de 1865 não se podia ler bem se era tributo de amor filial ou conjugal, maternal ou paternal, por estar já apagado o adjetivo. Tributo era, tinha a fórmula adotada pelos marmoristas, para poupar estilo aos fregueses. Notando que o adjetivo estava comido do tempo, Pedro disse consigo que o seu amor é que era um substantivo perpétuo, não precisando mais nada para se definir.

Pensou outras cousas com que foi disfarçando a humilhação. Fizera tudo às carreiras. Se se demorasse mais, era o outro que estaria agora à espreita. O tempo andava, o Sol batia no rosto do irmão, e este não arredava pé. Enfim, deu mostras de deixar a cova, mas foi para rodeá-la e deter-se em todos os quatro lados, como se buscasse o melhor lugar de ver ou evocar a pessoa guardada no fundo.

Tudo feito, Paulo arredou-se, desceu e saiu, levando as maldições de Pedro. Este teve uma ideia que desprezou logo, e tu farias o mesmo, amigo leitor; foi tornar à sepultura e emendar ao tempo gasto anteriormente outro pedaço maior. Desprezada a ideia, vagou alguns minutos, até que saiu, sem achar sombra de Paulo.

CXIII

Uma Beatriz[1] para Dous

Flora, se visse os gestos de ambos, é provável que descesse do céu, e buscasse maneira de os ouvir perpetuamente, uma Beatriz para dous. Mas não viu ou não lhe pareceu bem descer. Talvez não achasse necessidade de tornar cá, para servir de madrinha a um duelo que deixara em meio.

Quanto a este, se ia continuar, não era pela mesma injúria. Não esqueças que foi ao pé daquela mesma campa que os dous fizeram as pazes eternas, e, posto não lhas desfizesse a campa, é certo que acendeu um pouco da ira antiga. Dir-me-ás, e com aparência de razão, que, se enterrada ainda os separava, mais os separaria se ali descesse em espírito. Puro engano, amigo. No começo, ao menos, eles jurariam o que ela mandasse.

1. *Beatriz*: personagem da *Divina Comédia*, de Dante Alighieri. Nesse poema, Dante é conduzido por sua amada Beatriz na peregrinação pelo Paraíso.

CXIV
Consultório e Banca

Meses depois, Pedro abria consultório médico, aonde iam pessoas doentes, Paulo banca de advogado, que procuravam os carecidos de justiça. Um prometia saúde, outro ganho de causa, e acertavam muita vez, porque não lhes faltava talento nem fortuna. Demais, não trabalhavam sós, mas cada qual com um colega de nomeada e prático.

No meio dos sucessos do tempo, entre os quais avultavam a rebelião da esquadra[1] e os combates do Sul[2], a fuzilaria contra a cidade, os discursos inflamados, prisões, músicas e outros rumores, não lhes faltava campo em que divergissem. Nem era preciso política. Cresciam agora mais em número as ocasiões e as matérias. Ainda quando combinassem de acaso e de aparência, era para discordar logo e de vez, não deliberadamente, mas por não poder ser de outro modo.

Tinham perdido o acordo, feito pela razão, jurado pelo amor, em honra da moça defunta e da mãe viva. Mal se podiam ver, mal ou pior ouvir. Cuidaram de evitar tudo o que o lugar e a ocasião ajustassem para os separar mais. Desta

1. *Rebelião da esquadra*: episódio histórico da República Velha, também conhecido como Revolta da Armada, ocorrido entre os anos de 1893 e 1894, sob o governo do marechal Floriano Peixoto.

2. *Combates do Sul*: episódio histórico da República Velha, também conhecido como Revolução Federalista, guerra civil ocorrida entre os anos de 1893 e 1895, sob o governo do marechal Floriano Peixoto.

maneira, a profissão torceu-lhes o caminho e dividiu as relações de ambos. Natividade apenas daria pela má vontade dos filhos, desde que os dous pareciam apostados em lhe querer bem, mas dava por ela, e tentava ligá-los apertadamente e de todo. Santos folgava de se prolongar pela medicina e pela advocacia dos filhos. Só receava que Paulo, dada a inclinação partidária, buscasse noiva jacobina[3]. Não ousando dizer-lhe nada a tal respeito, refugiava-se na religião, e não ouvia missa que lhe não metesse uma oração particular e secreta, para obter a proteção do céu.

3. *Jacobina*: os jacobinos foram os radicais da Revolução Francesa. A expressão "noiva jacobina" é metáfora para uma possível noiva que tivesse inclinações políticas radicais, no contexto histórico brasileiro da República Velha.

CXV
Troca de Opiniões

Senão quando, viu Natividade os primeiros sinais de uma troca de inclinação, que mais parecia propósito que efeito natural. Entretanto, era naturalíssimo. Paulo entrou a fazer oposição ao governo, ao passo que Pedro moderava o tom e o sentido, e acabava aceitando o regime republicano, objeto de tantas desavenças.

A aceitação por parte deste não foi rápida nem total; era, porém, bastante para sentir que não havia entre ele e o novo governo um abismo. Naturalmente o tempo e a reflexão consumaram este efeito no espírito de Pedro, a não admitir que também nele vingasse a ambição de um grande destino, esperança da mãe. Natividade, com efeito, ficou deliciada. Também ela mudara, se havia que mudar na simples alma materna, para quem todos os regimes valiam pela glória dos filhos. Pedro, aliás, não se dava todo, restringia alguma cousa às pessoas e ao sistema, mas aceitava o princípio, e bastava; o resto viria com a idade, dizia ela.

A oposição de Paulo não era ao princípio, mas à execução. Não é esta a república dos meus sonhos, dizia ele, e dispunha-se a reformá-la em três tempos, com a fina flor das instituições humanas, não presentes nem passadas, mas futuras. Quando falava delas, via-se-lhe a convicção nos lábios e nos olhos, estes alongados, como alma de profeta. Era outro ensejo de se não entenderem os dous. Dona Cláudia tinha que era cálculo de ambos para se não juntarem nunca; opinião que Natividade aceitaria, finalmente, se não fora a de Aires.

Também este notara a mudança, e estava prestes a aceitar a explicação, por aquela razão de comodidade que achava em concordar com as opiniões alheias; não se cansava nem aborrecia. Tanto melhor, se o acordo se fazia com um simples gesto. Desta vez, porém, valeu a pessoa.

– Não, baronesa – disse ele –, não creia em propósitos.

– Mas que pode ser então?

Aires gastou algum tempo na escolha das palavras, a fim de lhe não saírem pedantescas nem insignificantes; queria dizer o que pensava. Às vezes, falar não custa menos que pensar. Ao fim de três minutos, segredou a Natividade:

– A razão parece-me ser que o espírito de inquietação reside em Paulo, e o de conservação em Pedro. Um já se contenta do que está, outro acha que é pouco e pouquíssimo, e quisera ir ao ponto a que não foram homens. Em suma, não lhes importam formas de governo, contanto que a sociedade fique firme ou se atire para diante. Se não concorda comigo, concorde com dona Cláudia.

Aires não tinha aquele triste pecado dos opiniáticos[1]; não lhe importava ser ou não aceito. Não é a primeira vez que o digo, mas provavelmente é a última. Em verdade, a mãe dos gêmeos não quis outra explicação. Nem por isso a discórdia morreria entre eles, que apenas trocavam de armas para continuar o mesmo duelo. Ouvindo esta conclusão, Aires fez um gesto afirmativo, e chamou a atenção de Natividade para a cor do céu, que era a mesma, antes e depois da chuva. Supondo que havia nisto algo simbólico, ela entrou a procurá-lo, e o mesmo farias tu, leitor, se lá estivesses; mas não havia nada.

1. *Opiniáticos*: teimosos; obstinados.

– Tenha confiança, baronesa – prosseguiu ele pouco depois. – Conte com as circunstâncias, que também são fadas. Conte mais com o imprevisto. O imprevisto é uma espécie de deus avulso, ao qual é preciso dar algumas ações de graças; pode ter voto decisivo na assembleia dos acontecimentos. Suponha um déspota, uma corte, uma mensagem. A corte discute a mensagem, a mensagem canoniza o déspota. Cada cortesão toma a si definir uma das virtudes do déspota, a mansidão, a piedade, a justiça, a modéstia… Chega a vez da grandeza da alma; chega também a notícia de que o déspota morreu de apoplexia[2], que um cidadão assumiu o poder, e a liberdade foi proclamada do alto do trono. A mensagem é aprovada e copiada. Um amanuense basta para trocar as mãos à História; tudo é que o nome do novo chefe seja conhecido, e o contrário é impossível; ninguém trepa ao sólio[3] sem isso, nem a senhora sabe o que é memória de amanuense. Como nas missas fúnebres, só se troca o nome do encomendado: Petrus, Paulus…

– Oh! não agoure meus filhos! – exclamou Natividade.

2. *Apoplexia*: derrame ou acidente vascular cerebral.
3. *Sólio*: trono.

CXVI
De Regresso

– Então foram eleitos deputados?

– Foram; tomam assento quinta-feira. Se não fossem meus filhos, diria que os vem achar mais belos do que os deixou, há um ano.

– Diga, diga, baronesa; faça de conta que são meus filhos.

Aires voltava de Europa, aonde fora com promessa de ficar seis meses apenas. Enganou-se; gastou onze. Natividade é que lhe pôs um ano para arredondar a ausência, que sentira deveras, como dona Rita. O sangue em uma, o costume na outra, custou-lhes a suportar a separação. Ele fora a pretexto de águas, e, por mais que lhe recomendassem as do Brasil, não as quis experimentar. Não estava acostumado às denominações locais. Tinha esta impressão que as águas de Carlsbad[1] ou Vichy[2], sem estes nomes, não curariam tanto. Dona Rita insinuou que ele ia para ver como estavam as moças que deixou, e concluiu:

– Hão de estar tão velhas, como você.

– Quem sabe se mais? O ofício delas é envelhecer – redarguiu o conselheiro.

Quis rir, mas não pôde ir além da ameaça. Não era a lembrança da própria velhice, nem da caducidade alheia, era a

1. *Carlsbad*: cidade balneária, localizada, atualmente, na República Tcheca.

2. *Vichy*: estância francesa de águas termais.

injustiça da sorte que lhe tomou a vista interior. As moças ele sabia muito bem que cediam ao tempo, como as cidades e as instituições, e ainda mais depressa que elas. Nem todas iriam, logo cedo, a cumprir a sentença que atribui ao amor dos deuses a morte prematura das pessoas; mas viu algumas dessas, e agora lhe lembrou a meiga Flora, que lá se fora com as suas graças finas... Não passou da ameaça de riso.

Quiseram retê-lo as duas, Santos também, que perdia nele uma figura certa das suas noites; mas o nosso homem resistiu, embarcou e partiu. Como escrevia sempre à irmã e aos amigos, dava a causa exata da demora, e não eram amores, salvo se mentia, mas passara a idade de mentir. Afirmou, sim, que recuperara algumas forças, e assim o pareceu quando desembarcou, onze meses depois, no cais Pharoux. Trazia o mesmo ar de velho elegante, fresco e bem-posto[3].

– Mas então eleitos?

– Eleitos; tomam assento quinta-feira.

3. *Bem-posto*: bem-apessoado; de aparência agradável.

CXVII
Posse das Cadeiras

Quinta-feira, quando os gêmeos tomaram assento na câmara, Natividade e Perpétua foram ver a cerimônia. Pedro ou Paulo arranjou-lhes uma tribuna. A mãe desejou que Aires fosse também. Quando este ali chegou, já as achou sentadas, Natividade a fitar com a luneta o presidente e os deputados. Um destes falava sobre a ata, e ninguém lhe prestava atenção. Aires sentou-se um pouco mais dentro, e, após alguns minutos, disse a Natividade:

– A senhora escreveu-me que eram candidatos de dous partidos contrários.

Natividade confirmou a notícia; foram eleitos em oposição um ao outro. Ambos apoiavam a República, mas Paulo queria mais do que ela era, e Pedro achava que era bastante e sobeja. Mostravam-se sinceros, ardentes, ambiciosos; eram bem aceitos dos amigos, estudiosos, instruídos...

– Amam-se finalmente?

– Amam-se em mim – respondeu ela depois de formular essa frase na cabeça.

– Pois basta esse terreno amigo.

– Amigo, mas caduco; amanhã posso faltar-lhes.

– Não falta; a senhora tem muitos e muitos anos de vida. Faça uma viagem à Europa com eles, e verá que regressa ainda mais robusta. Eu sinto-me duplicado, por mais que me custe à modéstia, mas a modéstia perdoa tudo. E depois, quando os vir encarreirados e grandes homens...

– Por que é que a política os há de separar?

– Sim, podiam ser grandes na ciência, um grande médico, um grande jurisconsulto...

Natividade não quis confessar que a ciência não bastava. A glória científica parecia-lhe comparativamente obscura; era calada, de gabinete, entendida de poucos. Política, não. Quisera só a política, mas que não brigassem, que se amassem, que subissem de mãos dadas... Assim ia pensando consigo, enquanto Aires, abrindo mão da ciência, acabou declarando que, sem amor, não se faria nada.

– Paixão – disse ele – é meio caminho andado.

– A política é a paixão deles; paixão e ambição. Talvez já pensem na presidência da República.

– Já?

– Não... isto é, sim; guarde segredo. Interroguei-os separadamente; confessaram-me que este era o seu sonho imperial. Resta saber o que fará um, se o outro subir primeiro.

– Derrubá-lo-á, naturalmente.

– Não graceje, conselheiro.

– Não é gracejo, baronesa. A senhora cuida que a política os desune; francamente, não. A política é um incidente, como a moça Flora foi outro...

– Ainda se lembram dela.

– Ainda?

– Foram à missa aniversária, e desconfio que foram também ao cemitério, não juntos, nem à mesma hora. Se foram, é que verdadeiramente gostavam dela; logo, não foi um incidente.

Sem embargo do que Natividade lhe merecia, Aires não insistiu na opinião, antes deu mais relevo à dela, com o próprio fato da visita ao cemitério.

– Não sei se foram – emendou Natividade –; desconfio.

– Devem ter ido; eles gostavam realmente da pequena. Também ela gostava deles; a diferença é que, não alcançando unificá-los, como os via em si, preferiu fechar os olhos. Não lhe importe o mistério. Há outros mais escuros.

– Parece que vai entrar a cerimônia – disse Perpétua que olhava para o recinto.

– Chegue-se para a frente, conselheiro.

A cerimônia era a do costume. Natividade cuidou que ia vê-los entrar juntos e afirmarem juntos o compromisso regimental. Viriam assim como os trouxera no ventre e na vida. Contentou-se de os admirar separadamente. Paulo primeiro, Pedro depois, ambos graves, e ouviu-lhes cá de cima repetir a fórmula com voz clara e segura. A cerimônia foi curiosa para as galerias, graças à semelhança dos dous; para a mãe foi comovedora.

– Estão legisladores – disse Aires no fim.

Natividade tinha os olhos gloriosos. Ergueu-se e pediu ao velho amigo que as acompanhasse à carruagem. No corredor acharam os dous recentes deputados, que vinham ter com a mãe. Não consta qual deles a beijou primeiro; não havendo regimento interno nesta outra câmara, pode ser que fossem ambos a um tempo, metendo-lhes ela a cara entre as bocas, uma face para cada um. A verdade é que o fizeram com igual ternura. Depois voltaram ao recinto.

❧ CXVIII ❧

Cousas Passadas, Cousas Futuras

Indo a entrar na carruagem, Natividade deu com a igreja de São José, ao lado, e um pedaço do morro do Castelo, a distância. Estacou.

– Que é? – perguntou Aires.

– Nada – respondeu ela entrando e estendendo-lhe a mão. – Até logo?

– Até logo.

A vista da igreja e do morro despertou nela todas as cenas e palavras que lá ficaram transcritas nos dous ou três primeiros capítulos. Não esqueceste que foi ao pé da igreja, entre esta e a câmara, que o cupê esperou então por ela e pela irmã.

– Você lembra-se, Perpétua? – disse Natividade, quando o carro começou a andar.

– De quê?

– Não se lembra que foi ali que ficou o carro, quando fomos à cabocla do Castelo?

Perpétua lembrava-se. Natividade advertiu que devia ser ali perto a ladeira por onde subiram com dificuldade e curiosidade, até à casa da cabocla, no meio da outra gente, que descia ou subia também. A casa era à direita, tinha a escada de pedra...

Descansa, amigo, não repito as páginas. Ela é que não podia deixar de as evocar, nem impedir que viessem de si mesmas. Tudo reaparecia com a frescura antiga. Não esquecera a figurinha da cabocla, quando o pai a fez entrar na sala: "Entra, Bárbara". A ideia de estar agora madura e longe, restituída ao estado, que deixou província, rica onde nasceu pobre, não acudiu à nossa amiga. Não, toda ela voltou àquela manhã de 1871. A caboclinha era esta mesma criatura leve e breve, com os cabelos atados no alto da cabeça, olhando, falando, dançando... Cousas passadas.

Quando a carruagem ia a dobrar a Praia de Santa Luzia, ladeando a Santa Casa, Natividade teve ideia, mas só ideia, de voltar e ir ter à ladeira do Castelo, subir por ela, a ver se achava a adivinha no mesmo lugar. Contar-lhe-ia que os dous meninos de mama, que ela predisse seriam grandes, eram já deputados e acabavam de tomar assento na câmara. Quando cumpririam eles o seu destino? Viveria o tempo de os ver grandes homens, ainda que muito velha?

A presidência da República não podia ser para dous, mas um teria a vice-presidência, e se este a achasse pouco, trocariam mais tarde os cargos. Nem faltavam grandezas. Ainda se lembrava das palavras que ouviu à cabocla, quando lhe perguntou pela espécie de grandeza que caberia aos filhos. Cousas futuras! respondeu a pítia do Norte, com tal voz que nunca lhe esqueceu. Agora mesmo parece-lhe que a ouve, mas é ilusão. Quando muito, são as rodas do carro que vão rolando e as patas dos cavalos que batem: Cousas futuras! cousas futuras!

CXIX

Que Anuncia os Seguintes

TODAS AS HISTÓRIAS, se as cortam em fatias, acabam com um capítulo último e outro penúltimo, mas nenhum autor os confessa tais; todos preferem dar-lhes um título próprio. Eu adoto o método oposto; escrevo no alto de cada um dos capítulos seguintes os seus nomes de remate, e, sem dizer a matéria particular de nenhum, indico o quilômetro em que estamos da linha. Isto supondo que a história seja um trem de ferro. A minha não é propriamente isso. Poderia ser uma canoa, se lhe tivesse posto águas e ventos, mas tu viste que só andamos por terra, a pé ou de carro, e mais cuidosos da gente que do chão. Não é trem nem barco; é uma história simples, acontecida e por acontecer; o que poderás ver nos dous capítulos que faltam, e são curtos.

CXX
Penúltimo

Este é ainda um óbito. Já lá ficou defunta a jovem Flora, aqui vai morta a velha Natividade. Chamo-lhe velha, porque li a certidão de batismo; mas, em verdade, nem os filhos deputados, nem os cabelos brancos davam a esta senhora o aspecto correspondente à idade. A elegância, que era o seu sexto sentido, enganava os tempos de tal maneira que ela conservava, não digo a frescura, mas a graça antiga.

Não morreu sem ter uma conferência particular com os dous filhos; tão particular, que nem o marido assistiu a ela. Também não instou por isso. Verdade, verdade, Santos andava a chorar pelos cantos; mal poderia reter as lágrimas, se ouvisse a mulher fazer aos filhos os seus finais pedidos. Porquanto, os médicos já a haviam desenganado. Se eu não visse nesses oficiais da saúde os escrutadores[1] da vida e da morte, podia torcer a pena, e, contra a predição científica, fazer escapar Natividade. Cometeria uma ação fácil e reles, além de mentirosa. Não, senhor, ela morreu sem falta, poucas semanas depois daquela sessão da câmara. Morreu de tifo.

Tão secreta foi a conferência dela e dos filhos que estes não quiseram contá-la a ninguém, salvo ao Conselheiro Aires, que a adivinhou em parte. Paulo e Pedro confessaram a outra parte, pedindo-lhe silêncio.

1. *Escrutadores*: pesquisadores; investigadores.

– Não juraram calar?

– Positivamente, não – disse um.

– Juramos só o que ela nos pediu – explicou o outro.

– Pois então podem contá-lo a mim. Eu serei discreto como um túmulo.

Aires sabia que os túmulos não são discretos. Se não dizem nada, é porque diriam sempre a mesma história; daí a fama de discrição. Não é virtude, é falta de novidade.

Ora, o que a mãe fez, quando eles entraram e fecharam a porta do quarto, foi pedir-lhes que ficasse cada um do lado da cama e lhe estendessem a destra[2]. Juntou-as sem força e fechou-as nas suas mãos ardentes. Depois, com a voz expirante e os olhos acesos apenas de febre, pediu-lhes um favor grande e único. Eles iam chorando e calando, porventura adivinhando o favor.

– Um favor derradeiro – insistiu ela.

– Diga, mamãe.

– Vocês vão ser amigos. Sua mãe padecerá no outro mundo, se os não vir amigos neste. Peço pouco; a vossa vida custou-me muito, a criação também, e a minha esperança era vê-los grandes homens. Deus não quer, paciência. Eu é que quero saber que não deixo dous ingratos. Anda, Pedro, anda, Paulo, jurem que serão amigos.

Os moços choravam. Se não falavam, é porque a voz não lhes queria sair da garganta. Quando pôde, saiu trêmula, mas clara e forte:

– Juro, mamãe!

– Juro, mamãe!

– Amigos para todo sempre?

– Sim.

2. *Destra*: a mão direita.

– Não quero outras saudades. Estas somente, a amizade verdadeira, e que se não quebre nunca mais.

Natividade ainda conservou as mãos deles presas, sentiu-as trêmulas de comoção, e esteve calada alguns instantes.

– Posso morrer tranquila.

– Não, mamãe não morre – interromperam ambos.

Parece que a mãe quis sorrir a esta palavra de confiança, mas a boca não respondeu à intenção, antes fez um trejeito que assustou os filhos. Paulo correu a pedir socorro. Santos entrou desorientado no quarto, a tempo de ouvir à esposa algumas palavras suspiradas e derradeiras. A agonia começou logo, e durou algumas horas. Contadas todas as horas de agonia que tem havido no mundo, quantos séculos farão? Desses terão sido tenebrosos alguns, outros melancólicos, muitos desesperados, raros enfadonhos. Enfim, a morte chega, por muito que se demore, e arranca a pessoa ao pranto ou ao silêncio.

CXXI
Último

Castor e Pólux[1] foram os nomes que um deputado pôs aos dous gêmeos, quando eles tornaram à câmara, depois da missa do sétimo dia. Tal era a união que parecia aposta. Entravam juntos, andavam juntos, saíam juntos. Duas ou três vezes votaram juntos, com grande escândalo dos respectivos amigos políticos. Tinham sido eleitos para se baterem, e acabavam traindo os eleitores. Ouviram nomes duros, repreensões acerbas[2]. Quiseram renunciar ao cargo; Pedro, entretanto, achou um meio conciliatório.

– O nosso dever político é votar com os amigos – disse ele ao irmão. – Votemos com eles. Mamãe só nos pediu concórdia pessoal. Na tribuna, sim, ninguém nos levará a atacar um ao outro; no debate e no voto podemos e devemos dissentir.

– Apoiado; mas, se você um dia achar que deve vir para os meus arraiais, venha. Você nem eu hipotecamos o juízo.

– Apoiado.

Pessoalmente, nem sempre havia este acordo. Os contrastes não eram raros, nem os ímpetos, mas a lembrança da mãe estava tão fresca, a morte tão próxima, que eles sopitavam[3] qualquer movimento, por mais que lhes custasse, e vi-

1. *Castor e Pólux*: na mitologia grega, são irmãos gêmeos inseparáveis.
2. *Acerbas*: ácidas; amargas.
3. *Sopitavam*: aplacavam; amorteciam.

viam unidos. Na câmara, o dissentimento político e a fusão pessoal cada vez os fazia mais admiráveis.

A câmara terminou os seus trabalhos em dezembro. Quando tornou em maio seguinte, só Pedro lhe apareceu. Paulo tinha ido a Minas, uns diziam que a ver noiva, outros que a catar diamantes, mas parece que foi só a passeio. Pouco depois regressou, entrando na câmara sozinho, ao contrário do ano anterior em que os dous irmãos subiam as escadas juntos, quase pegados. O olho dos amigos não tardou em descobrir que não viviam bem, pouco depois que se detestavam. Não faltou indiscreto que lhes perguntasse a um e a outro o que houvera no intervalo das duas sessões; nenhum respondia nada. O presidente da câmara, a conselho do líder, nomeou-os para a mesma comissão. Pedro e Paulo, cada um por sua vez, foram pedir-lhe que os dispensasse.

– São outros – disse o presidente na sala do café.

– Totalmente outros – confirmaram os deputados presentes.

Aires soube daquela conclusão no dia seguinte, por um deputado, seu amigo, que morava em uma das casas de pensão do Catete. Tinha ido almoçar com ele, e, em conversação, como o deputado soubesse das relações de Aires com os dous colegas, contou-lhe o ano anterior e o presente, a mudança radical e inexplicável. Contou também a opinião da câmara.

Nada era novidade para o conselheiro, que assistira à ligação e desligação dos dous gêmeos. Enquanto o outro falava, ele ia remontando os tempos e a vida deles, recompondo as lutas, os contrastes, a aversão recíproca, apenas disfarçada, apenas interrompida por algum motivo mais forte, mas persistente no sangue, como necessidade virtual. Não lhe esqueceram os pedidos da mãe, nem a ambição desta em os ver grandes homens.

– O senhor que se dá com eles diga-me o que é que os fez mudar – concluiu o amigo.

– Mudar? Não mudaram nada; são os mesmos.

– Os mesmos?

– Sim, são os mesmos.

– Não é possível.

Tinham acabado o almoço. O deputado subiu ao quarto para se compor de todo. Aires foi esperá-lo à porta da rua. Quando o deputado desceu, vinha com um achado nos olhos.

– Ora, espere, não será... Quem sabe se não será a herança da mãe que os mudou? Pode ter sido a herança, questões de inventário...

Aires sabia que não era a herança, mas não quis repetir que eles eram os mesmos, desde o útero. Preferiu aceitar a hipótese, para evitar debate, e saiu apalpando a botoeira, onde viçava a mesma flor eterna.

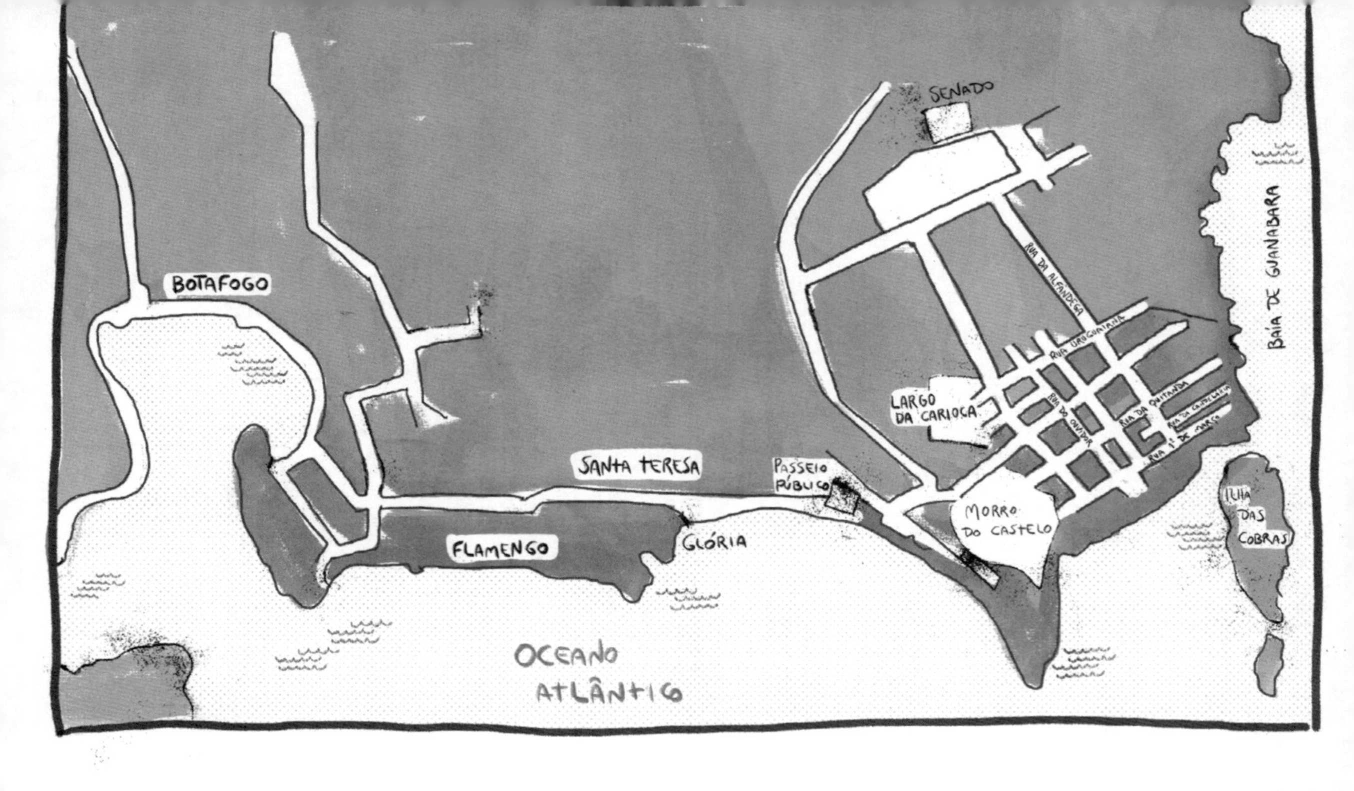
Senado
Baía de Guanabara
Rua da Alfândega
Rua Uruguaiana
Rua do Ouvidor
Rua da Quitanda
Rua da Candelária
Rua 1º de Março
Largo da Carioca
Botafogo
Santa Teresa
Passeio Público
Morro do Castelo
Ilha das Cobras
Flamengo
Glória
Oceano Atlântico

Título	*Esaú e Jacó*
Autor	Machado de Assis
Apresentação	Paulo Franchetti
Estabelecimento de Texto e Notas	José de Paula Ramos Jr.
Editor	Plinio Martins Filho
Produção Editorial	Aline Sato
Ilustrações da Capa e Miolo	Mariana Coan
Revisão	Ateliê Editorial
Editoração Eletrônica	Camyle Cosentino
Formato	12 x 18 cm
Tipologia	Minion Pro
Papel	Chambril Avena 70 g/m² (miolo) Cartão Supremo 250 g/m² (capa)
Número de Páginas	440
Impressão e Acabamento	Graphium